Dominada

Dominada

Maya Banks

Traducción de Scheherezade Surià

TERCIOPELO

Título original: *Dominated*

© Maya Banks, 2016

Primera edición: noviembre de 2016

© de la traducción: Scheherezade Surià
© de esta edición: Roca Editorial de Libros, S. L.
Av. Marquès de l'Argentera 17, pral.
08003 Barcelona
actualidad@rocaeditorial.com
www.terciopelo.net

Impreso por EGEDSA
Roís de Corella 12-16, nave 1
Sabadell (Barcelona)

ISBN: 978-84-944155-3-1
Depósito legal: B. 20.038-2016
Código IBIC: FRD

RT15531

Prólogo

*T*omó el ascensor que iba directamente a su casa desde el vestíbulo, temiendo que Evangeline ni siquiera lo mirase y ni mucho menos escuchara nada de lo que tenía que decirle.

Señor, haz que sea dulce, generosa y que me perdone una última vez y nunca jamás le volveré a dar motivos para desconfiar de mí.

En cuanto se abrieron las puertas del ascensor, se lanzó dentro del apartamento gritando su nombre. Se contrajo de dolor al ver el desastre de la cocina, toda aquella comida tirada por el suelo, con sartenes y cazos desparramados por la encimera, la vitrocerámica y el suelo, junto con lo que contenían.

Cuando vio el salón de camino al dormitorio, su temor no hizo más que aumentar al ver las bandejas de plata con los aperitivos esparcidos por toda la estancia, las botellas de vino y de licor hechas añicos y las enormes manchas aún húmedas en la alfombra y los muebles.

Sin prestarles atención, entró en el dormitorio dispuesto a suplicar de rodillas su perdón. Tenía que darle muchas explicaciones; explicaciones que podían suscitar preguntas que no estaba preparado para contestar por miedo a ahuyentarla. Si no lo había hecho ya.

Pero Evangeline no aparecía por ninguna parte. Todas las joyas que él le había regalado, junto con las que había lucido aquella noche, estaban desperdigadas por la cama y los restos del vestido que llevaba puesto yacían hechos jirones en el suelo.

Cuando fue a comprobar el armario, vio que no faltaba nada a excepción de un par de vaqueros, unas cuantas camisetas sencillas y un par de zapatillas de deporte. Lo más destacable era que su pequeña maleta de mano había desaparecido.

Se derrumbó y cayó de rodillas; sentía una presión enorme en el pecho, como si lo hubieran aplastado.

Su peor pesadilla se había hecho realidad: se había ido.

La había echado. La había tratado de una forma despreciable.

Desde que era niño no sentía una desolación y una desesperación impotentes como aquellas. Pero esta situación la había provocado él, que había hecho lo impensable. Él no era la víctima, sino Evangeline. Su dulce e inocente ángel cuyo único delito había sido amarlo, querer cuidar de él y mostrarle cuánto le importaba.

Y él se lo había pagado cogiendo ese regalo y tirándoselo a la cara de la manera más despreciable en que un hombre puede herir a la mujer a la que quiere.

Enterró la cara entre las manos; la agonía le desgarraba las entrañas.

—La he cagado, mi ángel. Pero voy a ir a buscarte. Sé que te he fallado, que te he decepcionado. Pero no pienso dejar que te vayas. No renunciaré a ti. Lucharé por ti hasta mi último aliento. No puedo vivir sin ti —susurró—. Eres lo único bueno que ha habido en mi vida. Eres el único rayo de sol que he tenido en esta vida gris.

»No puedo vivir sin ti. Eres mi única razón para vivir. Tienes que volver a casa, porque sin ti no tengo…, no soy nada.

1

—*E*ncontradla —ordenó Drake bruscamente. Las noches en vela se reflejaban en su aspecto demacrado—. Es vuestra única prioridad, vuestra única tarea. Encontradla y traédmela.

Había reunido a sus escoltas. Los únicos de su círculo íntimo, un grupo de hombres —hermanos— que eran sus socios y los únicos a quienes confiaba su vida... y la de Evangeline.

Los únicos hombres a los que había permitido que lo vieran en sus momentos más bajos. Totalmente expuesto. Vulnerable. No le importaba nada, ni exponer su debilidad, ni dejar ese control férreo que le había acompañado la mayor parte de su vida. Todos sabían que Evangeline era especial, que era importante. Les caía bien y la respetaban. Ya era raro que sintieran algo así y era inaudito que una mujer les suscitara ambas cosas.

Y por ello estaban todos cabreados con él.

—Joder, Drake —espetó Maddox—. ¿Cómo pudiste? Seguro que había otro modo.

—¡No había otro modo y lo sabes! —bramó Drake, furioso y con una sensación de indefensión que lo carcomía y lo desgarraba por dentro hasta que de él no quedó más que el cascarón vacío de un hombre que, indefenso ante sus hombres, les imploraba ayuda.

Estos intercambiaron miradas de compasión, algunos, y de resignación, otros; se dieron cuenta de que Drake tenía razón. Sin embargo, y sin decir nada, otros lo miraban con rabia por la manera tan ruin en que había tratado, traicionado, a Evangeline.

«Eres una inútil. Ni siquiera sabes mamarla. Solo me sirves en el dormitorio».

Recordó sus crueles palabras y fue como si la herida se abriera y volviera a sangrar, como un recordatorio de las cosas imperdonables que le había dicho. Y todo para convencer a los dichosos Luconi de que ella no significaba nada para él cuando, en realidad, era todo su mundo.

Y ahora no lograba encontrarla.

No podía culparla. La había destrozado. La había hecho pedacitos hasta que le sangraron las heridas verbales que le había infligido. Y ese maltrato físico… Desde luego, el único culpable era él.

Silas había permanecido callado con aquellas facciones esculpidas en piedra, pero los ojos lo delataban y eso no era típico de él.

—No se lo merecía —susurró Silas. No le hacía falta alzar la voz para dejar las cosas claras. Cuando hablaba, los demás dejaban de hablar y lo escuchaban. Era un hombre que infundía autoridad y respeto.

—No, no se lo merecía —repuso Drake con voz ronca—. ¿Te crees que no lo sé? No pasa ni una sola noche sin que la recuerde allí, destrozada, desesperada, hecha un mar de lágrimas y, aún peor, muerta de miedo. Me tenía miedo, miedo por la humillación. Se creyó todos los insultos y todas las palabras que le había escupido para que los Luconi no sospecharan lo que ella significaba para mí. No lo olvidaré nunca. Esa noche se me ha quedado grabada en la mente para el resto de mi vida.

Su voz se volvió grave y despedía rabia a raudales.

—Podría estar en cualquier sitio. Sola. Aterrada. Sus padres no han tenido noticias suyas y esas zorras que se hacen llamar amigas… —Se le quebró la voz y tuvo que recobrar la compostura.

Maddox y él habían ido directamente al piso que compartía con sus amigas y descubrieron que ellas tampoco sabían nada. Después de presenciar aquel paripé, haciéndose las desconsoladas, dieron media vuelta para irse y Lana se derrumbó: les confesó entre lágrimas que Evangeline había llamado aquel mismo día, el día que tenía previsto quedar con ellas para reconciliarse. Y ella le había dicho que no viniera. La culpa se reflejaba en los ojos de todas sus «amigas».

Entonces él cayó en la cuenta de que ella no planificó darle la sorpresa, no le había mentido para hacer de anfitriona. Herida por el rechazo de sus amigas, había decidido volcarse en lo único seguro que tenía, en buscar la aprobación de Drake; la necesitaba porque no tenía a nadie más.

Y Maddox se sentía igual de culpable porque de haber subido con ella al piso, como solía hacer, hubiera sabido que las chicas no estaban en casa y no hubiera dudado en llevarla a otro sitio aquella noche. No esperaba que escapara y volviera al apartamento de Drake para sorprenderlo. Para demostrarle que le importaba. Se lo había jugado todo y él se lo había pagado con una traición tan hiriente, una traición tan profunda que había destrozado algo hermoso e inocente, que no podía pensar en ello sin desatar los frágiles lazos de la cordura.

Justice carraspeó y se pasó una mano por el pelo, dudando, como si le preocupara cabrear a Drake más de lo que ya estaba por lo que iba a decirle.

—Mira, tal vez sea una locura —empezó a decir con recelo—, pero escúchame bien, ¿de acuerdo?

Drake hizo un ruido de impaciencia. Cada instante que pasaba en el despacho, ella lo pasaba en la calle, sola, destrozada y pensando que él le había mentido en todo.

—Que sea rápido —le espetó—. Mientras estamos aquí hablando de ella, la pobre está fuera sola, pasando frío y hambre, con una mano detrás y otra delante.

El pesar lo embargó de nuevo, y tuvo que sentarse en la butaca para no caer. Se tapó la cara con las manos, con lo que se perdió las miradas sorprendidas a la par que incómodas de sus hombres.

—Creo que lo has enfocado mal —expuso Justice en voz baja.

Drake levantó la cabeza de nuevo con los labios fruncidos. Los otros hombres se quedaron mirando a Justice como preguntándose si se había vuelto loco al cuestionarlo o intentar enfadarlo.

—Escúchame bien —repitió este—. La has protegido en todo momento, la has mantenido en secreto por miedo a que la usaran para hacerte daño. Por eso tuviste que hacer lo que hiciste cuando cambió todo y no hubo otro modo de protegerla.

La expresión pensativa de Silas cambió a una de asco, con

lo que dejó claro —para Drake y los demás— lo que pensaba sobre lo que «había que hacer» para proteger la vida de Evangeline.

—En lugar de esconderla, de mantenerla en secreto, creo que deberías hacerlo público. Muy público —añadió Justice, remarcando lo último.

—¿Estás loco? —protestó Drake con una voz ronca—. ¿Quieres que la violen, la torturen… la maten?

Justice levantó la mano para pedirle que lo escuchara. Los otros se quedaron callados; de repente sentían curiosidad por saber a dónde quería llegar Justice con eso.

—No, no la escondas —repitió en voz baja—. Conviértela en tu reina. Haz saber a todo el mundo que es tuya y que matarás a cualquiera que la mire mal, que la amenace o que intente usarla para llegar hasta ti. Piénsalo, Drake. Eres el más temido de la ciudad. ¿Crees de verdad que alguien sería tan gilipollas de ir a por lo que más quieres?

—Tiene razón —terció Silas en voz baja. Los dejó a todos sorprendidos—. Podemos doblar y hasta triplicar su seguridad, pero lo que la protegerá más es tu nombre. Piénsalo. ¿Cuándo has hecho público que estabas con una mujer o has dejado claro que cualquiera que le hiciera daño acabaría sufriendo una muerte larga y agonizante?

Drake gruñó, impaciente.

—Tener un equipo de seguridad, por muy buenos que seáis todos, no la protegerá de un francotirador, una bomba o alguien que se le acerque sin más y le dispare a bocajarro.

Maddox soltó un improperio y miró a Drake, nervioso y asqueado.

—Pierdes la chaveta y no eres racional cuando se trata de Evangeline. Matarla es una estupidez porque no conseguirían más que cabrearte y que fueras a cargártelos. Y eso no lo quiere nadie, ni siquiera el más poderoso de tus enemigos. Serían gilipollas porque en cuanto ordenaran la muerte de Evangeline, ya podrían despedirse de sus vidas y sus imperios. Solo podrían usarla para llegar hasta ti si la secuestraran para extorsionarte a cambio de su liberación. Y para llegar hasta ella, tendrían que sortear a su equipo de seguridad y eso no va a pasar.

—Nosotros —interrumpió Justice al tiempo que los señalaba a todos y a sí mismo— no permitiremos que nadie se le acerque lo suficiente para secuestrarla y siempre habrá alguien vigilándola las veinticuatro horas del día si no está en tu casa. Y cuando Evangeline y tú salgáis, un equipo os protegerá a los dos y controlará todos vuestros movimientos.

—El equipo estará siempre con vosotros salvo cuando estéis los dos a solas. Tu apartamento tiene el mejor sistema de vigilancia del mercado. Es mejor y mucho más sofisticado que la mayoría de los sistemas profesionales. Con solo tocar un botón se activa el sistema de cierre de emergencia y, por si fuera poco, tienes una habitación de seguridad que es impenetrable, incluso a prueba de explosiones —añadió Silas—. Lo sé porque yo mismo hice la instalación.

—No quiero que sea una prisionera —dijo Drake con voz angustiada.

—No será tan distinto a antes —comentó Jax, que habló por primera vez—. ¿Cuándo ha salido sola sin que la acompañara alguno de nosotros? Y no parecía que le importara mucho… Le caemos bien, joder. O le caíamos…

Se le apagó la voz con un gesto de remordimiento y de pesar, como si los actos de Drake la alejaran de los demás. Y a juzgar por las miradas de los hombres, debía de ser algo que todos pensaban y que no les hacía mucha gracia.

Sus hombres la adoraban. Ella les caía muy bien y eso no solía pasar. Ahora se veían en la misma tesitura que Drake: Evangeline dejaría de confiar en ellos. A pesar de eso, no sentía celos. Solo sentía culpabilidad porque, a consecuencia de sus actos, Evangeline perdería gente importante para ella, unas personas a las que había ayudado y había hecho sentir especiales, que importaban.

—Solo yo soy el responsable de lo que le ha pasado a Evangeline —dijo Drake en voz baja—. Y sabéis tan bien como yo que Evangeline no es vengativa. Es muy dulce y tiene el corazón más puro y sincero que he conocido nunca. No os odiará a vosotros, solo a mí… y esa es la cruz que debo llevar. No tenéis que sufrir por mi arrogancia y estupidez.

Se quedó callado, reflexionando sobre la conversación y agachó la cabeza, sumido en sus pensamientos: la cabeza no dejaba de darle vueltas. ¿Tan sencillo era? ¿Tan tonto había sido al tenerla aislada de todo por miedo? No, eso solo era parte del problema. La parte egoísta, que no quería compartirla con nadie, ni siquiera con sus hermanos, aunque fuese necesario.

—Tenéis razón —reconoció, cansado—. Joder, tenéis razón y tendría que habérseme ocurrido antes.

Su tono estaba cargado de odio hacia sí mismo. Él, que controlaba cualquier situación, que pensaba en todas las posibilidades… Sin embargo, ella le había puesto la vida patas arriba; por ella era incapaz de pensar con claridad y de forma racional. Como no se centrara, acabarían muertos los dos. Igual que sus hermanos.

Silas carraspeó y, de nuevo, los demás lo miraron sorprendidos. Ya había roto su silencio característico una vez y parecía que aún tenía cosas que decir.

—Hay algo más que has hecho… no muy bien —le indicó él corrigiendo lo que iba a decir, aunque las palabras flotaron por la sala como si las hubiera dicho.

«Hay algo más que has hecho mal».

Lo miró a los ojos sin inmutarse. Silas no tenía miedo de Drake. Drake lo consideraba un igual en todos los sentidos de la palabra; igual de letal o incluso más. No, Silas no le tenía miedo y Drake lo respetaba por eso.

Hubo un silencio pronunciado en la sala; todo el mundo aguardaba a ver lo que Silas se atrevía a hacer: insinuar que Drake se había equivocado en muchas cosas. Y ni siquiera sus hombres de mayor confianza se atrevían a hacer lo que hacía Silas.

—Nunca supo con seguridad qué lugar ocupaba en tu mundo, en tu vida —susurró.

—¿Cómo que no? —rugió Drake, aunque no le gustaba el tono a la defensiva de su propia voz. Era por el sentimiento de culpa; Silas le había tocado la fibra.

—Llegas a casa después de trabajar y te vas antes de que se despierte. Nos envías a llevarla adonde tenga que ir y a atenderla. Eso es cosa tuya, Drake. Es tu mujer y no le has dado ni un solo motivo para creer que te importa más que alguien que simplemente te caliente la cama y te haga de sumisa. Solo existe cuando te conviene.

La rabia le nubló el juicio y solo el hecho de que Silas hubiera dado en el clavo le impidió abalanzarse sobre el hombre al que llamaba su ejecutor, su verdugo. Ese hombre que estaría a la par que él en una pelea porque los dos eran muy parecidos, aunque Drake sospechaba que este tenía algo más.

—Si la encuentras, si está dispuesta a escucharte, a perdonarte o, por lo menos, permitirte que puedas compensar la terrible injusticia que le has hecho, tendrás que demostrarle con tus actos y no solo con palabras, que para ti significa más que una mujer que te calienta la cama unas cuantas noches y a la que luego puedas despachar con un regalo de despedida por el tiempo invertido.

—Sabes perfectamente que no le gusta aceptar mis regalos —rugió Drake—, ya sean detalles, joyas o ropa.

—¿Y a qué crees que se debe? —interrumpió Maddox con una mirada penetrante.

—Porque solo me quería a mí —susurró él.

Y de repente, todo lo que le había dicho Silas cobraba sentido. Cerró los ojos porque las demás piezas empezaban a encajar. Evangeline lo quería a él. Su tiempo. Su corazón. Lo único que no le había dado, lo que no podía darle. Pero eso no significaba que no pudiera demostrarle que significaba algo para él y pasar más tiempo con ella en lugar de encasquetársela a sus hombres.

Entonces soltó un improperio y se pasó una mano por la cara.

—Hay otras maneras de hacerle daño para llegar hasta mí. Sus amigas, por ejemplo, aunque le hayan dado de lado. Claro que eso no lo sabe nadie. Su familia, su madre y su padre, por quienes haría lo que fuera… y ya lo ha hecho, joder. Ellos también deberán tener protección porque si alguien secuestrara a su familia o a sus amigas, Evangeline se quedaría destrozada y me rogaría que hiciera lo que estuviera en mi mano para recuperarlos. —Hizo una mueca y cerró los ojos—. Y yo no le negaría nada nunca, salvo en lo que respecta a su seguridad. Su felicidad es lo primero y si alguien se llevara a sus seres queridos, no sabría qué hacer. No podría volver a mirarla a los ojos si me quedara de brazos cruzados, impotente, si me negara a ceder ante la extorsión y el chantaje, algo que antes ni se me habría pasado por la cabeza.

Algunos de sus hombres lo miraban estupefactos. No se esforzaron por ocultarlo, aunque los más cercanos a él ni se sorprendieron. Había respeto en sus miradas, igual que la determinación de mantener segura a Evangeline... y a todos a los que amaba.

Hatcher cambió de postura; lo miraba incómodo. Abrió la boca más de una vez, pero la cerró igual de rápido apretando los labios como si reprimiera algo que quería decir.

—¿En qué piensas, Hatch? —preguntó Drake.

Este suspiró.

—Mira, no te lo tomes a mal. Evangeline me cae bien. Es muy dulce, tal vez demasiado dulce e inocente, y no me gustaría que se viera envuelta en nuestras movidas y acabara mal parada o muerta.

—¿Pero? —insistió Drake, que sabía que Hatch estaba pensando algo más y no solo pretendía ensalzar sus virtudes.

Hatcher se sentía cada vez más incómodo y empezaba a sudar.

—Mira, solo escúchame —murmuró repitiendo lo mismo que había dicho Justice hacía tan solo unos minutos—. Esta mujer te ha calado demasiado hondo. Hasta ahora nunca te habías planteado estar con ninguna mujer durante tanto tiempo, y aún menos convertirla en tu reina y proclamarlo a los cuatro vientos, que lo sepa todo el mundo. Tal vez... tal vez sea mejor así.

—¿Así cómo? —preguntó Drake tajante y lleno de rabia porque sabía dónde quería ir a parar con eso, y de estar en lo cierto, Silas, Maddox y Justice tendrían que sujetarlo para no matar a Hatcher.

—Pues cortar por lo sano —dijo su hombre con una mirada dura—. Aprovechar esta situación y dejarlo estar. Te hace vulnerable. Ya lo ha conseguido, joder. Estás obsesionado, Drake. Tú no te das cuenta, pero los demás sí. Al final acabarás muerto... y nosotros después. Al final el precio puede ser muy alto.

Hubo reacciones de todo tipo, desde miradas de «Pero ¿qué mierda dice este?» a miradas fulminantes y de furia absoluta de Justice, Maddox, Silas, Hartley, Jax y Thane; las caras, ojos y forma de apretar la mandíbula de estos lo decían todo.

—Ya has hecho o estás pensando en hacer concesiones para cosas que nunca habías permitido antes. Quizá deberías plantearte dejarla en lugar de convertirla en tu reina. Deshazte de ella, pon fin a la relación y que todo el mundo se entere de que se ha terminado y que ya no te une nada a ella. Es lo que siempre has hecho. Es lo que ya has hecho, así que déjalo correr. Nunca te has implicado sentimentalmente así con ninguna mujer, ni has removido cielo y tierra para buscar a alguien que no quiere que lo encuentren. Si quieres que esté a salvo, esto es lo mejor que puedes hacer porque así nadie, sobre todo desde que la humillaras delante de los Luconi, volverá a pensar en ella. Pero si decides hacer pública la relación, la estarás echando a los lobos, y lo sabes.

Drake se lo quedó mirando con tanta frialdad que dentro del despacho el aire se volvió gélido. Los demás estaban visiblemente incómodos porque sabían que Hatch, a pesar de sus buenas intenciones, había metido la pata a base de bien. Claro que tampoco conocía tan bien a Evangeline. No había pasado tanto tiempo con ella como los demás, que sí entendían la obsesión de Drake y sabían que no la dejaría así como así.

—Evangeline es mi vida —afirmó Drake cada vez más enfadado— y si la pierdo, moriré de todos modos. Como vuelvas a sugerir que me deshaga de ella, te juro que te mato con mis propias manos. Tienes que hablar de ella con respeto y tratarla con la mayor deferencia, más que yo incluso. Evangeline será tu… nuestra, prioridad. Así como su felicidad, seguridad y comodidad. Todos satisfaremos sus necesidades y extenderemos a su familia y amigos la misma cortesía y protección que le daremos a ella.

»Lo más importante en mi vida es ella, su seguridad y su bienestar, y espero… no, exijo, que todos los que trabajéis conmigo juréis protegerla y estéis dispuestos a dar vuestra vida por ella como lo haríais por mí. Y si alguna vez hubiera que escoger entre ella o yo, no habrá duda. Hay que salvar a Evangeline a toda costa y os encargo a vosotros, mis hermanos, su seguridad y bienestar si yo ya no estoy. No quiero que le falte nada nunca. ¿Entendido?

Hatcher lo miraba sorprendido por la vehemencia con la que había hablado. Después de un largo silencio, consiguió articular un «sí» acompañado de un movimiento de cabeza. Por como lo miraban los demás hombres, estaba claro que Drake no era el único que estaba planteándose darle una paliza por su «intervención». Drake tomó nota mental para no confiarle a Evangeline sin que alguno de los demás estuviera con él. No hasta que estuviera convencido de la lealtad de Hatcher hacia Evangeline.

Drake ya había oído suficiente y estaba horrorizado porque uno de sus hombres hubiera sugerido que dejara que Evangeline pensara lo peor de él, y que se lavara las manos. La sola idea lo ponía enfermo.

Les hizo un ademán para que se fueran, pero al levantar la mirada vio que Maddox, Silas y Justice seguían frente a él y lo miraban, solemnes.

Nadie dijo nada durante un momento y luego Maddox murmuró:

—Es ella.

Él ni simuló haber malinterpretado lo que acababa de escuchar. Sabía perfectamente a lo que se refería Maddox. Drake siempre había huido de las relaciones y los compromisos como de la peste y nunca había confiado en nadie más salvo en los hombres que estaban en su despacho, y aún menos en una mujer. Había jurado que nunca dejaría que le afectase lo que pudiera sentir por una mujer, no solo porque aún tenía que conocer a una que lo conmoviera lo suficiente para quererla, sino también por el peligro y el riesgo que eso supondría para ella por el solo motivo de estar con quien estaba.

Pero ahora… Sí, Evangeline era la elegida, era única.

Sin embargo, en lugar de contestarle y decirle que sí o que no, les lanzó una mirada resuelta e intensa, muy poco común en sus facciones por lo general frías y distantes.

—No pienso dejarla marchar, aunque eso implique atarla a la cama cada noche. Si alguna vez quiere dejarme, tendrá que convencerme de que no soy lo que quiere y que el estilo de vida que yo quiero no es lo que ella desea, y tendrá que decirme que no es feliz. Pero sé que no querrá otra cosa, pienso asegurarme de ello.

—Nunca habrá nadie como ella —afirmó Silas como si refutara la idea de que ella quisiera irse, pero había algo más en su mirada penetrante. Tal vez quería asegurarse de cuánto sentía Drake por ella, como si supiera que Evangeline lo perdonaría, pero le preocupara que este pudiera traicionarla de nuevo.

—No —manifestó Drake secamente—. ¿Cómo la va a haber? Solo se prueba este tipo de perfección una vez en la vida, y si no haces todo lo posible por conservar algo tan bueno es que no te lo mereces.

Levantó la cabeza y miró a Silas; aún le hervía la sangre de rabia y determinación. No le debía nada a él ni a ninguno, pero esto… Evangeline y lo que significaba para él eran demasiado importantes para que lo jodiera ahora siendo brusco. No podía haber dudas o no se sentiría seguro de que el compromiso de sus hombres fuera genuino. Miró a Maddox y a Justice y se dirigió a todos ellos cuando les dijo de forma vehemente:

—A ver si os entra en la cabeza. Evangeline lo es todo para mí. No hay un Drake Donovan sin Evangeline. Si le pasara algo, sobre todo por mi culpa, me moriría. No querría vivir tampoco. Ella me da un objetivo, un motivo para vivir. Una razón para levantarme por la mañana y enfrentarme a un nuevo día. No se puede descubrir una luz así, permitir que se apague y luego esperar recuperarla así como así.

Sus hombres se quedaron impresionados, pero no por sus sentimientos hacia Evangeline —ellos los compartían hasta cierto punto—, sino porque acababa de desnudar su alma ante ellos. Tras ese impacto inicial, todos lo comprendieron y Silas asintió levemente como si Drake acabara de pasar una prueba de la que no tenía constancia.

Muy bien. Les había abierto los ojos y ahora que había logrado que lo entendieran, sabía que darían su vida por Evangeline. Se interpondrían entre ella y cualquier amenaza porque sabían que, si le llegaba a pasar algo a ella, también perderían a Drake.

—Os protegeremos a ella y a ti con nuestras vidas —prometió Silas.

Maddox y Justice repitieron la promesa de Silas; sus miradas reflejaban seguridad.

Todos habían ido ascendiendo de la nada y habían dejado atrás un pasado dudoso. Nadie les había regalado nada; habían luchado por todo lo que tenían. Eran una familia y habían forjado un vínculo mucho más fuerte que cualquier lazo de sangre.

Y ahora por primera vez ampliarían ese círculo íntimo para incluir… a una mujer. Ninguno había estado con una mujer el tiempo suficiente para que pudiera considerarse una relación. Satisfacían sus necesidades, asegurándose siempre de cuidar bien a la mujer y de darle placer, y eran bastante generosos cuando las dejaban marchar. Sin embargo, ninguna fémina había amenazado con romper los muros que protegían los corazones de estos hombres.

Hasta ahora. Hasta Evangeline.

Algunos de sus hombres sentían envidia; otros, sentían lástima porque ahora Drake se jugaba mucho más que antes. Antes solo tenía que preocuparse por él y por sus hermanos. Era temido y venerado. Nadie se atrevía a atacarlo. Pero ahora Drake tenía una debilidad y podría acabar siendo su perdición. Su inmunidad a cualquier debilidad había imposibilitado que sus enemigos fueran a por él, porque a Drake no le importaba nada ni nadie, pero ahora tenía a una mujer que significaba su mundo entero. Y que nadie se atreviera a rozarla siquiera, porque aparecería cual ángel vengador o diablo del infierno y se vengaría de quienquiera que le hubiera puesto la mano encima a Evangeline. Y lo haría él mismo. No encargaría a Silas que fuera a por ese cabronazo; sería algo demasiado personal. Drake sería imparable y destrozaría a cualquiera que hiciera daño a su mujer.

2

—¡*S*eñor Donovan! ¡Señor Donovan!

Drake casi gruñó por la interrupción mientras se acercaba al ascensor. Eran las tres de la mañana y sus hombres y él se habían pasado el día peinando la ciudad; otro día infructuoso buscando a Evangeline.

Se dio la vuelta para mirar al portero y seguramente este notó lo que se le reflejaba en el rostro, porque retrocedió y se quedó inmóvil a pocos metros de donde estaba Drake, frente al ascensor del que justo se abrían las puertas.

—Sea lo que sea, puede esperar —le espetó—. No quiero que me molesten.

El portero se quedó indeciso un momento y Drake, molesto, se giró y entró en el ascensor. Entonces el hombre dio un paso al frente y sujetó la puerta para que no se cerrara.

—Es sobre Evangeline, esto… la señorita Hawthorn.

Al oír mencionar su nombre, Drake salió del ascensor y cogió al hombre por las solapas de la chaqueta.

—¿Qué pasa con Evangeline? —bramó—. ¿Sabe algo?

El hombre mayor se había quedado pálido y bajó la mirada sintiéndose culpable. ¿Pero qué…?

Entonces recordó que el portero lo habría visto salir poco después de llegar a casa con los Luconi. Inspiró hondo. Dios, ¡qué imbécil había sido! El portero habría visto salir a Evangeline y el estado en el que estaba al marcharse.

Al hombre le caía bien Evangeline, siempre había tenido una palabra amable para ella, igual que ella para él. Entre ambos había habido un afecto auténtico, pero él nunca le había prestado demasiada atención porque Evangeline inspiraba eso en todas las personas que conocía.

Pero ¿y si…?

El temor iba calando en su interior mientras agarraba a aquel hombre con más fuerza; al instante lo soltó y el portero retrocedió algo tambaleante.

Nunca había caído en preguntarle a él. Había estado demasiado obcecado en buscar por toda la ciudad como un loco. ¿Y si la respuesta había estado allí desde un principio? ¿Y si Evangeline estaba allí fuera sola, desesperada, hambrienta y desolada, mientras Drake perdía el tiempo siguiendo unas pistas erróneas?

—¿Se preocupa por ella? —preguntó el portero en un tono acusador.

Sí, este hombre sabía algo y estaba cabreado por lo que él le había hecho a ella. Y ahora debía andarse con mucho cuidado, porque si le daba algún motivo para creer que quería hacer daño a Evangeline, no recibiría ninguna información de este hombre que ella había protegido, como hacía con todas las personas con las que se relacionaba.

—Mucho —dijo Drake en voz baja y con tono amenazador—. ¿Sabe usted dónde está?

—La vi aquella noche —respondió el portero con un deje amargo.

En su mirada aún se reflejaba la acusación, como si le responsabilizara de la marcha de Evangeline. Y así era, era el único culpable. Pero ¿qué sabía este hombre exactamente? ¿Sabía dónde estaba ella ahora?

—Hubo un gran malentendido —dijo Drake con la voz entrecortada por tener que exponer sus asuntos personales a un completo desconocido. Sin embargo, por Evangeline, para tenerla otra vez entre sus brazos, haría lo que fuera—. Ella no tuvo culpa de nada, pero no tendría que haber estado en casa.

No pudo contener el dolor y la agonía en la voz y reparó en cómo la expresión del hombre se ablandaba un poco.

—Le había preparado una sorpresa —le hizo saber el hombre con voz queda—. Y después, se quedó destrozada. Quise ayudarla, lo intenté, pero me dijo que si lo hacía, me echaría usted a la calle como a ella.

Drake hizo una mueca de dolor y el pesar que sentía en el pecho le cortaba la respiración. El portero había tratado de ayudarla y Evangeline se había negado, porque le preocupaba que Drake lo despidiera si se enteraba. Por un momento había albergado la esperanza de que tuviera respuestas, que pudiera decirle dónde encontrarla.

El hombre se pasó una mano por el pelo; de repente parecía inseguro y receloso.

—Que Dios me perdone si me equivoco, que me perdone ella.

Drake se puso alerta.

—¿Qué? ¿Qué sabe? —preguntó, cambiando de táctica porque conocía la disyuntiva en la que estaba el hombre. No estaba seguro de cuáles eran las intenciones de Drake hacia Evangeline y, por lo tanto, se mostraba reacio a darle información que lo ayudara a encontrarla. Ahora, a menos que pudiera convencerlo de que estaba haciendo lo correcto y que no traicionaría a Evangeline al facilitarle la información, no pensaba sonsacársela a las malas, ni siquiera amenazándolo con perder el trabajo—. Es muy importante que la recupere —añadió en voz baja—. Estoy incompleto sin ella. Quiero pedirle que me perdone, pero no puedo hacerlo hasta que la encuentre y la traiga a casa, que es donde debe estar.

El recelo del portero menguó mientras este miraba a Drake, pensativo.

—Mire, señor Donovan, lo creo.

—Solo espero que ella también —susurró él.

El portero suspiró:

—La subí a un taxi y la envié a un hotel en Brooklyn donde trabaja mi hermana. A Evangeline… la señorita Hawthorn, quiero decir.

—No pasa nada —dijo Drake, interrumpiéndolo un momento—. Entiendo lo especial que es para usted, igual que lo es para los demás. No es una falta de respeto llamarla Evangeline. Déjeme adivinar, seguro que ella insistió.

El hombre esbozó una sonrisa.

—Eso hizo, sí, señor Donovan.

—Bueno, ¿y a qué hotel la envió? —preguntó este, tratando de controlarse.

—No tenía adonde ir —dijo el portero arrugando el ceño—. No tenía dinero y no llevaba nada consigo salvo una muda. No podía dejar que se marchara así, sin ningún sitio al que ir y donde pudiera estar bien.

—Hizo usted lo correcto, y le estoy eternamente agradecido por preocuparse de su seguridad. Le recompensaré por ello.

Al oír eso, el hombre adoptó un semblante serio.

—Mi recompensa será volver a tenerla aquí, a salvo y feliz de nuevo.

Drake frunció el ceño.

—Pero de eso hace cinco días. ¿Sabe si Evangeline sigue allí? No es de las que... quiero decir, ella nunca aceptaría caridad. Es demasiado orgullosa y nunca se alojaría en ningún sitio que no pudiera pagarse de su bolsillo.

—Mi hermana le dio trabajo en el servicio de limpieza, aunque Evangeline fue muy sincera con ella y le dijo que no pensaba quedarse mucho tiempo, solo hasta que ganara el dinero suficiente para poder seguir con su vida.

Drake se quedó helado. «Seguir con su vida». Estaba a punto de perderla para siempre, si es que aún estaba allí...

—Su turno empieza dentro de una hora —dijo el portero en voz baja. Entonces levantó el mentón y lo miró fijamente a los ojos—. No haga que me arrepienta de haber traicionado su confianza, señor. No querría hacerle daño, que ya ha sufrido bastante.

—En eso estamos de acuerdo —afirmó Drake, poniéndole una mano en el hombro—. Muchas gracias. Nunca podré agradecerle lo suficiente lo generoso que ha sido con Evangeline cuando más lo necesitaba y por ayudarme a encontrarla para enmendar las cosas. No me lo merezco.

—Con traerla es suficiente, señor Donovan —manifestó el portero con voz sombría—. Esto no es lo mismo sin ella.

Esas palabras le calaron hondo, justo al corazón, porque eran absolutamente ciertas. Nada era lo mismo sin Evangeline.

Iba a darse la vuelta y salir corriendo de allí en cuanto el portero le dio el nombre y la dirección del hotel, pero tenía que darse una ducha, cambiarse y llamar a Silas y a Maddox. Ellos eran los que más la querían y más interés tenían en su búsqueda. Maddox aún se sentía culpable por dejar que se le escapara, y Silas... Drake no estaba seguro de qué conexión había entre ambos, pero era la amistad más curiosa que jamás había visto.

Pero una cosa era segura, Silas se mostraba muy protector con ella, y viceversa; Evangeline no permitía que nadie lo ninguneara ni lo calumniara de ninguna manera. Lo más sensato, pues, era que Maddox y Silas lo acompañaran a traerla de vuelta para garantizar su seguridad… y la de él.

Silas soltó un exabrupto cuando el coche que los llevaba a los tres se detuvo frente a ese hotel cochambroso, cinco minutos después de que empezara el turno de Evangeline. Drake lo miró anonadado y con una ceja arqueada.

Pero Silas no dijo nada más. Se limitó a fruncir el ceño, algo que también hizo Maddox. A ninguno les hacía gracia ver dónde Evangeline había estado viviendo y trabajando mientras ellos recorrían las calles de la ciudad buscándola.

No obstante, el portero había sido lo bastante considerado para cerciorarse de que Evangeline tuviera un sitio al que ir. Solo por eso se había ganado su eterna gratitud.

—Esperadme aquí —dijo Drake mientras abría la puerta para salir—. Y espero que pueda convencerla para que vuelva conmigo.

3

*E*vangeline metió la fregona en el cubo de agua jabonosa y luego la escurrió con toda la fuerza posible en el escurridor antes de empezar la ardua tarea de limpiar la recepción.

Sabía que tenía que darse prisa para no interrumpir las idas y venidas de los clientes, motivo por el cual el vestíbulo se limpiaba a las cuatro de la mañana. Le dolía la espalda, tenía los pies hinchados y doloridos, y los ojos irritados por los mares de lágrimas que derramaba todas las noches, tumbada en su camastro e incapaz de dormir.

Sabía que tenía mala pinta y que realizaba las tareas de forma automática, con movimientos mecánicos. Si no fuera por el dolor que sentía en el corazón, que no se calmaba nunca, habría jurado que ya estaba muerta y no era más que una zombi que realizaba con torpeza su rutina diaria.

Unos días. Solo necesitaba unos días más para reunir el dinero suficiente, comprar un billete de avión y volver a casa de sus padres. No la asustaba el trabajo duro. Podía trabajar en dos y hasta tres sitios a la vez, lo que hiciera falta para ayudar a sus padres, con la ventaja añadida de que no le dejarían tiempo para pensar en…

La recorrió un escalofrío. Los ojos le escocían como si los hubieran rociado con ácido. No podía ponerse a llorar allí, joder. Solo permitía que la consumiera el dolor por las noches, en la oscuridad, cuando no la oía ni la veía nadie.

¿A quién pretendía engañar? No dejaría de pensar en Drake ni en el dolor de la traición de este hasta el día de su muerte. No serviría de nada marcharse al otro extremo del país cuando su corazón se quedaría para siempre en Nueva York con un hombre que no tenía corazón, ni alma ni sabía amar.

¡Cielo santo! ¿Qué podía hacer? ¿Por qué no había hecho caso a sus amistades? ¿Por qué había sido tan ilusa? Y ahora, por estúpida, no solo había perdido a Drake, sino también a sus mejores amigas.

Daría lo que fuera por estar en su apartamento en aquel mismo instante, vaciando su corazón y pidiéndoles perdón por haberlas traicionado. Pero no soportaba que la gente a la que quería la viese tocar fondo.

Todavía le faltaban unos días hasta reunir el poco dinero que necesitaba para poder pagarse el viaje de regreso a casa y también para buscar la forma de superar lo que le había hecho Drake y poder presentarse ante su familia sin la desolación pintada con tanta claridad en la cara y en el lenguaje corporal.

La tristeza se volvió a apoderar de ella porque volvía a engañarse. ¿Unos días para superar lo de Drake? No tenía la más mínima esperanza de liberarse jamás del impacto que había causado en su vida, por poco que hubiera durado su aventura.

Pero al menos podía prometerse no volver a amar con toda su alma y su corazón nunca más. ¿Cómo iba a hacerlo, si parte de ella siempre pertenecería a Drake?

Se apoderó de ella el agotamiento, se tambaleó al dar otra pasada con la fregona, y la invadió el dolor como una crecida inmensa que la despojaba de sus fuerzas. Se aferró al palo de la fregona en un intento desesperado de no caer redonda al suelo y de no rendirse al desaliento que le hacía pedazos el corazón.

Le temblaban las manos. Le temblaba el cuerpo entero. Así que se quedó allí plantada, respirando, agarrada a la fregona como si su vida dependiese de ello. Entonces cometió el error de levantar la vista y se le heló la sangre. Si no hubiera estado sujetando la fregona con tanta fuerza, se habría derrumbado allí mismo.

Drake entró en el hotel a grandes zancadas y vio que no había conserje de guardia. Oyó el suave ruido del agua y el «chof» de la fregona en el suelo y se volvió por instinto hacia la fuente del sonido.

Evangeline.

Se le aceleró el corazón al verla perder pie de agotamiento, aferrada al palo de la escoba, y devoró aquella imagen como un hombre famélico y desprovisto de vida. Hasta aquel momento. Le temblaban las rodillas y las manos… ¡Señor! El tembleque de las manos era incontrolable y el nudo que se le había formado en la garganta le impedía hacer otra cosa que absorber la única fuente de luz de su vida.

Evangeline. Su ángel. La había encontrado al fin.

El reconocimiento fue instantáneo en cuanto ella levantó la cabeza y sus miradas se encontraron, pero el miedo que le brillaba en los ojos le desgarró las entrañas. El paso atrás que dio por instinto, la mirada salvaje como la de un animal preparado para huir de un depredador.

Los párpados se le incendiaron, abrasaban; las aletas de la nariz se le dilataron por la súbita explosión de sentimientos y el esfuerzo de contener las lágrimas que amenazaban su masculinidad. Porque aquellos preciosos ojos de ángel que antes lo miraban con amor y confianza estaban ahora llenos de terror y aprensión, y lo que era peor… de vergüenza. Sintió ganas de pegarse un tiro en la maldita cabeza por todo lo que le había hecho.

Ella se apresuró a estudiar sus posibles rutas de escape y él se le acercó como el depredador que era, solo que el pánico había reemplazado su frío distanciamiento habitual, que lo vestía como una segunda piel cuando se abalanzaba para dar el golpe mortal. No podía perderla. Otra vez. Jamás. Los días pasados habían sido un infierno. Un infierno como no había experimentado nunca ni quería volver a repetir.

Temblaba cuando tendió las manos hacia ella en un gesto tranquilizador, como si su ángel fuera un animal salvaje que buscase una salida. La que fuera.

—Evangeline. —Su voz sonó ronca—. Nena, por favor, no huyas. Por favor. Tengo tantas cosas que contarte… que explicarte. Llevo días buscándote, los peores días de toda mi vida. Por favor, no me hagas volver a pasar por eso.

Ella curvó los labios en una mueca de desdén y en los ojos, brillantes por las lágrimas que se acumulaban en ellos, le brilló una mezcla de furia y desolación. Traslucía una fragilidad tan absoluta, una extenuación que la calaba hasta los huesos.

Como si ya la hubiera perdido, pese a tenerla tan cerca, tanto que casi la podía tocar. Solo unos pasos más…

—¿Que yo no te haga pasar por eso? —susurró ella—. ¿Yo? ¿A ti?

Elevó la voz hasta rozar la histeria y las lágrimas le resbalaban por las pálidas mejillas. Él observó su lividez, el peso que había perdido en los días transcurridos desde que la había abandonado con tanta crueldad, la sombra que, bajo los ojos, le recordaba demasiado a un moratón para su gusto. Parecía… derrotada.

Cerró los ojos, paró a medio camino la mano que había levantado, esperaba contra toda esperanza que ella no se apartase, que lo buscase a pesar de que lo odiase con la misma pasión con que había llegado a amarlo. Quería recuperar aquel amor. ¡Joder! Estaba a punto de suplicarle. Nunca lo había querido nadie hasta que conoció a Evangeline, su ángel de generosidad y amor al que no le importaban lo más mínimo ni su dinero, ni su poder, ni los regalos caros con los que la cubría, ni el vestuario completo que había costado más de lo que ella ganaba en cinco años. Su ángel solo quería lo único que él no podía ofrecerle: su amor. Y su confianza.

Y ahora no le quedaban esperanzas de volver a recuperar ninguna de las dos cosas.

—Mi ángel —susurró con la voz rota—. Tienes todos los motivos del mundo para odiarme, para que te repugne incluso mirarme. Lo que hice es imperdonable, pero no tenía elección. Por favor, dame la oportunidad de explicártelo. Y si después sigues odiándome, si me sigues queriendo fuera de tu vida, te dejaré ir. Aunque eso me mandará a la puta tumba, pero te juro que te dejaré ir y que no te faltará nada el resto de tu vida, sea yo parte de ella o no. No tendrás que volver a trabajar en estas condiciones, tendrás estabilidad económica. Ya me he encargado de ello, aunque sé que no es eso lo que quieres de mí. Nunca has querido de mí nada que no fuese… a mí. Dame una oportunidad, cielo. Dios, dame la oportunidad de arreglarlo. Para que me vuelvas a aceptar. Solo a mí y nada más. No dudaré de ti jamás, nunca lo he hecho. Pero me encargaré de que no tengas ningún motivo para volver a dudar de mí.

—Inútil…

»Imbécil…

»Puta...

Aquellas palabras susurradas con tanta agonía, palabras que él había lanzado contra ella, las flechas directas que habían destrozado la autoestima de Evangeline, volvían para casi destruir el fino hilo al que él se agarraba con desesperación; lo único que evitaba que perdiese el poco control que le quedaba. Porque aquellas palabras con las que la había herido eran ahora dardos dirigidos hacia él que lo atravesaban como disparos fatales.

Ya en el restaurante, aquella noche infausta que parecía haber tenido lugar en otra vida, había reconocido que lo que le había hecho a ella era mucho peor que el daño que le había causado Eddie, su ex. Pero saberlo y verlo con sus propios ojos eran cosas muy distintas. Y ahora la tenía delante y veía hasta qué punto la había hecho pedazos, cómo había destrozado algo tan hermoso e inocente.

—Todo eso es lo que era para ti, Drake —dijo, todavía en un susurro, y cada aliento entrecortado sacudió su cuerpo con violencia.

—¡No! —gritó, haciéndola encogerse y retroceder ante la furia descarnada de su voz.

Los ojos se le dilataron por el miedo, la desconfianza y un intenso dolor. Un dolor que él comprendía muy bien porque vivía un infierno desde la noche que la había traicionado. Sin embargo, pese a la angustia que había sufrido sabía que no podía compararse con el suplicio y el sufrimiento de Evangeline. Y eso lo torturaba todavía más porque jamás había querido ser la causa de tanto dolor y turbación. Se había hecho un juramento sagrado. Dos juramentos. Y había quebrantado ambos igual que la había quebrantado a ella.

—¡Jamás! —soltó, desbocado—. Eran mentiras, mi ángel. Mentiras terribles, horrendas, pero necesarias. ¡Dios! Ojalá pudiera volver atrás, ojalá pudiera recuperar aquel día. Me habría asegurado de que no te vieses implicada, de que no presenciases aquello. En mi arrogancia pensé que podría mantenerte a salvo y ajena a esa faceta de mi vida. Y tendré que vivir con las consecuencias de ese error el resto de mis días. Sé que no podrás perdonármelo jamás, pero, Dios, te suplico que me des la oportunidad de explicártelo, de intentar que comprendas el mundo en el que vivo. Un mundo en el que no debí permitir jamás que entrases, pero fui incapaz de negarme tu dulzura y tu luz, igual que un hombre famélico y sediento no puede negarse el alimento y el agua. Amor, eras... eres lo único bueno de mi vida y, Dios me perdone, pero no podía dejarte ir, aunque eso debería hacer. Tenía que tenerte. Te necesitaba. Te sigo necesitando.

Ella frunció el ceño con actitud perpleja. Su mirada reflejaba desconcierto al escuchar las palabras angustiadas que él pronunciaba con tanta emoción y desprecio hacia sí mismo. Parecía estar filtrando cada palabra, cambiando la expresión a medida que iba analizando aquellas declaraciones contradictorias. Él ni siquiera sabía si lo que había dicho tenía sentido. Solo sabía que estaba desesperado y que haría o diría lo que hiciera falta para que Evangeline volviera a casa con él.

—¿Necesarias? ¿Necesarias? —repitió, con la cara retorcida de dolor—. ¿Era necesario que me humillases, que me desnudases delante de aquellos hombres, que me denigrases y degradases, que me hicieses sentir una inútil y una puta?

¡Cielo santo! Todas las palabras pronunciadas aquella noche se habían quedado grabadas a fuego en su memoria porque las repetía al dedillo, las había absorbido y, lo que era peor, se las había creído.

Drake gruñó y su agonía era tan grande que ni siquiera reconoció su propia voz. Como la de un animal herido o una bestia que llora la pérdida de su compañera. Era ambas cosas, pero sus heridas no se acercaban ni de lejos a las de la hermosa mujer que tenía tan cerca y a su vez tan lejos.

Evangeline negó con la cabeza y se cubrió la cara con las manos al tiempo que se le rendían las rodillas y se dejaba caer al suelo. Drake saltó por encima de los trastos de fregar en un intento de cogerla al vuelo, pero llegó tarde, así que derrapó para frenarse y cayó de rodillas ante ella, abrazándola al instante, ignorando su súbito respingo, el rechazo de su cuerpo y de su tacto. Sin hacer caso de su reacción, se aferró a ella, a la promesa de no volver a dejarla ir.

—Mi ángel. —Se le atragantaban las palabras—. Mi ángel hermoso, dulce e inocente. Nena, por favor, déjame sacarte de aquí. Déjame que te lo explique. Te juro que no te haré daño nunca más. Dame la oportunidad de enmendarme. Vuelve a entregarte a mí. No volveré a estropear un regalo tan preciado. Te lo juro por mi vida.

Evangeline se abandonó entre sus brazos y dejó escapar un gemido atormentado, al que siguieron unos sollozos desgarradores que le sacudieron todo el cuerpo. A Drake se le rompía el corazón al notar la calidez de sus lágrimas que le resbalaban por el cuello y con el dolor que traicionaba cada uno de sus jadeos. En ellos, sin embargo, él leía su consentimiento, o tal vez que simplemente se había quedado sin fuerzas para luchar. Pero al menos sabía que debía aprovechar rápidamente aquel momento de vulnerabilidad o tal vez no se le presentase otra ocasión. Rezó para que le perdonase otro pecado más de su lista interminable de transgresiones, la cogió en volandas, se puso en pie y cruzó el vestíbulo de aquel hotel ruinoso para llevarla a la calle, donde los esperaba su coche.

Maddox y Silas montaban guardia y al ver a Drake con Evangeline, llorosa, en los brazos, Maddox susurró un «Menos mal» que resonó con fuerza en la mente de Drake. Durante un momento la expresión de Silas fue de alivio, pero al ver el cuerpo menudo sollozando en los brazos de Drake se le encendió un fuego en los ojos. Este ignoró la mirada acusadora que le lanzó su hombre. Solo le importaba que Evangeline había regresado y al menos tendría una oportunidad de explicarse y compensarla por todo lo que le había hecho.

Se acomodó en el asiento de atrás del coche, estrechó contra él a Evangeline, su delgada figura todavía sacudida por el llanto silencioso. Maddox se apresuró a sentarse al volante, mientras Silas se colocó en el asiento del pasajero. El primero miró a Drake, preguntándole sin decir nada a dónde quería llevar a Evangeline.

—Al Conquistador —susurró—. Que tengan la suite del ático preparada para cuando llegue.

Por nada del mundo iba a llevar a Evangeline a su apartamento, el escenario de la abominación por la que la había hecho pasar. Desde luego no en aquel momento. Tal vez nunca más. Silas asintió para mostrar su aprobación, pues había comprendido al instante el motivo de la elección.

A Drake se le pintó la preocupación en la cara al abrazar el cuerpo flaco de Evangeline, ajustado al suyo como un guante. Solo llevaban unos días separados y, sin embargo, percibía su fragilidad, el peso que había perdido. Las ojeras en aquellos ojos atemorizados. ¿Habría comido algo? Ya sabía la respuesta. No había tenido quien la cuidase, quien se preocupase de sus necesidades. Nadie a quien acudir. Ni las mujeres a las que había llamado amigas durante tanto tiempo. Tampoco sus padres, porque su orgullo no le habría permitido contarles lo desesperado de su situación.

Estaba consumida, igual que se había consumido él durante aquella separación, que le pareció interminable. Cada minuto, cada hora, cada día… habían sido un infierno. No merecía otra cosa, pero, por primera vez durante todo aquel tiempo, empezaba a sentir que albergaba una esperanza, que volvía a asomar el sol que lo había abandonado desde que ella se había ido, llevándose con ella su luz y su esperanza. Le había arrebatado mucho más, había perdido todas las cosas que había dado por seguras. Su risa, el deleite de las cosas sencillas. Su abnegación, su generosidad, la bondad y la inocencia que no solo lo tocaban a él, sino a todas las personas que se relacionaban con ella. Sus hombres la habían buscado con la misma desesperación que él y ahora que tenía aquel milagro entre los brazos haría exactamente lo que había hablado con ellos.

No volvería a intentar mantenerla en secreto ni a temer que la utilizasen —que le hicieran daño— para atacarlo a él y a su imperio. Estaba claro: iba a convertirla en su reina y se sabría en todas partes que, ni de coña, se le podía tocar un pelo y que quien lo hiciese se las vería con la furia de Drake Donovan y todo su ejército de hermanos leales.

Su nombre solo se pronunciaba por lo bajo, con respeto y temor. Si alguien siquiera la mirase mal, la furia de Drake no conocería límites. Haría pedazos a cualquiera que se atreviese a tocarla. Y lo haría él mismo.

Evangeline se revolvió entre sus brazos e intentó apartarlo de ella de inmediato, con los ojos llenos de lágrimas, miedo y ansiedad.

—¿Adónde me llevas? —preguntó con voz débil—. ¿Mi humillación no ha sido suficiente? ¿Quieres que el mundo entero vea cómo te desentiendes de mí?

Al oír la resignación y la desolación de la voz de Evangeline, Maddox maldijo, furioso, aferrando el volante y tomando una curva a más velocidad de la debida, lo que arrojó a la joven otra vez contra el pecho de Drake, que la rodeó con los brazos para protegerla. El corpachón de Silas se tensó, emanaba oleadas de furia. Se volvió para mirar a Evangeline con una ternura inusual en él.

—Yo no lo permitiría jamás, Evangeline.

Ante aquella tranquila promesa se quedó petrificada, con la mirada clavada en Silas. Luego volvió a mirar a Drake con la confusión pintada en la cara. Drake gruñó y volvió a abrazarla con fuerza.

Le acarició aquel pelo enmarañado, aspiró la dulzura de su aroma, un olor con el que se acostaba todas las noches, lo saboreaba y se pegaba a él, hasta que maldecía el momento de levantarse de la cama a la mañana siguiente.

—Tengo mucho que explicarte, mi ángel —dijo, con voz atormentada—, hay muchas cosas que debes entender y ruego que la generosidad de tu corazón te permita perdonarme por ellas. Pero nunca te volveré a dejar ir. No volveré a desentenderme de ti. Te has hecho con mi corazón y mi alma y perderte ha sido como si me los arrancasen del cuerpo. Solo ahora siento que han vuelto a mí.

—Inútil. Imbécil. Puta —susurró, y un nuevo torrente de lágrimas se deslizó por su cuello.

—¡No! —gruñó Drake—. ¡Nena, no! Nunca más. Dios.

Silas lo miraba conmocionado y, cosa extraña, el dolor le afloraba en los ojos. No tardó en cambiar la expresión por una mirada asesina. Drake tardó un momento en darse cuenta de que Maddox había parado el coche y de que ambos lo miraban desprendiendo furia por todos los poros.

—Dime que no la llamaste todas esas cosas —la voz de Silas sonó grave.

—¡Me cago en la leche! —maldijo Maddox—. ¡Me cago en la leche, Drake! ¡Se lo creyó! ¡Y se lo sigue creyendo!

—¿Cómo fuiste capaz? —La pregunta de Silas era una acusación—. Sabía que habías sido duro. Sabía que no te quedaba otro remedio, pero, joder, Drake. ¡Te pasaste, joder!

Drake cerró los ojos y abrazó a la llorosa Evangeline con más fuerza.

—Conduce y calla —dijo, cortante—. Llévame al hotel, por Dios, para que pueda explicárselo.

Silas negó con la cabeza con el dolor asomando a los ojos.

—Hay errores que no pueden enmendarse. Hay palabras que no se pueden retirar. Sobre todo cuando han echado raíces.

—¡No! —negó Drake—. Conseguiré que me crea, aunque sea lo último que haga. Conseguiré que vuelva a creer en mí.

Silas y Maddox intercambiaron miradas de preocupación. Dudas. Drake sintió que se desvanecía parte de la euforia que lo había invadido al encontrar a Evangeline y que el terror ocupaba su lugar. Porque con tenerla otra vez consigo solo había ganado una batalla. Ahora debía convencerla para que se quedase.

4

*E*vangeline había aceptado que no le quedaba otra: tenía que hacer frente a Drake. No le había dado alternativa. Y la reventaba comportarse como una niña llorona y no mostrar más fortaleza, la fortaleza de una mujer capaz de escupirle en la cara, de darle un rodillazo en las pelotas y decirle exactamente por donde podía meterse la destrucción necesaria a la que la había sometido.

Quería reírse de la idea de que la considerase tan desesperada como para tragarse semejante montón de patrañas. Y una mierda había sido necesario.

No.

Crédula. La palabra era crédula. Y desde luego era culpable de todos los cargos.

Crédula. Ilusa. Dependiente. Impulsiva. Sí, impulsiva también. Demasiado estúpida para seguir viviendo. Eso para empezar. Y pensar que se había felicitado por haber aprendido de lo de Eddie y haber sacado una lección de aquel desastre…

Se deshizo del abrazo de Drake y le dio la espalda. No soportaba mirarlo y ver su propia estupidez reflejada en sus ojos. Fijó la mirada perdida en lo que se veía a través de la ventanilla y se juró no volver a verter una sola lágrima por Drake Donovan. No aguantaba que la tocase porque le recordaba todas las noches que aquellas manos habían recorrido cada centímetro de su piel y todo el placer que le habían dado.

¡Lo que daría por ser capaz de pegarle una buena paliza! Por ser una de esas mujeres que saben defenderse. La clase de mujer que los hombres respetan porque saben que no se les puede dar por culo y salir indemnes. Con ella no tenían ni para empezar. Ella se había limitado a hacer como que se resistía porque sabía desde el principio que acabaría cediendo y dándole a Drake todo lo que quería.

Se mordió el labio del asco. Ni siquiera era capaz de reunir el valor necesario para destrozarlo con palabras, de bajarle un poco los humos. La verdad, pura y simple, es que lo único que quería era... Cerró los ojos, exhausta.

Que la dejasen en paz. Poder esconderse del juicio de los demás, lamerse las heridas en algún lugar secreto y olvidar la existencia de Drake Donovan. Y luego morir también en secreto como había muerto ya diez veces en los pocos días transcurridos desde que se le había caído la venda de los ojos.

Quería volver a casa. El deseo de refugiarse en los brazos de su madre era un dolor físico. No tenía que haber ido a Nueva York jamás, había sido un error pensar que una mujer tan ingenua como ella podría subsistir fuera del entorno pueblerino en el que se había criado, y mucho menos encajar.

Cerró con fuerza los labios para que no se le escapase una risa histérica.

Y todavía más penoso que llegar a creer que podría vivir su vida en una gran ciudad como aquella, llena a rebosar de urbanitas sofisticados, había sido permitirse pensar que las diferencias entre Drake y ella no importaban. Que podría seguir siendo ella misma en el mundo glamuroso de él. Que podría satisfacer a un hombre como aquel, con unas necesidades tan absorbentes. Que Drake podría llegar a ser feliz con Evangeline, la apocada y, desde luego, nada glamurosa Evangeline.

¡Por Dios! Como no dejase de pensar aquellas cosas iba a morir de humillación. ¡Qué ser tan débil, lamentable y trágico! Le iban a salir cardenales de tanto darse de puñetazos, por presuntuosa.

Su madre siempre le había dicho que si algo parecía demasiado bueno para ser verdad, lo más probable es que lo fuese.

¿Dónde estaba aquella perla de sabiduría cuando Evangeline se había visto catapultada al mundo deslumbrante de Drake?

Pero en realidad solo ella tenía la culpa. Se había puesto el velo ante los ojos voluntariamente. Lo había aceptado con entusiasmo. No había querido saber la cruda verdad. Estaba demasiado ocupada, sumergida en aquel mundo de cuento de hadas que se había creado como para molestarse en hacer las preguntas importantes o cuestionarse sus propias conclusiones. Porque, de haberlo hecho, su fantasía se habría roto en mil pedazos, se habría destrozado como un alud que arrasa con todo y la habría enterrado bajo la nieve.

Al menos Eddie, su ex, tenía razón en una cosa. Aquel pensamiento amargo e inesperado quemaba como ácido y le dejó un sabor acre en la boca. Pasaba por la vida como un avestruz, enterraba la cabeza en la tierra a la primera señal de adversidad. Solo que, en aquella ocasión, Evangeline no se avergonzaba por la comparación. ¿Quién carajo recibía la adversidad con los brazos abiertos? Ella no, desde luego. No disfrutaba del sufrimiento, fuese el suyo o el de otras personas.

Sin embargo, una parte oculta de ella deseaba volver a aquella noche una y otra vez. Solo cinco minutos, pero en esa ocasión sabiendo de antemano lo que iba a ocurrir, en lugar de llevarse aquella sorpresa cruel e inesperada. Nada le habría gustado más que poner a Drake Donovan en su sitio.

Un agradable calorcillo se le extendió por el estómago al recrearse en la idea. Drake humillado por una mujer. Una imagen de las que se quedan grabadas. Los compinches de sus manejos muertos de risa al verlo sangrar por la nariz por un golpe de Evangeline. Seguiría con un rodillazo en las pelotas que lo haría cantar en falsete durante semanas.

Apoyó la frente en la ventanilla y cerró los ojos a las aceras borrosas… y volvió a llorar. ¡Joder!

¿Qué sentido tenía todo? ¿Por qué había venido a buscarla? ¿Y qué narices era aquello de no sé qué necesario? No lo habían obligado a punta de pistola a destrozarla por dentro, pero daba la impresión de que Drake esperaba que lo viera a él como la víctima.

Negó con la cabeza. ¡Y una mierda! No tenía ninguna intención de jugar a sus jueguecitos mentales, ni mucho menos de darle la absolución, cosa que quería o necesitaba a juzgar por sus palabras y su comportamiento.

Ya se las vería con Dios. Pero como no tenía alma, dudaba de que creyese siquiera en un poder superior. Miró hacia él por el rabillo del ojo, con repulsión. ¿A quién quería engañar? Lo más probable era que Drake se creyese el mismísimo Dios.

Una serpiente de miedo y pánico le recorrió la espalda cuando el coche se detuvo a las puertas de un prestigioso hotel de Nueva York. Le habría gustado ser capaz de regodearse en la idea de Drake arrastrando a una mujer vestida con un uniforme de servicio por el vestíbulo lleno de pijos. Seguramente lo mirarían con cara de pena. Un hombre de su posición social y económica que se rebajaba a fraternizar con la chusma.

—¿Mi ángel?

El tono inseguro de Drake se coló en sus amargas ensoñaciones. Se dio la vuelta con cuidado para dejar la mayor distancia posible entre ambos.

La furia que al fin había logrado atreverse a expresar se congeló en el instante en que sus ojos se encontraron. Se encogió al ver lo atormentado y... abatido que parecía. Cerró los ojos antes de que le diera tiempo a perder la entereza más de lo que ya la había perdido.

¿Qué puñetas le pasaba? Era su oportunidad de destrozarlo con palabras, igual que había hecho él. Destruirlo, hacerlo pedazos con tanta crueldad como había usado él con ella. Hacerle probar cómo se sentía al estar del otro lado, lo que era recibir...

Odio.

Enterró la cara en las manos y un escalofrío le sacudió el cuerpo con violencia. ¿Qué diablos le pasaba? ¡Señor, Señor! Hablaba, no, se comportaba, igual que él.

Unas manos tímidas le subieron por los brazos rozándola apenas, dubitativas, como si Drake temiese que lo rechazase. ¿Pero no la había rechazado él antes? Evangeline odiaba los jueguecitos mentales. ¿Por qué había vuelto a buscarla? ¿Qué hacía ella en aquel coche? Se había desentendido de ella, lo había dejado clarísimo. ¿A qué venía aquella pantomima tan elaborada, entonces?

Tenía un dolor de cabeza terrible, pero no era nada en comparación con el dolor horrible que sentía en el corazón.

—¿Qué quieres, Drake? —preguntó en voz baja—. ¿Qué tengo que hacer para que me dejes tranquila y en paz? No creo que sea mucho pedir. Me ha costado horrores asumir lo mucho que me había equivocado contigo, pero no creía posible que fuera tanto, que fueras capaz de disfrutar hiriendo mis sentimientos.

Lo contempló a través de las lágrimas, le aguantaba la mirada de agonía, decidida a no ceder.

—Entiendo que no quieras saber nada más de mí, lo has dejado muy claro, ¿pero de verdad vas a humillarme y avergonzarme solo porque puedes? ¿Para volver a maltratarme física y psicológicamente?

Estaba tan metida en su súplica apasionada que tardó unos segundos en darse cuenta de que Silas y Maddox habían salido del coche y la habían dejado sola con Drake. No tenía ningún motivo justificado para sentir que aquello era otra traición de personas de las que no la habría esperado, pero así era. Y no debería dolerle, pero le dolía. Los hombres de Drake no le debían nada; eran leales a él. ¿Qué era ella? No era más que otra mujer con la que se había divertido el jefe.

Poco a poco, como si temiera su rechazo —bueno, al menos ahora se sentían los dos igual—, Drake acercó una mano suavemente para acariciarle la barbilla y obligarla a mirarlo a los ojos cuando ella habría preferido no hacerlo y rendirse a la desesperación.

—Cielo, escúchame, por favor.

Aquellas palabras la dejaron de piedra porque aquel lado de Drake no lo había visto nunca. Humilde. ¿Afectado? ¡Por Dios, si hasta parecía a punto de suplicarle!

Le acariciaba la barbilla con el pulgar en un gesto tierno, los ojos anegados en el mismo pozo de sentimientos que le atenazaba a ella la garganta.

—¿Qué quieres? —susurró con la voz rota por el dolor de su corazón.

—A ti. Te quiero a ti. Solo a ti. Y siempre.

Ella dio un respingo y habría reculado si Drake no la hubiera sujetado por el hombro con la otra mano para que no se moviera. Le faltaba el aliento, como si no fuese capaz de conseguir que los pulmones ayudasen.

—No, no. Escucha. Escúchame.

Ella se mordió el labio para obligarse a no derramar más lágrimas por aquella mierda de situación.

—Necesito decirte tantas cosas… Necesito explicártelo. No merezco tu comprensión y desde luego no merezco tu piedad. Pero si fuera posible me pondría ahora mismo de rodillas ante ti para suplicarte que me dieras la oportunidad de enmendarme. Sube conmigo para que podamos hablar. Para que te dé lo que ya debería ser tuyo… lo que es tuyo por derecho y ya te pertenece. Ya sé que no soy digno de ti. Lo sé. Pero al menos déjame que me explique e intente hacerte comprender. No te pido que me prometas nada, pero sí puedo darte mi palabra. Si después de que te haya contado todo lo que tienes que saber sigues odiándome, si no puedes soportar ni mirarme, si no quieres volver a verme más, entonces…

Le soltó el hombro y le pasó la mano por el pelo. Fue entonces cuando descubrió una revelación asombrosa en los ojos de Drake. Y si él no estuviera ya sujetándole la barbilla, protegiéndole la boca, se habría llevado la mano a los labios para sofocar un gemido de asombro.

Drake tenía miedo.

—¿Y luego qué? —preguntó en voz baja, los labios temblándole contra el firme tacto de los dedos.

—Te dejaría ir. —No había vida en la voz de Drake.

Las palabras sonaron como si fueran una sentencia de muerte. Evangeline no entendía lo que pasaba.

—Ya me dejaste ir —dijo, sombría.

—¡No!

Le hirvió la sangre de furia, que corría por sus venas hasta marearla.

—Sí. ¡Sí, Drake! —Le lanzó una mirada de resentimiento que transmitía con precisión lo que opinaba sobre su forma de despedirse y luego negó con la cabeza—. No, tampoco es así. No me dejaste ir. Dejar ir a alguien es un acto de bondad, un gesto noble. ¡Me diste la patada como si fuera basura!

Drake cerró los ojos un instante y luego volvió a mirarla.

—Te debo una explicación.

—Un poco tarde para acordarse de eso. —Sus palabras estaban llenas de desdén.

—Cielo, por favor. —Drake negó con la cabeza—. Entra conmigo. Déjame que te lo explique. Dame cinco minutos. Si no vuelves a querer nada conmigo después de los cinco minutos, diré a Maddox que te lleve a donde quieras, pero no será a trabajar otra vez en ese maldito nido de ratas asqueroso donde te he encontrado.

Su voz transmitía furia y en los ojos le brillaba una luz salvaje. A Evangeline se le atascó la respiración en la garganta cuando él acerco la cara a la suya. En los ojos de Drake centelleaba un apetito descarnado que le aceleró el pulso.

—Te juro que me encargaré de que nunca te falte nada y de que estés segura, tanto si sigo en tu vida como si no. Y yo no falto a mi palabra. Serás libre de hacer lo que quieras, como quieras, y no tendrás que volver a fregar nunca más un maldito suelo, ni trabajar en ningún lugar donde yo no pueda garantizar tu seguridad en todo momento.

Evangeline sabía que sonreír ahora era penoso. ¿Cómo podía sonreír cuando por dentro se estaba desangrando? Drake Donovan no faltaba nunca a su palabra. ¡Ay! Vaya si había faltado... No solo había roto las promesas que le había hecho como su amo, su dominante, sino que le había mentido. Todo el tiempo que habían estado juntos había sido una gran mentira porque nada de aquello había sido real.

Salvo su amor por él.

Y como se sabe de sobra: cuando solo uno de los dos ama, la historia está condenada antes de empezar. Ella no podía quererlo lo suficiente para compensar que él no la quisiera ahora ni nunca.

—Mi ángel, me rompes el corazón —reconoció él con la garganta atenazada por los sentimientos.

—Entonces diría que estamos a la par —susurró ella sin maldad.

5

$\mathcal{D}$rake sabía que se estaba comportando como un cobarde al retrasar lo máximo posible la conversación que tenía pendiente con Evangeline, pero todavía no sabía bien lo que quería decirle ni cómo decirlo. Los días anteriores había centrado toda la energía en encontrar a su ángel. Había bloqueado deliberadamente cualquier otro pensamiento porque no quería entregarse ni por un momento a la idea de no encontrarla, de no volver a tenerla con él, donde debía estar.

Pero ahora que tenía lo que más quería… No, tenerla consigo solo se acercaba mucho a la importancia de conseguir su perdón y su comprensión. No volvería a ganarse su confianza tan fácilmente esta vez y sabía que tenía que mirar donde pisaba. No podía permitirse otro error como aquel o la perdería para siempre. Tenía suerte de no haberla perdido.

«No sabes si la has perdido ya». Estaba allí físicamente, pero estaba más que claro que mentalmente no. Seguía reservada, se protegía, decidida a no otorgarle el poder de volver a hacerle daño jamás.

Paseaba de un lado a otro de la puerta del baño de la suite, esperaba que Evangeline saliese de la ducha. Le había dejado ropa en la repisa del lavabo para que no se sintiera vulnerable ni en desventaja mientras él aclaraba las cosas. O moría en el intento.

No, ella lo escucharía. Tenía que escucharlo. Ella no era como tantas otras mujeres que conocía. No manipulaba los sentimientos de los hombres —ni los de nadie— con lágrimas, no se ponía de morros ni era capaz de negar el perdón para castigar a alguien.

Sin embargo, aunque todo el mundo tiene sus límites,

Drake esperaba desesperado no haberlos cruzado, no estar más allá de la redención. No haber causado daños irreparables en su corazón, generoso y tierno. Ya le sobraban a él cinismo y aspereza para los dos. La idea de que Evangeline llegase a ser como él, dura, desconfiada y recelosa, le enfermaba el alma.

«No te la mereces».

Tal vez Hatcher, por mucho que la hubiera cagado en su razonamiento, tenía razón. Por primera vez Drake permitió que se colasen las dudas en su mente. ¿Estaba haciendo bien al luchar por ella? ¿Era lo mejor dar un giro de ciento ochenta grados y hacerla su reina, convirtiéndola en intocable para todo el que valorase no solo su fortuna, sino su vida?

Porque nadie que conociera a Drake, fuese en persona o por su reputación, dudaría un instante que si algo o alguien importante para él sufría algún daño no dejaría una maldita piedra sin revolver hasta que todos y cada uno de los que conocieran el plan, hubieran participado en él o no, pagasen un alto precio.

Drake arruinaría a cualquiera que levantase un dedo contra Evangeline. Y luego esa persona moriría y no de una muerte rápida ni piadosa. Devolvería diez veces cada marca, cada arañazo, el daño, el miedo o las amenazas que hubiera sufrido Evangeline.

Sacudió la cabeza, molesto, para disipar el mar de dudas. Hatcher podía dar gracias de que no le rompiera las piernas después de tener los cojones de decir eso a Drake a la cara. El resto de sus hombres tampoco había quedado demasiado contento con la «sugerencia» de Hatch.

El ruido de la puerta lo hizo volverse al instante, contuvo la respiración al ver aparecer a Evangeline, titubeante, por la puerta del baño, los dedos aferrados al marco con tal fuerza que las puntas se le habían puesto blancas como la tiza. El pelo, aún húmedo, se le pegaba a la cara y le caía por los hombros, y al ver que él la estaba mirando, cambió de postura y cruzó los brazos en un gesto de protección, como para ocultarse de su mirada.

Llevaba un sencillo pantalón vaquero y una camiseta de manga larga, y Drake se fijó en que se había vuelto a poner los calcetines y los zapatos, como si quisiera estar lista para escapar en cualquier momento. Sus expresivos ojos dejaban translucir la incomodidad y la indecisión que sentía, y una vez que lo hubo localizado en la habitación e intercambiado una breve mirada con él, volvió a apartarla y no quiso volver a mirarlo.

Drake suspiró y bajó la mano que se había pasado por el desaliñado cabello para dejarla muerta a su costado.

—¿Me vas a escuchar, cielo? —preguntó, calmado—. ¿Me vas a dar la oportunidad de explicarme?

Un hombro menudo se encogió apenas y su labio inferior le desapareció entre los dientes, que lo mordisqueaban nerviosos.

—Creo que no entiendo qué queda por decir —declaró con suavidad—. Has dejado más que claro cuál es mi sitio, o más bien cuál no. ¿Qué bien puede hacernos a ninguno repetirlo?

Drake ya no podía ni quería seguir manteniendo la distancia que se abría entre ellos, así que la recorrió para plantarse ante ella antes de que le diera tiempo siquiera a sorprenderse. Le pegó la mano a la mejilla, le acarició la piel, suave como la de un bebé, con los dedos.

—Era mentira —manifestó, sin rodeos—. Era todo mentira. ¡Dios! No tenías que haber estado allí. De haber tenido la más mínima idea de que estabas en casa jamás habría llevado a aquellos hombres allí. Me pillaste totalmente desprevenido y tuve que actuar deprisa para no convertirte en un objetivo.

La mirada que ella le dedicó estaba cargada de ácido e incredulidad. Era de esperar.

Drake suspiró y llevó las manos hacia delante, sujetando las de ella entre ambas. Luego reculó despacio hasta la cama, se sentó en el borde y tiró de Evangeline para que se sentase a su lado.

Ella se puso rígida, cada músculo protestaba por tenerlo tan cerca. Mala suerte. No tenía ninguna intención de dejar que volviera a apartarse de su vista otra vez. No importaba lo que hiciera falta, ni cuánto: la recuperaría. Hasta entonces, soñaría con el día en que volviese a sus brazos por voluntad propia, con amor y alegría en los ojos como había hecho tantas veces antes de aquella noche de mierda.

No era el hombre más paciente del mundo. Tuvo que toser para ocultar la risa ahogada que amenazaba con escapársele de la garganta. Sus hombres decían que Drake era el cabrón más impaciente de la faz de la tierra y que jamás había tenido que sentarse a esperar algo, ni tampoco intención de hacerlo.

Cuando quería algo lo hacía suyo. Punto. Y no le importaba arramblar con cualquier obstáculo que se interpusiera entre él y lo que deseaba. Sin embargo, ahora tenía que demostrar una mínima paciencia por primera vez, porque de lo contrario corría el peligro de perder lo único que le importaba. Y era insoportable, ¡Dios! No podía soportar no estar en la cama con ella, desnuda, cubriendo su cuerpo con el suyo, confirmando su dominación y su control sobre ella. Pero no solo se trataba de dominación y control. Era la mujer que más le importaba en la vida. Nunca antes había estado con una mujer que le inspirase una necesidad y un deseo tan grandes de protegerla y de cuidar de ella.

Debía tratarla con un cuidado exquisito. Le debía eso y mucho más. Muchísimo más. Merecía que la tratasen como alguien infinitamente valioso. Sabía que era una mujer fuerte, pese a que ella lo negase. No se quebraría, pero no por eso tenía derecho a abusar de ella. A dar su fuerza por sentada. Que no se hubiera resquebrajado todavía no significaba que no hubiera estado cerca, demasiado cerca. No olvidaría nunca el momento en que la vio en aquel hotel en el que había encontrado trabajo y lo cerca que parecía estar de derrumbarse. Y eso se lo había hecho él. Nadie más que él. Él era el único responsable.

Había en ella un aire de fragilidad que jamás había tenido mientras habían estado juntos. ¿Qué clase de capullo sería si ignorase alegremente el delicado estado en que se encontraba y la obligase a seguir como si no hubiera pasado nada?

No la dejaría jamás sin apoyarla con fuerza, ni, por supuesto, daría nada por sentado en cuanto al estado mental de Evangeline, ni a su autoestima, ni a lo que le pasaba por la cabeza, sobre todo en lo referente a él y al lugar que ocupaba ella en su vida.

—Cometí un error contigo —admitió Drake.

Evangeline pestañeó. Evidentemente no esperaba que él admitiese ninguna culpa. Drake no era la clase de hombre dispuesto a admitir el fracaso. Solía sobrarle confianza y no le importaba en absoluto lo que pensasen los demás de sus decisiones.

—Cielo, tengo muchos enemigos poderosos e implacables. Hombres capaces de utilizar cualquier medio a su alcance para golpearme. Llevo mucho tiempo dándoles esquinazo porque no tengo ninguna debilidad que puedan explotar. Nada me importa lo bastante como para hacer concesiones a causa de ello ni ceder al chantaje o la extorsión. —Respiró hondo y la miró directamente a los ojos—. Hasta que te conocí.

Evangeline abrió los ojos como platos y se mordió el labio, consternada. Drake casi veía los engranajes de su cerebro girar como locos, tratando de procesar tanta sinceridad.

Quería tocarla, arrebatarla entre sus brazos y demostrar sus palabras, pero todavía no era el momento, ni mucho menos. Ella no lo creía y no era de extrañar, teniendo en cuenta su costumbre de mantenerse distante y alejado de todo el mundo.

Drake se pasó la mano por el pelo hasta que los cortos mechones se quedaron de punta, completamente despeinados.

—Lo he hecho fatal contigo. Te escondí, oculté lo que significas para mí. Intenté mantenerte en secreto, apartada del mundo.

Ella lo miró, desconcertada.

—¿Por qué? No entiendo nada.

—Porque si mis enemigos supieran siquiera lo que significas para mí, lo importante que eres y que haría lo que fuera para mantenerte a salvo habrían ido a por ti. Habrían sido implacables y una vez que te tuvieran en sus manos te habrían utilizado para acabar conmigo. Te habrían utilizado, y esa gente no amenaza en vano. Si no hubiera cumplido lo que solicitaban, te habrían hecho sufrir horriblemente y habrían acabado por matarte.

—¡Pero yo no soy nadie! —dijo, levantando la voz—. ¡Eso no tiene ningún sentido! Si no soy más que… No soy más que tu…

—¡No lo digas! —La voz de Drake sonó como un látigo—. No te atrevas a decir lo que estás pensando. Es mentira. Si crees que no eres importante para mí, entonces tengo otro pecado que purgar porque debí habértelo demostrado. Deberías saber que eres especial. No solo para mí, también para mis hombres. Para todos nosotros.

Ella negó en silencio, intentaba asimilar aquellas acaloradas palabras.

—Por eso te mantuve envuelta entre algodones —continuó Drake, con la voz llena de desprecio por sí mismo—. Fui arrogante. Pensé que podría tenerte solo para mí y mantenerte a salvo, que mis enemigos no sabrían nunca de ti. Fui un tonto y tendría que haber sabido que no era posible. ¡Qué narices, sí lo sé!

—Entonces, la reunión de negocios que tenías, los hombres que trajiste a tu apartamento cuando creías que yo no estaría... ¿Esos eran tus enemigos? —preguntó, escéptica.

Él asintió y ella frunció el ceño, perpleja.

—Pero ¿por qué los llevaste a tu casa, entonces? ¿Por qué correr ese riesgo, si te odian? ¿Y por qué no me dijiste simplemente el motivo de que no me quisieras allí, en lugar de evitar el tema? Si me hubieras dicho que era peligroso, no me habría inmiscuido nunca. Desde luego no me habría puesto en evidencia de aquella manera.

Ella tenía los ojos brillantes por el sufrimiento y se ruborizó cuando apartó la cara para no seguir teniendo que sostenerle la mirada.

Drake volvió a sujetarla con suavidad por la barbilla y le giró la cabeza hasta que no tuvo más remedio que mirarlo de nuevo.

—No hiciste nada malo, mi ángel. Todo lo que pasó aquella noche es cosa mía. Culpa mía. Tú hiciste algo muy especial para mí, pero no podía permitir que los Luconi sospechasen siquiera lo que significabas para mí, que eras mucho más que una amante pasajera o una mujer cualquiera que me calentaba la cama antes de deshacerme de ella.

La expresión de Drake se ensombreció al recordar una y otra vez aquella noche y hasta qué punto había humillado a Evangeline. Su mirada, su desolación y sus lágrimas. Las cosas despreciables que le había dicho y hecho.

—Todo era mentira —susurró—. Tuve que montar el espectáculo de mi vida para convencer a aquellos hombres de que no eras nada para mí. Y, Evangeline, tenían que creerlo porque de haber sospechado siquiera que estaba fingiendo habrían ido a por ti. Y si te hubiera dejado hacer de anfitriona se habrían dado cuenta de la verdad al cabo de solo cinco minutos contigo.

—¿De qué verdad? —susurró.

—De lo que significas para mí —respondió Drake en voz baja—. No podía arriesgarme. Un desliz, un momento de descuido cuando te mirase con orgullo o cuando me ablandase al sonreírme tú... Habrían leído en mí como en un libro abierto, mi ángel. Y tú habrías pagado el precio más alto por mi falta de control contigo.

—Así que preferiste darme tú el primer golpe —dijo, lúgubre.

Drake cerró los ojos, dolido.

—Fue como una patada en el estómago, sí. Sabía lo que tenía que hacer y me ponía enfermo tener que fingir ser cruel, que no significabas nada para mí. ¡Qué cosas te dije, Dios! ¡Qué cosas te hice! Tienes que saber que no eran verdad, Evangeline.

Ella se mordió el labio mientras lo estudiaba sin prisas. Callada y pensativa en una lucha interna que se le reflejaba claramente en la cara y en los ojos.

—No sé qué creer —dijo al fin—. Todavía hay demasiadas cosas que no entiendo. Dices que hiciste mal al mantenerme en secreto, pero si el hecho de que sea importante para ti me pone en peligro, ¿qué otra cosa podrías haber hecho, más que ocultarme?

De pronto abrió los ojos como platos y también la boca.

—¡Ah! —murmuró—. No importa, ya lo entiendo.

—¿Qué entiendes? —preguntó Drake, al que no le gustaba la mirada de resignación que se le había pintado en la cara.

—Que no tenías que haber tenido nada conmigo, para empezar —respondió tranquila—. ¿Es eso lo que intentas decirme?

—¡No! —La respuesta fue casi un alarido que hizo que Evangeline se encogiera y se retirase, mirándolo con recelo.

Drake le cogió una mano entre las suyas y notó un ligero temblor. Ella lo miró con los ojos enormes, llenos de preguntas.

—No debí mantenerte en secreto. —Sus salvajes sentimientos se le reflejaban en la voz—. No debí intentar quitarle importancia a lo que significas para mí.

Ella ladeó la cabeza con expresión cada vez más confusa.

—Pero acabas de decir que si lo hubieran sabido me habrían utilizado para hacerte daño…

Drake apretó la mandíbula y le dirigió una mirada feroz.

—Lo que debería haber hecho, y lo que haré a partir de ahora, es nombrarte mi reina. Mi chica. La persona más importante de mi vida. Dejaré claro cuál será mi venganza si alguien se atreve siquiera a tocarte un pelo. Reforzaré tu equipo de seguridad, pero conocerás a los hombres que te asigne y te sentirás a gusto con ellos.

La palidez que invadió la cara de Evangeline hacía que sus ojos pareciesen enormes. Abrió la boca, pero fue incapaz de decir nada y se lo quedó mirando un momento con la boca abierta. Por fin, sacudió la cabeza como para apartar la confusión y las telarañas que la rodeaban.

—No estamos juntos, Drake —dijo, dubitativa.

—¡Ya lo sé, joder! —Estaba furioso—. ¡He sido yo quien te ha apartado de mí! Volví al apartamento lo antes que pude sin despertar sospechas porque pensaba explicarte todo lo que había pasado aquella noche y suplicarte que me perdonases. Cuando vi que te habías ido me volví loco. Llevo estos cinco días buscándote y ahora te he encontrado. Si crees que te voy a dejar marchar sin pelear a muerte por ti, no sabes lo que dices. Eres mía y tienes que estar conmigo. Lo que pasó aquella noche no volverá a pasar nunca más. De hecho, no debería haber pasado, pero en aquel momento no se me ocurrió nada mejor para mantenerte a salvo.

—¿Qué me estás pidiendo exactamente, Drake? —preguntó, escéptica.

—Lo que quieras darme —soltó él—. Con el tiempo, lo querré todo. Pero por ahora me conformaré con lo que quieras darme, si me concedes la oportunidad de compensarte y demostrarte lo mucho que me importas.

—Entonces, ¿qué quieres? ¿Que todo vuelva a ser como antes, como si aquella noche no hubiera existido?

Drake se encogió.

—No creo que vaya a ser tan fácil, claro. Tengo mucho por lo que compensarte. Me entregaste tu confianza y ahora tengo que recuperarla. Me regalaste tu sumisión y tengo que conseguir que te sientas segura y adorada para que puedas volver a entregármela. Pero te quiero conmigo, mi ángel. Todo el tiempo. Una vez que todo el mundo sepa lo nuestro no volveré a permitir que vayas sola a ninguna parte.

Evangeline cerró los ojos un rato largo, las manos sobre el regazo, los dedos hechos un nudo al que no llegaba la sangre. Su desesperanza e indecisión eran una presencia tangible que llenaba el cuarto.

—No sé lo que debo hacer —dijo al fin. El agotamiento se dejaba ver en su voz y su postura.

—¿Qué quieres hacer? —La voz de Drake era suave—. Olvídate de lo que deberías hacer o no y piensa en lo que realmente quieres.

Ella giró la cara y lo miró con los ojos llenos de lágrimas.

—Quiero que todo vuelva a ser como antes. —Le temblaban los labios.

—Es posible. —Drake era sincero.

—Haces que suene muy fácil —dijo ella, haciendo una mueca.

—¿Acaso no lo es? Cometí un error inmenso y no lo olvidaré en mucho tiempo, cielo. Lo lamentaré el resto de mi vida, pero no voy a repetirlo. No volveré a intentar ocultar tu presencia en mi vida ni lo mucho que me importas. Dame la oportunidad de demostrarte cómo podrían ser las cosas. No des lo nuestro por perdido todavía.

Estaba a punto de suplicarle y eso que prefería ahogarse antes que suplicar. Pero si lo que hacía falta en aquel momento para convencerla de que le diese otra oportunidad era ponerse de rodillas y mostrarse totalmente vulnerable ante ella, lo haría sin dudarlo.

¿De qué le servía el orgullo si perdía lo que más le importaba?

Una lágrima se deslizó por la mejilla de Evangeline y se le escapó un suspiro entrecortado. Luchaba por no romper a llorar. Drake la rodeó con los brazos y la abrazó fuerte, acunándola y besándole el pelo todavía húmedo.

—Dame… danos otra oportunidad, mi ángel —susurró—. Te lo compensaré, te lo juro.

Ella levantó la cabeza poco a poco y se apartó de él hasta

que pudo mirarlo a los ojos. Le brillaba el miedo en ellos y la frente se le arrugaba por la preocupación.

—Pero si antes no querías que nadie supiera de mí… —Sacudió la cabeza, como intentando aclarar la confusión—. ¿Qué ha cambiado? —susurró—. Si antes existía la posibilidad de que me utilizaran contra ti, ¿no será peor ahora? No quiero que me usen para destruirte, Drake.

Drake tomó aliento y no se percató de que había dejado de respirar hasta que la cara que tenía ante sí empezó a desdibujarse. Soltó el aire en una larga exhalación y volvió a abrazarla, incapaz de soportar siquiera la mínima distancia que ella había abierto entre ambos.

—Digamos que voy a enviar un mensaje alto y claro —dijo Drake, amenazador—. Se sabrá que el que se atreva a mirarte mal siquiera está muerto. Tengo enemigos, ya te lo he dicho, pero también se me teme. Mucho. No tengo fama de clemente. Mis hombres se encargarán de que se sepa que quien intente llegar a mí a través de ti es que tiene ganas de que lo maten. Pero al mismo tiempo reforzaré la seguridad y tendrás escolta siempre que no estés conmigo.

Se le llenó el pecho de un extraño dolor y algo parecido al pánico se le coló en las entrañas. Tal vez a ella no le interesase la clase de vida que le ofrecía. Pocas lo estarían. Viviría en una auténtica prisión.

Tendría todos los lujos y las comodidades imaginables, por supuesto. La mimaría y la malcriaría, sus necesidades estarían antes que las de nadie, pero no tendría… libertad. Si seguía con él se condenaría a una vida de alta seguridad. Nadie tendría libre acceso a ella.

¿Cuánto tiempo soportaría vivir en unas circunstancias tan asfixiantes? ¿Cuánto tardaría en rebelarse y volverse contra las extremas medidas de protección que Drake ordenaría? Muy poca gente está dispuesta a confinarse a una auténtica cárcel, por muy lujosa que sea.

—¿Podrás perdonarme, cielo? —preguntó con voz suave—. ¿Podrás perdonarme con el tiempo? ¿Me darás la oportunidad de compensarte, de demostrarte que no volveré a hacerte pasar por lo mismo que aquella noche? Ya sé que te pido mucho y entendería que no quisieras nada más conmigo, pero es que no quiero vivir sin ti. Eres lo único bueno de mi vida. Mi único bien. La mejor parte de mí. Y he estado a punto de destruirlo todo por la mierda del miedo a que te usasen para atacarme. No podría seguir viviendo conmigo mismo si te pasase algo por mi culpa. Y voy a hacer todo lo que esté en mi mano para protegerte de los cabrones capaces de maltratar a una mujer solo para conseguir sus objetivos. Todos y cada uno de mis hombres están entregados a tu seguridad y protección. Te defenderán con sus vidas. Necesito que me creas. Y también que eres lo más importante para mí y que no renunciaré a ti sin luchar con uñas y dientes.

Evangeline estaba estupefacta. En su interior tenía lugar una lucha que se traslucía a través de la tormenta de sus ojos. Parecía... asustada. A Drake le pedía el cuerpo soltar una sarta de maldiciones que impresionarían al hombre más rudo, pero lo último que quería era que saliera corriendo.

—Entonces... ¿volveríamos a lo de antes? —preguntó Evangeline con voz ahogada—. ¿Empezaríamos donde lo habíamos dejado?

—No —respondió él, completamente serio—. Volveríamos a empezar, o más bien volvería a empezar yo. Sería un nuevo comienzo, mucho mejor esta vez. Tengo mucho por lo que compensarte. Tú no hiciste nada malo. Tú me entregaste un regalo con el que la mayoría de los hombres solo pueden soñar, pero yo no lo cuidé ni lo protegí como debía. Eso empieza a cambiar a partir de ahora y para siempre. Si me dices que sí y aceptas quedarte conmigo.

—¡Ay, Drake, no sé qué decir! —La voz se le atragantaba.

Se le humedecieron los ojos, y él se apresuró a enjugar con la mano las lágrimas que ya comenzaban a resbalarle por las mejillas.

—Era tan feliz... Me hacías tan feliz... Y quería hacerte feliz. Todo era perfecto y entonces...

—¡Chiss! Mi ángel... —dijo, acunándola una vez más entre sus brazos—. Volverá a ser perfecto, te lo prometo. No espero que me perdones ni que olvides pronto. Solo te pido la oportunidad de demostrarte que puedo ser el hombre que mereces. Dime que sí e iremos poco a poco. Te prometo que me esforzaré para que cada día sea mejor que el anterior. Estoy seguro de que encontraremos obstáculos en el camino, pero puedo prometerte que lo que ocurrió aquella noche no volverá a pasar. Daría todo lo que tengo por poder volver y borrar aquello para siempre.

Evangeline cerró los ojos y apoyó la frente en la de Drake, al tiempo que intentaba no llorar.

—Quiero esto. Te quiero a ti —susurró con la voz llena de anhelo y emoción—. Pero tengo miedo, Drake. Tienes tanto poder sobre mí. Tienes un poder para hacerme feliz, pero también para destruirme que no tiene nadie. No creo que pudiera volver a pasar por tanto dolor y sobrevivir. Llevo cinco días muerta y no soporto que me hagas sentir tan vulnerable, que mi felicidad dependa tanto de ti. Me da un miedo de muerte. ¿Lo entiendes? No puedo imaginarte impotente, a merced de otra persona, y pendiendo de ella como de un hilo que te une a la cordura.

—Claro que lo entiendo —murmuró—. Lo entiendo mucho mejor de lo que piensas porque me tienes entre tus manos y tienes sobre mí el mismo poder que me atribuyes sobre ti. Y la verdad es que es una mierda. No soporto sentirme tan indefenso. Nunca en mi vida he dependido así de otra persona. Siempre he sido quien ha tenido el control y, sin embargo, cuando estoy contigo siento de todo menos que controlo la situación. Es como caminar por un campo minado: un paso en falso y lo más preciado y hermoso para mí quedaría destruido. Te he hecho mucho daño, lo sé, soy un cabronazo. Créeme, cielo, no lo olvidaré jamás. No me perdonaré nunca lo que pasó aquella noche. Tendré que vivir con ello el resto de mi vida. No he comido, ni dormido, he estado vacío durante cinco días. El desprecio por mí mismo me ha reconcomido tanto el alma que apenas queda nada, si es que queda algo.

—¡Drake, no! —exclamó—. Para. ¡Para! No puedes torturarte así, no nos hace bien a ninguno de los dos. Si vamos a intentar que lo nuestro funcione, tenemos que dejar eso atrás y seguir adelante. El pasado nos destruirá si te quedas empantanado en él. Si yo logro perdonarte, tú también tienes que ser capaz de hacerlo.

Drake aspiró hondo. Tenía el pulso acelerado y temblaba, intentaba con desesperación no perder la compostura al sentir como las palabras de Evangeline iban ablandando su ira y su dolor. La cogió por los hombros y apretó su cara contra la de ella hasta que estuvieron nariz con nariz.

—¿Lo dices en serio, Evangeline? ¿Estás diciendo lo que creo? ¿Me estás dando otra oportunidad?

Le parecía que se le iba a salir el corazón del pecho. Latía demasiado rápido y durante un momento temió que no soportase el esfuerzo y le diera un ataque al corazón. Le temblaba todo el cuerpo; ni una sola fibra de su ser estaba en calma. Clavó la mirada en la de ella, buscando confirmación a la esperanza que había arraigado y se movía, traicionera, por sus venas.

Evangeline tragó saliva y Drake vio lo difícil que era para ella, observó la magnitud de la decisión que acababa de tomar. Pero, al fin, asintió.

—Necesito oírlo. —La voz de Drake era ronca—. Tengo que estar seguro. Necesito oírtelo decir en voz alta.

—Sí —dijo Evangeline con suavidad—, te doy…, a los dos, otra oportunidad. Me muero de miedo, no te voy a engañar, pero estoy dispuesta a intentarlo.

Aquello fue demasiado para Drake. La estrujó, la abrazó como si su vida dependiera de ello. La acunó, alternó las palabras susurradas contra su pelo y los besos a sus suaves mechones.

El inmenso nudo que se le había formado en la garganta le impedía expresar sus pensamientos y sentimientos, así que se limitó a abrazarla, tocarla, acariciarla, besarla una y otra vez, dando gracias en silencio por la mujer hermosa, dulce y generosa que tenía entre los brazos.

No la merecía. No, pero no pensaba volver a dejarla ir. Ahora era vital para él, tanto como respirar. Ya no podía imaginarse la vida sin ella. No quería volver jamás a la existencia vacía y rigurosa que había llevado antes de que Evangeline entrase en ella como una tormenta y lo cambiase todo.

Pasó varios minutos así, simplemente abrazándola, incapaz de articular palabra alguna. A desgana, aflojó un poco el abrazo y la besó en los labios antes de cogerle las manos entre las suyas.

—Necesito saber si no quieres volver a vivir en mi apartamento. Lo entenderé perfectamente si es así. No quiero hacer nada que te traiga malos recuerdos. Pero si quieres vivir en una de mis otras residencias necesitaré aproximadamente una semana para garantizar una seguridad adecuada, al nivel de la de mi actual apartamento. Podemos mudarnos cada día para no pasar dos noches en el mismo sitio hasta que esté todo listo y la nueva residencia sea segura.

—No me importa volver a tu apartamento —respondió al cabo de un momento.

Drake estudió su lenguaje corporal, su expresión y sus ojos en busca de cualquier señal de duda o miedo, pero no encontró nada.

—¿Segura? —preguntó de todas formas.

Ella asintió.

—No tiene sentido malgastar todo ese tiempo y dinero en preparar otra vivienda cuando la que tienes sirve perfectamente.

—Pues vámonos a casa. —Drake habló con dulzura, sujetándole la mano mientras se levantaba de la cama.

Sin apenas dudarlo, Evangeline puso la suave palma sobre la de él y le permitió ayudarla a ponerse de pie.

—No te arrepentirás, Evangeline. —Era una declaración formal.

Ella escrutó su mirada unos segundos y luego le dio un suave apretón en la mano. Dudó solo un segundo, lo que tardó en poner fin a una lucha interna y dejó escapar un suspiro profundo. La esperanza se adueñó de su pecho y se le ablandaron los ojos. Se pasó la lengua una vez por los labios y dijo las palabras más dulces que Drake había oído en su vida:

—Te creo, Drake. Te creo.

6

Cuando llegaron al apartamento de Drake, Evangeline estaba muy nerviosa. Aunque había accedido a quedarse allí para no forzar a Drake a malgastar tiempo y dinero en acondicionar otra residencia, eso no significaba que la mera idea de volver a entrar en el escenario de su completa humillación no la hubiera puesto al borde de un ataque de ansiedad.

Y para empeorar las cosas, en cuanto entraron en el vestíbulo, Evangeline vio que Edward se apresuraba a salir a recibirla y se encogió al verle la piedad y la preocupación en los ojos. ¡Cielos! Lo único que quería era que se la tragase la tierra.

Pero Drake debió de percibir su mortificación y de advertir a Edward con la mirada, porque se paró en seco y se afanó en otra cosa. Cuando llegaron al ascensor Evangeline temblaba como una hoja y estaba a punto de hiperventilar.

Se abrazó la cintura y miró al suelo. Le escocían los ojos, pero ya había soportado suficiente humillación sin tener que deshacerse en lágrimas delante de Drake... otra vez.

Al menos él tuvo la delicadeza de dejarla en paz y guardar silencio hasta que llegaron al ático, como si Evangeline no estuviera a punto de volver a derrumbarse. Lo que sí hizo fue rodearla con un brazo, amarrándola a su cuerpo para que su calor reconfortase la piel helada de ella.

¿Era idiota? ¿Era tonta e ingenua por aceptar aquella locura después de lo que le había hecho?

Con la cabeza todavía gacha salió del ascensor y se dirigió al apartamento de Drake. Para su sorpresa, Drake la paró nada más entrar y la abrazó con fuerza.

—Menos mal que has vuelto —susurró—. Suerte que te he encontrado a tiempo.

Evangeline le apoyó la frente en el pecho y se quedó quieta, absorbiendo su tacto como una adicta con síndrome de abstinencia. Las manos de Drake le recorrieron el cuerpo de arriba abajo hasta que, a regañadientes, se apartó de ella y la obligó a levantar la vista y mirarlo, sujetándola por la barbilla con suavidad.

—Ven a sentarte al salón mientras te preparo algo de comer. No te has cuidado nada —la reprendió—. Has adelgazado.

—Esos kilos me sobraban —replicó ella, seca.

—Estabas más que perfecta como estabas. —Drake frunció el ceño—. Ven aquí para que pueda cuidar de mi ángel. Vas a comer un poco y luego a descansar, pienso encargarme de que hagas las dos cosas.

Ella lo miró preocupada.

—¿No tienes que trabajar? Ya llegas tarde. Puedo apañármelas sola.

La miró con cara de cansancio, pero no dijo nada y se limitó a guiarla hasta el salón y dejarla instalada en el sofá, envuelta en una manta. Se aseguró de que estuviese bien cómoda y le dijo que no pensase siquiera en levantarse.

—Vuelvo dentro de cinco minutos y desayunamos juntos. Y luego nos metemos en la cama a descansar. No he pegado ojo desde la noche que te fuiste. —Había un deje de dolor en su voz—. Y tú tampoco tienes pinta de haber dormido más que yo.

Ella se sonrojó, culpable, pero no lo negó.

Con una última caricia en la mejilla, Drake se dio la vuelta y desapareció en la cocina, la dejó tendida en el sofá. Evangeline cerró los ojos y la invadió el cansancio. Drake tenía razón en una cosa: no había dormido en absoluto. Por las noches, tirada en la cama, había rezado por perder la consciencia, por unas pocas horas liberada del dolor y la pérdida. Pero no; había pasado las noches interminables llorando, con los ojos hinchados y preguntándose por qué una y otra vez.

Remetió la manta bajo su cuerpo, aspiró y absorbió el aroma de Drake. Su esencia llenaba el apartamento. Incluso aunque estuviera en otra habitación sentía su presencia arrolladora. No debería reconfortarla, pero lo hacía.

Los cinco días previos habían sido horribles, los peores de

su vida y no quería volver a pasar por ellos. Tal vez fuese tonta —una tonta desesperada— por aceptarlo tan fácilmente, pero lo necesitaba. Lo ansiaba. Solo se sentía segura cuando estaba con él, lo cual era totalmente absurdo, cuando había sido él quien la había destruido.

Se puso a repasar sus explicaciones, la justificación que le había dado para su comportamiento y la invadió la intranquilidad. ¿En qué estaba metido Drake para ganarse tantos enemigos, para inspirar un odio tal que deseasen utilizarla para debilitarlo?

No era tan tonta como para pensar que Drake era un ciudadano modelo, pero era incapaz de imaginarlo metido en algo verdaderamente despreciable. Claro que ya se había dado cuenta de que, en lo que a Drake respecta, era como un avestruz con la cabeza bien escondida en la tierra.

La verdad pura y dura era que no lo quería saber. Es muy cierto que ojos que no ven corazón que no siente y mientras no supiera con certeza cómo se ganaba la vida podía pasar perfectamente sin juzgarlo. Era más feliz no sabiéndolo, y si eso la convertía en mala persona, tendría que aceptarlo.

«¡Ay, mamá! ¡Ay, papá! ¿Qué me pasa? Vosotros no me educasteis así».

Se habrían avergonzado si supieran que había decidido hacer la vista gorda al mal durante un tiempo. Decepcionarlos era lo último que quería en la vida. Eran buena gente. De la mejor. Y siempre le habían enseñado a hacer el bien, sin importar el sacrificio que fuera necesario.

—Cielo.

La suave voz de Drake la sacó de su abstracción. Abrió los ojos y lo vio ante ella con una bandeja cargada con dos platos.

—Siéntate, cariño. Tienes que comer y luego descansar un poco. Los dos tenemos que descansar y no se me ocurre mejor forma de hacerlo que contigo entre mis brazos.

Evangeline olió la comida, agradecida, y el estómago protestó por el ayuno. Por los días en que no había tenido voluntad o fuerzas para obligarse a comer. Le recorrió el cuerpo una ola de calor que la dejó temblando, y la frente se le perló de gotas de sudor. El estómago se le revolvió y se rebeló contra ella, para luego encogerse y estrujarse en un nudo prieto.

—Creo que no voy a poder —dijo, sinceramente, agarrándose la tripa con una mano. Las náuseas que se le agitaban en el estómago le producían debilidad, sudores y un temblor incontrolable.

Drake soltó un taco, dejó a toda prisa la bandeja en la mesita auxiliar, se sentó a su lado en el sofá y la abrazó. La desplazó hacia el borde del asiento, sirviéndole de apoyo para la espalda.

—Échate hacia delante y baja la cabeza. —Su voz era suave—. Respira hondo: inspira por la nariz y espira por la boca. Voy a buscarte una sopa. ¿Crees que podrás tomártela?

Asintió, tristona: se sentía cada vez más avergonzada. Parecía una boba indefensa incapaz de sobrevivir sin su hombre.

Drake se quedó sentado con ella un poco más, le acariciaba la espalda para reconfortarla y luego le dio un suave masaje en la nuca.

—¿Estarás bien mientras voy a por la sopa? —preguntó, bajito.

—S... sí.

Drake la besó apenas en la cabeza y volvió a desaparecer en la cocina para regresar unos minutos después con una taza humeante. Se la puso en las manos y le dijo que bebiese a sorbitos.

El cálido líquido le bajó por la garganta hasta el estómago, calmándole el cuerpo a su paso, por lo que soltó tensión y se relajó. Logró tomarse la mitad y luego se inclinó para dejarla en la mesita.

—¿Ya? —preguntó Drake, brusco.

Ella asintió, pero la tensión volvió a asentársele en los músculos.

—Pues vamos a meterte en la cama —dijo al tiempo que se levantaba.

Evangeline tragó, nerviosa, y asintió. Empezaba a levantarse, pero Drake le pasó un brazo por debajo y la levantó del sofá. Aterrizó en su pecho con un golpe suave y allí se quedaron un momento, mientras Drake le daba un beso apretado en la frente.

Evangeline sintió que lo recorría un escalofrío y comprendió que estaba tan afectado como ella e igual de nervioso.

Se le encogió el corazón al verle un destello de vulnerabilidad en los ojos. Le puso la mano en la mandíbula y lo obligó a mirarla.

—Te he echado tanto de menos —susurró.

Los ojos se le encendieron con un fuego y un alivio casi abrumador.

—¡Dios! Yo también te he echado muchísimo de menos, mi ángel. —El susurro se volvió áspero—. No volveré a dejarte ir nunca.

Las apasionadas palabras de Drake fueron calando en ella mientras la llevaba a la habitación. ¿De verdad era eso lo que sentía o se estaba dejando llevar por el momento? No quiso pedirle que se lo aclarase y estropearlo. Tenía miedo de lo que podía significar aquello. La fantasía era mejor que la realidad, aunque sabía que las fantasías siempre acaban rindiéndose a la dura realidad. Pero por el momento, hasta que lograse comprender mejor su relación con Drake y en qué punto se hallaban, prefería pensar que sentía cada palabra que decía, que era especial para él, que la amaba y que la deseaba… para siempre.

La palabra se fue apagando en su pensamiento. No era capaz de articularla ni en su mente porque sabía que las esperanzas que despertaba en ella la destruirían si no llegaban, si se quedaban en un sueño. Por una vez en su vida no tenía intención de predecir el futuro ni de prepararse para la posibilidad de que Drake y ella se separasen. Había decidido vivir el momento día a día. Vivir de preciada fantasía en preciada fantasía, de sueño en sueño. Y cuando llegase el momento, si es que llegaba, de enfrentarse a la cruda realidad, se aferraría durante el resto de su vida a los recuerdos más hermosos de sus días juntos.

Porque una cosa era segura. Por mucho que le gustase considerarse una mujer práctica, y pese a saber que no existe una persona única en la vida de nadie, también sabía sin lugar a dudas que no volvería a haber otro como Drake para ella. Ninguno se le acercaría siquiera. Drake la conocía como la palma de su mano, tal vez mejor que ella misma. Sabía lo que necesitaba y se adelantaba a sus deseos incluso antes de que ella misma los reconociera. ¿Y se suponía que tenía que creer que había otro hombre por ahí capaz de leer su corazón y su alma como Drake? No lo veía probable.

Drake era su alma gemela, de las que solo se encuentran una vez en la vida, que no se repiten ni se imitan. Y, ¡qué narices! No tenía intención de conformarse con imitaciones. Jamás. Si no podía tener a su media naranja, al hombre hecho para ella, prefería vivir la vida sola, aferrada a los recuerdos del único hombre que la había conocido mejor que ella misma y que su familia.

Se abroncó mentalmente, enfadada consigo misma por permitir que sus inseguridades y miedos empañasen el momento de su reencuentro con Drake. Nadie es perfecto. Sí, lo que le había hecho era horrible. La había humillado y destrozado, le había arrancado el corazón. Pero si creía sus palabras, y no le había dado motivos para no creerlas, su comportamiento había sido justificado, aunque excesivo.

Había visto su expresión al admitir su miedo de que la usasen para debilitarlo. Como si la idea de que le hicieran daño o la maltratasen para extorsionarlo le causase tanto dolor como le había causado a ella con sus actos. Lo ocurrido aquella noche no solo la había herido y desestabilizado. Él llevaba el desaliento pintado en la cara y se lo veía derrotado al suplicar su comprensión y su perdón.

Se le encogió el estómago porque no le había dado ni lo uno ni lo otro. Todavía. Todavía estaba demasiado asustada para confiar en él. Todavía estaba centrada en la propia supervivencia, todavía temía volver a ser vulnerable y abrirse al dolor y la traición.

«¡Ay, Drake, lo siento!». Las lágrimas le aguijoneaban los párpados, pero se negó a estropear el momento rindiéndose al llanto que amenazaba con aflorar.

Drake le había desnudado el alma, se había puesto a sus pies. Los hombres como él no son de los que se humillaban ante nadie, hombre o mujer, y pese a todo lo había hecho. Lo había arriesgado todo. Su orgullo. Solo por enmendar las cosas. Y ella no le había ofrecido nada más que recelo. Desde luego, ni una gota de piedad, comprensión ni perdón.

Sintió que la invadía la paz en el momento que decidió arreglar las cosas entre ellos a la mínima oportunidad. En cuanto Drake le diera pie le devolvería lo que él le había dado. Desnudaría su alma igual que había hecho él para que los dos estuvieran en igualdad de condiciones. Si un hombre tan orgulloso y con tanto poder podía llegar hasta el punto de humillarse tanto, desde luego que ella podía hacer lo mismo y devolverle el regalo que le había hecho.

Si al final resultaba que se había equivocado —sobre Drake, sobre su relación, sobre todo—, no sentiría ni el más mínimo remordimiento por haber hecho lo que debía. No podría controlar los actos, ni las decisiones, pensamientos y sentimientos de él, pero desde luego que podía controlar los suyos propios y utilizarlos para el amor.

La esperanza le aleteaba en el corazón, henchido de deseo y ansioso de una plenitud que solo Drake podía proporcionarle. Cinco días eran muy pocos y, sin embargo, le habían parecido una eternidad de soledad y sufrimiento, y una vida entera de duelo por lo que creía haber perdido. Ahora se le presentaba una segunda oportunidad; la oportunidad de enmendar sus errores. Se les presentaba a los dos. Y Evangeline tenía toda la intención de aprovecharla al máximo y demostrar a Drake lo mucho que le importaba.

—Parece como si estuvieras a kilómetros de aquí —murmuró Drake mientras la dejaba en la cama.

Evangeline se sonrojó, pero él no le recriminó nada, ni le preguntó en qué pensaba siquiera, sino que empezó a desvestirla, y se detuvo a besar y acariciar cada trozo de piel que iba quedando al descubierto. Cuando Drake se puso de pie para quitarse la ropa, a Evangeline le faltaba la respiración y sentía en todo el cuerpo el hormigueo de un deseo desesperado como no había experimentado nunca.

Le recorrió con una mirada hambrienta el cuerpo musculoso, los anchos hombros y el fuerte pecho. La mandíbula era fuerte y marcada, los ojos le ardían de apetito y deseo. Le subió un calor a las mejillas que se extendió por todo el cuerpo al ver la tensa erección.

Tenía la polla dura, hinchada, las venas a punto de reventar. Tan erecta que se apoyaba en su delgado abdomen, señalando, agresiva, al ombligo. La humedad que perlaba el glande, del color de una ciruela, le hizo lamerse los labios sin darse siquiera cuenta de lo que hacía.

Drake dejó escapar un gruñido y cerró los ojos con el pecho agitado por la respiración, como si intentase mantener el control.

—Me estás matando, cielo. ¿Sabes que estos cinco días han sido una eternidad sin ti?

Evangeline sonrió al escuchar unas palabras que recogían exactamente lo que había pensado ella solo unos momentos antes.

—¿Y que me he pasado las noches aquí tirado, sufriendo, echándote de menos con cada aliento? —susurró y se tendió al lado de ella en la cama—. ¿Que no podía dormir, preguntándome dónde estabas, preocupándome por si estarías bien? ¡Dios! No veía nada más que la cara que pusiste cuando te hice aquello. Y el miedo que no me dejaba dormir era que, aunque te encontrase, no pudieras perdonarme, que no me dieras, que no nos dieras, otra oportunidad. Sin ti me falta algo. Estos cinco días me lo han demostrado más allá de toda duda.

Evangeline se acostó de lado, se acurrucó pegada a él y le puso un dedo en los labios para detener sus recriminaciones.

—¡Chiss! Calla, cariño. Tú no eras el único que no podía dormir por las noches. Yo me las pasaba tirada en la cama, sufriendo, deseándote, ansiándote y echándote de menos con cada aliento. Me quedaba dormida llorando todas las noches.

Él se estremeció y cerró los ojos, el dolor y el remordimiento grabado a fuego en todos sus rasgos.

—No lo he dicho para hacerte sentir mal —susurró—. Solo quería que supieras que hemos sufrido los dos. Que los dos lo hemos pasado mal, pero ahora tenemos otra oportunidad. Hagamos que esta vez sea perfecto.

—Eres demasiado buena conmigo —gruñó Drake—. Demasiado dulce, demasiado inocente, demasiado compasiva y me quieres demasiado. No merezco tu perdón ni tu amor, pero, Dios, lo necesito. Te necesito a ti.

—Y yo a ti —reconoció justo antes de pegar sus labios a los de él—. Hazme el amor, Drake. Llévate la soledad de estos cinco días. Hazme olvidar. ¡Te necesito tanto!

Drake se colocó sobre ella con la mirada en llamas. Le plantó un codo a cada lado de la cabeza y se sentó a horcajadas sobre ella, mirándola a los ojos hasta sumirla en sus pupilas. Luego acercó la boca a la de ella y le dio un beso muy tierno.

—¿Estás segura? —preguntó, con voz cargada de tensión.

—Por favor —suplicó Evangeline con suavidad.

Drake acalló su súplica con la boca, introduciendo la lengua en la boca de Evangeline, saboreándola, haciéndole el amor con la boca.

—No volverás a tener que suplicarme nada jamás —afirmó—. Todo lo que tengo es tuyo.

El vuelco curioso que le dio el corazón la dejó un instante sin aliento. Sus palabras sonaban tan serias como si estuviera formulando una promesa permanente.

—Pues te deseo. Ya —dijo, le rodeó el cuello con los brazos y levantó la cabeza para devolverle el beso—. Ya —lo apremió—. Date prisa.

—No estás lista —replicó—. No quiero hacerte daño.

Evangeline negó con la cabeza, agitando el cuerpo bajo el suyo, ansiosa. Estaba mucho más que lista. Necesitaba que la hiciera suya, que reclamase su cuerpo de la forma más primitiva que un hombre puede reclamar el de una mujer.

—Estoy lista —insistió—. Por favor, Drake. Me has dicho que no tendría que volver a suplicar nada.

Separó las piernas para abrirle el camino y al rodearle la cintura con ellas sintió que la erección le rozaba y tanteaba el sexo.

En el rostro de Drake se reflejaba una tensión evidente de su lucha interna entre dejarse llevar por la súplica de Evangeline o contenerse por miedo a hacerle daño. Al fin sus instintos se impusieron a todo lo demás; se colocó en disposición de penetrarla y, tras solo un instante de duda durante el que escrutó en profundidad la expresión de Evangeline, se introdujo en ella con un poderoso empujón.

Ella dejó escapar un grito y él, bajando la cabeza, hundió la cara en su cuello, el cuerpo sacudido por la respiración entrecortada. Evangeline le clavó las uñas en los hombros y cerró los ojos, sintiendo correr por las venas la belleza de sentir que la poseía.

Era como volver a casa. Después de tantos días de dolor, desesperación, tristeza y pérdida, había vuelto al lugar donde más deseaba estar con el hombre con el que quería estar. No podía pedir más que lo que tenía en aquel instante.

—¿Por qué lloras, mi ángel?

Evangeline parpadeó y se dio cuenta de que Drake había levantado la cabeza y la estaba mirando con la preocupación y la inquietud en el gesto. No se había percatado de que estaba llorando, pero ahora notaba el cálido reguero que le fluía poco a poco por las mejillas.

Le mostró una sonrisa débil.

—Es que soy feliz. No tienes ni idea de lo horribles que han sido estos cinco días. Pensaba que te había perdido para siempre.

La culpa oscureció los ojos de Drake, que apartó la mirada un momento como para rehacerse antes de volver a clavarla en la de ella. Se retiró despacio. La onda que le recorrió los tejidos más delicados le arrancó un gemido a Evangeline. Entonces Drake volvió a empujar, hundiéndose en ella tanto como pudo.

—Nunca más —prometió y le clavó una mirada intensa—. El mundo entero sabrá lo que significas para mí. Si alguien da por culo contigo, si intenta siquiera dar por culo contigo, firmará su sentencia de muerte. Y me encargaré de que se sepa.

Ella apartó una sensación de incomodidad, decidida a no pensar en nada más que en aquel momento y lugar, y en la belleza de sentirse de nuevo en casa entre los brazos de Drake.

—Ámame —susurró, arqueando el cuerpo contra el de él, pidiéndole más.

No había rastro del amante dominante que Evangeline había llegado a desear tanto a lo largo de su relación. Estaba ante un hombre que la veneraba al hacerle el amor. Cada beso, cada caricia entregaba ternura y una disculpa, y ella las recibía. Era una faceta de Drake que desconocía. Ya le había hecho el amor con ternura y cariño antes, no siempre era dominante y pervertido. Pero ahora había un lado afectivo que le llenaba los ojos de lágrimas y el alma de un dolor profundo.

Ansiaba que la dominase, lo necesitaba, y, sin embargo, veía que esto también lo necesitaba. Le proporcionaba una seguridad que nunca había creído necesitar; pero tras aquella noche horrible la inseguridad había echado raíces y florecido. Ahora necesitaba las dos cosas. Necesitaba al Drake duro, pero también su lado más suave. Necesitaba su amor.

¿Podía esperar siquiera que se lo diese alguna vez?

Apartó aquel pensamiento y se entregó por completo al amor, rindió su corazón, cuerpo y alma al desahogo poderoso que crecía y se inflamaba hasta que se le hacía insoportable.

—¡Drake!

—Aquí me tienes, cariño —dijo con ternura—. Ven conmigo, suéltalo.

La acometió con fuerza, balanceó las caderas contra las de ella hasta penetrarla por completo. La euforia la invadió y la cara de Drake se desenfocó ante los ojos de ella al dejarse llevar por aquella espiral descontrolada que la llevaba cada vez más rápido, hasta dejarla sin aliento.

Drake gruñó y la abrazó con fuerza. La penetró una vez más y le puso la cara en el cuello en el momento que ambos caían por un abismo de éxtasis.

Durante un buen rato el peso de Drake descansó sobre el cuerpo de ella y luego se tumbó en la cama. La abrazó con fuerza contra su pecho, invirtiendo la posición de forma que Evangeline quedó tendida sobre él. La acarició con sus manos grandes y fuertes, le recorrió la columna, y ella se acurrucó, con la cara contra su pecho para acariciarle con la nariz y cubrirle de besos la piel perlada de sudor.

—No vuelvas a dejarme —susurró.

Él la abrazó con más fuerza y ella sintió el estremecimiento que delataba los sentimientos de Drake.

—No lo haré, cielo. Te necesito demasiado.

7

*E*vangeline se despertó envuelta en el calor intenso y balsámico de unos brazos fuertes que la amarraban a un cuerpo firme. Tardó unos instantes en ordenar los recuerdos borrosos y la confusión inicial. No estaba en el camastro del minúsculo cuarto de la limpieza del hotel en el que le habían habilitado un espacio donde dormir. Tampoco la aplastaba la desolación de la soledad y la desesperanza.

Poco a poco se fueron filtrando los acontecimientos del día anterior. Drake que se presentaba en el hotel donde trabajaba. La llevaba a casa. Le hacía el amor. Unas horas de siesta y luego una tarde tranquila viendo películas en el apartamento. Habían pedido algo de cenar y se había quedado dormida en el sofá, acurrucada en sus brazos y eso era lo último que recordaba.

Obviamente, la había llevado a la cama sin que ella se diera ni cuenta.

La estela blanca que el sol pintaba en las ventanas a través de las persianas la hizo parpadear y entonces se alarmó al descubrir que había demasiada claridad. Se apoyó sobre un codo, se incorporó a toda prisa para mirar el reloj de la mesilla de noche por encima del cuerpo de Drake.

Mierda. Se había quedado dormido. Eran casi las nueve y a esas horas siempre se había levantado y había salido.

Drake la sujetó con el brazo por la cintura y la atrajo hacia el calor delicioso de su cuerpo.

—Vuélvete a dormir —musitó.

Evangeline lo miró a la cara y a los ojos, todavía cerrados, ansiosa. Le tocó un hombro para llamar su atención. Drake, perezoso, entreabrió los ojos para estudiarla con el deseo reflejado en su oscura mirada.

—Son casi las nueve —dijo, con urgencia.

Él siguió mirándola con cara de pereza, sin reaccionar a sus palabras en absoluto, y luego sonrió.

—Sé perfectamente qué hora es.

—¡Pero llegas tarde!

Drake siguió sonriendo.

—El jefe tiene la prerrogativa de llegar tarde en algunas ocasiones, y esa ocasión resulta que es esta mañana, que prefiero pasar en la cama con mi chica y luego llevarla a comer a un buen restaurante. En cuanto al resto del día, ya iremos viendo, pero estoy seguro de que se me ocurrirá algo que hacer con el tiempo.

Evangeline se estremeció por la descarada insinuación de su voz. Al decir esto último, Drake tiró de las sábanas que ella sujetaba contra los pechos para bajarlas hasta su cintura, dejándole los pezones a la vista.

—Así da gusto despertarse —dijo, con voz de seda.

Se inclinó hacia ella, le rodeó con los labios uno de los sensibles botones y lo sujetó entre los dientes mientras lo chupaba. Evangeline suspiró y toda la piel del cuerpo se le puso de gallina. Los dos pezones se pusieron duros al instante y la entrepierna se le contrajo de deseo.

—Ponte encima de mí —gruñó Drake—. Venga, ahora mismo.

¡Cuánto le gustaba recibir órdenes de él! Evangeline se regocijó en secreto de que el Drake dominante no hubiera desaparecido para siempre.

Obediente, se puso de rodillas y pasó una pierna por encima de las de él, moviéndose para sentarse a horcajadas sobre ellas. Se desplazó con un contoneo del cuerpo hasta que la polla dura de Drake quedó enmarcada por la uve de sus piernas y apoyada contra su tripa.

—¿Estás lista para mí?

—Sí. ¡Oh, sí! —respondió sin aliento.

—Demuéstramelo.

Un poco cohibida, deslizó una mano entre sus cuerpos y la introdujo en su zona más sensible hasta que notó la entrada de su sexo. Metió un dedo para que se mojase bien y luego le ofreció la mano a Drake para que lo evaluase.

—La pregunta es si tú estás listo para mí —dijo, con una chispa de desafío en los ojos.

Drake enarcó una ceja ante su audacia y luego acercó la cabeza para chuparle el dedo hasta dejarlo limpio.

—Delicioso. —El sonido de su voz resonó desde su pecho como una especie de ronroneo—. Estoy más que listo para mi chica. Tómame, mi ángel. Toma a tu hombre y móntalo fuerte y mucho. No tengas piedad.

—No tengo ninguna intención de ser delicada. —Le faltaba la respiración—. Te he echado tanto de menos, Drake. Solo me siento completa cuando estoy contigo.

En respuesta a sus palabras apasionadas, Drake le agarró la cabeza y fundió su boca en la suya, devorándole los labios en un beso que la dejó sin aliento. Sus manos recorrieron el cuerpo de ella con ansia posesiva, lo acarició con firmeza para volver a reconocer cada centímetro de la piel de Evangeline.

A ella le temblaban los brazos cuando se inclinó para afianzar las palmas de las manos en los hombros de él. Liberó uno de ellos para bajar la mano y guiar el miembro de Drake y entonces este la detuvo.

—Déjame hacerlo. Sujétate a mí, nena, que no te dejaré caer. Voy a cuidarte siempre.

Ella accedió, arqueó el cuerpo para levantar la pelvis de forma que él pudiese colocar el capullo entre sus labios. Casi no podía respirar cuando notó que entraban tan solo un par de centímetros y luego Drake se detenía. En lugar de penetrarla más profundamente, apartó las manos, dejó los brazos descansar a ambos lados de su cuerpo y la miró fijamente con los ojos centelleando de deseo y ganas.

—Soy todo tuyo —ronroneó—. Tómame fuerte. Tómame despacio y con mimo. Muéstrame tu belleza y dame tu placer.

Incapaz de esperar un momento más, Evangeline se dejó caer con un movimiento rápido y fuerte, gimiendo por la sensación súbita y abrumadora de plenitud al notar que la ensanchaba hasta lo imposible.

—No me dejes hacerte daño —gruñó.

—Sé que no me lo harías nunca —replicó con suavidad Evangeline al inclinarse sobre él para besarlo mientras su vagina palpitante se cerraba como un puño alrededor de la polla hinchada de Drake.

Contrajo los músculos del interior de la vagina para exprimirla con cada oleada de movimientos. El bufido ansioso de placer y deseo desesperado de su amante la llenó de confianza. Le encantaba saber que tenía poder sobre aquel hombre dominante, que la dejaba sin aliento. Reunió valor y comenzó a moverse sensualmente sobre él, se elevaba y arqueaba hasta casi liberar el miembro para volver a bajar despacio y metérsela entera de nuevo.

Drake se aferraba a las sábanas con tal fuerza que los nudillos se le ponían blancos. Empujaba hacia arriba moviendo las caderas, ajustando el ritmo al de ella. Entonces, como si no pudiera controlar más la necesidad de tocarla o dominarla, la agarró por las caderas y hundió los dedos en la carne para tirar de ella hacia abajo con energía.

—Joder, qué preciosa eres. —Su voz era casi áspera—. No te dejaré ir nunca, ángel. Le pido a Dios que estés conmigo porque no puedo dejarte ir. Te necesito.

A Evangeline le dio un vuelco el corazón, oprimido por un sentimiento arrebatador. Las lágrimas le aguijoneaban los párpados, y se inclinó hacia delante hasta poner la cara a la altura de la de él y lo miró con ternura.

—Yo también te necesito, Drake. No pienso irme a ningún lado. Soy tuya mientras me quieras.

A Drake le brillaron los ojos con una satisfacción feroz.

—Bésame —le ordenó.

Posó los labios en los de él y los lamió, forzándolo a separarlos y profundizó, saboreándolo, absorbiendo su esencia. Drake soltó una mano de la cadera y la enredó sin miramientos en el pelo de Evangeline para amarrarla a su boca y que no pudiera escapar.

—Eres perfecta —dijo, con la voz ronca y ahogada—. No te merezco. Después de todo lo que te he hecho... pero, Dios, no puedo dejarte ir. Aunque te lo compensaré, ángel, aunque sea lo último que haga. Te lo compensaré.

—Ya lo has hecho —susurró—. Viniste a buscarme.

La abrazó de pronto y rodó sobre ella, la colocó debajo, aplastándola contra el colchón con su peso. La penetró profundamente, lo que le separó las piernas todavía más. Luego se las colocó sobre los hombros, estaba indefensa, aunque ella no tenía ninguna intención de defenderse.

—Ya me falta poco —dijo, apretando los dientes—. ¿Cómo estás tú, nena? Quiero que te corras conmigo.

Ella acercó la mano para acariciarle la firme línea de la mandíbula.

—Estoy contigo, Drake. No pares.

Con los ojos cerrados, tomó aire, hizo una breve pausa, entró en lo más profundo del cuerpo de Evangeline y empezó a moverse con fuerza y furia. El sonido del roce de ambos cuerpos llenó la habitación.

Todos los músculos se le tensaron, se preparaba para el orgasmo. Crecía y crecía hasta hacerla sentir como un arco listo para disparar, tan tirante que le parecía que iba a explotar. Cerró los ojos, pero obedeció al instante la orden seca de Drake de que los abriera y lo mirase; la fuerza de la mirada de él la cautivó, cada vez más intensa a medida que él también se aproximaba al clímax.

—Ahora —jadeó—. Córrete conmigo. Suéltalo. ¡Ahora!

Atacó su cuerpo con furia, lo empujó con tanta fuerza que Evangeline se dio en la cabeza con la cabecera de la cama. Ella se estremeció y tembló de los pies a la cabeza. Estaba a punto de soltar un grito cuando, incapaz de contenerse, lo dejó escapar, agudo como si el mundo estallase a su alrededor. Dejó el cuerpo inerte, la euforia le recorrió las venas y los músculos quedaron laxos.

Placer. Tantísimo placer. Un placer dulce e indescriptible la transportaba en oleadas. Volaba, flotaba entre las nubes, completamente ingrávida. Le resbalaban las lágrimas por las mejillas, no de tristeza, sino de un gozo y de una satisfacción inmensos.

—No llores —susurró Drake, quien sorbió y besó los regueros de las mejillas para hacerlos desaparecer—. No llores nunca, mi amor.

—No puedo evitarlo —replicó con voz temblorosa—. Es todo tan bonito… Lo más bonito que me ha pasado. Soy tan feliz ahora mismo, Drake. Y pensar que creía que no volvería a ser feliz nunca…

Aquella sincera afirmación era una tortura para él. Drake pegó el cuerpo al de ella, la abrazó fuerte y siguió besándole las lágrimas.

—A partir de ahora van a cambiar las cosas, mi ángel —dijo con total sinceridad—. Te lo juro por mi vida. Eres mi única prioridad. Tú estás antes que nada. Tu felicidad y tu seguridad están primero que nada. Mis hombres y yo nos encargaremos de que así sea. Volverás a confiar en mí con el tiempo. Tú dame la oportunidad.

—¡Ay, Drake, si ya confío en ti! —Apretó la mano contra su mejilla—. Tienes que creerme, por favor, aunque sea la única cosa que creas. Ya te he perdonado. Olvidémonos del pasado y centrémonos en el futuro.

Aquello superó a Drake, que dejó caer la frente sobre la de ella, respiró con pesadez y, sin abrir los ojos, le cubrió los labios de besos tiernos.

—No te merezco —repitió, afligido, por lo que acababa de decir—, pero que me maten si te dejo escapar.

—No te voy a permitir que me dejes escapar —dijo Evangeline—. Te necesito, Drake. No puedo vivir sin ti. No quiero vivir sin ti.

La apretó contra sí, el cuerpo sacudido por la emoción. La abrazó con los ojos todavía cerrados.

—¡Menos mal! —susurró—. ¡Menos mal!

Se quedaron tumbados un rato más y luego Drake la liberó de su peso, a desgana, haciendo que ambos quedasen acostados de lado, cara a cara.

—Voy a pasar el día contigo —anunció, para sorpresa de ella.

Si bien era cierto que llegaba tarde al trabajo, había dado por hecho que se iría en algún momento, conque no pudo contener una mirada de sorpresa.

—Te voy a llevar a comer y luego daremos un paseo en calesa por Central Park. Después he pensado que podríamos ir al mercado a por provisiones. Me gustaría que me hicieras la cena y que pasáramos la noche en casa.

Un calorcito placentero le subió a las mejillas.

—¿Alguna petición especial?

—Sorpréndeme —respondió él y la besó.

La mente de Evangeline empezó a volar de inmediato, pensaba en algunas de sus especialidades que todavía no le había preparado.

—Mañana tengo que volver al trabajo, pero te dejaré un equipo de seguridad para que te acompañe a donde quieras ir.

Se le cayó el alma a los pies. Todavía no estaba preparada en absoluto para ver a los hombres de Drake. Solo de pensarlo le corría la humillación por todo el cuerpo.

—Otro día —murmuró—. No tengo nada en mente para mañana, prefiero quedarme en casa y relajarme.

La besó otra vez antes de rodar hasta el borde de la cama y levantarse.

—Lo que tú quieras, nena. No tienes más que decir lo que sea y se hará.

La ternura y el cariño que se le notaban en la voz despertaron una bandada de mariposas en el estómago de Evangeline. No le estaba dorando la píldora, él no era de esos. Era brusco hasta lo desagradable y no le preocupaban los sentimientos de nadie cuando decía lo que pensaba. Y todo lo que había dicho desde que la había encontrado había sido de una sinceridad total.

Drake no tenía necesidad alguna de recurrir a tópicos ni de alimentar el ego de nadie para conseguir que se cumpliese su voluntad. Con él era siempre «lo tomas o lo dejas». Evangeline admiraba su sinceridad aunque a veces fuera hiriente, pero al menos no tenía que preguntarse nunca de qué iban las cosas con él. No había que andar con adivinanzas, ni dudar si de verdad quería que formase parte de su vida.

Todavía le costaba hacerse a la idea de que, de entre todas las mujeres hermosas, sofisticadas y con mucho más mundo que ella que había en la ciudad, hubiera ido a por ella. Y lo había hecho de inmediato, sin andarse con rodeos, nada de juegos, flirteos ni darle vueltas al asunto. Cogió lo que quería y se negó a aceptar un no por respuesta.

Seguramente no le darían el título de feminista del año, pero se deleitaba en su carácter dominante, en su autoridad, en que llevase los pantalones y esperase que ella se hiciera a un lado y lo dejase cuidar de ella de todas las formas imaginables.

Si tuviera que elegir entre ser una princesa malcriada y mimada o una tocapelotas que se negase a permitir que Drake controlase su existencia, no le costaría lo más mínimo decidirse. Drake la hacía sentirse como si fuera la única mujer del mundo para él, la más hermosa de las que habían estado con él. No cabía duda de que había estado con muchísimas y, no obstante, no había rastro de ninguna de ellas. Evangeline, sin embargo, le pertenecía en cuerpo y alma. Eso tenía que ser por algún motivo, ¿no?

Incluso aunque la confianza, algo totalmente nuevo para ella, la acompañaba como no lo había hecho nunca, se recriminó su exceso de seguridad, de arrogancia. Perfectamente podría no ser más que un desafío pasajero para Drake. Una diversión. Y lo mismo podría haber ocurrido con las demás mujeres, lo cual explicaría por qué no había rastro alguno de ellas: porque Drake se había aburrido y había necesitado un nuevo reto, así que se había deshecho de ellas y había pasado a la siguiente conquista.

Se pilló el labio y se lo mordió, consternada. «¡Para ya, Evangeline, por el amor de Dios! Eres una cobarde desgraciada». Si Drake estaba comprometido de verdad con su relación, pero ella se empeñaba en continuar con sus inseguridades y falta de autoestima sería ella la que acabase por apartarlo de sí y no al revés.

«Fue él quien te eligió a ti. Podría haber tenido a cualquier mujer, pero te vio en aquella cámara de seguridad y te eligió a ti. Algo significará eso…».

Aunque Evangeline no había pasado demasiado tiempo en el club de Drake tampoco estaba ciega. Había visto en persona toda aquella gente guapa. Hombres y mujeres, pero sobre todo mujeres. De todos los tamaños, figuras, etnias… algunas bajitas y voluptuosas, otras altas con piernas de infarto y una sonrisa de anuncio, por no mencionar su precioso pelo, la piel, la ropa y el maquillaje.

Y, sin embargo, por algún motivo que todavía no alcanzaba a comprender, Drake se había pegado a ella y la había reclamado desde el primer momento la primera vez que se encontraron en persona. Negó con la cabeza. Esas cosas no les pasan a las chicas de pueblo de Misisipi, como ella. Era patosa, torpe, tímida y muy conservadora, por lo que había perdido la virginidad poco tiempo antes con un hombre que era todo lo que no le convenía. Y también era ingenua. ¡Dios! Seguramente era la mujer más crédula e ingenua del planeta. Entonces, ¿qué demonios veía Drake en ella?

—¿Qué te pasa, Evangeline? —preguntó Drake, con aspereza.

Le subió un rubor de culpabilidad al verse sorprendida absorta en sus pensamientos. Por nada del mundo pensaba contar a Drake lo que estaba pensando, aunque solía escupir la verdad por humillante que fuera. Iba a mentirle por primera vez, y había prometido no hacerlo nunca, pero la verdad solo serviría para hacerlo enfadar y estropear una mañana que hasta entonces estaba siendo perfecta. Se justificó diciéndose que aquella mentira no le hacía daño a nadie. No era como traicionarlo u ocultarle una verdad realmente importante. Pero ni siendo consciente de ello se sintió mejor. Odiaba mentir. Lo odiaba.

—Estaba pensando qué hacer de cenar —dijo, sin darle importancia.

Drake la estudió un momento y las mejillas se le encendieron todavía más porque era evidente que él no se había tragado aquella excusa penosa en absoluto. Sin embargo, para su sorpresa, no se lo recriminó ni le pidió explicaciones.

—Vamos a ducharnos juntos y después a comer algo. Luego te llevaré a dar ese paseo en calesa.

Evangeline suspiró de satisfacción.

—Parece el día perfecto.

8

—¿*T*ienes pensado dejar salir a Evangeline del apartamento alguna vez? —preguntó Maddox en tono seco.

Drake levantó la vista bruscamente y con un rápido vistazo a sus hombres descubrió en los ojos de todos ellos la misma interrogación que había formulado Maddox. La pregunta surgió de repente y no tenía nada que ver con los asuntos de trabajo de los que estaban hablando. Además, no estaba dispuesto a hablar de sus asuntos personales. Al parecer tenía que aclarar ese punto.

—¿Pero qué cojones dices? —le espetó—. No acabo de ver a qué viene que metas las narices en mi relación con Evangeline.

El tono de voz era gélido y no menos heladora era su expresión cuando clavó la vista en sus hombres. Le devolvieron sendas miradas de desaprobación, lo que lo cabreó muchísimo. Le daban ganas de partirles la maldita cara a todos. Ni borracho iba a permitirles juzgar su relación con Evangeline. ¡Y una mierda!

—Ah, pues no sé. A ver… No ha puesto un pie fuera de tu apartamento desde que la volviste a traer aquí. ¡Qué narices! Nadie le ha visto el pelo. Ibas a hacerla tu reina y hacer público lo vuestro, y resulta que ahora se la ve menos que antes.

Drake entornó los ojos ante la crítica implícita en la voz de Maddox. Como si insinuase que la estaba manteniendo entre algodones deliberadamente.

—Tiene total libertad para entrar y salir a su antojo. —Había hielo en su tono de voz—. Es consciente de que ahora son necesarias más medidas de seguridad y lo acepta. Le he ofrecido que la acompañéis algunos de vosotros a donde quiera ir, pero hasta ahora no le ha apetecido, prefiere quedarse en casa.

—Seguramente le da vergüenza, joder —dijo Justice, indignado—. No tiene forma de saber cuánto sabemos nosotros, aunque seguramente sospeche que estamos enterados de hasta el último detalle de lo que pasó aquella noche. Es comprensible que no le apetezca demasiado sentirse juzgada.

—¿Quién narices dice que la íbamos a juzgar? —preguntó Silas, en tono cabreado.

Justice le lanzó una mirada de impaciencia.

—Evangeline tiene su orgullo. Tiene orgullo a espuertas. No estoy diciendo que ninguno de nosotros fuese a juzgarla; ella no ha hecho nada malo —le lanzó a Drake, que rechinó los dientes—. Pero ella no sabe lo que pensamos ni lo que sabemos, ni de qué lado estamos. Es más que probable que esté evitándonos y no me extrañaría. No me atrevo a decir que yo no haría lo mismo de estar en su pellejo. Seguramente sienta que ya ha sufrido bastantes humillaciones.

—¡A tomar por culo! —gruñó Maddox—. No pienso permitir que piense esas gilipolleces.

Silas levantó la mano para callar a Maddox.

—De Evangeline me encargo yo.

—¿Ah, sí? —Drake lo fulminó con la mirada.

Silas se la sostuvo sin recular.

—Efectivamente. Le diré que, sea cual sea la mierda que le está pasando por la cabeza no es más que eso: mierda. Antes quedábamos todas las semanas y pedíamos algo de comer. Cogeré comida para llevar, iré a verla a tu casa y lo aclararé todo con ella. Ni de coña vamos a permitir que se esconda y pase vergüenza por una cosa de la que no tiene ninguna culpa.

El genio de Drake estaba sujeto por un hilo muy fino. Solo había sido capaz de controlar la furia que le producía la acusación tácita de las palabras de Silas porque sabía que este se cortaría el cuello antes de traicionar a quien consideraba un hermano, su única familia. Qué narices, ya bastante culpabilidad sentía él para que encima se lo estuvieran restregando por la cara cada dos por tres los hombres que se suponían más leales a él.

Sin embargo, aunque su primera reacción había sido dejarse llevar por la ira, enseguida la aplacó. En realidad agradecía a Silas la feroz defensa de Evangeline y su estima hacia ella. Drake no sabía de nadie que pudiera contar con ambas, salvo los hombres reunidos en su oficina en aquel momento. Y la verdad era que sacar lo suyo con Evangeline a la luz lo paralizaba tanto que lo asustaba, una sensación a la que no estaba acostumbrado en absoluto. Pero una vez que su relación se hiciese pública necesitaría que todos y cada uno de sus hombres le profesasen a ella una lealtad incondicional, porque dependería de ellos tanto como de sí mismo para mantenerla a salvo en todo momento.

Era muy probable que Justice hubiera llegado a la conclusión correcta. Drake maldijo no haberse parado a pensar que Evangeline pudiera estar mortificándose por el momento en que tuviera que presentarse ante sus hombres, pero ahora que Justice lo había sugerido le parecía lo más probable. Aquella noche había sido ultrajada y mortificada. Por supuesto que no le apetecería relacionarse con quienes conocían hasta el último detalle de aquello.

También había dado en el clavo al hablar del orgullo salvaje de Evangeline. Era una de las cosas que más admiraba de ella.

—Silas tiene razón —admitió—. Hay que aclarar las cosas con Evangeline y tranquilizarla. No quiero que se sienta a disgusto con las personas a quienes pienso confiarles su vida.

Hizo una pausa para lanzar a cada uno de sus hombres una mirada durísima.

—Sin embargo, una vez que Silas aclare las cosas con ella no se volverá a mencionar aquella noche nunca más en presencia de Evangeline. A menos que ella saque el tema, olvidaremos aquello para siempre. E incluso cuando ella saque el tema, no diréis nada que la altere ni la humille de ninguna manera. Casi la destruyo con mis malditas ansias de apartarla del radar de los Luconi y no permitiré que se diga ni se haga nada que le cause más daño.

Maddox hizo un ruido de protesta.

—¿Pero qué clase de cabrones crees que somos? Evangeline es una dulzura de mujer, peca de ser demasiado inocente y compasiva. Hacerle daño sería como apalear a un cachorrito. Solo un auténtico cabrón de mierda querría humillarla o joderla.

—Solo quiero asegurarme de que todo el mundo lo tenga claro —replicó Drake, calmado—. No tengo intención de perderla, lo que significa que va a ser una parte importante de vuestras vidas diarias. Cuanto antes aclare Silas las cosas con ella y la haga volver a sentirse cómoda con vosotros otra vez, antes empezarán a borrarse los recuerdos de aquella noche.

—Lo haré mañana —repitió Silas.

Drake asintió, dando su consentimiento.

—No dejes de hacerlo. Maddox, quizá tú podrías sacar a Evangeline al día siguiente. Que haga una lista de la compra y compre lo que necesite. Le gusta cocinar y sentir que tiene algo que aportar, a su manera. No pienso robarle eso. Que vaya Justice contigo. Tiene que volver a acostumbrarse a andar con vosotros, hay que eliminar cualquier posible resto de incomodidad.

—A mí puede hacerme la comida siempre que quiera —dijo Justice, con cierta esperanza en la voz—. Quizá si me porto muy bien puedo engañarla para que me invite a cenar un día.

Drake puso los ojos en blanco mientras todos los demás se liaban a comentar las excelencias de las dotes culinarias de Evangeline y las ganas que tenían de que los invitase a cenar. No era tonto, ya sabía que sus hombres no solo valoraban de ella la maña en la cocina. Si no se andaba con cuidado y volvía a cagarla, más de uno de sus hombres ocuparía su lugar al lado de ella sin dudarlo, y la trataría como a una reina, malcriándola sin avergonzarse siquiera. Pero entonces tendría que pegarles una paliza a todos.

Se arrellanó en la silla y se dirigió a Silas en particular.

—Necesito tantos ojos en la calle como sean posibles. Con todos los rumores sobre mi relación con Evangeline que ya se han difundido, quiero contar con los oídos de todo el que esté en la calle y quiero conocer de antemano si hubiera amenazas dirigidas hacia ella antes de que exista siquiera la posibilidad de que se hagan realidad.

—Ya estoy en ello —le explicó Silas, sin alterarse ante la intensidad de su jefe—. Tengo ojos y oídos en todas partes. Si alguien planease algo, lo sabría. Mientras no dejemos a Evangeline sola ni, sobre todo, ande por la ciudad sin compañía, estará a salvo.

Drake frunció el ceño:

—No andará por la ciudad sin que la acompañen varios hombres. No irá a ningún lado sin protección, y habrá que apostar varios vigilantes de seguridad en el apartamento cuando esté allí sola durante el día.

—Eres consciente de que la forma más expeditiva de dar crédito a los rumores de tu compromiso con Evangeline sería dejarte ver en algún acto de la alta sociedad con ella del brazo, ¿verdad? —manifestó Hartley—. Nunca has llevado a ninguna mujer a ningún acto al que hayas asistido. Las pocas veces que te ha dado por acudir a un festival siempre has ido en plan lobo solitario y te has mostrado muy poco accesible. Me imagino que ya solo con eso armarías un buen revuelo. Si añadimos la semilla de una relación seria con Evangeline, seréis la comidilla de toda la ciudad.

Drake se puso tenso, la mandíbula agarrotada hasta hacerse daño. No le gustaba la idea de utilizar a Evangeline ni de exhibirla solo por enviar el mensaje de que era intocable. Pero, mierda, Hartley tenía razón: si quería gritar a los cuatro vientos que Evangeline era su reina, mimada y consentida, y que quien se atreviese a tocarla siquiera sufriría una muerte muy dolorosa, debía dar pruebas concretas de que no hablaba por hablar. Tenía que respaldar sus palabras con hechos.

Lo cual significaba pasar una noche en compañía civilizada, codearse con gente a la que despreciaba o que lo despreciaba a él, gente que quería su apoyo y su respaldo económico para su última maquinación o, simple y llanamente, que le parecía aburrida y falsa. Ninguna de las posibilidades era atractiva. Y la idea de exponer a Evangeline a uno de aquellos auténticos nidos de víboras le dejaba un regusto amargo en la boca. No se merecía que se burlasen de ella, ni la maltratasen, ni muchísimo menos que la atormentasen ni la acosasen por no pertenecer a la misma clase social.

A él le gustaba su frescura, que no estuviera corrompida por la codicia y la ambición, y además la respetaba por ello. Era de una ingenuidad que ya no se estilaba. Tan solo un mes antes, Drake no se habría creído que había personas como ella, si acaso existirían en el reino de «demasiado bonito para ser verdad». Él se había vuelto cínico y desencantado siendo muy joven porque no le había quedado otra. Sin embargo, Evangeline era un soplo de aire fresco. No se había encontrado nunca con nadie como ella, que le hacía creer que en el mundo existía auténtica bondad, aunque no abundase.

Era, como él la llamaba, un ángel: buena hasta la médula e incapaz del engaño o la traición. ¡Joder! Empezaba a parecer un adolescente encaprichado, de ojos soñadores, que no tenía ni puta idea de cómo funcionaba el mundo real.

Era Evangeline la que no acababa de entender cómo era la humanidad ni su retorcida naturaleza, así que era su obligación resguardarla de los que no pensarían más que en destrozarla y aprovecharse de su bondad inherente.

Hizo una mueca para sus adentros. Parecía como si la estuviese criticando, como si tuviese una tara y fuese demasiado tonta para hacer frente a la vida, cuando nada podía estar más lejos de la verdad. No era cierto que no entendiese la realidad. La había experimentado de primera mano gracias a su primer amante y ahora gracias a Drake, el hombre que había jurado no hacerle daño jamás. Lo que pasaba era que su increíble dulzura la llevaba a preferir ver el lado bueno de la gente en lugar del malo hasta que no le quedase otra. Su corazón era demasiado blando y por eso necesitaba a alguien que la protegiese de los que estaban dispuestos a aprovecharse de su espíritu generoso.

—Tendréis que acompañarnos varios de vosotros. No lo estoy pidiendo, es una orden. No pienso entregarla a los lobos y sabéis tan bien como yo que la harían pedazos y disfrutarían haciéndolo. La rodearemos en todo momento y no permitiréis que nadie, y digo nadie, llegue hasta ella para llenarle la cabeza de mierda ni para hacerla sentir fuera de lugar. Y al que me falle le cortaré las pelotas.

—Tienes que cuidarte de todas esas zorras mucho más que de los hombres —le advirtió Maddox, como el que comenta una obviedad—. En cuanto las mujeres de las que te has deshecho o que directamente has rechazado la vean de tu brazo, cuando nunca llevas a ninguna del brazo, van a sacar las garras e intentarán hacerla picadillo.

Los demás mostraron su conformidad con un asentimiento solemne.

—Y precisamente por eso tenéis que formar una barrera

impenetrable a su alrededor y desviar a cualquiera que intente llegar hasta ella —recalcó Drake.

—Joder —gruñó Zander—, ¿significa eso que voy a tener que ponerme un maldito traje de pingüino?

Thane soltó una risita.

—Si los demás tenemos que sufrir, tú también.

—Esto no es broma —dijo Drake, con cara de funeral—. Protegeréis a Evangeline a toda cosa. No voy a permitir que nadie vuelva a abusar de ella ni a humillarla. Si alguien cruza vuestro cordón, responderéis ante mí. ¿Queda claro?

—Evangeline es nuestra, jefe —se pronunció Justice—. Ya sé que es tuya, pero también es nuestra. La única forma de que alguien llegue a ella pasando por encima de mí es que me mate.

Drake estudió las expresiones de sus hombres y supo que Justice decía la verdad. Era cierto que Evangeline también les pertenecía. Era uno de ellos y por eso la protegerían como se protegían entre ellos.

Drake asintió para demostrar que reconocía y aceptaba la promesa de sus hombres de interponerse entre el peligro y ella. Sintió que se liberaba parte de la tensión que le atenazaba las tripas desde que había decidido hacer público lo suyo con Evangeline y pudo relajarse un poco por primera vez desde que ella lo había abandonado.

Sus hombres, sus hermanos, eran su roca. Lo mejor de lo mejor. Les había confiado su vida y ahora les estaba confiando la de Evangeline porque sabía que Justice no hablaba por hablar. Él, igual que sus demás hombres, pararían una bala por ella. Morirían por ella igual que lo harían por él. Una lealtad como aquella no se compraba: se ganaba y se devolvía, porque él mismo iría hasta el final por cualquiera de ellos y ellos lo sabían perfectamente.

—Repasaré los actos a los que me han invitado —cedió—. Siempre tengo un montón de invitaciones encima del escritorio. Elegiré la que nos dé más publicidad y montaré un espectáculo que no deje lugar a dudas. Después de esa noche, nadie dudará de que Evangeline me pertenece y se encuentra bajo mi absoluta protección.

Silas atravesó a Drake con la mirada, como si desprendiese sus capas una tras otra y lo dejase al desnudo.

—¿Y se trata de eso, de un espectáculo? —preguntó con voz sombría.

La expresión de Drake volvió a congelarse al devolver a Silas una mirada glacial en la que había puesto toda la intensidad de la que era capaz.

—Es mía. No necesitas saber más. Lo que hay entre Evangeline y yo es precisamente eso: entre ella y yo. No está abierto a análisis ni a debates.

Silas apretó los labios, pero no insistió. Maddox no parecía más satisfecho que Silas con la respuesta de Drake, pero al igual que él, lo dejó correr.

—Pues bien, si no hay nada más que hablar, me marcho —anunció Drake—. Esta noche me quedaré en casa y no iré al club, así que, Zander y Hartley, necesito que cubráis a Maddox. Si surge algún problema, llamadme. Evangeline y yo no pensamos salir hoy, pero siempre puede venir conmigo si surge algo que requiera mi atención.

9

*E*vangeline paseaba de un lado al otro del apartamento, inquieta y nerviosa. Aquella reclusión que ella misma se había impuesto y que duraba ya varios días estaba a punto de volverla loca de remate. Quería salir y tomar el aire, dar un paseo, lo que fuera. Pero para ello tendría que acompañarla un equipo de seguridad de los hombres de Drake. Y la idea de verlos la mortificaba.

Sabía que no tenía nada de qué avergonzarse. No había hecho nada malo, pero no soportaba la idea de enfrentarse a ellos ni ver en sus miradas que conocían todos los detalles de lo ocurrido. Tanto si veía en ellos una expresión de censura o de compasión, ninguna de las dos opciones era agradable.

Con un suspiro, se dejó caer en el sofá y se recostó con los brazos abiertos de par en par. Tenía que encontrar algo que hacer, lo que fuera. Nadie podía sentarse sin hacer nada día tras día. La repugnaba haberse convertido en una de esas mujeres cuya vida gira únicamente alrededor de su hombre. No era una inútil, pero viéndola nadie lo diría. Era evidente que no se estaba comportando como una mujer independiente y autosuficiente.

¿Estaba loca por haber aceptado a Drake otra vez tan fácilmente? Por su mente todavía pululaban muchas preguntas sin respuesta, preguntas cuya respuesta no estaba segura de desear saber, pero al mismo tiempo la asaltaba una molesta preocupación. No podía pasarse la vida en la ignorancia, ¿no?

No podía vivir la vida como una cobarde, con la cabeza enterrada en la arena. Antes o después tendría que plantarse ante Drake y formular las preguntas que le estaban taladrando el cerebro. Aunque corriese el riesgo de perderlo.

Sintió cómo el dolor le corría por las venas, y la invadió la pena. Cerró los ojos. No, mejor no pensarlo. Seguro que había un motivo muy razonable que explicase el secretismo que rodeaba a Drake y las medidas de seguridad tan extremas que adoptaba, y el exceso de celo que ponía en todo lo referente a su protección.

Como decía su madre, no sirve de nada buscar problemas donde no los hay.

El zumbido del portero automático la sobresaltó, apartándola de sus atribulados pensamientos, y haciendo que se levantase del sofá de un salto para contestar.

—¿Sí? —dijo tras pulsar el botón.

La voz le salió temblorosa. Respiró hondo para calmarse.

—Señorita Hawthorn… Evangeline —dijo Edward con voz amable—. Ha venido alguien a verla. ¿Le digo que suba o que no recibe usted visitas?

Se le aceleró el pulso. ¿Quién demonios podría haber venido a verla? Eddie no podía ser tan idiota… No, era imposible que se tratase de él.

—¿Quién es? —preguntó, nerviosa.

—Se llama Silas, trabaja con el señor Donovan, aunque me parece que eso ya lo sabe de sobra.

A Evangeline le dio un vuelco el corazón y se le formó un nudo en el estómago. ¡Dios! Todavía no estaba preparada para hacer frente a ninguno de los hombres de Drake. ¿Qué hacía Silas allí? A punto estuvo de pedir a Edward que le dijese que no se encontraba bien, pero se negó a seguir comportándose como una cobarde.

—Dile que suba, Edward —dijo, cuadrando los hombros y tomando aliento—, muchas gracias.

—De nada, Evangeline —respondió este con cariño.

Recorrió el apartamento muy alterada mientras esperaba que llegase el ascensor y se dio cuenta de que estaba esperando en la puerta, como si la preocupase aquella visita inesperada. Se dirigió al salón a toda prisa, encendió el televisor y se instaló en el sofá, como si estuviese disfrutando de un día tranquilo, sin ninguna preocupación en el mundo. Lo último que quería era que los hombres de Drake la considerasen débil y frágil.

Se puso tensa al oír abrirse las puertas del ascensor, pero se obligó a relajarse antes de levantarse del sofá con una sonrisa acogedora, que sentía rígida, congelada y completamente falsa. Solo esperaba que Silas no notara que era una pose.

Cuando rodeó el sofá para saludarlo la sorprendió verlo cargado con un montón de bolsas de comida para llevar. Aturullada, corrió a liberarlo de las que estaban encima y le lanzó una mirada inquisitiva.

—¿Y esto a qué viene? —preguntó, desconcertada.

Silas dejó las bolsas en la isla de la cocina, luego cogió las que tenía Evangeline en las manos y se puso a sacar los recipientes y a colocarlos como si fuera un bufé.

—Teníamos el trato de comer juntos algo para llevar una vez a la semana —respondió, tranquilo—. ¿O ya se te ha olvidado?

Evangeline sintió que se sonrojaba y le ardían las mejillas. Apartó la vista, incapaz de sostenerle la mirada.

—No —dijo en voz baja—. Es que pensaba…

—¿Qué pensabas? —preguntó él, sin rodeos.

Se pasó la lengua por los labios secos y jugueteó con los dedos, inquieta.

—No estaba segura de si seguirías queriendo venir a comer conmigo —susurró.

Silas soltó un torrente de palabrotas brutales totalmente impropio de él que hizo que Evangeline diese un respingo. Luego le cogió una mano y la tomó entre las suyas.

—Mírame, Evangeline.

No se lo estaba pidiendo. No hacía falta ser muy listo para saber que le estaba dando una orden. A regañadientes, Evangeline levantó la vista y lo miró a los ojos, y la furia oscura que vio en ellos casi la hizo echar a correr a toda velocidad. Parecía… peligroso. Y estaba muy cabreado.

—Escúchame, Evangeline, y escúchame bien porque lo voy a decir solo una vez y vas a escucharme con atención o te juro por Dios que cumpliré la amenaza de darte una azotaina.

Evangeline tragó saliva, las pupilas dilatadas por el pánico.

—No hiciste nada malo —continuó Silas, con tono firme—. No tienes la culpa de nada de lo que pasó aquella noche. El único culpable es Drake, pero se encontraba en una situación imposible e hizo lo único que pudo para protegerte. No tenía ni idea de que ibas a estar aquí. De haberlo sabido jamás habría permitido que esos hombres se acercasen ni a un kilómetro de aquí. Se odia por haberte hecho eso y yo tampoco es que esté encantado con él, pero al mismo tiempo, dadas las circunstancias y teniendo en cuenta que lo pillaste totalmente por sorpresa, hizo lo que pudo. Y nadie podrá castigarlo nunca más de lo que se castiga él por haberte hecho daño.

—Ya me lo ha explicado —susurró Evangeline—. No acabo de entenderlo del todo, pero me ha dicho lo mismo que tú.

—Pues a lo mejor ahora me quieres explicar de qué narices piensas que te íbamos a acusar los chicos y yo, o cómo es que íbamos a pensar mal de ti cuando eres tú a la que humillaron e hicieron daño...

Se mordió el labio, decidida a no llorar. Ya había llorado más que suficiente, joder. Era hora de parar, de plantarse y ser fuerte. Estaba hecha de un material más fuerte que aquello. ¿Cómo iba a demostrar ser digna de un hombre como Drake cuando no hacía más que comportarse como una niña llorona?

Como tardaba un poco en responder, Silas le estrechó la mano para tranquilizarla.

—Los demás y yo estamos para proteger a Drake. Incondicionalmente. Todos y cada uno de nosotros daríamos nuestra vida por él sin dudarlo, igual que él lo haría por nosotros. Esa lealtad y protección se extiende a ti también. Es más, no depende de tu relación con Drake. Ya no. Si llegase a pasar algo entre vosotros, no perderías nuestra lealtad. Si alguna vez necesitas cualquier cosa, espero que cuentes con nosotros, y si no eres capaz de hacerlo, más te vale contactar conmigo. Para lo que sea, ¿me entiendes?

Se lo quedó mirando sorprendida e incrédula.

—¡Pero si yo no soy nadie! Ni siquiera me conocéis demasiado... Vuestra lealtad es hacia Drake y así debe ser.

—Me estás cabreando todavía más —gruñó Silas—. Si alguna vez permito que una mujer inocente sufra por el único delito de ser hermosa por dentro y por fuera, dejaré de ser hombre. Y si no hacerlo me costase la amistad con Drake, pues que me cueste. Estoy más que acostumbrado a ser un lobo solitario y no dar explicaciones a nadie. Y basta ya de esta conversación ridícula, se está enfriando la comida.

Conmovida por las palabras compasivas de Silas, Evangeline se acercó a la alacena para sacar de ella los platos y los cubiertos de un cajón. Cuando volvió a la barra, Silas estaba abriendo varios de los recipientes.

—No sabía qué te apetecería, conque he traído de todo un poco. Tengo tus platos favoritos de comida tailandesa y china. También tengo aperitivos, algo de comer con los dedos: alitas de pollo; palitos de queso; para mojar, una salsa de espinacas; patatas con salsa de queso; dos clases de palitos de pollo y alguna otra cosa que he traído para que la pruebes.

Se le hizo la boca agua y el estómago le rugió de gusto.

—Tiene todo muy buena pinta —dijo bajito. Luego lo miró a los ojos con total sinceridad—. Gracias, Silas. Esto significa un mundo para mí.

La expresión de Silas se ablandó.

—La semana que viene traeré algo distinto para que lo probemos. Esta vez quería traerte cosas que sé que te gustan.

—Lo estoy deseando —dijo, con sinceridad—. No soporto estar aquí encerrada, me estoy volviendo loca.

Silas frunció el ceño.

—Entonces tal vez sea hora de que dejes de esconderte en el apartamento de Drake y salgas más. No tienes nada de qué avergonzarte ante mí ni ante ninguno de los hombres de Drake. Saben que se portó como un cabrón y que tú no tuviste ninguna culpa. Mañana por la mañana vendrán Maddox y algún otro para llevarte de compras.

—¿Y qué voy a comprar? —preguntó, más aturullada que antes—. No necesito nada.

Silas soltó una carcajada. Evangeline se lo quedó mirando alucinada, porque no era un hombre muy dado a reírse. La risa le cambió la cara por completo: parecía más joven y guapísimo, además.

—¿Quién dice que tengas que comprar algo que necesites? ¿No se supone que ir de compras es divertido? Al menos eso me dicen las mujeres.

Evangeline frunció el ceño y se puso a pensar.

—Supongo que me puedo poner ya con las compras de Navidad —dijo, incómoda, y pensó en el poco dinero del que disponía; no sabía cómo estirarlo ahora que tenía que comprar regalos para mucha más gente.

Silas la miró de hito en hito, como si leyese en ella igual que en un libro abierto. Cuando entornó los ojos, se levantó de pronto y se dirigió hacia el cajón donde Evangeline había escondido las tarjetas de crédito y el dinero que le había dado, ella se dio cuenta de que le había leído el pensamiento como si estuviera escrito en luces de neón.

—¿Se te ha olvidado cómo se usan el dinero y las tarjetas?

Ella negó en silencio, con aire abatido.

—Pues entonces úsalos —insistió.

Evangeline dejó escapar un suspiro de descontento.

—Me cuesta mucho, Silas. No soporto la idea de ser una mantenida, de no hacer nada…

Los rasgos de Silas se ablandaron y cerró el cajón antes de volver a sentarse a la isla de la cocina.

—Reconozco el orgullo en cuanto lo veo, Evangeline. Y lo respeto. Pero Drake tiene dinero de sobra para diez vidas. Ni siquiera notará si gastas algo. Pero si se entera de que te niegas a usar su dinero o las tarjetas de crédito, le sentará fatal. Ya se siente bastante culpable de lo que pasó aquella noche y de su papel en ese asunto tan sórdido. ¿Vas a seguir castigándolo al negarte a aceptar sus regalos?

Se lo quedó mirando con la boca abierta, consciente de que lo que decía era verdad. No tenía intención de seguir castigando a Drake. Ya habían sufrido bastante los dos, y solo quería pasar página y olvidarse de aquella noche para siempre.

—¿Es importante para él? —preguntó en voz baja.

—¿No lo sería para ti? —preguntó Silas—. Si alguien a quien quieres se negase a aceptar tus regalos, ¿no te molestaría?

Evangeline se mordió el labio, pero asintió despacito.

—Sé de buena tinta que Drake te va a llevar a algún sitio una de estas noches. A lo mejor podías aprovechar la excursión de mañana para comprarte un vestido adecuado, con sus zapatos a juego y todos los complementos. Drake es una figura muy importante en los círculos en los que se mueve y, aunque estoy seguro de que preferiría cortarse la lengua antes de decirte cómo vestirte, sé que eres orgullosa y que querrás que Drake se sienta orgulloso de ti.

La imaginación de Evangeline se disparó a cien kilómetros por hora.

—¿Me va a llevar por ahí? ¿Adónde?

—No estoy seguro de qué invitación ha decidido aceptar —respondió Silas—, lo que sí sé es que quiere que tu presencia sea un mensaje que no deje lugar a malas interpretaciones: quiere que todo el mundo sepa que eres suya y que lo que es suyo lo valora. Así que déjalo de piedra. Déjanos a todos de piedra. Cómprate una pasada de vestido que haga que Drake sea la envidia de todos los hombres de la fiesta, que sea incapaz de quitarte las manos de encima durante toda la noche.

Evangeline se echó a reír.

—¿Tanta fe tienes en mí?

La mirada oscura de Silas se iluminó y los ojos centellearon con su risa.

—Pues claro.

—Muy bien. Desde luego, no quiero avergonzar a Drake. ¿Me puedo fiar de que Maddox y los otros que me acompañen a comprar mañana me darán una opinión sincera del vestido y los zapatos?

—Tú déjamelos a mí —respondió—. Pero, Evangeline, más te vale que no me entere de que les pones pegas a lo que te digan que te sienta bien y deberías comprar, o necesitas comprarte. ¿De acuerdo?

—De acuerdo —suspiró—. ¿Podemos comer ya, antes de que se enfríe todo?

Silas le lanzó una mirada como diciéndole que sabía perfectamente que estaba esquivando el asunto. No era tonta. Sabía que Silas había sido muy tierno y amable con ella, pero no le cabía la menor duda de que si lo desobedecía o lo cabreaba lo más mínimo, se la echaría al regazo y le daría una azotaina en el culo en menos que canta un gallo.

10

*U*na hora después de que Silas se hubiera marchado, Evangeline se encontraba en el cuarto de baño principal, intentando decidirse entre recibir a Drake con un picardías o bien olvidarse de la ropa por completo y esperarlo desnuda en el salón.

En las pocas noches que habían transcurrido desde su regreso al apartamento la costumbre diaria de recibir a Drake cuando llegaba a casa del trabajo había quedado aparcada, y él no lo había mencionado siquiera. De hecho, se había mostrado de lo más cuidadoso en todo lo relacionado con ella. Casi como si tuviera miedo de que decir o hacer la más mínima cosa mal fuese a causar que Evangeline lo dejase.

Pues ya era suficiente. La única forma de olvidarse de una vez de aquella noche horrible era volver a la normalidad lo antes posible. Tenía que hacerle comprender que no pensaba irse a ningún lado y que la única forma de perderla sería que él mismo cortase la relación y pensaba hacer todo lo que estuviera en su mano para darle esa seguridad.

A partir de esa misma noche.

Se probó el retal de seda y encaje que se hacía llamar camisón, pero luego se lo pensó mejor. Quería que Drake la viera en cuanto saliese del ascensor. Que la viera a ella, no lo que llevase puesto.

Quería complacerlo, pero sobre todo quería recuperar a su Drake. Fuerte, orgulloso, completamente dominante. Y contundente.

Se estremeció solo con pensar en su tacto, en el cuero golpeándole la piel. La boca de Drake en la suya. En sus pechos, entre sus piernas.

Con los ojos cerrados, cada vez más inmersa en su fantasía, dejó caer el picardías al suelo y lo apartó con los pies. Luego se cepilló el pelo hasta que brilló al dejarlo caer por la espalda.

Sabía que solo le quedaban unos minutos hasta que llegase Drake. Corrió al salón y se arrodilló en la mullida alfombra de cara al ascensor para que él la viese nada más entrar en casa.

Las ansias le lamían la piel y le corría fuego por las venas. Se le aceleró el pulso y tenía la respiración entrecortada. Cuando las puertas del ascensor empezaron a abrirse se le paró la respiración. Levantó una mirada hambrienta, que lo buscaba. Escrutó su expresión en busca de alguna señal de desaprobación o de que se había equivocado al recibirlo así.

Al ver el fuego salvaje que ardía en los ojos de Drake en cuanto le puso la vista encima dejó salir por fin la respiración que había estado conteniendo. Temblaba de alivio al tiempo que la invadía la euforia.

Drake había esperado con impaciencia que el ascensor llegase al ático. Aunque había salido del trabajo bastante más temprano de lo habitual, seguía pareciéndole que hacía una eternidad que había dejado a Evangeline en la cama por la mañana.

Cada día le costaba más dejar la suave calidez de su cuerpo. Se despertaba cada mañana con ella enroscada al cuerpo en un abrazo posesivo, con la cabeza apoyada en la curva del brazo y el pelo esparcido por todo el torso.

Cuando se abrieron las puertas del ascensor se le escapó la respiración en una fuerte exhalación que casi lo tumba.

Evangeline.

Lo estaba esperando. Desnuda. La iluminación suave del salón le daba a su piel un brillo angelical. Estaba arrodillada en la alfombra, en una postura de sumisión, con la cabeza un poco inclinada, pero le sostenía la mirada con audacia y con los preciosos ojos iluminados por el deseo.

Percibió un minúsculo destello de inseguridad en su mirada que lo puso en movimiento al instante. Antes muerto que permitir que ella dudase o temiese ofrecerle un regalo tan preciado.

Corrió hasta donde estaba, se puso de rodillas frente a ella y le puso las manos en las mejillas. La atrajo hasta sí y le dio un beso fuerte en los labios.

—Esto es lo que todos los hombres sueñan encontrarse al llegar a casa —murmuró, todavía devorándole los labios.

Lo miró, tímida, cuando por fin le dejó libre la boca.

—Tenía la esperanza de que no te importase. Es que... Es que quería... —se quedó callada, mirando al suelo con una incomodidad evidente.

Él la sujetó por la barbilla y la obligó a levantar la vista hasta que se miraron a los ojos otra vez.

—¿Qué querías, cielo? —preguntó con voz suave.

—A ti —respondió, sincera—. Quiero que las cosas sean como antes...

Se sonrojó y volvió a apartar la vista.

—Tienes que saber que te daría cualquier cosa que quisieras, mi ángel.

—Solo te quiero a ti —susurró—. Como eras antes. Cuando me dominabas.

Aquellas palabras destruyeron el poco control que le quedaba. Un control que no sabía siquiera que había ejercido desde que la había recuperado. Pero ahora se daba cuenta de que estaba allí. El miedo de forzarla demasiado, de obligarla a ir demasiado lejos, demasiado rápido. De perderla. Y, sin embargo, allí la tenía, de rodillas, suplicando con ternura lo que él más deseaba darle.

Con un gruñido ansioso, dejó el maletín en el suelo y la cogió en brazos. La llevó al dormitorio y la depositó en la cama con cuidado. Durante unos segundos interminables se quedó allí de pie, contemplando su hermoso cuerpo. La cálida bienvenida que había en sus ojos.

Estaba en casa.

Ese pensamiento lo hizo sentirse humilde como nunca antes. Ninguno de los sitios donde había vivido lo había hecho sentirse en su casa. Hasta entonces. Su ángel lo había logrado. Daba igual donde viviesen, mientras ella estuviese allí cada día al llegar a casa, siempre sentiría que llegaba a su hogar.

—¿En qué piensas? —preguntó, en voz baja.

—En la suerte que tengo. —La respuesta fue sincera—. En

lo preciosa que eres. En lo mucho que deseo hacerte el amor ahora mismo.

Poco a poco, Evangeline se puso de rodillas frente a él en el colchón.

—Pues tómame, Drake. Hazme tuya. Esta noche quiero ser todo lo que quieras y necesites. Solo tuya. Toda tuya.

Drake sintió que le oprimía el pecho una emoción que no lograba identificar. Se quedó sin palabras un instante, contemplando lo que le pertenecía.

—¿Qué es lo que más deseas esta noche, Drake? —le susurró al oído.

Le rozó el cuello con los labios, justo debajo del oído, y luego bajó por la mandíbula hasta llegar a los labios.

Drake introdujo los dedos entre los frondosos mechones de pelo de Evangeline y la sujetó contra él para cubrirla con cada aliento que exhalase.

—Hazme el amor —murmuró Drake—. Esta noche soy tuyo para que hagas conmigo lo que quieras. Lo que ordenes.

—Pues desnúdate para mí —replicó Evangeline en un susurro.

Se apresuró a obedecer, embrujado por la hechicera cautivadora que tenía ante él; se quitó la chaqueta del traje y luego casi se arrancó la camisa de dentro de los pantalones.

En cuestión de segundos se quitó los calcetines y los zapatos, seguidos de las pocas prendas que le quedaban.

Ella clavó la vista en la erección tensa y él a punto estuvo de correrse allí mismo al verla lamerse los labios de puras ansias.

—Soy todo tuyo, mi ángel. Dime: ahora que me tienes, ¿qué vas a hacer con tu hombre?

—No había planeado hablar precisamente —replicó, con voz ronca—. Tengo en mente otras cosas que quiero enseñarte.

Evangeline retiró de un rápido lametazo la humedad que empezaba a acumularse en el pene de Drake, que dejó escapar un torturado gruñido de placer. Ella jugaba a lamer el prepucio, se detuvo en la sensible parte inferior para acariciarla con la lengua hasta obligar a Drake a inclinarse hacia ella, que trataba de penetrarle la boca más profundamente.

Evangeline satisfizo encantada la petición muda y chupó su

miembro más adentro. Las mejillas se le hinchaban y luego se le hundían al aumentar la presión e introducirlo hasta la garganta. Drake dejó escapar una especie de protesta gutural cuando ella lo liberó de su boca, pero enseguida lo agarró y tiró de él hacia la cama.

Drake se reclinó y Evangeline lo siguió, ella le pasó una pierna por encima para sentarse a horcajadas sobre sus caderas. La polla de Drake quedó colocada entre la uve de sus piernas para descansar sobre la suave piel de su vientre. La sujetó por las caderas, le clavó los dedos en la piel y le suplicó que lo montase.

Como una diosa, se elevó sobre él y le acercó el pene erecto al sexo. Ambos suspiraron al notar alrededor del prepucio las contracciones húmedas y palpitantes que hacían que se introdujese más y más.

Evangeline cerró los ojos y se aferró a los hombros de Drake en busca de apoyo antes de dejarse caer, haciendo que penetrase más profundamente en su cálido y acogedor interior.

Lo envolvió con su cuerpo al tenderse sobre él para que sintiese cada centímetro de su piel sedosa. Lo acariciaba con la melena y Drake hundió los dedos entre los suaves mechones para besarla.

Sus lenguas se encontraron en un duelo, chocaron, rodaron, se lamieron y chuparon hasta que respiraban el mismo aire. Drake solo la sentía y la saboreaba a ella. Nunca había experimentado nada más dulce que el tacto de un ángel.

Evangeline se separó y, echando la cabeza hacia atrás, inició un movimiento ondulante feroz sobre él. Drake la devoraba con los ojos —el balanceo de sus pechos ante él, el pelo que le caía enmarañado sobre los hombros— y la sentía prieta al montar su miembro arriba y abajo.

—Mírame, mi ángel —dijo, bruscamente.

Ella abrió los ojos al instante para buscar su mirada.

—Mírame cuando te corras. Quiero que solo me veas a mí.

Mientras pronunciaba estas palabras tomó el mando, la sujetó por las caderas y empujó con la pelvis hacia arriba, dentro de ella, para profundizar todavía más. Evangeline afianzó las manos en el pecho de Drake con los dedos extendidos para buscar apoyo en él.

—Suéltalo —gruñó—. Dámelo todo. Entrégate a mí.

Se le contrajeron los músculos alrededor del miembro y todo el cuerpo se estremeció encima del de Drake. Dejó escapar un grito y le faltaron las fuerzas para seguir manteniéndose erguida. Se derrumbó sobre él en el momento en que descargaba todo su ser dentro de ella.

Se acurrucó tan pegada a él como pudo, derretida entre sus brazos, que la rodeaban. Drake la acercó al pecho y enredó la cara en su pelo.

—No sé qué he hecho para merecerte, Evangeline, pero no pienso dejar que te vayas nunca —murmuró.

Evangeline descansó sobre él un momento, sus cuerpos todavía muy unidos, antes de moverse y levantar la cabeza para mirarlo a los ojos.

—Te he hecho la cena —dijo, tímida—. ¿Prefieres cenar en la cama o en la cocina?

A Drake le aleteó el corazón en el pecho y por un momento fue incapaz de encontrar las palabras para responder.

—Todavía es temprano. Mejor nos vestimos y comemos en la cocina. Luego podemos ver una película en el sofá.

—Me parece bien. —La afirmación iba a acompañada de una sonrisa.

Drake le dio una palmadita cariñosa en el culo, luego rodó sobre sí mismo, la sujetó contra su cuerpo hasta que quedaron tendidos de lado, mirándose cara a cara.

—Dúchate conmigo y luego te ayudo a poner la mesa.

—Mmm… ¡Qué decisión tan difícil! —bromeó—. Me mimas demasiado, Drake.

Él se puso serio y, apartándole un mechón de pelo de la mejilla, dijo:

—No lo suficiente, cielo. Ni de lejos.

11

*E*vangeline se sentó frente a Drake en la isla de la cocina a mirarlo saborear la cena que le había preparado. El calor le subió a las mejillas hasta llegar a molestarla cuando él se deshizo en halagos tras probar cada plato.

Cuando intentó restarle importancia explicando que no era más que un plato sencillo de pollo al horno con arroz a las finas hierbas, patatas gratinadas y verduras, Drake la regañó y le dijo que prepararle semejante maravilla de cena no tenía nada de sencillo.

En momentos como aquel Evangeline se permitía aventurarse en territorios peligrosos y fantasear con preparar la cena a Drake todas las noches. Con recibirlo con los aromas de una comida casera y con experimentar con nuevas recetas para él.

No servía de nada decirse que viviera el momento y no se permitiera dar por hecho que existía un mañana. Tampoco tenía mucho sentido castigarse por soñar, ya que estaba viviendo esos sueños, vivía en ellos todos los días. Si llegaba el día en que Drake dejase de desearla, solo le quedarían los recuerdos que hubiese creado mientras todavía estaban juntos, y estaba decidida a aprovecharlos al máximo.

—Silas me ha dicho que Maddox me llevará de compras mañana —dijo Evangeline, sin darle importancia—. Me ha comentado algo de que pretendías llevarme a algún acto público y que estaría bien que me comprase algo adecuado para la ocasión, pero no me ha dicho a dónde piensas llevarme, así que no sé bien qué es lo más apropiado.

Drake parpadeó un momento y se quedó pensativo. Luego fue a por el maletín que había dejado en el suelo al llegar a casa. Sacó tres invitaciones, todas dirigidas a su nombre, y las colocó en la mesa para que las viera Evangeline.

—Lo he dejado en tres posibilidades —dijo, indiferente—. He pensado dejarte elegir la que más te apetezca.

Evangeline cogió las tarjetas de caligrafía florida y las leyó con atención.

—Yo me voy a poner un esmoquin negro, elijas lo que elijas, así que escoge lo que tú creas que vaya a ir bien con él.

Evangeline recorrió con un dedo la que se anunciaba como la inauguración de la temporada navideña del Carnegie Hall.

—Me encantan las fiestas —dijo, melancólica—. ¿De qué va esta exactamente?

Drake cogió la invitación y luego se la devolvió.

—Es un acto benéfico para recaudar fondos para la policía de Nueva York. Lo que se recaude irá destinado a una organización que se encarga de las viudas y los hijos de los agentes muertos en acto de servicio, y también a otra organización que ayuda a los policías heridos en acto de servicio y a sus familias mientras están de baja.

Evangeline lo miró sorprendida.

—¿Colaboras con estas dos organizaciones?

Se le subió el corazón a la garganta porque le estaba sirviendo en bandeja de plata la oportunidad perfecta para formular las preguntas que había estado deseando hacerle sin atreverse a hacerlo. Ahora que se le había presentado la ocasión, estaba nerviosa y preocupada por cómo respondería.

Asintió con indiferencia.

—Hago donaciones a varias buenas causas locales. Tengo toda una plantilla que se encarga del seguimiento de las organizaciones benéficas con las que colaboro. Se cercioran de que sean de fiar y se realice la distribución de fondos según lo acordado.

—¿Sueles ir a esta clase de actos o les mandas un cheque sin más?

Drake puso cara de no sentirse muy a gusto, pero solo un instante.

—No suelo ir. Mis empleados gestionan todas las solicitudes de donaciones y he montado una organización de la que procede el dinero.

—Pero supongo que todo el mundo sabe que tú estás detrás de esa organización, ¿no? —insistió—. ¿Por qué te iban a invitar a ti personalmente en lugar de enviar las invitaciones a la organización?

Había colocado todas las invitaciones boca arriba para que el nombre y la dirección de Drake quedasen a la vista. Este asintió.

—¿Y por qué vas, vamos, a ir a uno de estos actos, si no te gusta dejarte ver en ellos?

—Quiero que todo el mundo te vea de mi brazo —respondió en tono posesivo—. Es justo que te avise con tiempo, mi ángel. Todas las miradas se centrarán en nosotros. Primero, porque pocas veces acudo a esa clase de acontecimientos, y segundo, nunca voy con una mujer del brazo. Me imagino que causarás un gran revuelo.

Evangeline abrió los ojos como platos y el pulso se le aceleró.

—No quiero que te preocupes por eso —la tranquilizó—. Mis hombres vendrán con nosotros y nos rodearán en todo momento. No permitirán que nadie cruce la barrera para llegar hasta ti. Nadie podrá hablar contigo a menos que tú lo invites a hacerlo.

Era la oportunidad perfecta. Tenía la pregunta en la punta de la lengua y, aun así, se la mordió. No quería estropear una noche íntima tan perfecta. La noche en que Drake le había dicho que quería mostrarle al mundo que la había reclamado como suya, algo que, según sus propias palabras, no había hecho con ninguna mujer.

¿De verdad quería estropear algo tan perfecto?

—¿A qué le estás dando vueltas, mi ángel? —preguntó Drake, clavándole la mirada en el rostro.

Evangeline cerró los ojos un momento y se humedeció los labios.

—¿Tan peligroso es a lo que te dedicas? —susurró—. Las medidas de seguridad ya eran extremas antes, cuando nos conocimos, y ahora, después de aquella noche… —Tragó saliva para seguir adelante antes de perder el aplomo por completo—. Me has explicado que dijiste e hiciste aquellas cosas horribles para protegerme porque, según tú, me pondría en peligro que alguien supiera lo que significaba para ti. Pero ahora cambias de opinión y dices que quieres que lo sepa todo el mundo, que es la mejor manera de protegerme, que si todos saben lo importante que soy para ti nadie se atreverá a hacerme daño... pero aun así has triplicado las medidas de seguridad. No puedo salir del apartamento sin que me acompañe todo un contingente de hombres. ¿A qué te dedicas, Drake? Ya sé que tienes un club y un edificio entero en Manhattan que alquilas a otras empresas escogidas a conciencia. Ese edificio es tuyo, ¿no? —preguntó con vacilación.

Drake asintió.

—Pero eso no explica la necesidad de semejantes medidas de seguridad. ¿A qué más te dedicas, exactamente? —preguntó, nerviosa.

Le dirigió una mirada llena de advertencias.

—Cielo, si no estás preparada para escuchar la respuesta, no hagas la pregunta. No tienes que preocuparte por los negocios que hago ni con quién los hago. Eso a ti no te va a afectar nunca, no te va a salpicar. Tú céntrate en complacerme y yo a cambio te mimaré y te pondré el mundo a los pies.

Evangeline abrió la boca para responder, pero Drake extendió el brazo y posó una mano sobre la de ella, estrechándola, entrelazando sus dedos en un gesto protector.

—Déjalo. Hazlo por mí, ¿de acuerdo?

Parecía casi vulnerable. La súplica de sus ojos le llegó muy dentro.

—Sí, Drake. Puedo hacerlo por ti —murmuró.

En aquel momento se dio cuenta de lo que significaba exactamente la decisión que acababa de tomar. Debería sentirse culpable. No la habían educado para ser aquella clase de persona, ni había pensado jamás que llegaría a ser alguien así, y, sin embargo, se sintió aliviada al ver el cariño y la aprobación en los ojos de Drake. Que él también se sentía aliviado al verse libre de las preguntas que le incomodaba responder.

Entonces Drake se levantó, rodeó la isla para acercarse a ella y estrecharla entre sus brazos. Sus labios se fundieron con los de ella en el más tierno de los besos.

—Entonces, ¿voy a llevar a mi ángel al Carnegie Hall? —preguntó y la besó en la frente.

—Me gustaría mucho, Drake —sonrió—, y es por una muy buena causa.

Drake le devolvió la sonrisa, la tomó en brazos y la llevó al dormitorio.

—En ese caso, harán una considerable donación en tu nombre, añadida a la que haga mi organización. Se te van a rifar, cielo. Se van a pelear por tu atención.

La risa se le escapó por la nariz, con muy poca elegancia, al dejarla caer Drake en la cama y dar un botecito.

—Más bien por tu dinero —dijo ella—. Yo no tengo nada que ver con eso.

Le cubrió los labios con los suyos y la besó larga y dulcemente.

—En eso estás equivocada. Es imposible estar en tu presencia más de cinco segundos sin enamorarse de ti. Ya tienes a todos y cada uno de mis hombres en tus manos.

—¿Y si yo no quiero tener más que un hombre en mis manos? —preguntó, con el aliento entrecortado.

A Drake le centelleaban los ojos al desnudarla con manos suaves y cariñosas.

—Creo que podemos decir sin temor que ya lo tienes en tus manos y en todas las partes de tu cuerpo en las que pueda poner las suyas.

Y luego le hizo el amor, dulce, sin prisas. Una y otra vez, hasta que apuntaron las primeras luces del amanecer, la llevó a los cielos. Y ella supo sin ningún género de duda que, pasase lo que pasase a partir de ese día, había tomado la decisión correcta al no forzar a Drake a darle respuestas sobre sus negocios.

Tal vez acababa de sellar su destino y tal vez se había condenado a caer con él, pero era incapaz de arrepentirse de uno solo de los segundos que pasaba con Drake.

Le había prometido que la protegería con su vida, que sus hombres la protegerían con sus vidas y que no la salpicaría ni la afectaría ningún aspecto de sus negocios. Y ella lo creía.

Porque lo amaba.

12

*E*vangeline se fue despertando poco a poco y se dio cuenta de que estaba tendida sobre Drake, completamente desnuda y débil como un gatito por todas las veces que le había hecho el amor durante toda la noche. Soltó un suspiro contenido al que él respondió pasándole la mano por la espalda y luego por un brazo.

—¿Está bien mi ángel?

Le restregó la cara contra el pecho y pensó que si fuera posible estaría ronroneando.

—Mmm.

Una risita agitó el pecho de Drake, que echó la cabeza hacia atrás para darle un beso cariñoso.

—Tengo que meterme en la ducha, nena. Ya llego tarde y tengo una reunión importante. Maddox ya ha llamado para decir que estará aquí aproximadamente en una hora para llevarte de compras.

—Me encanta despertarme contigo —murmuró ella.

—Me alegro, porque lo vas a hacer todos los días. —Le dio un pellizco juguetón en la nariz.

Drake se levantó, pero le dijo a Evangeline que se volviese a arrebujar en las mantas y la arropó bien. Se la quedó mirando un momento y, para sorpresa de ella, parecía incómodo. Se percató de que quería decirle algo.

—¿Qué te parece si traemos a tus padres por Acción de Gracias? —preguntó en voz baja—. ¿Te gustaría? ¿Crees que les apetecerá?

Evangeline se sentó en la cama como un resorte, con la boca abierta de par en par por la sorpresa. Luego se arrojó a los brazos de Drake, chillando de emoción. Le aterrizó en el pecho y lo tiró al suelo. Muerto de risa, la abrazó mientras ella le cubría la cara de besitos.

—¿Eso es un sí? —preguntó entre beso y beso.

—¡Sí, por Dios! ¡Sí, sí, sí! ¿Lo dices de verdad, Drake?

Se lo quedó mirando, suplicando en silencio que lo hubiera dicho en serio.

—Nunca te gastaría una broma con una cosa tan importante para ti —le reprochó—. Los echas de menos. Veo cómo te iluminas cuando te llaman y también lo triste que te pones cuando hablas de ellos. Tengo medios para traerlos de visita y no sería un buen hombre si no hiciera todo lo posible para hacer feliz a mi chica.

—¡Oh, Drake! Eres maravilloso conmigo —dijo, al borde de las lágrimas—. No sabes lo mucho que significa para mí poder volver a verlos. Ya has hecho tanto por ellos… y ahora esto.

Perdió la batalla por contener las lágrimas, que corrieron libremente por las mejillas. Drake se las enjugó con el pulgar y la abrazó contra su pecho.

—Quiero conocer a esas personas tan importantes para ti que eres capaz de aparcar toda tu vida para ayudarlas. Deben de ser muy especiales. Y como tú eres especial para mí, creo que tus padres y yo tendremos al menos una cosa en común.

Evangeline le pegó la cara en el pecho para reprimir los sollozos, pero se le agitaban los hombros, lo que delataba su emoción. Le echó los brazos al cuello y lo abrazó muy fuerte.

—Eres el hombre más maravilloso del mundo, Drake Donovan —dijo, con la voz ahogada.

—Ni mucho menos. —El tono de Drake era duro—. No lo olvides nunca, cielo. No soy un buen hombre en absoluto. Soy egoísta y posesivo y haría lo que fuera para tenerte feliz para que no te alejes de mí. Pero eso no me convierte en un buen hombre, me convierte en un cabrón interesado.

Le sonrió entre las lágrimas porque no la engañaba su tono brusco.

—¡Estoy deseando darles la buena noticia! ¿Podemos llamarlos esta noche cuando vuelvas a casa?

Drake sonrió al verla tan emocionada y le dio un beso antes de volver a meterla en la cama.

—Disfruta del día de compras. Esta noche te llevaré a cenar

y podemos llamar a tus padres después, si quieres. Me encargaré de que los lleven al aeropuerto y mi avión los esperará para traerlos a Nueva York. Diré a Silas y Maddox que los recojan en el aeropuerto y los alojaré en un hotel de Times Square. A menos que prefieras que se queden con nosotros.

Mientras decía estas últimas palabras le lanzó una mirada inquisitiva y ella entendió lo que estaba haciendo por ella. No le apetecía en absoluto que dos desconocidos invadieran su intimidad, pero estaba dispuesto a hacer ese gran esfuerzo para darle a ella y a sus padres una celebración de las que no se olvidan.

—Creo que lo de Times Square les encantará —replicó, como si nada—. Siempre pueden venir a cenar y yo pasaré el día con ellos mientras estás en el trabajo.

Hubo un destello de alivio en los ojos de Drake al que enseguida siguieron la ternura y la aprobación. La besó una vez más antes de meterse en la ducha.

—Me encargaré de todo. No reparará en gastos para que estén lo más cómodos posible —le aseguró.

Evangeline se recostó en la almohada y cerró los ojos, quería saborear el momento. Todo era tan perfecto... Las lágrimas volvieron a aguijonearle los ojos al pensar en ver a sus padres por primera vez tras dos largos años.

Se iban a enamorar de Drake. ¿Cómo no iban a hacerlo, después de desvivirse de aquella manera para hacer feliz a su hija?

Se abrazó y se quedó adormilada, y no volvió a despertarse hasta que Drake se inclinó sobre ella para darle un beso de despedida y decirle que Maddox llegaría en media hora.

Se incorporó, dejó resbalar la sábana hasta la cintura y le echó un brazo alrededor del cuello para devolverle el beso.

—¡Ay! Qué tentado estoy de quedarme en casa y mandar a la mierda los negocios... —dijo con pesar.

—Muchas gracias, Drake. Es el mejor regalo que me han hecho —dijo, sincera.

—Tienes hasta esta noche para pensar unas cuantas maneras creativas de expresar tu gratitud —repuso él en son de broma.

Evangeline entrecerró los ojos y esbozó una sonrisa malvada.

—No creas que no voy a ser muy pero que muy creativa.

—Lo estoy deseando —murmuró él y la besó por última vez. Luego le dio una palmadita cariñosa en el culo y le dijo—: Mejor que te vayas levantando de la cama, no quiero que Maddox vea lo que solo puedo ver yo.

—Como si tuvieras algo de qué preocuparte —dijo, poniendo los ojos en blanco.

—¿Te crees que hay uno solo de mis hombres que no daría el huevo izquierdo por verte desnuda? —preguntó, incrédulo.

Evangeline soltó un bufido y enterró la cara, que le ardía de vergüenza, en la almohada.

—¡Para, Drake, por Dios! No sé cómo los voy a volver a mirar a la cara...

Drake salió del dormitorio con una risita y le recordó que se verían luego.

Evangeline solo se quedó en la cama un instante más, saboreando la alegría del momento y el saber que estaba enamorada de Drake. Al echar la vista atrás, se dio cuenta de que se había enamorado de él desde el principio. Por eso se había hundido de tal forma la noche que lo había dejado.

Se negaba a dedicar un solo momento más reviviendo la noche más horrible de su vida, salió de la cama y se dio una ducha rápida. Se vistió con algo informal: unos vaqueros y un jersey ancho, se cepilló el pelo a toda prisa para dejarlo secarse al aire mientras esperaba que llegase Maddox.

Después de haber pasado la noche haciendo el amor con Drake, ahora se moría de hambre. Con un poco de suerte, Maddox y quien lo acompañase en su misión de ir de compras no tendrían demasiada prisa. O tal vez se dejaran sobornar con un desayuno...

Confiaba en poder ganárselos con un desayuno casero, conque empezó a sacar ingredientes y en cosa de minutos ya estaba con las sartenes.

Quince minutos después, Edward llamó al interfono para decirle que estaba subiendo Maddox, que enseguida asomó la cabeza por la cocina.

—¡Madre mía! Dime que llega para los dos —dijo, fingiendo un gruñido.

—¡Pasa de él! —dijo Justice, que apartó a Maddox de un

empujón—. Yo te quiero más, la comida debería ser para mí.

Evangeline se rio y meneó la cabeza.

—Sentaos los dos. ¿Quién más ha venido? ¿O sois solo vosotros?

—Jax y Hartley están abajo, al control de todo —dijo Maddox.

—¿Entonces tenemos tiempo para comer? —preguntó, ansiosa.

—Cariño, si has hecho bastante para nosotros, puedes tardar todo lo que quieras —declaró Justice.

—Dadme cinco minutos y los sirvo —sonrió.

Los dos hombres se encaramaron a los taburetes de la isla con tales caras de ansia que no le quedó otra que reírse. Meneó la cabeza y empezó a servir las tortillas, *hash browns* y beicon y jamón fritos. Una vez servido todo, abrió el horno para ver si estaban las galletas caseras y decidió que estaban en su punto.

Las sacó del horno y sirvió varias en los platos de Justice y Maddox y se los colocó delante, sonriendo al ver sus reacciones.

—Me he muerto y estoy en el cielo —dijo Maddox con una exhalación.

Evangeline se había acomodado en un taburete frente a Maddox y picoteaba la comida. Era la primera vez que lo veía desde aquella noche y pensó que no tenía ni idea de si lo había metido en problemas con Drake al haberle dado esquinazo en el apartamento de sus amigas.

De pronto ya no tenía tanta hambre como antes y se dedicó a juguetear con la comida con el tenedor mientras esperaba que los dos hombres terminasen.

—¿Qué te pasa, Evangeline? —preguntó Maddox con voz tranquila.

Ella dio un respingo, sorprendida por su perspicacia. Le echó un vistazo rápido a Justice y se sonrojó ante la idea de tener que airear el asunto delante de él. Sin embargo, él la sorprendió al recoger el plato vacío para llevarlo al fregadero. Luego se fue al salón y dijo que esperaría allí.

Evangeline lanzó una mirada nerviosa a Maddox con la esperanza de que el «nada» que había farfullado le pareciese una respuesta suficiente.

No tuvo tanta suerte.

Maddox frunció el ceño y, para su consternación, se pasó a su lado de la isla y le cogió la mano.

—¿Qué te pasa? —preguntó sin rodeos.

Volvió a fruncir el ceño al observar cómo temblaba Evangeline.

—Lo siento —soltó y dejó caer la cabeza, incapaz de seguir sosteniéndole la mirada.

—¿Y qué narices sientes?

Aquel arrebato explosivo le hizo dar un respingo e intentó apartarse, pero él le sujetó la mano con más fuerza y le acarició la mejilla para obligarla a volver a mirarlo.

—¿Evangeline? ¿Por qué puñetas tienes que pedir perdón?

Tanto su tono como su expresión transmitían abatimiento y conmoción de verdad.

La cara le ardía y le daban ganas de matarse por haber sacado siquiera el tema cuando, al parecer, no había necesidad alguna.

Inspiró con profundidad y se quedó mirando fijamente por encima de su hombro derecho.

—Siento haberte dado esquinazo como te lo di aquella... noche —susurró—. Espero que me perdones y no haberte causado problemas por ello.

A Maddox se le abrió la boca de puro asombro y la mirada se le volvió turbulenta y negra a causa de la furia. Ella se encogió, pero él invadió su espacio y la aferró por los hombros.

—Mírame, Evangeline —ordenó, feroz. Esperó hasta que ella volvió, poco a poco, a mirarlo y entonces se le suavizó la dureza de los ojos—. No tienes que pedir perdón por nada, joder. Mierda, dime que no me has estado evitando todo este tiempo porque tenías miedo de que estuviera enfadado contigo.

Ella se encogió de hombros.

—No estaba segura. Es decir, no sabía. Fue horrible. Ojalá aquella noche no hubiera existido nunca.

Para aumentar su consternación, notó que las lágrimas le rodaban por las mejillas, lo que le dejaba un rastro caliente en la piel. Maddox le soltó los hombros para ponerle las manos en las mejillas y, con toda delicadeza, enjugar la humedad de la cara con los pulgares.

—Escúchame, cariño. Nadie, y quiero decir ni uno solo de nosotros, está enfadado contigo. Nos cabreamos muchísimo con Drake por tratarte así, aunque entendemos por qué lo hizo. Pero en ningún momento hemos pensado nada malo de ti. No merecías en absoluto que te tratasen como te trató Drake esa noche y nadie es más consciente de ello que él mismo. Estuvo insoportable hasta que volvió a encontrarte y te trajo a casa. Pero, nena, escúchame: si no hubiera ido él a buscarte, si no hubiera decidido cerrar filas a tu alrededor y hacer público que cualquier cabrón que intente hacerte el más mínimo daño ya puede darse por muerto, lo habría hecho alguno de nosotros. ¿Lo entiendes? Nunca permitiríamos que te pasase nada malo.

Evangeline lo miró con absoluto asombro y perplejidad.

—¡Pero Maddox! Si casi no me conocéis… No merezco que pongáis en peligro vuestra relación con Drake.

—Y una mierda —dijo, grosero—. Para Drake lo eres todo, pero además eres importante para nosotros. Eres importante para mí. No tengo hermanas, y no te voy a engañar diciéndote que te veo solo como una hermana pequeña porque estoy seguro de que mis pensamientos no se pueden considerar fraternales en absoluto y dudo que sean legales en la mayoría de los estados entre hermanos; pero de haber tenido una hermana pequeña, me gustaría pensar que sería como tú.

Él se le acercó y a ella se le nubló la vista una vez más a causa de las lágrimas. Se le echó a los brazos y lo estrechó con fuerza.

—Gracias —susurró con la voz ahogada—. No tienes ni idea de lo mucho que significa para mí. Nunca he tenido a nadie más que a mis padres y a mis amigas de aquí y ahora… ya ni siquiera las tengo a ellas.

Al decir esto, las comisuras de la boca se le torcieron hacia abajo y le temblaron los labios.

—Nos tienes a nosotros, Evangeline —dijo Maddox con dulzura—. Y estoy seguro de que ayer Silas se encargó de enderezar esas chorradas retorcidas que tenías en esa cabecita tuya.

La miraba tan fijamente que la hizo ruborizarse.

—¿Sabes lo que me dijo? —gimió.

Maddox rio entre dientes.

—No las palabras exactas. No nos hizo una reproducción de los hechos, no es el estilo de Silas, él no es de hablar mucho. Creo que dijo, exactamente, «Le diré que, sean cuales sean las gilipolleces que le están pasando por la cabeza no son más que eso: gilipolleces».

Evangeline gruñó.

—Tiene razón, nena —continuó, sin rodeos—. Tenías en la cabeza un montón de chorradas retorcidas y eso está fatal. Así que quiero que me prometas que lo de pensar chorradas retorcidas se acaba ya mismo. ¿Lo pillas?

—Sí, lo pillo —suspiró.

Maddox le dedicó una sonrisa de aprobación.

—Así me gusta. Ahora, ¿estás lista para ir de compras?

—¡Madre mía! —dijo, presa del pánico—. No tengo ni idea de qué se supone que tengo que comprar. Drake me va a llevar a un acto benéfico de la policía en el Carnegie Hall. Dice que va a llevar un esmoquin negro y que yo me ponga lo que quiera, pero lo que no quiero es cagarla, Maddox. —Le lanzó una mirada de súplica—. Él no va nunca a esas cosas, me lo ha dicho él mismo, pero ahora no solo quiere ir, sino que además quiere que yo vaya con él. ¿Y si lo pongo en evidencia?

—¡Pero, mujer! —exclamó Maddox—. Primero, no podrías ponerlo en evidencia nunca. A Drake le importa tres cojones lo que piensen los demás de él, hazme caso. Si alguien intentase decir algo malo sobre ti y él lo oyera, lo mataría él mismo. Si es que llegaba antes que yo... Segundo, resulta que tengo un gusto excelente en ropa femenina y sé lo que le sienta bien a una mujer preciosa como tú. No te dejaré comprar nada que no te vaya como anillo al dedo. ¿Estamos?

Evangeline volvió a abrazarlo y a estrujarlo.

—Eres el mejor, Maddox. Nunca he tenido hermanos, pero si tuviera uno me gustaría que fuera como tú.

Maddox le dio un beso en la coronilla y le acarició un poquito la espalda.

—Me destrozas la autoestima. Lo que tenías que decir era que si alguna vez Drake desaparecía del mapa te me pegarías como una lapa.

Evangeline se rio y le dio un suave puñetazo en el estómago.

—¿Nos vamos ya de compras o pensáis pasaros toda la mañana aquí de charla? —gritó Justice desde el salón.

—Creo que nos toca —gruñó Maddox—. ¿No te pones un abrigo, nena? Hace mucho frío fuera.

Evangeline fue corriendo hasta el armario de la entrada, que estaba justo al lado de las puertas del ascensor, y descolgó de la percha un abrigo informal. Justice se lo quitó de las manos y lo sujetó para que metiera los brazos en las mangas, cuando de pronto sonó el interfono. Evangeline miró a Maddox y Justice con cara de extrañeza.

—¿Vosotros esperáis a alguien?

—¿Eso es que la que no espera a nadie eres tú? —preguntó Maddox, poniéndose alerta de inmediato.

Evangeline negó con la cabeza y pulsó el botón para contestar.

—Evangeline, tiene visita —dijo Edward por el interfono.

—¿Quién es? —preguntó y lanzó a Maddox una mirada nerviosa.

—Se llaman Lana, Nikki y Steph —dijo Edward, en un tono cada vez más incómodo—. Dicen que son amigas suyas. ¿Les digo que suban o que no puede atenderlas ahora mismo?

Se le abrió la boca del asombro y se quedó mirando a Maddox con una súplica clara de que le dijese qué hacer.

La expresión de este era furiosa.

—¿Esas son las cabronas de tus examigas? —le espetó.

Evangeline asintió en silencio. ¿Qué hacían allí? ¿A qué habían ido? Lana había dejado bastante claro que Steph no era la única con motivos para no estar contenta con Evangeline.

—¿Quieres verlas, Evangeline? —preguntó Justice, cariñoso—. Si no las quieres ver, no tienes más que decirlo y Maddox y yo nos desharemos de ellas. Te juro que no tienes por qué verlas.

Evangeline se retorció las manos y luego las apretó, angustiada.

—No sé —susurró.

—Tú decides —dijo Maddox en voz baja—. Justice y yo estaremos aquí todo el tiempo. No tienes que enfrentarte a ellas sola. Y si en cualquier momento quieres que nos deshagamos de ellas, no tienes más que decirlo y nos encargamos de ello.

Tragó saliva, volvió a pulsar el botón y, dudando, miró una vez más a Maddox en busca de apoyo. Luego dijo:

—Mándamelas, Edward.

Maddox soltó un taco y le dio la mano a Evangeline.

—No me gusta verte tan pálida y asustada de esas zorras. Vete al salón y ponte cómoda. Ya las recibimos Justice y yo, que tenemos que decirles unas cositas.

—No las intimidéis —dijo bajito.

—¿Como te están intimidando ellas a ti, dices? —dijo Justice, sin ambages—. No les debes una mierda después de cómo te trataron.

Evangeline se mordió el labio y se dirigió al salón con una cara nada feliz. Dejó que Maddox la instalase en una de las butacas. Luego la sujetó por los hombros y la miró a los ojos.

—Como te digan una sola cosa fuera de lugar las saco a patadas y les dejo claro que no vuelvan.

Evangeline asintió con las manos hechas un nudo en el regazo, se preparaba para el enfrentamiento que se avecinaba.

Maddox se dirigió a la entrada y ella se quedó allí, esperando ansiosa el sonido del ascensor. Lo oyó llegar un instante después y luego oyó a Justice y Maddox que hablaban en voz baja, pero no consiguió entender lo que decían. Por fin, la espera se le hizo insoportable, se levantó de la butaca y se dirigió hacia la entrada, donde encontró a sus amigas mirando, boquiabiertas, a Justice y Maddox, que tenían cara de pocos amigos.

—¿Evangeline? —dijo Steph, dando un paso al frente.

Las dos mujeres se miraron un momento y luego Steph dio un grito y echó a correr hacia Evangeline. Un segundo después Evangeline se encontró rodeada por los brazos de Steph, que sollozaba ruidosamente en su hombro.

—Lo siento muchísimo, Vangie —repetía sin cesar—. Me porté como una zorra contigo. Perdóname, por favor.

Entonces se le unieron Lana y Nikki, que estrujaron a Evangeline en un abrazo de grupo. Esta se quedó mirando a Justice y a Maddox por encima de los hombros de las demás, con los ojos como platos a causa del asombro.

Lo que les transmitía no se podía interpretar más que como una súplica de ayuda. Las tres amigas continuaban abrazándola y llorando. Por fin, Maddox tomó cartas en el asunto y cogió a Nikki y Lana con suavidad por los brazos, mientras Justice se encargaba de Steph, y entre los dos las conducían al salón para que se sentasen.

—No te vamos a dejar sola, nena, así que no empieces a pensar locuras —dijo Maddox, en voz baja al pasar al lado de Evangeline, camino de la cocina.

Justice se quedó en medio del salón con los brazos cruzados sobre el ancho pecho, con pinta de guardaespaldas arisco mientras que Maddox hacía de consumado anfitrión y les servía a todas algo de beber. Luego se sentó justo al lado de Evangeline, mirando directamente a las mujeres sentadas en el salón.

—Evangeline —susurró Lana—. ¿Qué ha pasado con Drake? ¿Sigues con él? ¿Quiénes son estos hombres?

—Trabajamos con Drake —respondió Justice—. Y sí, desde luego que sigue con Drake.

—¡Ah! —dijo Nikki, con los ojos como platos—. Estábamos preocupadas. Vinimos a buscarte a la mañana siguiente de la noche que llamaste y hablaste con Lana y lo encontramos bastante... bueno, bastante mosqueado con nosotras. Pero no supimos lo que había pasado y seguimos sin saberlo, pero hemos venido a pedirte perdón en persona. Nos portamos fatal contigo —su voz sonó más aguda y le cayó otra lágrima por la mejilla.

—¿Podrás perdonarnos, Vangie? —imploró Steph—. Yo he sido la peor de todas y lo siento muchísimo. Sabes que te quiero y que solo tenía miedo de que se estuvieran aprovechando de ti.

—¡Qué curioso! Eso es justo lo que me preocupa a mí —dijo Maddox en un tono durísimo.

Lana, Nikki y Steph miraron hacia Maddox con asombro. Entonces Steph volvió la vista hacia Evangeline y le habló con la voz convertida en una súplica.

—¡No creerás que estamos intentando aprovecharnos de ti, Vangie! Por favor, dime que no es lo que piensas.

Evangeline movió la cabeza, confusa.

—No sé qué pensar —dijo con sinceridad.

Maddox la rodeó con el brazo para darle su apoyo y le dio un apretón en el hombro. Ella lo miró, agradecida, dándole las gracias con los ojos sin decir nada.

—¿Por qué habéis venido ahora? —preguntó con un susurro apagado—. ¿Por qué no antes, cuando os ne... necesitaba?

Se le quebró la voz y guardó silencio. Se negaba a derrumbarse por la emoción. Sentía que a Maddox la rabia le hacía vi-
brar todo el cuerpo, pero le puso una mano en la pierna para
evitar que echase a sus amigas del apartamento.

Lana se lanzó al suelo desde donde estaba sentada y se arrodilló delante de Evangeline. Le tomó las manos y empezó a suplicarle a la cara.

—Te queremos, Vangie. Nos hemos equivocado. Estábamos
preocupadas por ti y nos dolió que no quisieras hacernos caso,
pero eso no nos daba derecho a comportarnos como lo hicimos.
Nos preguntas si ahora hemos venido a aprovecharnos de ti y
la respuesta es no... Pero la verdad es que entonces te subesti-
mamos. En eso sí metimos la pata. ¿Podrás perdonarnos? ¿Podrás volver a ser amiga nuestra?

—¡Ay, Lana! —dijo Evangeline, inclinándose para abrazar a su amiga—. ¡Claro que podemos seguir siendo amigas!
Sigo queriéndoos a todas muchísimo y os echo un montón de
menos.

De pronto, Nikki y Steph se habían apuntado y las cuatro
se abrazaron y se disculparon, montando un buen revuelo.
Charlaron durante una hora para ponerse al día y las chicas
contaron a Evangeline todos los cotilleos del bar donde habían
trabajado juntas tanto tiempo.

Evangeline sabía que posiblemente ya había puesto a
prueba los límites de la paciencia de Maddox y Justice, por eso,
se excusó y dijo a sus amigas que llegaba tarde a una cita y que
podrían quedar en otro momento.

Justice las acompañó a la entrada y Maddox se quedó con
Evangeline. En cuanto se hubieron ido, Evangeline volvió a dejarse caer en la butaca, con la sensación de que le había pasado
un tren por encima.

—¿Estás bien? —preguntó Maddox, cariñoso—. Ha sido
mucho que asimilar de golpe.

—Gracias por estar a mi lado —dijo, agradecida—. No sé
qué tal lo habría llevado si me hubierais dejado sola.

Decir aquello la hacía parecer penosa y necesitada, por no
mencionar indefensa, pero en aquel momento estaba tan agra-

decida de no haber tenido que enfrentarse sola a ellas que le daba igual lo que pareciese.

—Prométeme que no las vas a dejar entrar si no hay alguien aquí contigo —indicó Maddox en tono duro.

Evangeline lo miró sin entender.

Maddox suspiró.

—Eres demasiado dulce y confiada, cariño. Me parece un poco sospechoso que justo hayan venido a visitarte ahora. Si han investigado a Drake, y es posible que lo hayan hecho, se habrán enterado de que has pillado a un tío forrado. ¡Qué narices! Ya les pagó el alquiler, ¿quién dice que no andan buscando a ver qué más pueden sacar?

—¿Cómo? —exclamó Evangeline, totalmente desolada por la sugerencia de Maddox—. ¿Crees que todo ha sido un numerito?

Estaba tan horrorizada que Maddox hasta parecía sentir remordimientos por haber sugerido semejante cosa. Pero no retiró lo dicho y eso la afectó mucho. ¿Tendría razón?

Se tapó la cara con las manos y dejó escapar un gemido de angustia.

—Venga, niña —dijo Maddox, con la voz cargada de arrepentimiento—. No me hagas mucho caso. Soy un cabrón muy desconfiado. Es mi trabajo. Sobre todo cuando se trata de la gente que te viene con zalamerías. Puede que sean sinceras. Lo único que digo es que te lo tomes con calma y vayas con cuidado. Ándate con ojo y, como te acabo de decir, no quedes con ellas si no está contigo alguno de nosotros.

—De acuerdo —aceptó, agitada.

Maddox se inclinó para darle la mano y ayudarla a levantarse.

—Venga, voy a buscarte el abrigo para que podamos marcharnos, que Drake quiere que estés de vuelta en casa a tiempo para cenar.

—¿Sabes? Te las das mucho de duro, pero no lo eres tanto —dijo, juguetona.

Él le lanzó una mirada feroz totalmente falsa y refunfuñó:

—Como le digas eso a alguien voy a ser yo el que te dé una azotaina, y no Silas.

13

*D*rake llegó a su apartamento poco después de las cinco de la tarde y Maddox lo recibió en el vestíbulo. Nada más verlo, se dio cuenta de que no estaba de humor y se puso tenso al escrutar la cara de su hombre en busca de señales de lo que lo preocupaba.

—Evangeline ha tenido un mal día —dijo en voz baja.

—¿Qué narices ha pasado? —El miedo se le extendió por la columna—. ¿Por qué demonios me estoy enterando ahora?

—Sus amigas se presentaron aquí justo cuando Justice y yo íbamos a salir con ella de compras. Nos quedamos para apoyarla y ellas se presentaron llorando y montando el numerito y disculpándose por haber sido tan zorras.

Drake entrecerró los ojos.

—Y tú no te lo tragas.

Maddox negó con la cabeza.

—No. Evangeline se disgustó bastante cuando se lo sugerí, pero lo que pretendía decirle era que no quería que quedase con ellas sin tener a alguno de nosotros a su lado.

—¿Cómo está de disgustada? —preguntó Drake.

—Ahora parece que está bien. Justice y yo la entretuvimos y lo pasamos bien juntos. Cuando la dejé en el apartamento hace cosa de media hora se iba a dar una ducha y a cambiarse para cenar contigo. Parecía relajada y de buen humor, pero en aquel momento todo le pasó por encima como un tren de mercancías; casi se cae de culo.

—Joder —maldijo Drake—. No se merece pasar por estas mierdas.

—En eso estamos de acuerdo. Mira, voy a estar pendiente de sus amigas y ver en qué andan metidas. Llamé a Silas hace unos minutos para que ponga a sus contactos a pegar la oreja. Si están tramando algo, Silas se enterará. No se le puede ocultar nada.

Drake asintió.

—Te lo agradezco, tío. Bastante mal lo ha pasado ya por mi culpa. Que me maten si permito que le hagan daño unas putas egocéntricas que pretendan utilizarla para llegar hasta mí.

—Tú hazla feliz —le indicó Maddox sin cortarse.

—Desde luego voy a intentarlo —replicó Drake, en tono neutro—. Buenas noches y gracias por cuidar de Evangeline hoy.

Maddox esbozó una sonrisa torcida.

—Yo encantado. Además, me invitó a desayunar. No se puede pedir mejor agradecimiento que ese.

Le dirigió un saludo militar y salió del edificio a buen paso, Drake fue a coger el ascensor hasta su apartamento. Mientras subía iba soltando improperios al pensar que las excompañeras de piso de Evangeline habían venido a disgustarla. Maddox le había advertido de que iban a ser muchas las mujeres que fuesen a por Evangeline, pero no se le había ocurrido pensar en sus propias amigas. Tendría que haberlo visto venir a la legua y haberse asegurado de que no diesen problemas. Pero lo había dejado estar cuando pareció que habían desaparecido del mapa. Un error que no volvería a repetir.

Entró en el apartamento y buscó inmediatamente a Evangeline con la mirada. Se le aceleró el pulso al instante cuando oyó que lo llamaba al entrar en el salón. Se estaba poniendo unos pendientes de diamantes que él le había regalado y llevaba un vestido de cóctel muy sexi y femenino que apenas le rozaba las rodillas.

Corrió hacia él descalza y con una sonrisa amable en la cara.

—Me pareció oír el ascensor —dijo, sin aliento—, pero no estaba segura de a qué hora llegarías. Perdona que no haya estado aquí para recibirte como te mereces.

Drake levantó una ceja.

—¿Y cómo me merezco? Porque desde aquí la vista es bastante buena. Tengo que decírtelo, nena. Ese vestido no te va a durar mucho puesto en cuanto volvamos de cenar.

Evangeline se estremeció, delicada, contra su cuerpo mientras lo rodeaba con los brazos para darle la bienvenida.

—¿Te parezco muy mala persona si te digo que de pronto estoy deseando que se termine la cena para que podamos volver a casa? —preguntó, sin aliento.

Drake sonrió y atrapó sus labios entre los de él en un beso largo y tierno.

—¿No te he dicho nunca que me encantan las mujeres malas?

Evangeline se mordió el labio y puso cara de preocupación. Drake entornó los ojos, inquisitivo.

—¿Qué pasa, mi ángel? —preguntó bruscamente.

—Tengo que contarte una cosa —dijo en voz baja—. Hoy han venido mis amigas Steph, Nikki y Lana. Ha sido una sorpresa, no tenía ni idea de que iban a venir.

Drake se relajó y la abrazó más fuerte, antes de dirigirla hacia el sofá del salón.

—Maddox me ha contado lo ocurrido. ¿Estás bien?

Evangeline asintió despacio.

—Estoy bien. Ahora. En el momento me pilló totalmente con la guardia bajada y no supe cómo reaccionar.

—¿Qué te dice el sexto sentido? —preguntó, acariciándole la barbilla mientras la miraba a los ojos.

La pregunta pareció sorprenderla. La sopesó un momento y luego suspiró.

—La verdad es que no lo sé —su respuesta era sincera—. Creo que es demasiado pronto para saberlo. Creo que necesito más tiempo para decidirme.

Drake asintió con aprobación.

—Buena chica. No sacar conclusiones hasta que tengas más pruebas no te hace mala persona; te hace inteligente.

Se le subieron los colores a las mejillas por el elogio y por el beso en la nariz que le dio él.

—Dame diez minutos para cambiarme y estoy listo, si tú lo estás.

—Solo me falta ponerme los zapatos —dijo, sin aliento.

—Nos acompañarán Zander y Hartley a la ida y a la vuelta —dijo al entrar en el dormitorio—. Cenaremos solos, pero ellos estarán sentados cerca de nosotros.

Lo dijo como si tal cosa, pero la observó para ver su reacción. Frunció un poco el ceño y la frente se le llenó de arrugas de preocupación.

—¿Tan graves son las amenazas contra ti?

Drake se detuvo y la atrajo hacia sí.

—Me preocupa más que seas tú la amenazada. Por eso insisto en que cuentes siempre con protección y en que siempre salgas del apartamento con escolta.

Evangeline lo miró como si se hubiera quedado sin palabras.

—¿Pero por qué me iban a amenazar a mí?

—Porque me importas mucho y es evidente para cualquiera que tenga ojos. No quiero asustarte y ni de coña quiero darte razones para que no quieras estar conmigo, pero tampoco te voy a mentir. El mero hecho de estar conmigo te pone en peligro.

Acercó la mano de ella a sus labios y los posó sobre la suave palma.

—No permitiré que nadie te haga daño. Protejo lo que es mío y aprecio y valoro lo que es mío. Ahora me perteneces. Eres lo más importante para mí y lo más querido, por encima de todo lo demás.

Aquella declaración la dejó estupefacta. Un centelleo de lágrimas se le reflejó en los ojos mientras lo miraba, completamente atónita.

—¡Ay, Drake! —susurró al fin—. No sé qué decir.

—Di que lo nuestro vale la pena. Que la intromisión en tu vida cotidiana y la molestia de tener siempre a alguien vigilando todos tus movimientos no es un alto precio que pagar por estar conmigo.

Evangeline le echó los brazos al cuello y se puso de puntillas para intentar igualar su altura.

—¡Ay, Drake! ¿No lo sabes ya? Ningún precio es demasiado alto. Haría cualquier cosa por estar contigo. Soy tuya mientras me quieras.

La dulzura de Evangeline le atravesaba el alma y llevaba rayos de sol allá donde tocaba. Partes de él que hacía una eternidad que no recibían calor alguno volvían a la vida con su contacto y florecían como una pradera en primavera. La abrazó con fuerza, absorbiendo la sensación de tener algo tan preciado entre sus brazos y pegado a su corazón.

¿Qué haría sin ella? ¿Cómo había sido su yerma existencia antes de que ella entrase en su vida y le pusiera la cabeza patas arriba? Dios, no podía soportar la idea de perderla. Si alguien le hacía daño alguna vez por causa de él, no descansaría hasta que el último de esos cabrones pagase por ello con sangre.

La fue bajando hacia la cama hasta que quedó sentada en el borde, le cogió los zapatos de la mano y se los puso. Luego le dio otro beso mientras se erguía.

—Vuelvo enseguida, no te vayas a ningún sitio.

Se fue corriendo al vestidor y se puso uno de sus caros trajes formales. Se calzó unos mocasines italianos y volvió a recoger a Evangeline.

—¿Lista?

—¿Dónde vamos a cenar? O, mejor dicho, ¿qué vamos a cenar? —preguntó Evangeline mientras la acompañaba al ascensor.

—Marisco —respondió—. Hay un restaurante excelente en el Midtown, uno de mis favoritos. Tengo reserva permanente y siempre tienen una mesa disponible para mí, de modo que no tenemos que esperar.

—Me encantan los camarones chiquititos —dijo con una sonrisa.

—Eso es porque tú también eres una canija —replicó Drake, dándole un toque con los nudillos en la barbilla.

Cuando salieron al vestíbulo, Zander y Hartley estaban esperando para escoltarlos hasta el coche. Se sentaron en los asientos delanteros, Hartley al volante. Drake ayudó a Evangeline a acomodarse en el asiento de atrás y luego se sentó a su lado.

—Buenas noches, Zander. Hartley —los saludó Evangeline, amable.

—Buenas noches, Evangeline —respondió Zander—. ¿Has tenido un buen día, encanto?

—Sí —sonrió—. ¿Y vosotros?

—Nos habría ido mejor si hubiéramos recibido una invitación para desayunar —la voz de Hartley sonó seca.

Evangeline se puso colorada, pero los ojos le brillaron de alegría.

—¿Qué tal si la próxima vez os invito a todos?

—Trato hecho. —Zander pilló la oportunidad al vuelo.

—Da la impresión de que no das de comer a tus hombres —bromeó con Drake, recostándose contra él.

Drake la abrazó, acercándola a su cuerpo, y se acomodó para el trayecto.

—Es que saben reconocer lo bueno cuando lo ven —replicó—. Y se mueren de celos porque yo lo vi antes.

—La pura verdad —dijo Hartley.

Se abrieron paso entre el tráfico en tiempo récord, unos minutos más tarde Hartley detenía el vehículo a las puertas del restaurante y Zander se bajaba a abrir la puerta a Drake, que salió y se inclinó para ayudar a Evangeline a salir del coche.

No había hecho más que poner los pies en el suelo cuando todo el espacio que la rodeaba estalló en una miríada de flashes. Drake soltó una grosería de las fuertes, que Zander repitió. Evangeline tropezó, pero Zander y Drake estaban allí, rodeándola.

—Quítale la cámara de la cara —ordenó Drake— o te juro por Dios que te la comes.

Hubo ruido de forcejeo, pero Drake se llevó a Evangeline a toda prisa hacia el restaurante y la sacó de la acera donde estaban a la vista de todos. El *maître* estaba consternado y los acompañó de inmediato a la mesa que los estaba esperando, se deshizo en disculpas todo el camino.

—¿Qué ha ocurrido? —preguntó Evangeline desconcertada, cuando por fin se sentó a la mesa.

—*Paparazzi* —ladró Drake.

—¿Te molestan? —preguntó, perpleja.

Drake puso cara de agobio, pero asintió.

—E irá a peor, ahora que me han visto contigo.

Ella le devolvió una mirada afligida.

—Lo siento mucho, Drake. No quiero causarte problemas.

Él extendió el brazo por encima de la mesa, le cogió la mano y se la llevó a los labios.

—Chiss… El problema no eres tú. Es que esto va a ser una pesadez para ti, mi ángel. Son como vampiros y son incansables. Una vez que hacen presa no la sueltan. Nos seguirán a todas partes.

—Me da lo mismo —siseó—. Nunca me harán arrepentirme de estar contigo.

Se encendió un fuego en los ojos de Drake, que le apretó la mano para sujetarla entre los dos encima de la mesa.

—Aquí no nos molestarán. Nuestra mesa es privada y donde estamos sentados no nos pueden sacar fotos por las ventanas.

—Pues entonces disfrutemos de la noche y olvidémonos de esas sanguijuelas. Estoy deseando llegar a casa para llamar a mis padres. ¡Ay, Drake! Se van a poner tan contentos por poder venir a Nueva York en Acción de Gracias…

—Me da que tú también estás bastante contenta —señaló Drake, indulgente.

—Eres tan bueno conmigo, Drake. Nunca olvidaré todo lo que has hecho por mí.

Apareció un camarero, Drake pidió por los dos y eligió un plato variado de camarones para Evangeline. Tras servir vino a ambos, el camarero desapareció para dejarles intimidad de nuevo.

Evangeline se revolvió en la silla y miró a Drake llena de dudas.

—¿Crees que he hecho mal al dejar entrar a mis amigas en nuestro apartamento? Maddox insistió en que no las deje entrar nunca cuando esté sola.

—Evangeline, no me tienes que pedir permiso para invitar a nadie a nuestro apartamento —aclaró, cariñoso—. Es tu casa tanto como la mía y espero que lo sientas así. Creo que has hecho muy bien al escuchar y tomarte lo que te han dicho con cierta incredulidad y también estoy de acuerdo con Maddox en que no deberías dejar subir a nadie a menos que esté yo contigo o haya alguno de mis hombres. Tratándose de ti, creo que es mejor prevenir que curar.

Evangeline suspiró.

—Seguramente crean que soy una zorra rencorosa que no sabe perdonar e incluso que ni siquiera me caían muy bien ya de antes.

—Creo que analizarán su papel en todo esto y se darán cuenta de que tienes miedo de que te vuelvan a hacer daño. Nadie puede tenerte en cuenta que no aceptes sus disculpas de inmediato ni su deseo de retomar las cosas donde las habíais dejado. Creo que a estas alturas ya sabes que eso no es posible. Han cambiado demasiadas cosas.

—Tienes razón, claro —suspiró.

—Yo no lo lamento —dijo, insistente—. Más Evangeline para mí.

—Solo tú podías hacerme sentir que he hecho lo correcto —sonrió—. Está claro que tengo que aprender mucho de ti. A mis amigas siempre las sacaba de quicio que fuera demasiado buena e indulgente. No sé por qué me parece a mí que ya no opinan igual, ahora que se encuentran con que de pronto soy una chica mala y rencorosa.

—Me gusta que seas una chica mala —dijo Drake con una sonrisa sexi y perezosa—. No te cortes de ser todo lo mala que quieras esta misma noche, cuando te quite ese vestido.

Evangeline enarcó una ceja.

—Pensaba que tú te encargabas de mantenerme a raya... Últimamente está descuidando su trabajo, señor Donovan. Empiezo a pensar que tienes fantasías secretas en las que yo soy una *dominatrix* y he de decirte que esa imagen no es tan sexi.

Drake estalló en una carcajada, divertido. Los ojos le brillaban.

—Así que estoy descuidando mis deberes, ¿eh? ¿Eso es lo que me estás diciendo?

Evangeline había adoptado una pose primorosa en la silla, con las manos sobre el regazo y se dejaba contemplar. De pronto se inclinó hacia delante para que las palabras que iba a susurrar no las oyera más que la persona sentada en su mesa.

—Me has estado tratando como si fuera de cristal. No me voy a romper, Drake. Quiero que me domines. Lo necesito. Ni siquiera me acuerdo de la última vez que me fustigaste o me azotaste. Has sido de una ternura exquisita y no creas que no aprecio que seas tan considerado, pero lo que más deseo es que las cosas vuelvan a ser como eran antes de... de aquella noche. ¿O tú ya no lo deseas?

En aquel momento era completamente vulnerable: le había desvelado sus secretos y sus deseos. Atrapó el labio inferior entre los dientes porque le temblaba, temerosa de haber ido demasiado lejos y haberlo hecho enfadar con sus críticas.

—Mi ángel. —El tono de Drake era tierno, el deseo y la aprobación le encendían los ojos. No había señales de irritación, para gran alivio de ella—. ¿Te has sentido abandonada? ¿No he estado haciendo lo que debería para tener contento a mi ángel?

A Evangeline se le subieron los colores y escondió la cabeza, mortificada por aquellas palabras.

—¡Ay, no, Drake! No es eso en absoluto.

—Nena, me estaba metiendo contigo. —Drake se inclinó sobre la mesa para acariciarle la mejilla—. Mírame, Evangeline.

La autoridad que desprendía su voz hizo que le corrieran escalofríos por la columna vertebral. Le acarició la cara y el vello de los brazos le erizó la piel.

—No me ocultes nunca tus pensamientos, tus necesidades, tus deseos. Tienes razón. He sido discreto contigo últimamente y lo lamento. No podía soportar la idea de forzarte demasiado o de hacer algo que te incomodase conmigo. Estoy pisando terreno desconocido. Nunca me había preocupado demasiado lo que pensase una mujer de mí. Conmigo las cosas siempre han sido «lo tomas o lo dejas». Pero contigo… tú me importas. A ti no quiero perderte. Y ya la he cagado tanto, he estado tan cerca de perderte… Y por eso he sido demasiado cuidadoso contigo y me disculpo por ello.

—No me vas a perder, Drake —dijo con suavidad.

Esta vez fue ella la que se inclinó sobre la mesa para coger la mano de Drake entre las suyas mientras seguía acariciándole cariñosamente la mejilla con la mano que le quedaba libre.

—Quiero ser la mujer que quieres y necesitas que sea. Quiero tu autoridad y tu control. No quiero que cambies nunca quien eres y lo que eres porque no sería real. Te necesito a ti —susurró—. Me quieras como me quieras y donde me quieras. Como sea que me necesites. Quiero ser la que te haga feliz. Es importante para mí.

Le suplicaba con los ojos y la mirada de él se fue ablandando a medida que apartaba la mano de la cara de Evangeline. Tomó sus manos entre las de él y entrelazó los dedos.

—Una vez te dije que no tendrías que volver a suplicarme

nada que yo pueda darte, y sigue siendo verdad. Lo que quieras, lo que necesites es tuyo. Yo soy tuyo —el tono de su voz era serio—. ¿Lo entiendes? ¿Lo comprendes? Sí, me perteneces y soy un hombre muy posesivo, pero también soy tuyo, mi ángel, tú también eres una mujer muy posesiva.

Los ojos le brillaban con malicia.

—Me gusta. Tengo que confesar que me excita muchísimo que mi chica sea tan posesiva conmigo —dijo con una sonrisa.

Evangeline se sonrojó y un calor le invadió las mejillas, pero no apartó la mirada de la de él por vergüenza. No había censura en la voz de Drake, ni tampoco reproches.

—Está bien, lo admito: le daría una paliza a cualquier putón que te mirase como no debe —musitó.

Drake ahogó una risa y una sonrisa se asomó a sus labios.

—Entonces estamos en paz, porque yo le daría una paliza a cualquier hombre que te mirase un solo segundo de más. Aunque entienda la necesidad de mirarte con descaro. No podría culparlo por respirar y tener ojos en la cara, pero puedo pegarle una paliza por mirar más de la cuenta y lo haré.

A Evangeline se le escapó la risa por la nariz.

—¡Mira que eres exagerado, Drake! Nunca entenderé lo que ves en mí, pero no me quejo.

Drake frunció el ceño y movió la cabeza en señal de desaprobación.

—Ahora sí que te has ganado unos azotes en el culo. No te menosprecies. No permitiría a nadie que dijese esas cosas de ti, y no pienso consentirte que perpetúes semejante mentira.

Se lo quedó mirando, aturullada, sin saber muy bien qué decir, así que se calló y no dijo nada en absoluto. La prisa que se había dado Drake en reprenderla por hablar mal de sí misma le hizo sentir un cálido estallido en el pecho.

Drake se inclinó sobre la mesa para que solo ella escuchase lo que iba a decir.

—Eres la mujer más hermosa que he conocido —dijo con voz ronca—. Si te crees que tengo por costumbre ir diciendo esas cosas a la primera que se me cruza, no podrías estar más equivocada.

Evangeline jugueteaba con su melena. ¿No les iban a traer la cena nunca? La tensión sexual entre ellos se podía cortar con un cuchillo. Se moría por desaparecer de la vista de todos y volver a su apartamento y a las promesas de Drake.

Este la miró de arriba abajo y le sonrió, como si supiera exactamente lo que estaba pensando. El muy sinvergüenza seguro que lo sabía. Todo lo demás lo sabía.

Justo entonces llegó el camarero y Evangeline casi desfallece del alivio. La comida tenía una pinta deliciosa y olía de maravilla, pero ella no lograba apartar los ojos de Drake, ni tampoco el pensamiento.

—Come, nena —dijo él con una sonrisa—. Luego me encargaré de las necesidades de mi ángel. Lo prometo.

Ella suspiró y bajó la vista a su plato. La noche iba a ser larga.

14

*E*l camino de vuelta al apartamento transcurrió casi en silencio. Evangeline iba acurrucada al lado de Drake con la cabeza apoyada en su hombro mientras contemplaba el parpadeo de las luces de la ciudad. Era un silencio agradable y cómplice, nada incómodo.

Le gustaba que se sintieran tan cómodos el uno con el otro y tan a gusto. ¿Quién habría imaginado que iba a acabar donde estaba hoy solo unas semanas antes, cuando había ido a Impulse para restregar a Eddie por las narices lo que supuestamente se estaba perdiendo?

Su madre siempre decía que la vida estaba llena de sorpresas y que no era predecible. La había enseñado desde muy pequeña a aceptar cada día como el regalo que era porque nadie tenía el mañana asegurado.

Giró la muñeca de Drake hacia ella para poder ver la hora en su reloj.

—¿Va todo bien? —murmuró él—. ¿Llegas tarde a alguna cita?

Sus bromas la hacían sonreírle con descaro.

—Pues ya que lo dices, tengo una cita con un tío bueno que conocí en Impulse. Le dije que me escaparía a medianoche para encontrarme con él.

Drake le dio un cachete en el culo con fuerza suficiente para prenderle fuego a la piel y arrancarle un débil gemido.

—A lo mejor te tengo que atar a mi cama toda la noche. —Drake arrastraba las palabras al hablar.

—A lo mejor sí. Puedo ser una chica muy mala, ¿no te acuerdas?

—Creo que estás pidiendo a gritos la fusta o mi cinturón.

—¡Bah! —exclamó, poniendo los ojos en blanco—. No sé qué tiene que hacer una chica hoy en día para conseguir que la castiguen. Te estás ablandando con la edad, Drake. Como no te andes con ojo pronto no vas a poder seguirme el ritmo y tendrás que retirarte de tus servicios de semental y te mandarán a pastar.

Drake se ahogaba de la risa y tosía, aprisionándola con el peso de su cuerpo.

—¿Así habláis en el sur, o qué? Porque no tengo ni idea de qué estás hablando, guarrilla descarada —dijo sin alterarse.

Ella rio.

—Mandar a alguien a pastar es una forma educada de decir que esa persona ya no vale para nada. En otras palabras, te estás haciendo viejo y voy a tener que buscarme a otro que satisfaga mis necesidades.

—Yo tengo una recomendación, si algún día necesitas a alguien —masculló Zander desde el asiento delantero.

Evangeline se tapó la boca con la mano y casi se lanzó de cabeza entre Drake y el respaldo del asiento para intentar esconderse, pero chocó con el cuerpo de Drake.

—¿Se te había olvidado que no estábamos solos en el coche, mi ángel? Creo que Zander no ha hecho más que darte un poco de tu propia medicina.

—Tierra, trágame, por favor —gruñó Evangeline.

—Eso te pasa por ser tan listilla —continuó Drake, engreído—. Y estoy deseando darle unos buenos azotes a ese culo en cuanto lleguemos a casa.

—Miraba la hora en tu reloj para ver si era demasiado tarde para llamar a mis padres al volver a casa —dijo, ansiosa—. Allí es una hora más temprano que aquí, seguramente estén todavía despiertos, si no te importa que los llame esta noche.

La apretó contra su costado y le dio un beso en la frente.

—Claro que no me importa que los llames, nena. Sé la ilusión que te hace contarles las novedades. ¿Qué tal si los llamamos juntos, si no tienes objeción? Y luego me puedes mostrar tu agradecimiento de alguna forma muy creativa.

Esas últimas palabras las dijo con una sonrisa perversa y un brillo malvado en los ojos.

—Intentaré despachar la llamada lo antes posible —murmuró.

—No hay prisa —comentó Drake como si nada—. No hay ninguna prisa. Tenemos toda la noche, mi ángel. Y tengo pensado sacarle el máximo partido a cada minuto. Creo que será buena idea que te quedes en casa mañana y duermas hasta tarde. Me da la sensación de que no vas a poder hacer mucho más cuando termine contigo.

Evangeline lo miró con los ojos entrecerrados y los labios apretados.

—No hagas promesas que no puedas cumplir, señor Campeón. Hasta ahora has sido mucho ruido y pocas nueces; espero menos palabrería y más hechos.

Drake levantó una ceja.

—Yo diría que aquí te ha lanzado el guante.

Ella se encogió de hombros como si nada.

—Tú ten cuidado de no resbalar con él. Me pregunto qué pensarían todos esos *paparazzi* del gran Drake Donovan si se supiera por ahí que no satisface a su chica.

—Creo que has creado un monstruo, Drake —dijo Hartley, con voz seca.

Evangeline volvió a gruñir.

—¡Cállate! ¿Podríais al menos fingir que no estáis escuchando lo que estamos hablando? No pienso decir ni mu.

Lanzó una mirada asesina hacia los asientos de delante, donde Hartley y Zander se partían de risa. Cuando Drake se les unió le dio un buen codazo en las tripas que le arrancó un quejido y lo dejó boqueando.

—Mi ángel se me está poniendo insolente —sus palabras iban cargadas de aprobación—. Me gusta.

Evangeline siguió repartiendo miradas asesinas entre Drake y los hombres de los asientos delanteros con los labios bien apretados y en silencio.

Por suerte para ella, en solo unos minutos llegaron al apartamento, donde se negó a mirar a los ojos a Zander o a Hartley cuando les abrieron la puerta a los dos.

—No le des demasiada caña esta noche, cariño —gritó Zander justo cuando la pareja entraba en el edificio.

Evangeline se tapó los oídos con las manos, pero aun así

oyó el sonido de la risa de los hombres, que se colaba por entre los dedos.

Cuando entraron en el ascensor, Drake esperó hasta haber subido unas cuantas plantas para pulsar el botón de parada y el habitáculo se detuvo entre dos plantas.

—¿Qué haces, Drake? —la pregunta la formuló con cuidado.

—Tenemos unos minutos antes de que llames a tus padres —dijo, con la voz áspera de la excitación—. Llevo toda la noche con la polla como una piedra. Se me volverá a poner dura solo con que respires. Quítate las bragas.

Evangeline abrió los ojos asombrada y se lo quedó mirando, estupefacta.

—¿Qué te acabo de decir que hagas? —preguntó Drake con voz aterciopelada y peligrosa.

Ella metió las manos bajo la corta falda de su vestido y poco a poco se fue quitando el pequeño retal de encaje que era su ropa interior, lo bajó por las piernas hasta que este tocó el suelo.

—Ahora desabróchame los pantalones y sácame la polla de la bragueta.

Con manos temblorosas le bajó la cremallera de los pantalones muy despacio. La polla de Drake apareció en su mano expectante, rígida por completo y en tensión.

—Súbete el vestido hasta la cintura y no lo bajes. —El centelleo de los ojos de Drake denotaba que estaba al límite.

En cuanto ella hizo lo que le había ordenado se agachó, la sujetó metiéndole los brazos por debajo del culo y la levantó hasta su cuerpo. La empotró contra la pared del ascensor y colocó el pene a la entrada de su sexo.

—¿Estás lista para mí, cielo? ¿Puedo meterla así? No tenemos más que un par de minutos antes de que los de seguridad abran el ascensor a partir del momento en que suene la alarma. O podemos dejarlo y pulso el botón de arranque —su voz era suave como la seda.

Por nada del mundo iba a prolongar aquello lo suficiente para que el equipo de seguridad de Drake los encontrase desnudos en una postura más bien extraña, estuviera lista o no. La excitación, y no la vergüenza que esperaba, le subió a lametazos por la espalda. El riesgo de que los pillasen espoleaba su deseo en lugar de apagarlo.

—Sí —susurró—. Por favor, fóllame como un salvaje, Drake.

Con un empujón brutal la había penetrado hasta el fondo, lo que hizo que su gemido resonase en todo el ascensor. ¡Dios, qué enorme la tenía! Lo sentía en cada centímetro de su interior, palpitando, latiendo.

—Rodéame con las piernas y aguanta ahí —gruñó.

Evangeline curvó las piernas alrededor de su cintura, las entrelazó por los tobillos y luego se le aferró a los hombros con las manos al tiempo que Drake empezaba a acometerla. Echó la cabeza hacia atrás para apoyarla en la pared y cerró los ojos mientras se movía hacia delante y atrás, penetrando su calor y su humedad.

—¡Qué hermosura! —exclamó Drake entre los dientes apretados—. No he visto nada con tanta belleza en mi vida.

—Pues eso es que no te miras al espejo —replicó ella entre jadeos.

—No voy a aguantar nada. ¿Te falta mucho?

Evangeline ya notaba el salvaje aleteo de su sexo alrededor del de Drake, apretando su miembro con fuerza.

—Poco —logró decir—. Muy poco. Por favor. Necesito…

Entonces Drake perdió el control que había cultivado con tanto cuidado. Bombeaba en su interior con empujones enérgicos, penetraba hasta el fondo una y otra vez hasta que se desenfocó el mundo y las paredes parecían girar y dar vueltas alrededor de ella.

Evangeline dejó escapar un grito justo en el momento en que el primer chorro de su descarga le bañaba las paredes de la vagina. Drake hundió la cara en el cuello de ella y continuó empujando con fuerza con las caderas hasta que dio un último empujón profundo y se quedó allí, inmóvil hasta que chorro tras chorro de la eyaculación la llenaba por dentro.

El pecho se le agitaba a Evangeline del esfuerzo y daba ruidosas bocanadas de aire al apoyarse contra la pared con la polla de Drake todavía metida tan dentro que parecía imposible.

Drake soltó una mano, pulsó el botón de arranque para que el ascensor siguiera subiendo e hicieron el resto del trayecto en silencio; todavía unidos íntimamente, las piernas de Evangeline apretando las caderas de Drake.

Cuando se abrieron las puertas del ascensor, Drake la cargó en peso y entró en el apartamento despacito, manteniéndola a ella muy cerca y su pene todavía en su interior.

—¡Guau! —murmuró Evangeline.

Él soltó una risita.

—¿Bien?

—Ajá.

—No tienes mucho que decir ahora mismo, ¿verdad?

Volvió a reírse, la llevó hasta el baño y la apoyó sobre la encimera, junto al lavabo. Abrió el agua de la ducha, se desnudó y a ella también antes de meterla bajo el agua caliente, donde procedió a lavar cada centímetro de su cuerpo hipersensible.

Cuando hubo terminado de aclarar ambos cuerpos, la sacó de la ducha y la envolvió en una toalla. Le dio un beso en la coronilla.

—Vamos a llamar a tus padres, pues. Que luego pienso premiar a mi niña malísima.

15

*E*vangeline se recostó en los brazos de Drake al colgar el teléfono después de hablar con sus padres y suspiró de satisfacción.

—Se los veía emocionados —dijo Drake, indulgente.

—Lo están —ratificó ella—. ¡Yo también estoy emocionada, Drake! Todavía no puedo creer que te vayas a tomar tantas molestias para traerlos por Acción de Gracias. Te lo agradezco mucho.

Él le dedicó una cálida sonrisa.

—No es nada, mi ángel. ¿Cómo iba a dejar de hacer por ti algo que te hace tan feliz? Además, estoy deseando conocerlos, tengo que confesarlo.

—Los dos se mueren por conocerte —admitió Evangeline—. Te lo advierto ahora: te van a hacer miles de preguntas. Mi padre te va a dar la brasa con cuáles son tus intenciones hacia su niñita, y mi madre nos vigilará como un halcón.

A Drake parecía divertirlo mucho su sufrimiento.

—Creo que podré soportar un pequeño interrogatorio. No te preocupes, mi ángel. Va a ir todo muy bien.

Evangeline se le acurrucó entre los brazos y frotó la cara en su pecho.

—Entonces dime. ¿Cómo de mala he sido y cuál es mi recompensa? —preguntó, inocente.

—No tardará en llegar.

Se separó de él para mirarlo a los ojos.

—¿Qué va a llegar?

—Tu castigo —sonrió—. Mi recompensa. Y tu recompensa también.

—¿Qué es?

Drake le apresó una mano y se la llevó a la boca para besarle la palma abierta.

—¿Te acuerdas de Manuel?

Un cálido zumbido le inundó las venas y se estremeció sin darse cuenta. Asintió en silencio: no se fiaba de lo que pudiese decir en aquel preciso momento.

—Pues esta noche nos va a hacer una visita. Espero que seas una niña muy buena y obedezcas todas mis órdenes sin vacilar.

—Nunca te avergonzaría delante de otro hombre —manifestó, tranquila.

—Lo sé, mi ángel. Ahora vete al baño a prepararte. Pero date prisa, no tardará en llegar y quiero que estés aquí en el salón, de rodillas, para recibirlo.

Se levantó de inmediato y se fue al baño a toda prisa, a cepillarse los dientes y el pelo y a asearse. Tal y como le dijo Drake, empleó solo unos minutos y volvió enseguida al salón para presentarse ante él y esperar sus órdenes.

Él le recorrió el cuerpo desnudo con la mirada llena de aprobación.

—Arrodíllate en la alfombra en el centro del salón —indicó con voz ronca—. Manuel está subiendo.

Obediente, se colocó donde se le había dicho y se arrodilló poco a poco mirando al vestíbulo para que fuese lo primero que viera Manuel cuando se abrieran las puertas.

Tragó saliva, nerviosa, intentó recordar todo lo posible sobre aquella noche, pero la mayoría era un borrón de placer. Apenas recordaba los rasgos de Manuel, su apariencia. Creía recordar que era más o menos de la edad de Drake, tal vez un par de años mayor.

Era un hombre guapo con el pelo negro muy corto con alguna cana. Las suficientes para darle un toque distinguido. Se había mostrado bienhablado y muy solícito con Evangeline aquella noche, pero lo cierto es que ella se había centrado solo en Drake y su placer.

¿Qué tenía Drake planeado para aquella noche? ¿Querría mirar mientras la dominaba otro hombre, como había hecho antes, o querría participar más en aquella ocasión?

Se abrieron las puertas del ascensor y Manuel la vio de inmediato. En sus ojos oscuros centellearon el deseo y la aprobación en cuanto puso el pie en el apartamento. Drake se levantó del sofá para recibirlo y se dieron la mano.

—Evangeline, ¿te acuerdas de Manuel? —preguntó Drake.

—Sí —respondió en tono sumiso y apagado—. Espero que le haya ido bien, señor.

—Qué sumisa tan dulce y respetuosa tienes, Drake —dijo Manuel, al tiempo que devoraba a Evangeline con la mirada sin el más mínimo reparo—. Soy un hombre muy afortunado por ir a recibir un regalo tan precioso.

—Esta noche es tuya —dijo Drake—. Voy a mirar e incluso a participar, pero serás tú quien la dirija, no yo. Como ocurrió la primera noche, lo único que no puedes hacer es besarla en los labios. Todo lo demás está permitido.

—¿Qué límites tiene? —preguntó Manuel sin ambages.

—No tiene.

Manuel levantó una ceja, sorprendido.

—Usa el sentido común y confío en que sabrás hasta dónde puedes llegar, y como yo confío en ti, también lo hará Evangeline. Sabe que nunca permitiría que sufriera ningún daño.

Manuel centró su atención en Evangeline, lo que hizo que se le acelerara el pulso y se le ensanchasen las aletas de la nariz al expulsar el aire atrapado en su pecho.

—Dime, Evangeline. ¿Te gusta el sexo muy duro? ¿Cuánto eres capaz de aguantar? No deseo hacerte daño. Quiero que sea tan placentero para ti como para mí y Drake.

—Quiero lo que decida darme —dijo, mirándolo a los ojos sin vacilar—. Quiero que sea real, no me gusta fingir.

Los ojos de Drake brillaron de orgullo, lo que la llenó de confianza.

—Entonces nos vamos a llevar de maravilla —sonrió Manuel—, a mí tampoco me gustan los jueguecitos. Pero como solo es nuestra segunda vez juntos y esta vez seré yo, y no Drake, el que tenga el control, quiero que pienses una palabra de seguridad y la uses si necesitas que pare.

—No hará falta —dijo, tranquila—. Drake sabrá mucho antes que yo si hace falta que pare. No le permitirá que vaya demasiado lejos. Confío en él por completo.

—Desde luego, para un dominante es un regalo muy preciado que una sumisa tenga semejante fe en él. Drake es un hombre muy afortunado.

—La afortunada soy yo —susurró.

Drake caminó hacia ella y descansó la palma de la mano sobre su mejilla.

—Creo que en ese aspecto tendremos que estar de acuerdo en que no estamos de acuerdo, ángel mío. Sé perfectamente quién es el afortunado aquí. Pero tienes razón: no permitiría nunca que nadie llevase las cosas demasiado lejos. Pero al mismo tiempo, si en cualquier momento, por la razón que sea, quieres que Manuel lo deje, no tienes más que decirlo. ¿Entendido?

—Sí —susurró.

Drake se volvió hacia Manuel.

—Es tuya —dijo, indicando hacia donde estaba Evangeline arrodillada.

Manuel se quedó allí un momento, la contemplaba con la mirada hambrienta deambulando por el cuerpo desnudo de Evangeline. En respuesta, ella se estremeció, los pezones se convirtieron en yemas duras, la vagina tensa y el clítoris latía, palpitaba. Estaba excitada. Más que la primera vez que Drake había invitado a Manuel porque ahora sabía los placeres que la esperaban. La primera vez había estado nerviosa, insegura, inquieta y preocupada de que Drake se enfadase si respondía a otro hombre. Pero él disfrutaba observando su respuesta a otro hombre que él mismo había escogido para ella y una vez que lo había visto y reconocido, se había relajado y dejado ir, sumergido en el éxtasis sensual y retorcido que Manuel, y Drake, le habían ofrecido.

Y, a juzgar por el resplandor de los ojos de Manuel, aquello solo había sido la punta del iceberg. Tenía la impresión de que aquella primera noche había sido una suerte de prueba que había aprobado y de que esa noche no se controlaría tanto.

Lo estaba deseando.

Manuel se bajó la cremallera de los pantalones y sacó su enorme erección, la sacudió con la mano para endurecerla todavía más. Acortó la distancia entre ellos hasta que su polla descansó, deliciosa, ante sus labios.

—Chúpame la polla, Evangeline —dijo, usando el lenguaje

brusco que la excitaba—. Espero que estés preparada porque te la voy a meter hasta el fondo de la garganta. Voy a follarte la garganta hasta que no seas capaz de saborear, sentir ni oler otra cosa que no sea yo. Pero primero voy a pedirle a Drake que te sujete porque te quiero totalmente a mi merced para poder ejercer mi voluntad sobre ti y que no puedas hacer nada más que aceptar lo que yo te dé.

Ella gimió con suavidad al sentir que el cuerpo se crispaba y hormigueaba al aumentar su deseo. Inconscientemente arqueó la espalda y empujó los pechos hacia delante, los pezones estaban tan duros que casi le dolían.

Mientras Manuel continuaba deslizando la mano despacio por su miembro, arriba y abajo, tentándola con lo que le esperaba, Drake le sujetó los brazos sin contemplaciones para colocárselos a la espalda y atarle las muñecas bien fuerte. Luego, para su sorpresa, Drake le metió las manos en el pelo para tirarle de la cabeza hacia atrás y palmeó luego los lados. La sujetó bien para que no se moviera mientras Manuel plantaba un pie a cada lado de sus muslos, la montaba así como estaba, arrodillada.

—Abre —fue la orden seca.

Obedeció al instante y él le puso poco a poco la parte de debajo de su erección sobre su lengua, la restregó hacia delante y hacia atrás con un gruñido de satisfacción.

—Sujétala —instruyó a Drake con voz hosca.

Fue la única advertencia que le dio a Evangeline antes de penetrarla con fuerza hasta el fondo de la garganta. El enorme grosor del miembro ahogó el gemido de Evangeline y también le cortó la respiración. Tuvo que usar toda su disciplina para no atragantarse y rechazar aquella invasión, pero se obligó a relajarse y se rindió al agarre de Drake, confiando en que cuidaría de ella.

Manuel se detuvo para mirar hacia abajo con una sonrisa tierna que le indicó que su movimiento casi imperceptible no había pasado desapercibido y lanzó un suspiro.

—Esta te la robaría, amigo —dijo a Drake—. Nunca me había visto tentado de robar su mujer a otro hombre, pero esta te la robaría sin el más mínimo remordimiento. Es un tesoro impagable.

—Puedes intentarlo —replicó Drake en un tono gélido—, pero mataré a cualquier hombre que intente arrebatármela.

—Así debe ser —aprobó Manuel—, yo haría lo mismo.

Esto último lo dijo como con remordimientos y bajó una mano para acariciar una mejilla a Evangeline, con un gesto suave e íntimo. Aminoró el ritmo de los movimientos al tiempo que profundizaba más con cada uno de ellos.

—Tienes lo que desean todos los hombres como nosotros. Espero que sepas bien lo que tienes y que la protejas como corresponde.

Manuel sacó la polla de la boca de Evangeline y dejó el capullo descansar sobre sus labios, mientras la miraba con un brillo de lujuria y de algo totalmente distinto en los ojos. ¿Tristeza?

Se olvidó un momento de sí misma y porque, bueno, era impulsiva por naturaleza, fue incapaz de contener la pregunta antes de formularla.

—¿Has perdido a alguien importante para ti, Manuel? —preguntó en tono suave y amable—. ¿No tienes una mujer que satisfaga tus necesidades?

En cuanto hizo la pregunta se sonrojó, mortificada, con la consternación patente en cada parte de su cuerpo y en su expresión.

Lo miró completamente afligida.

—Lo siento mucho —dijo, horrorizada—. Perdóname, por favor, Manuel —se volvió hacia Drake, presa del pánico—. Perdóname, Drake, me he pasado. No tenía que haber dicho, preguntado, nada. No me corresponde cuestionarte. Mi deber es atender tus necesidades, no meterme en tus asuntos personales. Te suplico que me perdones —repetía, exhalando angustia por todos los poros.

—Mírame, Evangeline —dijo Manuel con voz tierna pero firme. Aunque pronunciada con suavidad, era una orden.

Ella lo miró, horrorizada, con el pecho oprimido por el dolor de haberle fallado, pero, sobre todo, por el de fallar a Drake.

—No pongas esa cara, dulce Evangeline —dijo con una sonrisa tierna—. ¿Cómo podría encontrar falta en una mujer que resplandece de pura belleza y compasión? Tienes un corazón generoso que encandila a todos los que te rodean. Sí, he perdido a alguien y, no, no tengo una mujer fija, ni tampoco la quiero. Al menos desde...

Dejó morir la frase y se le ensombreció la expresión.

—Nadie me ha hablado tan directamente al corazón durante mucho tiempo. Hasta conocerte a ti. Por eso me meto con Drake y le digo que si no fuéramos tan buenos amigos te robaría y no me arrepentiría de ello ni lo más mínimo. Pero tu corazón le pertenece, lo ve hasta el más idiota. Nunca serías feliz con otro hombre.

—No —susurró ella—. Solo con Drake.

Las manos de Drake la sujetaron del pelo con más fuerza y le temblaba todo el cuerpo contra la espalda de Evangeline. Le pasó los dedos entre los largos mechones y luego se inclinó para besarle la coronilla.

Evangeline clavó la mirada intensa en Manuel, sin romper el contacto visual en ningún momento.

—Ya sé que tu corazón pertenece a otra persona, igual que el mío, pero me gustaría mucho poder ser la mujer que te dé al menos una noche de paz. Y de placer. Tómame, Manuel. Me parece bien fingir. Hazme lo que quieras. Haz conmigo lo que quieras. No me quebraré. Puedo con todo lo que me mandes. Yo lo deseo y tú lo necesitas. Déjame proporcionarte consuelo esta noche.

—Nunca intentaría romperte, pequeña. —El cariño y el respeto le suavizaban la mirada—. Quiero darte placer y volver a tocar el sol por un momento.

Volvió a meterle la polla hasta el fondo de la garganta, mientras Drake la mantenía bien sujeta, aunque no era necesario. A pesar de que aquella noche era para ella, instigada por Drake había percibido la necesidad desesperada de consuelo de Manuel. Y se moría por alejar las sombras de la mirada de aquel hombretón.

Diligente, se quedó inmóvil mientras Manuel se detenía, enterrado en su boca hasta el fondo y se quedaba allí, con la cabeza inclinada hacia atrás y con las líneas profundas que el placer pintaba en sus atractivos rasgos.

—¿Qué dirías si te tomásemos los dos a la vez, te poseyésemos una y otra vez esta noche? —preguntó con voz sexi y cargada de pasión—. Drake y yo.

La recorrió un delicado escalofrío y cerró los ojos ante aquella ola de deseo súbita, casi violenta, y la insoportable necesidad que sentía en sus carnes.

Manuel soltó una risita.

—Creo que tenemos respuesta, Drake.

—Desde luego que sí —murmuró Drake, besándole el cuello mientras sus dedos se enredaban todavía más en su pelo—. Mi ángel puede con mucho y yo quiero darle el mundo entero. Esta noche no es más que la punta del iceberg.

Evangeline gimió con suavidad al absorber aquellas palabras de amor como una adicta que necesitase su dosis desesperadamente.

Manuel se retiró y Evangeline se volvió despacito para poder mirar a Drake. Sabía que estaba desobedeciendo, que tenía que responder solo ante Manuel. Que tenía que centrarse solo en Manuel, pero era incapaz de negar las palabras que tenía en la punta de a lengua.

—¿Acaso no lo sabes, Drake? Tú eres mi mundo —dijo, bajito.

Se inclinó para pegar sus labios a los de ella con el fuego de sus ojos convertido en un incendio, le devoró la boca, sin importarle que la polla de otro hombre hubiera estado en ella poco antes. En cierto modo, aquello lo hacía todavía más sexual. El clítoris le palpitaba y los pezones se le pusieron más rígidos.

—¿Todavía tienes el banco de azotes? —preguntó Manuel a Drake.

Drake asintió con un movimiento rápido y se alejó de Evangeline, lo que la dejó con una sensación profunda de pérdida. Manuel la sujetó por la barbilla, dirigiendo su mirada hacia él.

—Había pensado azotarte esta noche —murmuró—. Marcarte esa piel preciosa. Llevarte más allá de los límites de tu control. Forzarte más allá de lo que pudieras soportar. Pero me he dado cuenta de que no tengo estómago para hacerlo. Un banco de azotes tiene muchos más usos, como pronto descubrirás.

El brillo de sus ojos le prometía un placer secreto y el vello se le erizó por todo el cuerpo, lo que le recorrió la piel en oleadas.

Drake regresó enseguida, empujando un aparato que se parecía un poco a una silla de montar a caballo colocada de lado sobre lo que parecía un caballete de carpintero. Pero era lujoso, no como los caballetes de madera astillada que utilizaba su padre en su taller antes de lesionarse. Estaba claro que lo habían hecho para que resultase cómodo. Y erótico.

La oquedad semejante a una silla de montar diseñada para acoger el estómago de una persona era de cuero, grueso y suave. Había anillas de metal en la parte inferior de las patas del artilugio y Evangeline se preguntó para qué servirían.

Manuel se mostró muy solícito con ella al ayudarla a ponerse en pie y al soltarle las ataduras de las muñecas. La sostuvo un momento hasta estar seguro de que no se iba a caer, pero siguió rodeándola con los brazos, tocándola, acariciándola, incrementando su placer. Para ser hombres tan dominantes como Manuel y Drake, eran increíblemente cuidadosos con ella y la trataban como si estuviera hecha de cristal y fuera a romperse si no la manejaban con cuidado. No lograba comprenderlo porque se trataba de dos hombres que tomaban lo que querían sin explicaciones y sin pedirlo. Simplemente poseían.

Le rodeó un pecho por completo con una mano y a continuación le frotó el pezón con el pulgar hasta que casi le faltaba el aire a causa de la sensación exquisita. Pero entonces Manuel le pasó la otra mano por el abdomen, fue bajando y hundió los dedos entre sus tejidos más sensibles para acariciarle y mimarle el sexo.

Dibujó círculos alrededor del clítoris, redondeándolo entre los dedos, con cuidado de no ejercer demasiada presión para no hacerle daño. Luego deslizó el dedo corazón hacia abajo y se lo introdujo en el sexo, acariciando las paredes de la vagina.

Evangeline se puso de puntillas, con la cara henchida de placer y tortura. ¡Estaba a punto de llegar al orgasmo y apenas la había tocado todavía! Manuel introdujo el dedo más profundamente, haciendo presión con cuidado en el punto G; casi se corre en ese momento. Le temblaban las piernas, las rodillas le fallaban y se le doblaban y, de no haberla cogido Manuel, se habría derrumbado.

—Tranquila, pequeña —le dijo—. Tenemos toda la noche por delante, no hace falta apresurarse, ¿verdad?

Retiró las dos manos con el consiguiente gruñido de disgusto de Evangeline. Se rio con suavidad y luego la guio hacia el banco de azotes que Drake había colocado en medio del salón. ¿Dónde narices lo guardaba? No lo había visto nunca. ¿Qué otras cosas de las que ella no sabía nada tendría escondidas en aquel apartamento inmenso?

Los ojos de Drake ardían al contemplar el cuerpo desnudo de su chica y las manos de Manuel que descansaban sobre la piel de ella, posesivas. La aprobación, la lujuria y el deseo que se le reflejaban en las pupilas oscuras le proporcionaron a ella una excitación embriagadora. Se sintió llena de confianza. Sexi. Incluso deseable.

Cuando sus ojos se encontraron con los de él, le regaló una sonrisa misteriosa y sensual que le prometía el mundo, algo que entendió bien.

Drake asintió a Manuel y Evangeline se encontró boca abajo sobre el receptáculo de cuero del lujoso banco. Manuel le separó las piernas mientras Drake la cogía de los brazos y también ayudaba a separarlas. Le ataron las muñecas y los tobillos a las argollas, que la intrigaban. Ahora se daba cuenta de cuál era su función y el pulso se le aceleró por la excitación de saberse completamente indefensa, obligada a aceptar lo que quisieran hacer con ella.

Manuel se restregó suavemente contra sus nalgas, las mimó, acarició, separó, permitiendo que le diera el aire fresco en las partes más íntimas que nunca están expuestas.

—Primero quiero ese coñito —ronroneó— y luego voy a follarme ese culo delicioso. Y mientras te follo, Evangeline, y te voy a follar muy duro, vas a chuparle la polla a Drake. No te puedes correr hasta que lo hagamos nosotros. Si desobedeces mi orden, me olvidaré de mi decisión de no marcarte esa piel preciosa que tienes y te dejaré el culo que no podrás sentarte durante una semana.

Se agitó, los músculos convertidos en gelatina. Cerró los ojos ante la imagen sugerente y tragó saliva. No quería piedad. Lo quería todo. Duro. Fuerte. Quería el dolor que la llevaba al límite antes de transformarse en el placer más exquisito.

Se revolvió, inquieta. Suspiraba con suavidad de la impaciencia por que empezasen.

Una mano se le hundió en el pelo y al principio no estaba segura de si era la de Drake o la de Manuel, pero no, era Manuel, que le tiraba del cabello hasta casi hacerle daño, para encararla a un pene enorme y muy erecto que se proyectaba hacia sus labios.

Drake.

Gimió suavemente y se lamió los labios, deseosa.

El gemido con que respondió Drake ahogó los de ella.

—Me estás matando, mi ángel.

—Abre —ordenó Manuel con una voz que era como el chasquido de un látigo.

Había desaparecido cualquier rastro del amor gentil y suave para dejar lugar a un macho feroz y dominante, investido de autoridad.

Obediente, abrió los labios y Drake entró en ella como una oleada: la llenó de su sabor familiar. Lo lamió, dibujando círculos con la lengua alrededor y a lo largo del capullo a medida que Drake lo introducía más profundamente. Las mejillas se le hincharon para hacerle sitio y la mano que le sujetaba el pelo afirmó su agarre.

—Así me gusta —rugió Manuel—. Trágatela. Trágatela entera. Como estás a punto de hacer con la mía.

De nuevo no hubo advertencia, ni preámbulos, ni calentamiento. La penetró con un empujón brutal que le hizo soltar un grito que envolvió la polla de Drake. Dios, qué dolor. La clase de dolor delicioso, exquisito que a ninguna mujer le importaba sufrir. La ensanchaba hasta lo imposible, pues no estaba completamente preparada para que la penetrase, lo que le tensaba todavía más los tejidos.

Se retiró y volvió a entrar en ella como un salvaje, ella gimió.

—¿Te duele, pequeña? —preguntó con voz sedosa.

—Mmmm…

La risa le retumbó en el pecho, por lo que vibró contra el culo, al estar pegado contra ella, embutiéndola tanto como le resultaba posible.

—Esto solo es el principio —susurró cerca del hombro—.

Te voy a hacer mucho más daño, pero te garantizo que vas a disfrutar de cada segundo.

¡Vaya que si iba a disfrutar! No le cabía la menor duda. El dolor mezclado con lo prohibido era una sensación de euforia embriagadora que no había experimentado en su vida. Nunca se había imaginado disfrutar así de la fina línea que separa lo que es demasiado de lo que no es suficiente.

Cuando volvió a clavársela se tensó, todos los músculos se prepararon para el orgasmo que se aproximaba, amenazaba con estallar antes de que ella misma se diera cuenta.

Manuel se despegó del cuerpo deseoso de Evangeline y Drake se lanzó a las profundidades de su garganta. Manuel descargó la mano en sus nalgas, con un golpe agudo, que le llenó la piel de aguijones y la arrancó de la bruma de euforia que la rodeaba.

—No te corras —ordenó, brusco—. O recibirás algo muchísimo peor que esto de mi mano.

Desesperada, inspiró por la nariz para conseguir algo de aire alrededor de la polla de Drake, que no se movía siquiera. Empezó a luchar, pero Manuel le dio un azote en la otra nalga.

—Acéptala. Tú no tienes el control. Eres nuestra para hacer lo que queramos contigo. Lo que queramos, Evangeline. ¿Lo entiendes?

Asintió, o al menos lo intentó. Cerró los ojos y se obligó a relajarse. Se obligó a apearse de la descarga que la incapacitaba, aunque el cuerpo le hormigueaba como si hubiera recibido una descarga eléctrica.

Drake empezó a follarle la boca con movimientos largos y despiadados, usándola como si fuera el coño. Fuerte, profundo. La mano de Manuel le enrollaba el pelo y tiraba hacia atrás para que no pudiese escapar de los potentes empujones de Drake.

Entonces Manuel le frotó el ano con un gel frío: presionó con el pulgar hacia dentro para lubricarlo.

—No demasiado —le oía reír mientras hablaba—. Quiero que lo sientas cuando haga mío ese culo.

Como si pudiera evitarlo...

Y, al igual que antes, no le dio tiempo para prepararse ni adaptarse. Entró en ella, sin dejar de sujetarle el pelo con fuerza, abriéndole las nalgas con la otra mano antes de clavársela en el agujero estrecho y delicado.

Abrió los ojos de par en par, dilatados por la sorpresa, sabía que apenas había cruzado la entrada y aun así parecía como si le hubieran metido por el culo un bate de béisbol. ¡Señor! No iba a sobrevivir a aquello.

—¡Métetela! —dijo, brusco—. Métetela entera, Evangeline. Métetela ya.

Se lanzó hacia delante, la abrió sin piedad con un empujón brutal, encajándola tan adentro que las caderas quedaron pegadas a las cachas de Evangeline.

Estaba llena por completo: Drake hasta la garganta y Manuel en el culo. Atrapada entre dos machos alfa dominantes.

En el cielo.

Recordaba la orden de Manuel de no correrse hasta que hubiera logrado que ambos hombres se descargasen, conque se dedicó a Drake. Lo consentía con la lengua, aumentó la succión hasta que le agarró la cabeza con fuerza mientras la follaba con movimientos largos y enérgicos.

—Muy buena chica —ronroneó Manuel—. Tu mujer quiere correrse, Drake.

—Ya lo creo que sí. Y ha sido una niña muy muy buena, así que yo diría que deberíamos darle lo que quiere —la voz de Drake tenía un tono áspero pero sedoso que a Evangeline le producía una cascada de escalofríos por toda la espalda.

Sin mediar palabra, los dos adoptaron un ritmo implacable que obligó a Evangeline a boquear por falta de respiración, los sentidos desatados, la habitación desenfocada a su alrededor. El orgasmo floreció, se desplegó como los pétalos más delicados de una rosa de verano, pero ella lo apartó para centrar toda la atención en dar a Drake tanto placer como le iba a proporcionar a ella enseguida.

El miembro de Manuel se había hinchado hasta un tamaño imposible y empujaba fuerte, desenfrenado, a la par que le golpeaba el culo con las caderas. Le aferraba las caderas con las manos, la sujetaba tan fuerte que sabía que las marcas le durarían días. Y, entonces, con un grito que le salía de las entrañas, la hizo gemir por la súbita pérdida de aquella sensación de plenitud arrolladora.

Drake también se retiró de su boca y Evangeline sintió enseguida la salpicadura cálida de semen que caía a chorros en la parte alta y la parte baja de su espalda desde dos direcciones. Era la sensación más obscena y pecaminosa que había experimentado. ¿Quién habría pensado que ella, que hasta no hacía mucho no tenía experiencia en el sexo, estaría haciendo un *ménage à trois* con dos de los hombres más atractivos que había conocido en la vida?

Y uno de ellos le pertenecía.

Se le atascó la respiración en la garganta al notar la punta roma de… algo que le rondaba la entrada de la vagina y luego los dedos de Manuel, quien le tocaba y acariciaba el clítoris palpitante. Abrió los ojos como platos del asombro al notar como el objeto penetraba en ella, grueso y duro, y se dio cuenta de que debía de ser un vibrador o un consolador o como quiera que se llamasen aquellos juguetes sexuales.

—¿Cómo lo quieres, Evangeline? ¿Suave y lento o rápido y duro? —preguntó Manuel, tranquilizándola.

Le costaba pensar con coherencia, aún más expresarlo en palabras.

—Suave y lento con la mano. Rápido y duro con el… —se atragantó, no sabía qué palabra utilizar exactamente.

Manuel soltó una risita.

—Consolador, Evangeline. Tienes un consolador metido en tu precioso coñito. Y tus deseos son órdenes para mí.

Empezó a acariciarla despacio y con suavidad, como le había pedido, pero al mismo tiempo el movimiento del consolador era cada vez más rápido y fuerte, hasta hacerla gritar y forcejear contra las ataduras que la sujetaban.

Drake se arrodilló frente a ella, las manos enredadas en su pelo, le levantó la barbilla para besarla. Le metió la lengua en la boca para probarla y devorarla. Se tragaba sus gritos, inhalaba su aliento y le entregaba el propio. Y cuando se corrió, le gritó en la boca, que ahogó el sonido con la lengua y los labios.

Temblaba y se estremecía como un cable de alta tensión cuando Manuel le retiró el consolador de la vagina que todavía se contraía en espasmos. Las paredes se aferraron a él, codiciosas, se negaban a dejar ir la sensación deliciosa de plenitud total. Pero aquello no era nada comparado con el original y deseaba las pollas de Manuel y de Drake. Bien dentro de ella. Que se corrieran dentro de ella. La marcaran, poseyeran y la hicieran suya.

A la vez que Drake la besaba y le pasaba las manos por el pelo para luego acariciarle la cara con dedos suaves, Manuel soltó las cuerdas y la liberó. Se dejó caer muerta sobre el banco, sin fuerzas para moverse siquiera. Por suerte para ella, no era necesario.

Drake la cogió en brazos y la sentó en el sofá, la abrazó en su regazo mientras Manuel aparecía con una bebida y dio de beber a Evangeline.

—Bebe —la invitó, amable—. Debes de tener sed. Esta noche hay que cuidar a esta dama. No podemos dejar que se nos desmaye.

Ella sonrió y lo miró de soslayo por debajo de las gafas.

—Eso no va a pasar ni de coña.

Drake la contempló, fascinado, mientras bebía con ansias, maravillado de que el simple acto de beber fuese sexi de cojones. Todo lo que hiciera lo excitaba. Sabía que se estaba metiendo en un jardín tremendo, pero por primera vez en la vida no le importaba.

A veces a un hombre le daba igual que lo atrapasen y lo amarrasen como a un pavo en Acción de Gracias. ¿Qué hombre tenía una mujer como su ángel? Había intuido la desesperación y la soledad de Manuel y había respondido justo como esperaba de ella. Con compasión y tanta dulzura que casi empalagaba. Era la mejor.

La noche era joven y no había saciado su necesidad de Evangeline ni remotamente. Muchos pensarían que era retorcido no solo por permitir, sino por provocar que otro hombre se follase y controlase a su chica. Pensó que le daba igual. Hacía mucho tiempo que había dejado de buscar excusas o explicaciones para los oscuros deseos y necesidades que lo motivaban. Había cosas que eran como eran, y aquello estaba entre ellas.

Que él permitiese a otro hombre tocar a su chica con su estricta supervisión, no menguaba en absoluto su feroz posesividad respecto a Evangeline. Si acaso la aumentaba, porque sabía la gran suerte que tenía de haber encontrado una mujer que lo entendiese. Una dispuesta a ceder a sus perversiones sexuales. ¡Qué narices! Que se deleitaba con ellas tanto como él.

Sabía que Manuel tampoco se había saciado en absoluto y que tampoco lo estaría al final de la noche, pero eso era todo lo que le daría a su amigo. Una noche. Nada de acuerdos estables. Solo según dictara la discreción y el capricho de Drake.

Los dos tenían en común el deseo de satisfacer a Evangeline y darle placer. De llevarla al orgasmo una y otra vez, de escuchar sus suaves gemidos de éxtasis, sus gritos de placer y de ver en sus ojos azules, nublados por la pasión, aquel resplandor cálido de gozo.

Drake intercambió una mirada con Manuel y este se limitó a asentir. Era el momento. Manuel tendió la mano a Evangeline y ella deslizó los dedos por la palma para que pudiera ayudarla a levantarse. Él le recorrió con ellas todo el cuerpo, palpando, acariciando, cada curva y cada turgencia, puso especial dedicación a la plenitud de sus pechos, a su culo, y luego exploró entre sus piernas.

A Evangeline se le nublaron los ojos, las pupilas dilatadas y la pasión que destellaba en su mirada soñadora.

—Date la vuelta —indicó Manuel, que la soltó.

Obediente, hizo lo que le decían, y entonces Manuel la atrajo hacia su pecho y comenzó a caminar de espaldas hacia el sofá. La sentó, pero le plantó una mano firme en la espalda, lo que le indicó sin palabras que se quedara donde estaba. Drake le pasó el lubricante y Manuel se aplicó una cantidad generosa en la polla, movió la mano arriba y abajo hasta que estuvo tan erecto como ya lo estaba Drake.

Solo que lo suyo era culpa de Evangeline. Su polla apuntaba hacia arriba, tensa, descansaba sobre su abdomen y apuntaba al ombligo. Estaba a punto de reventar de ganas de estar dentro de ella, y el saber que ella tendría la polla de Manuel metida en el culo, lo que haría que su vagina resultase increíblemente prieta, hacía que le asomasen gotas de líquido preseminal en la punta de la erección.

—Siéntate encima de mí —la tensión era palpable en la voz de Manuel—. Retrocede despacio, yo te guiaré. Echa las manos atrás y sepárate las nalgas para mí.

Se le encendieron las mejillas y notó una ola que le subía

por el cuello hasta que toda la cara estuvo sonrosada. Pese a todo procedió como se le había ordenado, por lo que Drake sintió un orgullo feroz de lo magnífica que era su chica.

Su chica. Le pertenecía a él y solo a él. Y saber que iba a proclamarla, que iba a reconocerlo en público casi lo hizo caer de rodillas. Él, que nunca había llamado «mío» a nadie. Él, que nunca había tenido a nadie más que a sus hermanos. Nadie por quien preocuparse, ni que se preocupase por él.

Lo llenaba de humildad, pero al mismo tiempo enviaba una descarga de adrenalina a las venas. Una asombrosa revelación que jamás había pensado que admitiría ante nadie. Pero sus hombres sabían que había plantado la bandera y la había reclamado para sí; de eso no había duda. Cualquiera que tuviera ojos y el más mínimo sentido común vería que a Drake lo habían atrapado bien y lo más alucinante de todo era que le importaba tres cojones quién lo supiera.

Cuando sus hermanos le habían aconsejado que hiciera pública la relación para que todo el mundo se enterara de que Evangeline era su chica, que la quería y la protegía y que nadie se atreviese a darle por culo, se había mostrado reacio. Dubitativo. Y, sí... asustado. Él, que no tenía miedo a nada ni a nadie. Y, sin embargo, una frágil mujer lo tenía acojonado perdido. Dos meses antes se habría reído en la cara de cualquiera que le sugiriese que lo iba a poner de rodillas una seductora de pelo rubio y ojos azules. Aparentemente, era el dominante, el que tenía el control, pero él sabía la verdad. que no tenía ningún control en la relación con Evangeline porque removería cielo y tierra para hacerla feliz, porque haría lo que fuera por conservarla. A todos los efectos, estaba a merced de ella.

Observó a Evangeline, quien seguía despacio los dictados de Manuel y cómo le permitía aferrarla por las caderas y hacer que se le sentara en el regazo. Ella pasó tímidamente las manos por su culo exquisito y luego separó las nalgas. Se le aceleró la respiración, todavía sonrosadas las mejillas por su lucha con la incertidumbre.

Aunque se sentía cohibida e insegura obedecía todas las órdenes que se le daban. Y lo hacía por él. Aunque se había dejado guiar voluntariamente por la firme mano de Manuel, los ojos los tenía fijos en los de Drake, no apartaba la mirada en ningún momento, como si le dijera «Todo esto es por ti. Solo por ti. Siempre por ti».

El pecho se le ensanchó hasta dolerle y a punto estuvo de desvelar sus sentimientos si se lo hubiera frotado para aliviar la incomodidad. Entonces Evangeline cerró los ojos en el momento que Manuel comenzaba a penetrarla, la evidente tensión reflejada en los pliegues de su ceño, respiraba con sonidos tenues pero claramente audibles.

—Abre los ojos, mi ángel. Mírame a mí. Quiero que solo me mires a mí.

Ella obedeció al instante y él se perdió en las neblinas que daban vueltas en sus ojos del azul más brillante, que le hacían señas para que se adentrase todavía más en ellos.

Ya estaba perdido sin remedio ni posibilidad de volver a encontrar el camino de salida. Ni tampoco ningún deseo de hacerlo.

Evangeline dejó escapar un gemido sobresaltado cuando Manuel tiró de ella y la hizo bajar hasta el fondo, acomodando todo el largo de su miembro en lo más profundo del culo de Evangeline. Se reclinó en el sofá, echó la cabeza hacia atrás y le clavó los dedos en las caderas a Evangeline como un salvaje. Estiró las piernas y las separó, separando las de ella al mismo tiempo y dejando el coño expuesto a los ojos de Drake.

Manuel se arrellanó más en el asiento del sofá, se movió hacia delante de forma que ella quedase apoyada en el mismo borde, en la posición perfecta para Drake. Se quedó inmóvil, el agujero de Evangeline ensanchado hasta el imposible en torno a su polla. No parecía posible que hubiera sitio para él. Aquella postura reducía mucho la entrada de su vagina, tanto que a Drake le costaría trabajo entrar en ella.

Solo de pensar en sus sedosos tejidos tratando de impedirle el acceso y lo deliciosamente prietos que los sentiría lo hacía sudar y lo llevaba al límite. En la punta del glande le asomaban algunas gotas. No era posible que existiese una sensación más increíble en el mundo que las paredes aterciopeladas de su vagina al rodearle la polla, aferrándola y resistiendo sus persistentes intentos de penetrarla.

Joder, si lograba meterla hasta los huevos se correría en dos segundos. No lograría aguantar nada, pese a que era famoso por su rígido control y disciplina. Sin embargo, con Evangeline no tenía ninguna de los dos. Con ella se volvía frenético, irracional, no controlaba en absoluto cuándo descargaba.

Pero vaya que si iba a disfrutar cada minuto, o más bien segundo, de estar hundido hasta los huevos en ella mientras le exprimía cada gota de semen. En esta ocasión no iba a retirarse. Ni tampoco Manuel. Iban a llenarla de su esperma hasta que le resbalase por las piernas como una marca visible de que era de su propiedad y su posesión.

Evangeline no dijo ni una palabra. Era demasiado disciplinada y decidida para decepcionar a Drake y cuestionar su autoridad. Pero podía leerlo en sus ojos con la misma claridad que si hubiera hecho la petición en voz alta.

Por favor.

Como si pudiera negarle nada…

—Sepárale más las piernas —las instrucciones de Drake eran para Manuel.

Evangeline abrió los ojos como platos y miró hacia abajo automáticamente, hacia sus piernas ya despatarradas, preguntándose cómo iba a separárselas más Manuel.

Drake tenía los ojos clavados en el coño, ahora abierto de par en par; en los labios rosas, suaves, inflados que clamaban por su contacto. Quería tocarla por todas partes, saborearla, pero habría tiempo más que suficiente para eso luego. Ahora mismo tenía la polla a punto de reventar por las costuras solo de pensar en el abrazo deliciosamente prieto que estaba esperando su empuje.

La piel sedosa relucía con la humedad que la hacía parecer brillante y de lo más tentadora. Estaba mojada. Empapada. Pese a ello no iba a ser tarea fácil penetrarla. Iba a tener que hacerlo poco a poco a riesgo de desgarrarla, y lo último que quería era causarle dolor.

Estaba el dolor que era placer y luego estaba el dolor de verdad. Nunca le causaría ningún daño para satisfacer sus deseos egoístas.

Se colocó entre sus piernas abiertas y sujetó su gruesa erección en una mano. Frotó el capullo goteante por los labios satinados, arriba y abajo, hasta llegar al clítoris y luego abajo otra vez, para jugar con la entrada a su sexo.

Gimió desesperada y empujó las caderas hacia arriba, pese a que Manuel las tenía sujetas con firmeza, como intentando envainar el pene de Drake ella misma. Por fin él introdujo el glande en el minúsculo agujero y empujó hacia delante, ejerciendo una presión constante. Evangeline abrió los ojos dilatados por la sorpresa, borrosos por el deseo. Buscó la mirada de Drake, que la notó como una sacudida en sus sentidos.

Sus ojos lo decían todo. «Tómame, soy tuya».

Pues claro que era suya, coño.

Con un gruñido empujó hasta el fondo, sudaba y maldecía la resistencia a su avance del cuerpo de ella, que se estrechaba alrededor de su miembro, como si quisiera sacarlo con fuerza. La guerra de voluntades era feroz. Él contra sus defensas naturales. Ganaría él. Claro que ganaría él. No aceptaría ningún otro resultado.

Apretó la mandíbula, retiró los mínimos centímetros posibles y luego empujó con todas sus fuerzas para penetrarla hasta los huevos. Se produjo un coro de gemidos y suspiros, una mezcla de reacciones de Evangeline, Manuel y él mismo mientras luchaban con el perverso límite en que el dolor embriagador se mezcla con el más dulce de los placeres.

En cuanto estuvo dentro del todo, las paredes de la vagina aletearon alrededor del miembro, contrayéndose, humedeciéndose todavía más al aproximarse el orgasmo.

—Córrete, mi ángel —murmuró—. Córrete todas las veces que quieras.

Con un sobresalto y un grito, el cuerpo entró en erupción alrededor de él, se aferró desesperada a la polla, empapada y presa de espasmos. Drake tuvo que apretar los dientes para no correrse él también. Manuel gruñó y maldijo, las manos se movían, inquietas, en las caderas de Evangeline, luchaban también por mantener el control.

Drake empezó a follársela con más fuerza. Daba empujones implacables y potentes, follándola desde el primer orgasmo hasta que sintió que se agitaba y se le tensaba el cuerpo como si fuera a correrse otra vez.

—Joder —masculló Manuel

Ella se volvía loca entre los dos, sacudida, se movía casi inconsciente, giraba la cabeza hacia delante y hacia atrás a medida que la invadía el éxtasis. Ya no controlaba el cuerpo. Le pertenecía a Drake. Estaba a sus órdenes. Estaba a su cuidado. ¡Y cómo cuidaba de ella!

Volvió a llevarla al orgasmo y entonces fue cuando Manuel no pudo soportar más la enorme presión que soportaba y comenzó a empujar con las caderas hacia arriba, la penetró con fuerza desde atrás mientras Drake se empotraba en ella por delante. Manuel se derrumbó en el sofá, sujetando todavía a Evangeline para Drake como una especie de sacrificio pagano. Le acarició el cuello con los labios y le apartó el pelo húmedo de la piel suave para poder prestarle más atención.

Pero Drake no había terminado.

—Uno más. Dame uno más —le ordenó—. Córrete por mí.

—No puedo más —balbució.

—Sí que puedes.

Pese a sus protestas, Drake sintió las ondulaciones de los tejidos de Evangeline y supo que no iba a aguantar mucho, pero estaba decidido a proporcionarle el mayor placer antes. Así que frenó, renunció al ritmo brutal que se había marcado y comenzó a penetrarla con movimientos largos, pausados. Joder, cómo la disfrutaba. La frente se le perló de sudor y sus rasgos se tensionaron, un delicioso tormento que lo lamía desde los huevos hasta la punta de la polla.

—¡Drake! —gritó Evangeline, haciendo un gesto de impotencia con las manos, una especie de aleteo que pretendía decir que no sabía ni qué hacer.

—Abrázame, nena —dijo con voz ronca—. Vamos juntos tú y yo. Córrete conmigo.

Le clavó los dedos en los hombros, sujetándose, frenética, mientras él continuaba empujando hasta apretar los huevos contra el culo de ella. Una vez. Dos veces. A la tercera, Drake sintió que lo bañaba la explosión cálida de sus dulces jugos, lo que inició su propia descarga. Empezó a bombear más fuerte: la llenó con su semilla hasta que se derramó en el coño.

Empujó por última vez y se quedó unido a ella, quieto, mientras la polla le latía y palpitaba al derramar lo que parecía un litro de semen en el coño de Evangeline, quien se agitó, totalmente agotada, sobre el pecho de Manuel, que movía los ojos cerrados.

Fatigado por aquella visión, Drake le besó los párpados, luego la nariz y por último la boca hasta descansar el cuerpo sobre el de ella, que había quedado emparedada entre los dos. Su pecho subía y bajaba, lo que la oprimía todavía más contra Manuel, pero ninguno dijo nada, por miedo a perturbar la bruma de sensualidad que los rodeaba.

—¡Guau! —murmuró Evangeline, arrastrando las palabras, apenas capaz de entreabrir los ojos—. Pensaba que me ibais a matar, pero la verdad es que no se me ocurre mejor forma de correrme. Ha sido... alucinante.

Manuel le dio un mordisquito en el cuello y Drake besó su boca deliciosa.

—Me alegro de que lo hayas disfrutado, cielo, pero te aseguro que el honor ha sido todo nuestro. Esta noche nos has hecho un regalo muy valioso y no creas que no somos conscientes de ello, ni lo vamos a olvidar.

—Jamás —juró Manuel con voz grave—. Eres una mujer muy especial, Evangeline, y Drake es un cabrón con mucha suerte al que más le vale dar gracias por haberte visto y haberte hecho suya antes, o ahora estarías en mi cama.

Evangeline le dedicó una sonrisa torcida, con cara de estar ebria, embriagada de pasión.

No reaccionó a las palabras de Manuel, palabras que Drake sabía absolutamente sinceras —Manuel no era un hombre de esos que dicen las cosas por decir—, sino que se centró por completo en Drake. Con los ojos tiernos y brillantes por el amor y el cariño se acercó a él y le posó la mano en la barbilla, le acarició la piel áspera con las yemas de los dedos, suaves como las de un bebé.

—¿Me doy una ducha antes de volver a empezar? Creo recordar la promesa de que disponíamos de toda la noche y, si los cálculos no me fallan, todavía nos quedan unas cuantas horas...

16

*E*vangeline caminaba nerviosa por la habitación. Esa noche era la gala benéfica en el Carnegie Hall y aparte de no saber qué se iba a poner, no tenía ni idea de cómo peinarse ni maquillarse. Drake le había advertido que habría fotógrafos y periodistas por todas partes y lo último que quería Evangeline era dejarlo en evidencia al aparecer en la fiesta como la chica torpe y de pueblo que era en realidad.

Cogió el teléfono y reunió el valor para llamar a Silas. Estuvo a punto de colgar cuando escuchó la primera señal de llamada, pero se obligó a llevarse el teléfono a la oreja y a esperar a que contestara.

—¿Evangeline? —contestó al segundo tono—. ¿Va todo bien?

—Sí. No. A ver, no es que pase nada, es que… —Se le escapó un suspiro a la vez que se hundía en el sofá.

—¿Estás en el apartamento? —preguntó Silas.

—Sí —contestó ella tímidamente.

—Estoy ahí dentro de cinco minutos, ahora te veo.

Colgó el teléfono, dejando la línea en silencio. Pues nada. Así eran las cosas con Silas. Cuando supiera por qué lo había llamado, pensaría que era una inútil. Dejó escapar un gemido lastimero mientras volvía a desplomarse en el sofá. Y allí mismo se la encontró Silas cuando entró en el apartamento exactamente cuatro minutos más tarde.

—¿Qué pasa? —preguntó de manera cortante, mientras se dejaba caer en el sofá, al lado de ella.

—Vas a pensar que soy tonta… —murmuró.

Él se la quedó mirando, esperando a que ella le diera algún tipo de explicación, lógicamente.

Evangeline volvió a suspirar y se incorporó en el sofá.

—Esta noche es la gala benéfica de Drake en el Carnegie Hall.

—Ya, ¿y qué?

—A ver, el vestido y los zapatos los tengo, pero necesito alguien que me maquille y me peine. No quiero hacer el ridículo y que Drake se avergüence de mí —confesó, poniéndose cada vez más nerviosa—. Me dijo que habría cámaras y fotógrafos por todas partes. ¡Dios mío, Silas! ¿Qué hago ahora? ¿Qué pinto yo en un sitio como ese? En qué momento se me ocurrió decir que iría...

Silas apretó los labios.

—No digas tonterías. Vas a ser la invitada más guapa, te lo aseguro.

—¿No serás mi hada madrina y tendrás por ahí una varita? —preguntó con un deje de tristeza.

Silas hizo una mueca y terminó sonriendo en plan «soy una caja de sorpresas». Evangeline no daba crédito. Se lo quedó mirando, totalmente perpleja. Silas no sonreía casi nunca, así que cada vez que lo hacía la dejaba descolocada.

—Varita no tendré, pero tengo mis contactos —contestó con gesto arrogante, borrando así la sonrisa—. ¿Cuánto tardas en prepararte para salir?

Evangeline parpadeó.

—¿Para salir? ¿Adónde?

—A que te maquillen y te peinen. Luego volveremos aquí para que te vistas y te termines de arreglar antes de que llegue Drake del trabajo.

—¿Conoces algún sitio donde me puedan peinar y maquillar? —preguntó con recelo.

—¿Qué quieres que te diga? Soy un hombre de recursos. Ahora espabila y vístete para que nos podamos ir. Voy a ir llamando para que te atiendan en cuanto lleguemos.

Cuatro horas más tarde, Silas y ella estaban de vuelta. Evangeline estaba absolutamente resplandeciente e irreconocible gracias al trabajo de una estilista profesional que regentaba un exclusivo salón en el que había que reservar con semanas de antelación. Sin embargo, Silas, tras arduas negociaciones, había conseguido que la reputada estilista cancelara todas las citas de esa tarde para poder atenderla.

Cuando bajaron del ascensor, se paró a estudiar su reflejo en el espejo del recibidor.

—No parezco yo —murmuró inquieta—. Parezco una prostituta de lujo.

Silas frunció el ceño mientras la traspasaba con una mirada gélida.

—A la próxima tontería, te azoto como a una niña pequeña, te lo juro. Estás preciosa. Así que ve a ponerte el vestido y los zapatos para que pueda ver todo el conjunto. Espabila, que tienes cinco minutos.

Evangeline se abalanzó y lo abrazó con fuerza. Él trastabilló un poco, con el desconcierto plasmado en la mirada.

—Gracias —susurró—, eres el mejor, Silas. ¿Qué haría sin ti? Eres el mejor amigo que he tenido nunca.

Él le devolvió el abrazo con indecisión, vacilante, aunque era evidente que se había sentido incómodo con su espontánea demostración de cariño.

—De nada, Evangeline —respondió con calidez—. Ahora ve a cambiarte para que te pueda dar mi veredicto.

Evangeline salió corriendo hacia el dormitorio y bajó con cuidado la cremallera del portatrajes para sacar el vestido del armario. Se lo puso con aún más cautela, para evitar mancharlo o estropearse el peinado y en ese momento se percató de que no iba a poder subirse la cremallera sola.

Sujetando contra sí el cuerpo del vestido, se inclinó hacia los zapatos y admiró su brillo mientras se los ponía. Al mirarse en el espejo se dio cuenta de que, en conjunto, no estaba nada mal. Como la estilista le había preguntado de qué color eran el vestido y los zapatos que se pondría, la había maquillado utilizando tonos color bronce, por lo que su piel lucía resplandeciente.

El vestido era de un color dorado oscuro, brillante, que resaltaba las mechas rubias del cabello, que llevaba recogido. Unos pequeños tirabuzones le caían hasta el cuello, a ambos lados de la cara. Evangeline se acordó en ese momento de los pendientes de diamantes que le había regalado Drake, los sacó del joyero y acto seguido se puso a rebuscar el colgante con un diamante en forma de lágrima que era más grande que su pulgar.

Se colocó los pendientes y luego se puso el colgante pasándolo por la cabeza, por lo que se le quedó colgando encima del vestido. Se fijó en su muñeca, desnuda y, encogiendo los hombros, pensó, ¿por qué no? No es que tuviera muchísimas oportunidades para lucir las carísimas joyas con las que Drake la colmaba. Si no se las ponía en aquella ocasión, ¿cuándo iba a hacerlo?

Ahora era una parte más de Drake, una extensión de sí mismo y quería que se sintiera orgulloso de ella. Si de verdad era cierto que nunca había asistido a ningún acto público acompañado de una mujer, entonces esa noche era aún más importante. Terminó de abrocharse la pulsera de diamantes; se sentía satisfecha con el resultado final.

Entró en el salón corriendo, los tacones repiqueteando contra el suelo, mientras se sujetaba el vestido con una mano.

—Necesito ayuda —dijo sin aliento—. ¿Me puedes subir la cremallera?

—Me estoy ganando el cielo —murmuró Silas—. Esto es más de lo que un hombre puede aguantar, joder.

Evangeline lo miró confundida. Él puso los ojos en blanco mientras la ayudaba a girarse para abrocharle el vestido.

—¿De verdad no sabes el efecto que causas en los hombres?

Ella se ruborizó como una colegiala.

—Lo siento —acertó a decir—. No me he dado cuenta.

—¡Que te estoy vacilando! —dijo él amablemente—. Me alegro de que me tengas la confianza suficiente como para, primero, llamarme porque necesitabas a alguien que te peinara y te maquillara y, segundo, para abrocharte el vestido. Te conozco lo suficiente para saber que no confías en cualquiera y es un honor para mí saber que estoy entre los pocos que cuentan con esa distinción.

Volvió a girarla y dio unos pasos hacia atrás para poder observarla mejor.

—Date la vuelta despacio para que pueda verte bien —la animó.

Ella comenzó a girarse despacio y rompió a reír cuando la luz arrancó destellos brillantes a su vestido.

—Me siento como si fuera Cenicienta —dijo con una sonrisa enorme.

—Eres especial, Evangeline, muy especial —señaló él, con

total sinceridad—. Me alegro de poder acompañaros a Drake y a ti esta noche. Me voy a pasar toda la noche dándote el coñazo, diciéndote «¿lo ves?» cada vez que un hombre hecho y derecho pierda el culo por estar a tu lado.

—¡Ay, menos mal! —exclamó Evangeline—. Se me había olvidado que venías, ¡qué bien! Me alegro mucho de que vayas a estar allí con nosotros.

Lo volvió a abrazar y él la separó cuidadosamente para evitar estropearle el peinado o el maquillaje. En ese momento y pillándola totalmente por sorpresa, Silas acercó la cara y la besó en la mejilla.

—Me tengo que ir, si quiero cambiarme y estar de vuelta a tiempo para acompañaros a la gala. No dejes subir a nadie que no sea Drake o uno de nosotros, ¿queda claro?

—Por supuesto, mi amo y señor —contestó Evangeline con sorna.

Los oscuros ojos de Silas la miraron chispeantes.

—Si estuvieras en mi cama, sabrías perfectamente quién es tu amo y no harías bromas al respecto.

Evangeline se estremeció, pero se negó a que él se diera cuenta.

—Largo —ordenó—. Lo único que quieres es ponerme más nerviosa. Además, bastante tengo ya con un amo y señor.

Silas le guiñó un ojo y se dirigió hacia el ascensor.

—Ahora nos vemos, muñeca. No estropees mi obra de arte.

Evangeline fue en busca de su móvil para ver si Drake le había escrito diciéndole cuándo volvería a casa. Al ver que no tenía mensajes, se mordió el labio sopesando si debía escribirle o no.

Nunca habían hablado de ese tema por lo que no sabía si podía escribirle o llamarlo cuando estaba trabajando. Evangeline había llegado a un acuerdo consigo misma de no hacerlo, ya que no quería ni molestarlo ni distraerlo, pero todas las parejas se mandan mensajes en algún momento del día. Cuando empezaron, podía tener dudas de cuál era su posición en la lista de prioridades de Drake, pero desde que se habían reconciliado, él le había dejado claro que no iba a desaparecer de su vida tan fácilmente.

—Deja ya de ser tan miedica —se dijo entre dientes.

Si se hubiera dado cuenta antes, le podría haber preguntado

a Silas si era buena idea escribir a Drake mientras estaba trabajando, pero no lo pensó hasta que se hubo ido. Meneando la cabeza como muestra reprobatoria de su conducta cobarde, escribió rápidamente un mensaje y le dio a la tecla de «Enviar» antes de que le diera tiempo a pensárselo dos veces.

Hola. Espero que estés pasando un buen día. Solo quería saber sobre qué hora llegarás a casa. Estaré lista y esperando. Besitos, Evangeline.

Se puso roja como un tomate. Se sentía como una idiota. «¿Besitos?» ¿En qué estaba pensando? Ni que estuviera en el instituto, por Dios.

Le sonó una notificación en el teléfono e introdujo el código de seguridad apresuradamente para poder leer el mensaje cuanto antes.

Llegaré en quince minutos. El día no ha estado mal. Mejorará cuando llegue a casa con mi ángel. Besitos para ti también, D.

Un montón de mariposas le revolotearon en el pecho mientras se le dibujaba una enorme sonrisa. ¿Cómo podía ser tan especial algo tan nimio como un mensaje? Volvió a leerlo dos veces más, saboreando cada palabra. Dios, estaba loca por él, más de lo que jamás lo había estado por nadie y esperaba que esa sensación no desapareciera nunca.

Se dio un pequeño pellizco y comenzó a bailar por el salón, haciendo brillar los zapatos de princesa. Iba a ser una noche perfecta. Le encantaba la Navidad y las fiestas; los villancicos, la decoración, las luces… Comenzar las Navidades con la gala en el Carnegie Hall era un sueño hecho realidad. Pero ¿hacerlo del brazo de Drake? ¿Yendo más allá de lo que ninguna mujer había ido antes?

Se le escapó una risita al darse cuenta de la dirección que estaban tomando sus pensamientos. Y se dejó llevar por lo que veía: Drake engalanado con esmoquin y ella prendida de su brazo y el mundo a sus pies.

No había nada más perfecto en el mundo entero.

17

$\mathcal{D}$rake apretó la mano de Evangeline en el momento en que el coche se detenía detrás de otros vehículos, a la espera de que los ocupantes pudieran bajar y empezaran a desfilar por la alfombra roja del Carnegie Hall.

—Estás impresionante, ciclo —dijo para confortarla.

La mirada de ella estaba fija en la marabunta de gente que había en la entrada, incluidas cámaras de televisión y fotógrafos. Cada vez que salía alguien de su coche era recibido con una ráfaga de flashes. Ay, Dios. Aunque Drake la había avisado, no estaba preparada para aquello. ¡Ni que fueran famosos o algo por el estilo!

—Respira, mi ángel —susurró Drake—. Maddox, Silas y yo estamos aquí contigo. Nunca dejaríamos que te ocurriese nada. Te lo juro.

El nudo que sentía en la garganta comenzó a deshacerse, pero volvió a aparecer cuando el coche avanzó y vio que eran los siguientes en bajarse. Se abrió la puerta y Drake salió, ocultando el interior del coche con su voluminoso cuerpo. Enseguida, Maddox y Silas se colocaron uno a cada lado de Drake, mientras este se giraba hacia el interior para tender la mano a Evangeline.

La ayudó a colocarse a su lado, en aquella fría noche, ella temblaba, deslumbrada y aturdida por las cegadoras luces de los letreros y los flashes de las cámaras, que parecían salir de todas partes.

Evangeline no sabía dónde meterse cuando comenzó la lluvia de preguntas dirigidas a Drake. Maddox la tomó de la mano que tenía libre y le dio un ligero apretón para infundirle confianza, a la vez que la colocaba de forma estratégica entre él y

Drake, con Silas directamente delante de ella. Formaban un muro impenetrable, en caso de que alguien quisiera acercarse. Menos mal.

—Sonríe —susurró Maddox al oído—. Ni que te lleváramos al matadero. Regálales una de tus sonrisas arrebatadoras y enséñales esos preciosos ojos azules.

Evangeline se sintió como uno de esos robots programados para obedecer a comandos de voz. Sonrió de forma tan exagerada que le pareció que la sonrisa se le iba a salir de la cara. Se obligó a serenarse. Tenía que aparentar que se lo pasaba genial y que no había nada que le preocupara en la vida. Se atrevió incluso a mirar directamente a algunas cámaras, lanzando amplias sonrisas.

Una vez que pasaron el mal trago y Drake se hubo librado de los periodistas, la ayudó a entrar en el edificio, donde ella, de repente, se vino abajo.

—Esto es de locos —susurró.

—Ven, vamos a ver dónde están nuestras butacas. Cuanto antes nos sentemos, antes pasaremos desapercibidos —contestó Drake.

—¿Estás bien, muñeca? —preguntó Silas en voz baja cuando se sentaron en el palco que tenían reservado encima del escenario—. ¿Quieres despejarte un poco antes de que empiece la gala? Maddox y yo podemos acompañarte al baño.

Agradecida de tener una oportunidad para recomponerse y comprobar que el maquillaje seguía en su sitio, asintió a la vez que se levantaba. Drake le tomó la mano, se la llevó a los labios y le dio un dulce beso en la palma.

—Date prisa, mi ángel.

Ella le correspondió con una sonrisa radiante. A continuación, asió el brazo que le tendía Silas para que él la guiara hacia la salida del palco y después bajara las escaleras hacia el aseo de señoras.

—Te esperamos aquí —indicó Maddox—. No tardes mucho. No dejaremos que entre nadie, pero podría haber alguien dentro. Haz lo que tengas que hacer y sal, ¿entendido?

—De acuerdo —contestó con una sonrisa de agradecimiento.

Entró en el baño y se dirigió hacia el espejo para comprobar que llevaba bien el maquillaje. Con un pañuelo, se dio unos toquecitos a ambos lados de los ojos y se retocó el brillo de labios. Escuchó el ruido de una cisterna, haciendo caso del consejo de Maddox de no entretenerse, se dio la vuelta y se dirigió a la puerta, en el momento en que una mujer alta, morena y elegantemente vestida se colocó frente a ella, en su camino hacia el espejo.

—Disculpe —murmuró Evangeline mientras comenzaba a rodearla.

—Ah, tú debes de ser la última conquista de Drake —dijo la mujer, con voz socarrona.

Evangeline se giró ante tal insolencia.

—¿Cómo dice?

La otra mujer sonrió.

—Aprovecha mientras dure, cariño. Y créeme, no durará mucho. Drake nunca ha estado con la misma tía más de unas semanas. Pero bueno, los beneficios merecen la pena. Y entre tú y yo: si alguna vez invita a Manuel, prepárate para pasártelo genial —añadió con voz sensual.

Sus palabras se le clavaron como afilados puñales. Comenzó a marearse hasta tal punto que temió echar la papilla, pero tenía el orgullo muy arraigado y no iba a dejarse avasallar así como así. Logró recomponerse y consiguió sostenerle la mirada a la misteriosa mujer morena.

—No tengo ni idea de lo que me está diciendo. ¿Quién es Manuel?

La tintineante risa de la mujer era áspera y desagradable.

—Ah, es un amigo de Drake. Comparten filias sexuales, si te va ese rollo. Y si por suerte es así, también comparten a sus chicas de vez en cuando.

Evangeline luchó contra el sudor frío que comenzaba a brotarle de la frente. Ni de coña iba a dejar que esa mujer la atacara así. La miró con una mezcla de desprecio y compasión.

—En realidad no conoces mucho a Drake, ¿verdad? —preguntó despectivamente.

—Lo suficiente —se defendió la mujer, riendo.

—No —dijo Evangeline, cortante—. No lo conoces en absoluto. Si lo hicieras, sabrías que Drake es superposesivo y nunca comparte nada de lo que él considera suyo. Así que, si te compartió con otros, supongo que no significabas mucho para él. Y si conoces tan bien a Drake como afirmas, entonces serás consciente de la relevancia que tiene que yo haya venido esta noche, cogida de su brazo, ya que como sabrás, él nunca se muestra en público con ninguna chica. Y ahora, si me disculpas, los hombres de Drake están fuera, esperándome. Aunque no creo que tú llegaras a conocerlos, ¿a que no?

La imagen de la cara pálida y descompuesta de la mujer fue lo último que vio Evangeline al dirigirse hacia la puerta. Debería estar dando saltos de alegría por haber sido capaz de haberle plantado cara a esa mala pécora, pero solo tenía ganas de llorar.

Silas y Maddox enseguida se dieron cuenta de que algo no iba bien y no dudaron en preguntarle qué era lo que le había pasado.

—Nada —respondió ella tajante—. Vamos a volver, por favor.

Echó a andar con decisión; dejó en su mano si querían colocarse delante o detrás de ella. La acompañaron de vuelta al palco y se sentó en su silla al lado de Drake, con el corazón latiéndole todavía a mil por hora. Por el rabillo del ojo vio como Drake la miraba, curioso, para inmediatamente lanzarles una mirada inquisidora a Maddox y Silas.

Por suerte para Evangeline, bajaron las luces y una salva de aplausos anunció el comienzo del concierto. Una vez la música hubo empezado, Evangeline consiguió olvidarse del desagradable episodio del baño. Al menos, por el momento. La sinfonía era mágica y disfrutó de cada nota.

Drake veía cómo Evangeline disfrutaba con la música, con una expresión de deleite en su bello rostro. Volvió a mirar a Maddox y a Silas que estaban sentados justo detrás de ella y arqueó una ceja, de manera interrogante. Algo había alterado a su chica y quería saber qué narices había sido.

Silas cogió su móvil y con un gesto le hizo saber que le iba a escribir un mensaje. Unos segundos más tarde, cuando Drake comprobó su teléfono, silenciado, tuvo que morderse los labios para que no se le escapara una ristra de improperios. Hija de puta.

¿Te acuerdas de aquella puta loca con la que te liaste hace cosa de un año? Una morena y alta, ¿Lisa? Evangeline y ella han coincidido en el baño y cuando ha salido, estaba alterada y pálida. Seguro que Lisa le ha estado metiendo mierda.

Drake tenía la mandíbula tan apretada que le dolían los dientes. Joder, ¿cuánto tiempo había estado con Lisa? Ni se acordaba. Es más, ni siquiera podía recordar lo que había hecho con ella. Pero eso no quitaba para que hubiera malmetido a Evangeline y con ello le hubiera amargado la velada.

Joder.

Una vez que acabó la música y se volvieron a encender las luces, el presidente de la junta de las dos organizaciones benéficas que recaudaban dinero aquella noche subió al escenario para dar un discurso, con la intención de conseguir el mayor número de donaciones posible. Ya habían visto más que suficiente y Drake no iba a alargar la agonía a Evangeline más de lo estrictamente necesario.

—Prepara el coche —pidió a Maddox—. Nos vamos ahora mismo.

Evangeline se dio la vuelta al escuchar las órdenes de Drake.

—¿Ya se ha terminado? —susurró.

—Lo mejor, sí —contestó él—. A partir de ahora solo hay discursos y gente pidiendo donaciones. Como yo he hecho una en tu nombre y otra en el nombre de la fundación, no tiene sentido que nos quedemos.

Ella asintió secamente y volvió a centrar su atención en el escenario. Un par de minutos después, Silas daba unos golpecitos en el hombro de Drake para indicarle que Maddox ya estaba fuera esperando en el coche. Drake buscó la mano de Evangeline y entrelazó sus dedos con los de ella. La ayudó a levantarse y la colocó a su lado, rodeando su cintura estrechamente con el brazo, mientras la conducía hacia el exterior del palco.

La expresión de Silas era sombría, pero sobre todo se podía palpar la preocupación en sus ojos al observar el semblante serio de Evangeline. Una vez que estuvieron fuera, Silas se colocó justo delante de ella para bloquear la visión de los fotógrafos y las cámaras de televisión. Una voz se alzó entre la multitud, se dirigía a Evangeline como la última conquista de Drake. Ella se encogió, con la humillación reflejándosele en sus expresivos ojos.

En ese momento, Silas soltó una especie de rugido y se abalanzó sobre el tío que había gritado a Evangeline, enzarzándose en una maraña de puños y patadas. Drake cogió a Evangeline en brazos y la lanzó dentro del coche; los dos aterrizaron en la parte trasera. Cuando por fin Silas consiguió entrar, Maddox pisó el acelerador al máximo.

—¿A qué coño ha venido eso? —inquirió Maddox.

—Ese gilipollas ha insultado a Evangeline —contestó Silas con un gruñido—. Vete llamando al abogado, Drake. Se lo merecía, el muy cabrón, pero eso no significa que no nos quiera dar por culo y no nos intente denunciar.

—Como se le ocurra poner una denuncia, los chicos y yo le haremos una visita —dijo Maddox, con semblante serio.

—Vale ya —ordenó Drake.

Evangeline ya estaba bastante asustada y lo que menos necesitaba era conocer los pormenores de la cara más sórdida de la vida de Drake.

Volvió a tomarla en brazos y comenzó a acunarla, abrazándola contra su pecho mientras le acariciaba el brazo con suavidad. Le besó el cabello, posándole los labios en el pelo durante unos segundos.

—¿Estás bien, mi ángel? —murmuró.

Ella asintió, envarada y él maldijo entre dientes. No sabía lo que le había dicho aquella puta en el baño, pero desde luego había conseguido hacerle mella.

—Llevadnos a casa —soltó Drake, rotundo.

Silas se giró un poco y fijando su mirada en la de Evangeline, le preguntó cariñosamente:

—¿Estás bien, muñeca?

Ver los ojos de Evangeline empañarse por las lágrimas fue como si a Drake le hubieran dado un puñetazo en la boca del estómago. Ella se dio la vuelta deprisa, pero tanto Drake como Silas fueron conscientes de su angustia. Drake la atrajo hacia sí con firmeza y la acomodó en su pecho. Así permanecieron el resto del viaje, en silencio.

Una vez llegaron al edificio de apartamentos, Silas se bajó y abrió la puerta para ayudar a salir a Evangeline. Drake salió inmediatamente detrás de ella y le pasó el brazo por los hombros.

—Gracias por todo, Silas —dijo en voz queda—. Por lo menos, he conseguido estar a la altura, gracias a ti.

Silas estiró el brazo y tomó en su mano la barbilla de Evangeline.

—Tú sí que has estado a la altura, Evangeline. Eres una mujer con muchísima clase. Esa zorra del baño no te llega ni a la suela de los zapatos.

Evangeline se sonrojó y desvió la cara de la mirada de Silas.

—Hasta mañana, Maddox —se despidió sin mirar atrás mientras se dirigía hacia el portal.

Drake la alcanzó enseguida y volvió a cogerle la mano al entrar en el ascensor. Una vez dentro, la atrajo hacía sí y la abrazó, descansando la barbilla encima de la cabeza de ella.

—¿Qué ha pasado esta noche, mi ángel?

Evangeline se puso algo tensa entre sus brazos a la vez que apoyaba la cara en su pecho. Drake le dejó su tiempo; ya hablarían una vez estuvieran en casa y, con un poco de suerte, Drake lograría que olvidara el daño que le habían hecho.

Cuando se abrieron las puertas del ascensor, ella intentó zafarse del abrazo de Drake para entrar sola en el apartamento, pero este se mantuvo inflexible y la guio hacia el salón. Una vez allí le indicó con delicadeza que se sentara en el sofá para, a continuación, tomar asiento a su lado, de tal manera que pudieran verse las caras.

—¿Qué te ha dicho esa zorra del baño?

Era consciente de que estaba siendo muy directo, pero no pensaba dejar que se escabullera y no le explicara lo que le había dicho aquella mala puta.

La cara de ella mostraba desasosiego; no lo quería mirar a los ojos. Drake tampoco pensaba consentirlo, por lo que le acercó un dedo al rostro y lo colocó en la mejilla, le giró la cara hasta que sus miradas se encontraron.

Drake suspiró.

—Mi ángel, ya sabes que antes de estar contigo, he estado con otras —dijo con suavidad—. Nunca he dicho que fuera un santo, pero te aseguro que no he estado con nadie más desde que te conocí. Es más, ni siquiera he mirado a otras mujeres. ¿Para qué? No hay nadie como tú.

Y sorprendentemente, era cierto. Desde el momento en que Evangeline entró en su vida, el resto de la población femenina había desaparecido para él.

Evangeline bajó la vista y se miró las manos, que retorcía nerviosa en el regazo.

—No es eso —musitó.

—Entonces, ¿qué pasa?

—Lo que me ha dicho... —acertó a decir Evangeline—. Ella...

Evangeline cerró los ojos, pero Drake logró atisbar, alarmado, como las lágrimas afloraban antes de que terminara de cerrarlos.

En ese momento, solo quería buscar a esa tipeja y hacerla sufrir, como había hecho ella con Evangeline. Fuera lo que fuese lo que le hubiera dicho, había calado hondo en la cabeza de su ángel. La había hecho sentirse insegura y había minado su autoconfianza. No pensaba consentirlo.

—Me ha dicho que aprovechara mientras durara; que tú nunca estabas con la misma mujer durante mucho tiempo.

Drake iba a decir algo, pero ella agitó la mano para cortarlo.

—A ver, no es por eso. Quiero decir que puedo ser crédula, ingenua y demasiado confiada, como me recuerda todo el mundo a la primera de cambio, pero sé distinguir la maldad y la envidia cuando la veo o, en este caso, cuando la oigo.

Sus palabras estaban cargadas de amargura; a Drake le recordaron a la Evangeline que había conocido en el club. La Evangeline insegura de sí misma, de su lugar en el mundo. Le dieron ganas de dar un puñetazo a la pared.

—Me ha hablado de Manuel —prosiguió con dolor—. Me ha preguntado que si ya lo habías invitado y ha seguido diciendo lo mucho que se disfrutaba en su compañía, describiendo cómo ambos sabíais tratar a las mujeres. En ese momento la he cortado. Por una vez, me he plantado y la he puesto en su sitio.

Drake alzó las cejas, confundido.

—Y, ¿entonces?

Las lágrimas brillaron más que nunca en los ojos de Evangeline, a punto de desbordarse.

—No es que me sienta orgullosa de lo que le he dicho, pero mentiría si dijera que en ese momento no me he sentido genial porque, por una vez, no me he dejado avasallar.

—¿Pero? —la instó cariñosamente a seguir.

—Ay, Dios —susurró—. Era mentira. Lo que le he dicho no eran más que mentiras.

La frustración de Drake crecía por momentos.

—¿Qué era mentira?

—Le he dicho que era evidente que no te conocía ni la mitad de lo que ella creía, porque a ti nunca se te ocurriría compartir nada que consideraras tuyo y que el hecho de que a ella la hubieras compartido con otro hombre demostraba que para ti ella no importaba demasiado. Después le he recalcado que, si tanto te conocía, sabría que tú nunca te mostrabas en público acompañado de ninguna tía y le he preguntado que qué opinaba de que fuera yo a la que habías llevado allí, a aquel acto tan mediático, tomada de tu brazo.

—Así se habla, cielo —apuntó Drake con cariño, se sentía orgulloso de que hubiera sido capaz de defenderse ella sola.

Pero aún seguía tan miserable, tan... ¿Triste? Pero ¿por qué?

Evangeline lo miró con la mirada empañada. Sus ojos apagados, carentes de vida, le cortaron la respiración, se la veía tan sumamente infeliz y abatida...

—Pero sí me has compartido con Manuel —susurró ella—. Y al parecer, no he sido la única. He descubierto que lo que yo pensaba que era único y especial, para ti no era más que una práctica rutinaria. Creía que solamente yo había hecho algo así por ti. Quería hacer algo único, que nunca antes hubieras hecho con nadie, para complacerte a ti, no a mí. Te lo has debido de pasar en grande pensando que yo creía que estaba haciendo algo especial para ti. ¿Sabes lo humillante que ha sido ver la cara de esa tía mientras me hablaba de todas esas cosas? Con qué petulancia y seguridad afirmaba que pronto me ibas a dejar tirada, que era una más de las muchas mujeres con las que te habías acostado.

Drake estaba a punto de estallar. Le estaba costando un esfuerzo sobrehumano controlarse y no volverse loco, aunque lo único que conseguiría con eso sería asustarla. Y lo último que pretendía era que le tuviera miedo. Eso jamás. Evangeline, no, Dios. Le gustaba que todo el mundo le tuviera al menos respeto, incluso aquellas mujeres con las que se emparejaba. No le importaba que cualquier otra persona pensara que, si se la jugaba, lo pagaría caro. Pero si Evangeline le tuviera miedo... no podría soportarlo. Necesitaba que confiara en él; necesitaba saber que ella tenía fe absoluta en que él jamás podría hacerle daño.

La rabia contenida hacía que le temblaran las manos. No por Evangeline, por ella nunca. Ahora Drake comprendía por qué se había disgustado tanto. Pero ¿cómo iba a explicarle la diferencia entre ella y las demás mujeres con las que había follado? Ni siquiera él mismo lograba entenderlo del todo, como para explicárselo a otra persona.

Le tomó las manos separándoselas con cuidado para volver a emparejarlas con las suyas y mantenerlas en su regazo.

—Mírame, cielo.

Se lo dijo con dulzura, pero era una orden.

Con cierta reticencia y bastante vergüenza, Evangeline levantó la cabeza hasta que las miradas de ambos se encontraron.

—Si crees que lo que tengo contigo, o lo que siento por ti, se parece ni de lejos a lo que haya podido tener o sentir por otras, te equivocas. Sí, no era la primera vez que compartía cama con Manuel y otra mujer, aunque tampoco han sido tantas las veces. La diferencia reside en que nunca jamás alguien ha hecho algo tan altruista como preguntarme a mí qué me apetecía y mucho menos manifestar su deseo de querer hacer algo solamente para mí. Lo único que les interesaba era satisfacer sus intereses, yo no les importaba una mierda. Implicar a Manuel, en parte, era algo que hacía por mí, ya que es algo con lo que disfruto, pero principalmente solía ser a petición de la mujer. Créeme, Manuel solía copar toda la atención, las mujeres pasaban de mí, ni me miraban. Nunca dijeron mi nombre, nunca buscaron mi aprobación ni me pidieron permiso para nada. Nunca dejaron de lado su propia búsqueda del placer para satisfacerme a mí y mucho menos las atormentó la idea de que sintiendo placer, alcanzando el orgasmo con otro hombre, me estaban engañando a mí de alguna manera.

Paró para tomar aliento y que ella asimilara sus palabras. Parecía sorprendida y volvió la cabeza a un lado mientras procesaba rápidamente lo que él le acababa de decir.

—Solo tú, mi ángel. Solo tú has hecho y pensado esas cosas. Solo tú lo has hecho como si fuera un regalo para mí, sin pensar para nada en ti. Si crees que todo eso no significa nada para mí, que no eres especial y que solo eres una más de las muchas con las que me he acostado, entonces debo estar haciéndolo fatal y deberíamos hablar largo y tendido sobre el tema.

Evangeline parecía estar conmocionada, con las mejillas encendidas y los ojos abiertos de par en par, absorta en cada matiz de su expresión con el fin de dilucidar si estaba siendo sincero con ella.

—Y ¿sabes otra cosa, mi ángel? Lo has clavado diciendo que nunca comparto aquello que considero de mi posesión y, definitivamente, nunca consideré a esas mujeres como mías. Sin embargo, tú me perteneces, por completo. Eres mía, solo mía. Y no voy a dejarte escapar en la puta vida.

»Sé que puede parecer contradictorio, ya que Manuel ha compartido nuestra cama un par de veces y tú has practicado sexo con él porque yo lo deseaba. Pero eso no significa que yo te haya compartido con nadie —añadió con cuidado, a la vez que le liberaba una mano para poder acariciarle la mejilla—. Eras tú la que compartía algo muy intenso y bello conmigo. Algo para mí. Y créeme que, de verdad, eso te hace más especial que cualquier otra mujer del mundo.

—Vaya —consiguió articular ella, con la boca abierta, claramente sorprendida por su explicación—. Nunca lo había visto desde esa perspectiva.

—Pues es la realidad —aseveró Drake—. Siento que las palabras de esa zorra te hayan hecho daño y siento aún más que, aunque fuera solo por un segundo, te haya hecho dudar de cuál es tu sitio en mi vida, además de haber herido tu autoestima. Pero, cielo, si no fueras tú la que estuviera cuestionando su lugar en mi vida, te habría mandado a paseo hace un buen rato. Porque no hay otra como tú.

Evangeline se vino abajo, con una mezcla de arrepentimiento y disculpa en el rostro.

—Lo siento mucho, Drake.

Él le puso un dedo en los labios para que no dijera nada más.

—No tienes que disculparte por ser una persona y tener sentimientos. No ante mí y menos a mí. Así que la próxima vez que escuches alguna gilipollez que te pueda disgustar, vienes directamente a hablar conmigo para que podamos aclararlo antes de que te pueda afectar y te comas la cabeza. ¿Entendido?

Ella asintió, con la sombra de la preocupación aún en los ojos.

—Ven aquí y dame un beso —pidió con delicadeza.

Evangeline se inclinó decidida; a él le encantó ver que lo obedecía sin pensarlo, sin titubear. Era tan exquisitamente sumisa, tan perfecta. Y era toda suya.

La besó con pasión, empujó la lengua dentro de la boca de ella como si estuviera deseando meterle la polla dentro de su dulcísimo coño. Un gemido salió de las profundidades de su pecho y se convirtió en un rugido gutural.

—A la cama. Ya.

Fueron las únicas palabras que fue capaz de articular, pero expresaron perfectamente lo que quería decir. Sin esperar a que ella se levantara, se limitó a cogerla en brazos y a llevarla al dormitorio, donde pensaba demostrarle con hechos todo lo que acababa de decirle. Después de lo acontecido aquella noche, Drake no quería que tuviera ninguna duda sobre el sitio que ocupaba en su vida, en su corazón y en su alma.

18

*E*vangeline estaba de pie junto a Drake en la pista, esperando con impaciencia a que el avión que acababa de aterrizar rodara hasta la terminal. Aún no se podía creer que fuese a ver por primera vez a sus padres desde que se había mudado a Nueva York, lo que parecía haber ocurrido hacía un siglo.

Le apretó la mano a Drake hasta que se la dejó sin circulación, pero él se limitó a sonreírle con benevolencia y a devolverle el apretón.

—Ese es —dijo él, señalando la avioneta que se acercaba hacia ellos.

—Ay, Dios, Drake. ¡Ya están aquí! —gritó Evangeline.

El tiempo podía haber sido mejor. Dos días atrás, un frente frío había irrumpido en la ciudad, dejando a su paso una mezcla de aguanieve y hielo por todas partes. Ese día caía una llovizna helada, ante la cual, el paraguas que Drake sostenía sobre la cabeza de ella, poco tenía que hacer. Evangeline temblaba de pies a cabeza, pero parecía no advertir ni el viento ni la humedad. Solo podía pensar en que iba a ver a sus padres.

El avión se detuvo a varios metros de distancia; ella contuvo el aliento hasta que se abrió la puerta. Cuando vio aparecer a su madre en lo alto de las escaleras, no pudo aguantar más. Se soltó del abrazo de Drake y corrió hasta la parte inferior, mientras dos auxiliares de cabina la ayudaban a bajar.

Y por fin, estaba entre los brazos de su madre.

—¡Mamá!

Las lágrimas salieron a borbotones y resbalaron por las mejillas de Evangeline, mezclándose con la lluvia y la aguanieve.

—Mi niña —repetía su madre una y otra vez—. Déjame que te vea.

Se separó de Evangeline unos centímetros para inspeccionarla de arriba abajo.

—Ay, cariño, ¡estás guapísima! —dijo su madre con voz entrecortada.

—¿Dónde está papá? —preguntó Evangeline, ansiosa.

—Están bajando su silla de ruedas y tendrán que ayudarlo con las escaleras. Mira, ahí lo tienes.

Evangeline se puso de puntillas, para intentar ver algo más. Dos hombres cargaron a su padre en brazos y lo bajaron por las escaleras. En la parte inferior, lo esperaba su silla de ruedas, en la cual lo dejaron sentado cómodamente.

—Ven a darle un abrazo en condiciones a tu padre, niña —exclamó su padre con brusquedad.

Evangeline lo abrazó y lo estrechó con todas sus fuerzas. Las lágrimas le nublaban la vista, pero no le importaba. No le importaba nada, solo que por fin estaban allí sus padres y podía abrazarlos y decirles en persona lo mucho que los quería.

—Evangeline, mi ángel. Odio tener que interrumpir, pero tus padres se están empapando y tú también, que llevas aquí plantada más de media hora esperando. Al final, os vais a poner malos. Vamos a la furgoneta.

Evangeline se separó de su padre: se sentía fatal por haber sido tan maleducada con Drake. Se había olvidado de que estaba allí y no le había presentado a sus padres.

—Mamá, papá, quiero presentaros a alguien muy especial para mí.

Evangeline buscó la mano de Drake para acercarlo al grupo.

—Este es Drake Donovan. Drake, estos son mi padre y mi madre.

Drake se inclinó para besar a la madre en la mejilla.

—Señora Hawthorn, es un placer poder conocerla al fin. Ya veo de donde ha sacado su hija tanto su inteligencia como su increíble belleza. Si estoy observando el reflejo de Evangeline dentro de treinta años, puedo considerarme un hombre muy afortunado.

La madre se ruborizó muchísimo.

—Anda, no digas tonterías —contestó, demasiado cortada

durante un momento como para responder—. Y, por favor, llámame Brenda, tutéanos. Al fin y al cabo, ya eres familia y «señora Hawthorn» suena demasiado formal.

—Será un placer, Brenda.

Seguidamente, Drake se giró para tender la mano al padre de Evangeline.

—Es un honor conocerlo, señor... conocerte. He oído hablar tanto de vosotros que siento como si ya os conociera.

—Grant —contestó el padre con su voz tosca—. Yo también me alegro de conocerte, Drake. Me siento enormemente agradecido de que te encargues de cuidar a mi niñita. Su madre y yo hemos pasado muchas noches en vela, preocupados, pensando en cómo se desenvolvería nuestra pequeña en la gran ciudad. En el fondo es una chica de pueblo, a veces, demasiado buena y confiada con los demás.

—En eso coincido contigo —dijo Drake—. Pero justo son esas cualidades las que la hacen tan especial y no cambiaría absolutamente nada de ella.

—Es buena gente, Brenda —sentenció el padre con gesto aprobatorio—. Te dije que nuestra niñita estaba en buenas manos.

—Seguidme, la furgoneta está ahí aparcada. Vamos a refugiarnos de este temporal. Os ayudaremos a registraros en el hotel y os dejaremos tranquilos para que os instaléis y os relajéis. Más tarde, Evangeline y yo volveremos a buscaros para ir a cenar.

Se apresuraron en llegar a la furgoneta con acceso para minusválidos que Drake había alquilado para el tiempo que sus padres estuvieran en la ciudad. Además, contaba con chófer y un asistente para ayudar a su padre con la silla de ruedas. Drake acomodó a las mujeres en la furgoneta, mientras que los dos asistentes ayudaban al padre, para después meter el equipaje en el maletero junto con la silla de ruedas. Drake se sentó junto a Evangeline y pusieron rumbo a Times Square, donde les había reservado una suite en el Marriott.

—Pero ¡qué grande es todo aquí! —exclamó la madre—. Y, madre mía, ¡cuántas luces! Todo el mundo parece tener prisa, ahí corre que te corre.

Evangeline sonrió.

—Pues ya verás cuando lleguemos a Times Square, mamá. Eso sí que es una locura.

Sus padres no dejaron de soltar exclamaciones de asombro durante todo el camino, pero cuando la madre vio por primera vez Times Square en todo su esplendor, se quedó boquiabierta.

—¡Madre del amor hermoso! ¿Cómo puede dormir la gente con tanto jaleo?

Drake soltó una risilla.

—Las habitaciones están acondicionadas con un sistema de ventanas aisladas y persianas que evitan que entre la luz, así que podréis descansar tranquilos. Si necesitáis cualquier cosa durante la estancia, solo tenéis que avisar al conserje y él os facilitará todo lo que necesitéis. Evangeline ya les ha dado nuestros números de teléfono. Por favor, no dudéis en poneros en contacto conmigo para lo que queráis, ya sea de día o de noche.

—Eres un buen hombre, Drake —afirmó la madre, mientras le daba unas palmaditas en el brazo—. Tus padres deben de estar muy orgullosos de ti.

Drake se puso tenso, casi imperceptiblemente mientras los ojos se le tornaban fríos durante un instante. La sonrisa se le quedó trabada a la altura de los labios.

—Mis padres fallecieron hace mucho tiempo.

—Ay, cuánto lo siento —se apresuró a decir, preocupada—. Lamento habértelo recordado.

—No tienes que lamentar nada, Brenda —dijo Drake, recuperando la calidez en la voz—. Fue hace mucho tiempo, yo era solo un niño. La verdad es que apenas los recuerdo.

Pero Evangeline sabía que estaba mintiendo. Sabía que los recuerdos que tenía de sus padres no eran precisamente felices. Cuando empezaban a conocerse, Drake no entendía la relación que ella tenía con sus padres. Al principio, él se enfadaba porque creía que sus padres se aprovechaban de ella, haciéndola trabajar sin descanso para que les mandara todo el dinero a ellos. No fue hasta más adelante cuando fue consciente de la profunda devoción que les profesaba. Y ellos a ella.

Claramente, él nunca había tenido ese tipo de relación con aquellos que le dieron la vida y cada vez que pensaba en ello, sentía lástima por aquel jovencito que tuvo que aprender a sacarse las castañas del fuego. Como todos los hombres que pertenecían al círculo de Drake. Era lo único que tenían todos en común y era lo que los mantenía unidos. Un pasado difícil y conflictivo que los había obligado a confiar en sí mismos y en nadie más.

—Entonces, ¿qué vamos a hacer en Acción de Gracias, Evangeline? —preguntó su madre al bajar de la furgoneta, enfrente del hotel.

—Había pensado en invitaros a cenar a casa de Drake y me encantaría que me ayudaras a cocinar, ¡prepararemos un buen festín, como en los viejos tiempos!

—Suena fenomenal, cariño. Cuenta conmigo, por supuesto, estaré encantada de echarte una mano. Va a ser divertidísimo volver a cocinar juntas. Es una cocinera estupenda, ¿verdad, Drake?

—Desde luego que lo es —respondió él—. Me malcría con deliciosos manjares caseros casi a diario. Como me descuide, voy a tener que renovar todo mi vestuario.

Evangeline resopló. Sí, claro. Drake estaba hecho de cemento armado. No tenía ni un gramo de grasa de más en todo el cuerpo y ella lo sabía de primera mano.

Una vez que los padres se registraron en el hotel y les subieron el equipaje a la habitación, Evangeline volvió a abrazarlos y les dijo que descansaran un poco antes de ir a cenar, después fijaron una hora para quedar y finalmente ella y Drake se marcharon.

A Evangeline le costó muchísimo no quedarse con sus padres en el hotel, pero sabía que necesitaban descansar. Se les veía cansados, aunque a ella el que más le preocupaba era su padre. No estaba acostumbrado a viajar ni a realizar tantos esfuerzos como requería un viaje. Si se hubiera quedado con ellos, no habrían descansado; no se habrían podido dormir porque se habrían puesto a hablar, para ponerse al día.

Drake debía de haber percibido su reticencia a marcharse porque le tomó la mano y la atrajo hacia sí mientras se dirigían hacia el ascensor. Le dio un beso en la sien.

—Vas a pasar mucho tiempo con ellos antes de que vuelvan a casa —dijo, con tono confortante.

—Ya... Lo que pasa es que me resulta difícil separarme de

ellos, aunque solo sea un rato. ¡Hace tanto tiempo que no los veo! —dijo ella con un mohín.

—Parecen buenas personas, igual que su hija.

—Tú sí que eres buena persona, Drake. Muchísimas gracias de nuevo por hacer todo esto realidad. Es el mejor regalo que me ha hecho nunca nadie.

Le rodeó el cuello con los brazos mientras la puerta del ascensor se cerraba y comenzaba a descender hacia la planta principal, entonces él bajó la cabeza hacia la de ella y la besó en los labios.

Aún se estaban besando cuando el ascensor llegó abajo y se paró. Evangeline se separó con desgana, con los ojos aún entornados. Salieron del ascensor y se dirigieron hacia la acera en la que Jax y Thane los estaban esperando con un coche para llevarlos al apartamento de Drake.

—¿Crees que Maddox querrá llevarnos de compras a mi madre y a mí mañana por la mañana? —preguntó Evangeline, mientras se subían al coche—. Tengo que ir a comprar todo lo de la cena de Acción de Gracias. Creo que ella podría venir conmigo y papá podría esperarnos en tu apartamento.

—Pensaba cogerme el día libre mañana, así que puedo hacerle compañía a tu padre. Y tampoco tengo que trabajar más en toda la semana, porque justo después empiezan las fiestas.

—¿Te viene bien?

—Por supuesto que me viene bien pasar tiempo con tu padre, mi ángel. Tú vete con tu madre, poneos al día. Voy a llamar a Maddox para decirle que tiene que venir a buscaros por la mañana.

Evangeline suspiró satisfecha mientras se colocaba entre los brazos de él, dispuesta a pasar allí todo el trayecto hasta el apartamento. Durante los siguientes cinco días, tendría con ella a las personas más importantes de su vida. Su vida era… absolutamente perfecta, pensó, inmersa en un estado de paz y tranquilidad.

19

A la mañana siguiente, fiel a su promesa, Maddox las estaba esperando junto con Silas para llevarlas de compras. Evangeline estaba encantada con la idea de que su madre fuera a conocer a los dos hombres de confianza de Drake con los que ella se sentía más a gusto. Tenía la sensación de que ninguno de los dos sabría cómo tratar a su madre.

Evangeline tenía un as en la manga y esperaba que funcionase. Esa misma mañana había comentado a Drake que le quería pedir una cosa. Dicha petición consistía en que le haría mucha ilusión invitar a Maddox y a Silas a cenar con ellos en Acción de Gracias. Él se había mostrado sorprendido, pero le había respondido que no tenía inconveniente alguno en invitarlos. De hecho, pareció agradarle la idea de que contara con ellos.

Maddox y Silas estaban en aquel momento en el salón con Drake y con su padre. Ella estaba terminando de preparar el desayuno y su madre estaba en el baño.

—¿Maddox? ¿Silas? —los llamó.

Se presentaron en la cocina al momento y ella los recibió con una sonrisa.

—¿Podéis ayudarme a poner la mesa? He hecho desayuno para un regimiento. No tardaremos mucho y después podemos irnos al mercado a comprar todo lo que necesito.

Maddox olfateó y después, con una mano en el pecho, dijo dramáticamente:

—Evangeline, ¿quieres casarte conmigo? Te alejaré de todo esto. Bueno, o no, en realidad esto es exactamente lo que quiero que hagas en mi casa. De hecho, es lo único que voy a pedirte. Bueno y que nos acostemos, claro. Si cocinas para mí cada día, me aseguraré de que no te falte de nada el resto de tu vida.

Silas puso los ojos en blanco y empezó a sacar los platos del armario. Evangeline soltó una carcajada y le tiró un beso a Maddox.

—En realidad os he dicho que vinierais porque os quiero pedir una cosa, algo especial.

Los dos se pusieron en guardia y Silas le dedicó una mirada inquisitiva.

—¿Pasa algo, cariño? —preguntó preocupado.

—No, no. No pasa nada. Quería preguntaros si nos haríais el honor de venir a cenar con nosotros y con mis padres en Acción de Gracias.

Maddox se quedó totalmente desconcertado y a Silas se le había congelado la expresión de la cara.

—Acción de Gracias es una fiesta para estar con la familia —continuó ella—, y vosotros formáis parte de la nuestra. Significaría muchísimo para mí, en caso de que no tengáis otros planes, claro está.

—Estaré encantado de aceptar tu invitación —afirmó Maddox con voz solemne.

Silas se acercó a ella y la besó en la mejilla.

—Aquí estaré. Muchas gracias por la invitación, significa mucho para mí.

Evangeline sonrió, aliviada al comprobar que a ellos parecía hacerles ilusión que los incluyera en sus planes.

—Sentaos. Voy a buscar a Drake y a mi padre y nos ponemos a desayunar.

El desayuno fue alegre y divertido, pero cuando la madre de Evangeline se enteró de que iban a ir de compras acompañadas de Maddox y de Silas, se puso histérica.

—Pero, Evangeline, ¿tan peligrosa es esta ciudad que necesitamos ir escoltadas por estos dos jovencitos tan atractivos?

Evangeline se atragantó con lo que estaba bebiendo cuando vio como el cuello de Maddox se volvía rojo y Silas se movía inquieto en la silla.

—Son realmente atractivos, ¿verdad, mamá? —dijo Evangeline, con chispas en los ojos—. Míralo así: al ir acompañada de Maddox y de Silas, todo el mundo se preguntará si eres alguien importante, o si eres famosa. A lo mejor debería haber pedido a Zander y a Jax que también nos acompañaran —añadió divertida.

—Ay, mi angelito, qué mala eres —dijo Drake en un susurro que solo ella pudo escuchar. Con la diversión marcada en el rostro, disimuló una sonrisa al tiempo que daba un largo trago al café.

—Anda, ¡tienes razón! —exclamó la madre—. Menuda aventura, ¿verdad, Grant? ¡Cuando se lo cuente a mis amigas! No se lo van a creer, así que tendremos que hacer fotos, ¿verdad, Evangeline?

Tanto la mirada como la voz de su madre estaban tan cargadas de ilusión, que estuvo a punto de echarse a reír y acabar con la broma.

—Por supuesto, mamá. Haremos todas las fotos que quieras. No creo que a Maddox y a Silas les importe, ¿verdad, chicos? —preguntó con dulzura, mientras miraba con inocencia a los dos sujetos en cuestión.

Silas tosió y después miró a la madre de Evangeline. Su expresión denotaba total sinceridad.

—Será para mí un placer acompañar a la madre de Evangeline por toda la ciudad. Evangeline es una mujer encantadora y bellísima, además de ser una de las personas más compasivas y cariñosas que he conocido en mi vida. Claramente lo ha heredado de su madre.

La madre de Evangeline se ruborizó como una quinceañera y a continuación se abanicó vigorosamente con la mano, haciendo las delicias de Evangeline.

—Ay —exclamó—. Hija, ¿qué haces con tanto hombretón estupendo a tu alrededor?

Evangeline se atragantó de nuevo y Drake le apretó la mano por debajo de la mesa, mientras intentaba mantener la compostura y no reírse de su sufrimiento. Maddox sonrió con altanería mientras que los labios de Silas formaban una sonrisilla.

—Pues no hace lo suficiente —espetó Maddox, aparentemente malhumorado—. Porque podría invitarnos a probar sus deliciosos platos todos los días.

—Mañana te vas a hartar de probar mis platos y los de mi

madre —recordó Evangeline—. Vas a estar en estado vegetativo durante días.

—Lo estoy deseando —contestó Maddox, anhelante.

—¿Estás preparada, mamá? —preguntó Evangeline—. Llevo una lista con todo lo que tenemos que comprar. Maddox, Silas, ¿tenéis alguna petición especial para mañana?

—Créeme si te digo que nos vamos a comer cualquier cosa que nos pongas en el plato, guapa —prometió Silas.

—Eso es completamente cierto —admitió Maddox.

—De acuerdo, pues entonces nos vamos, ¿no? —preguntó la madre alegremente—. No recuerdo cuándo fue la última vez que ir a comprar me hizo tanta ilusión y pienso disfrutar de cada momento.

Drake volvió a coger la mano de Evangeline cuando esta se levantaba de la mesa y tiró de ella con suavidad, indicándole que volviera a sentarse.

—¿No se te olvida algo, mi ángel? —le susurró.

Al principio se quedó un poco aturdida, ya que no sabía de qué le estaba hablando, pero pronto descubrió un pícaro destello en sus ojos.

—¿No vas a darme un beso de despedida? —añadió él, deprisa.

Evangeline se ruborizó, pero estaba encantada de que a él no le importara besarla delante de sus padres ni de sus hombres. Se inclinó hacia él y le dio un beso largo y suave, le acarició con la lengua el contorno de los labios, hasta que finalmente los separó, dejando que entrara en su interior.

Drake sabía fenomenal. Ella quería fundirse en su regazo y pasar la siguiente hora con él, besándolo.

—Pórtate bien con los chicos, mi ángel —ordenó, divertido.

—¡Ni que fuera una sádica! —se quejó ella resollando.

—Una sádica, pero de las buenas —murmuró Drake.

Volvió a besarlo y fue a coger su bolso.

—¿Estamos listos? —preguntó cuando volvió de nuevo.

En Acción de Gracias todo salió a pedir de boca. Su madre y ella comenzaron a cocinar por la mañana y solo pararon para comer algo ligero pasadas las dos de la tarde.

Al principio, su madre no pareció quedarse muy convencida cuando Drake les dijo que no se preocuparan por los platos sucios, pero cuando le aseguró que el servicio se encargaría de ellos, la madre cambió de opinión y se mantuvo alejada de la pila de ollas, sartenes, cazuelas, cazos, vasos, platos y demás utensilios de cocina sucios.

Esa misma tarde, su madre había dicho algo por casualidad y a Evangeline se le había ocurrido una idea. Le había preguntado que si pensaba poner el árbol al día siguiente, como había sido tradición en su casa desde que ella era pequeña.

Sin tener muy claro cuál era la opinión de Drake sobre ese asunto —no parecía ser de los que se volvían locos decorando la casa— no podía dejar de darle vueltas y cuanto más lo pensaba, más cosas se le ocurrían. Por eso, justo antes de irse a dormir, llamó con disimulo a Maddox para plantearle su idea.

Cuando llegaron los padres de Evangeline a su apartamento la mañana del viernes, los estaban esperando la cuadrilla de Drake al completo. Los chicos comenzaron a salir del ascensor cargados con cajas, bolsas de la compra y, la joya de la corona, un árbol de Navidad de tres metros de altura. Drake, con las cejas levantadas de puro asombro, buscó la mirada de Evangeline entre la multitud que se había instalado en su casa.

Ella le sonrió, a pesar de que estaba hecha un manojo de nervios. Esperaba que todo saliera según lo esperado.

Se dirigió hacia él y, al llegar a su altura, le pasó el brazo por la cintura y le regaló otra sonrisa.

—Sorpresa —dijo con delicadeza—. Y feliz Navidad. En mi casa es tradición poner el árbol al día siguiente de Acción de Gracias y se deja hasta el día de Año Nuevo. Espero que no te haya molestado, me apetecía muchísimo incluirte en esta tradición tan especial para mi familia mientras mis padres estuvieran aquí.

—¿Has preparado todo esto para mí? —preguntó él, ligeramente extrañado.

A lo que ella asintió.

—¿Te gusta? —se atrevió a preguntar ella, dubitativa.

Drake la atrajo hacia sí y la besó largamente.

—Me encanta. Muchas gracias.

—Evangeline, cariño, ¿queréis venir de una vez a ayudarnos a decorar el árbol? —protestó su madre desde la otra punta de la habitación—. Estos jovencitos se han vuelto locos. ¡Habrá cinco millones de luces para poner en el árbol!

Evangeline buscó la aprobación de Drake y cuando él asintió, lo cogió de la mano y se dirigieron hacia donde se encontraba su madre, que no paraba de sacar adornos de las cajas.

—Tu padre y yo te hemos traído una cosa —dijo su madre, mientras le alcanzaba una vieja caja sucia en la que Evangeline no se había fijado hasta ese momento.

La cogió con cariño, acariciando el envoltorio desvencijado antes de comprobar qué había dentro. Evangeline contuvo la respiración, aunque estaba a punto de llorar.

—¡Pero, mamá! —exclamó.

—Te hemos traído algunos adornos de nuestro árbol de Navidad, ya que pensamos que te gustaría ponerlos en el tuyo —explicó su madre, con sus propios ojos algo empañados—. Algunos son de los que hiciste en el colegio, cuando eras pequeña. También hay uno por cada Navidad que has compartido con nosotros desde que naciste e incluso hemos traído alguno de los viejos adornos artesanales de la abuelita, sabemos lo mucho que te gustan desde pequeña.

Evangeline se sentó en el sofá, al lado de su madre y la abrazó. A continuación, las dos comenzaron a examinar los adornos uno a uno.

—Muchísimas gracias —murmuró Evangeline, con voz queda—. Me encantan, mamá.

—De nada, cariño. Me parece increíble que ya te hayas convertido en una mujer hecha y derecha, al mando de las riendas de tu vida. Es probable que no te lo digamos muy a menudo, pero tu padre y yo estamos muy orgullosos de ti. No creo que exista nadie en el mundo que pueda sentirse más orgulloso de su hija. Antes de venir, solía preocuparme por cómo estarías, por cómo te iría todo... además, nunca podremos perdonarnos que tuvieras que dejar el instituto para venir a la ciudad a sacar a tu familia adelante.

—¡Mamá, por favor!

—Espera, hija —continuó la madre, mientras colocaba su mano afectuosamente encima de la de Evangeline—. Déjame terminar.

Evangeline se dio cuenta de que Drake, Silas y Maddox estaban pendientes de su conversación, aunque con disimulo.

—Como te iba diciendo, he pasado incontables horas sufriendo y preocupada porque estabas aquí tú sola, con pocos o ningún amigo, engullida por una ciudad repleta de desconocidos. Pero desde que llegamos, he visto que estaba equivocada. Si no hubieras venido a esta ciudad, nunca habrías conocido a Drake y no serías tan feliz como lo eres ahora y eso es algo que jamás me atrevería a arrebatarte.

—Hay algo en lo que estamos de acuerdo, Brenda —la interrumpió Drake, seriamente—. Por mucho que me desagraden las circunstancias que trajeron a Evangeline a Nueva York, no puedo estar más que agradecido, al igual que tú, ya que, de no haber sido por esas circunstancias, ella no estaría hoy aquí conmigo. No estaríamos juntos. Y sinceramente, ahora lo que menos me interesa es cómo llegó a mi vida. Solo me importa que siga perteneciendo a ella.

Evangeline notó que le faltaba el aire, como si le hubieran dado un puñetazo en el estómago. Se sentía abrumada por sus palabras y el compromiso de sinceridad y confianza que conllevaban. Lo miró completamente perpleja.

—Ya hemos puesto las luces, señora Hawthorn —informó Jax desde su sitio junto al árbol—. Si nos dice dónde va cada cosa, dejamos el árbol decorado en un santiamén.

A pesar de que le temblaban las piernas, Evangeline se mantuvo de pie, con una enorme sonrisa dibujada en la cara. Probablemente, era la primera vez que sonreía de aquella manera.

—¿Hacemos un trato? —propuso en voz alta, para que todos los presentes pudieran oírla—. Si decoráis el árbol como os diga mi madre, os preparo el almuerzo.

Un puñado de vítores resonaron en el salón y la decoración navideña se convirtió en una carrera por ver quién colocaba los adornos más rápido. Drake volvió a sentarse junto al padre de Evangeline, retomando la conversación anterior mientras ella se quedaba en el quicio de la puerta y observaba el salón abarrotado: se deleitó con el brillo de los cinco millones de luces que recorrían el árbol de arriba abajo.

Estaba rebosante de alegría. Aquella era su familia. Los observó mientras se burlaban unos de otros, sin parar de gastarse bromas, pero manteniendo la compostura delante de su madre. Le gustaría achucharlos a todos por haberse portado tan sumamente bien con ella.

Se dio unos toquecitos en el borde de los párpados para evitar que se le escaparan las lágrimas.

—Evangeline, ¿estás bien? —preguntó Silas desde atrás.

Al darse la vuelta lo encontró a su lado, con un semblante preocupado, que ensombrecía sus hermosas facciones. Ella le regaló otra de sus generosas sonrisas; probablemente la segunda más grande de aquel día.

—Más que bien, estoy fenomenal —afirmó ella—. Mira a tu alrededor, Silas. Ahora sois mi familia. Y ¿qué puede haber mejor en la vida que toda la familia reunida, decorando el árbol de Navidad y comiendo juntos?

Silas sonrió, algo que parecía hacer cada vez más a menudo en su presencia.

—Es todo gracias a ti, guapa. Tú nos has convertido en una familia.

20

ya era tarde cuando Drake y Evangeline llegaron a casa, después de haber acompañado a sus padres al hotel. A ella la aterrorizaba que llegara el día siguiente; el día en que se marchaban sus padres.

Al salir del ascensor, Drake estiró el brazo, la cogió por la muñeca y tiró de ella suavemente para que se detuviera.

—Vete directa al dormitorio, desnúdate y espérame en la cama. Túmbate de espaldas, con los brazos por encima de la cabeza y las piernas separadas, para que pueda ver lo que es mío en cuanto entre por la puerta.

A Evangeline se le secó la boca e intentó tragar mientras se le formaba un nudo en la garganta. Su voz era tan sensual, con ese tono bajo y grave. Solo escucharla le producía el mismo efecto que si él la acariciara. Cada palabra era una caricia para sus oídos.

—Te doy cinco minutos —le advirtió.

Le sobrarían dos.

Se dio la vuelta y se apresuró hacia el dormitorio, despojándose de la ropa mientras entraba. Tiró el vestido y los zapatos hacia una esquina, para después reptar por encima del edredón y tumbarse sobre su espalda. Seguidamente, subió los brazos por encima de la cabeza de manera que quedaron colocados sobre la almohada.

Permaneció allí tumbada, inmersa en un estado onírico de excitación exacerbada, con todos los sentidos aguzados. Su pulso se desbocó, tan pronto como sintió su presencia en la habitación. Supo que estaba allí antes de que él emitiera cualquier tipo de sonido.

Sus párpados se abrieron y cerraron despacio mientras

dirigía su mirada hacia donde estaba él, junto a la cama. La estaba mirando a ella, con una tierna expresión en la cara mientras los ojos oscuros despedían un fulgor afectuoso. Ella se estremeció imperceptiblemente. Era en esos momentos —y en todos los momentos vividos juntos durante los días previos— cuando era consciente de que cada cosa que hacía o decía él, podría revelar que, algún día, podría llegar a quererla.

Solo era cuestión de esperar. A Drake no le gustaba parecer vulnerable ante nadie y menos, ante una mujer. Ella solo podía demostrarle que no tenía intención de marcharse de su lado, que lo quería por encima de todo. Sabía que la espera merecería la pena; de eso no tenía ninguna duda.

No había vuelto a dudar de sí misma ni a minar su autoconfianza. Tampoco había vuelto a tener miedo acerca de su futuro ni de cuánto tiempo permanecería Drake a su lado. No había indicios de que él se estuviera cansando de ella, al contrario. Parecía que, a medida que pasaba el tiempo, él era cada vez más consciente de la enorme importancia que tenía ella dentro de su vida.

—¿En qué estás pensando, mi ángel? —preguntó Drake a medida que le recorría las curvas con las manos.

El cuerpo de Evangeline estaba muy alerta. Temblaba y se estremecía del deseo. Los ojos de Drake la miraban con mayor intensidad que nunca. Como si acabara de darse cuenta de algo o hubiese tomado una decisión transcendental.

Evangeline quiso preguntarle, pero no sabía qué decirle. ¿Que le notaba cambiado? ¿Que creía que su escala de valores había cambiado y que sabía que ella era su mayor prioridad? Bonita manera de quedar en ridículo si se equivocaba. No, no podía apresurarlo para que se comprometiese, sería un error garrafal.

—En la enorme suerte que tengo —consiguió decir a pesar del áspero nudo alojado en su garganta—. Nunca olvidaré este día de Acción de Gracias, Drake. He disfrutado de cada minuto todos juntos, de nuestra gran familia: mis padres, los chicos, nosotros…

La sonrisa de él extendió una sensación de calidez por todo su cuerpo que llevaba tiempo sin experimentar. Sus ojos eran como rayos de sol y su mirada atacaba de forma brutal su piel desnuda. Sus ojos y su semblante se tornaban profundamente sombríos con más frecuencia de la que deberían. El pasado era difícil y los recuerdos dolorosos acechaban en todas partes. Pero no esa noche. Esa noche sus ojos lucían marrones con un fulgor dorado y dejaban de lado su negrura.

Evangeline estaba fascinada con su mirada dorada; totalmente cautivada por la luz que desprendían las motas color bronce de sus ojos.

Drake tiró la ropa al suelo mientras se subía a la cama poco a poco. Se inclinó sobre ella y se apoyó sobre los codos para no aplastarla con su peso. Evangeline dejó escapar un pequeño gemido en el momento en que notó el cuerpo de él contra el suyo. Enseguida, su cuerpo se colocó para adaptarse al cuerpo de Drake; se tornó mullido para poder albergar su dureza. La acomodó en la cama, a pesar de que él no terminó de apoyarse por completo en ella.

Drake bajó la mirada para encontrarse con la de ella, con los ojos repletos de calor y misterio.

—¿Sabes en qué estaba pensando yo? —preguntó con voz ronca, mientras le acariciaba las mejillas con los pulgares, colocándole dos minúsculos mechones de pelo detrás de las orejas.

—¿En qué? —respondió ella en un susurro.

—En que quiero, en que necesito darte las gracias por el mejor día de Acción de Gracias que he tenido nunca.

Las lágrimas se le acumularon en los ojos a medida que veía la veneración que le profesaba y la sinceridad absoluta de sus palabras.

—Lo único —sollozó ella—. Lo único que quiero, Drake, es que seas feliz, aunque no sea conmigo.

No debería haber dejado que sus inseguridades salieran a flote de nuevo, y menos cuando Drake le estaba abriendo su corazón, al menos, en parte.

—Creo que no me he explicado bien —se apresuró a añadir—. Te juro que no busco aprovecharme de ti, Drake. En serio. Solo quiero que seas feliz, por encima de todo. Por supuesto, espero ser yo la que te haga feliz; rezo para que así sea. Pero si no lo soy, solo quiero que seas consciente de que tienes mucha gente a tu alrededor que te quiere y se preocupa por ti, no solo yo.

Drake sacudió la cabeza, con auténtico desconcierto en la mirada.

—Te aseguro que no entra en mis planes terminar con lo nuestro, mi ángel.

Ella le sonrió.

—Ya… Solo quería expresar lo que sentía en este momento, pero a veces me explico como un libro en blanco —añadió ella arrepentida.

Drake le devolvió la sonrisa y la besó en los labios, lenta y dulcemente, lo cual hizo que ella volviera a estar al borde de las lágrimas.

—Nunca nadie me ha preparado una comida típica de las fiestas —comentó distraído. No parecía muy cómodo confesándole aquello—. Nunca nadie ha pedido a mis hermanos que compartieran su mesa como tú. Y encima fuiste tú la que cocinó para todos nosotros. Joder, les has dejado hasta adornar nuestro árbol de Navidad.

Volvió a mirarla con expresión de asombro.

—Te lo juro, mi ángel. Eres un puto milagro. Debí darme cuenta aquel día en que nos pusiste a todos a comer *cupcakes* en la oficina. Nunca he visto a mis hermanos reaccionar ante una mujer como lo hacen ante ti. Además, nunca he estado tanto tiempo con una mujer como contigo —añadió.

Una vez más se mostró agitado, como si esas revelaciones lo trastornaran y no tuviera claro lo que tenía que hacer con cada una de ellas.

—Te adoran, mi ángel. Son leales a ti tanto como lo son ante mí. Nos has cambiado a todos aunque a veces no sepan muy bien cómo deben tratarte, ni yo tampoco. Los has sorprendido con tu apoyo incondicional en cada momento, como me has sorprendido a mí…

—¡Drake, para, por favor! —exclamó sin poder contenerse—. ¡Me harás llorar al final!

Él sonrió y la besó en las mejillas, en los párpados, en las comisuras de los ojos, como si se estuviera encargando de secarle unas lágrimas invisibles.

—No me importa que llores, siempre y cuando sea de felicidad. Pero si en algún momento hay algo que te inquieta o que te hace infeliz, quiero que sepas que moveré cielo y tierra para que vuelvas a ser feliz.

Evangeline aumentó la presión sobre la cintura de él y levantó la mejilla para apretarla contra su pecho.

—Lo sé, Drake. Y tú también sabes que me haces inmensamente feliz.

Los ojos de él denotaron alivio.

—Me alegro. No sé lo que haría sin ti, no lo quiero ni pensar.

—Pues mejor no lo pensamos, ¿no? —susurró ella.

—Es la mejor idea que he escuchado desde hace mucho tiempo —contestó él, también en un susurro mientras la besaba de nuevo.

Drake le lamió el labio inferior para después pasarle la lengua por la comisura de la boca antes de chuparle el labio superior. Ella se dejó llevar con un suspiro y abrió la boca para él, separando los labios a medida que su lengua avanzaba, llenándolo todo con su sabor.

Cuando Drake se retiró, sus ojos llameaban con intensidad y convicción.

—Gracias, mi ángel. Por devolverme la esperanza. Por enseñarme cómo es pasar las fiestas con la familia. Nunca olvidaré este día de Acción de Gracias. Nunca en la vida. Ha significado mucho para mí. Tú lo eres todo para mí.

—Hazme el amor —rugió ella con impaciencia. De repente sentía la necesidad de sentirlo en ella, en su interior, quería que la confortara desde dentro.

—Claro que te voy a hacer el amor —contestó él con un tono susurrante y respetuoso. La besó una, dos, hasta tres veces.

—Sé que tanto nuestra vida de pareja como nuestra vida sexual están basadas en tu sumisión y mi dominancia, además de en otros factores un tanto escabrosos. Pero esta noche voy a hacerte el amor. Esta noche, no hay lugar para comportamientos soeces. Solo tú y yo, amándonos. Te entregaré mi amor.

A Evangeline se le cortó la respiración de tal manera que casi se desmaya. Ay, Dios. ¿Se daba cuenta Drake de lo que le estaba diciendo? No era de ese tipo de hombres que hablaban por hablar sin pensar en las consecuencias.

Había estado a punto de decirle aquello con lo que ella soñaba, lo que ella anhelaba oír. De momento, era más que suficiente. Él quería demostrarle todo su amor y su amor era lo que ella necesitaba, nada más. Solo él, su corazón y su amor. Para siempre.

Drake se tomó su tiempo. Nunca había tenido ni tanta paciencia, ni tanta determinación por ralentizar el placer de ambos como en aquella ocasión. Le besó y lamió todo el cuerpo, se tomó su tiempo en la zona de los pechos y entre las piernas.

Ella estaba desesperada; gemía, se arqueaba, gritaba mientras su cuerpo palpitaba frenético, subiendo poco a poco hasta la cima. Durante casi una hora, la acarició, mimó, besó, lamió y le susurró palabras hermosas al oído que se quedarían grabadas en su corazón para siempre. Jamás las olvidaría.

Cada vez que ella le pedía con desesperación que la penetrara para que ambos pudieran disfrutar por igual, él se limitaba a sonreír, ignoraba sus súplicas y continuaba llevándola a esferas superiores de placer y necesidad acuciante.

Evangeline estaba a punto de sollozar, fuera de sí, con los sentidos nublados por el éxtasis cuando, finalmente, Drake le separó las piernas y se colocó con cuidado entre ellas.

—Mírame, mi ángel —dijo con voz tierna.

Los ojos de ella se mantuvieron fijos en los suyos mientras la satisfacción le llameaba brillante en la mirada.

—Tómame —susurró Drake—. Tómame entera.

Drake comenzó fuerte, lo que le arrebató la respiración con la rapidez y la potencia de sus movimientos. Estaba en las profundidades de Evangeline, donde nunca antes había llegado. Él se movía con tanta abnegación como la que ponía ella en recibirlo; no podía negarle nada. Levantó las piernas y las ancló en su espalda, alzando también las caderas para poder albergarlo mejor en su interior.

Drake dudó un segundo, pero volvió a la carga con el mismo entusiasmo y la penetró por completo.

La visión de Evangeline se tornó borrosa; no podía aguantar más. Estaba demasiado excitada, a punto de estallar. Lo necesitaba ya.

—¡Drake! —bramó—. No pares, por favor, ¡no pares!

—No, mi ángel. Jamás —le prometió.

Volvió a zambullirse en ella, ambos cuerpos fundidos en uno; ella lo rodeó fuertemente con piernas y brazos. Se deshizo en su abrazo, en su cuerpo suave y flexible, presto a recibirlo.

Cuando llegó al orgasmo, la primera oleada hizo que se le estremeciera cada fibra del cuerpo. En esos momentos solo fue consciente del placer punzante, afilado como un cuchillo que le pasó a través de las entrañas, hasta llegar a su mismísima alma.

Tenía los ojos en blanco y las pupilas contraídas. Intentó centrarse en la expresión feroz de Drake; la sensación de posesión claramente marcada en el rostro. Pero era demasiado para ella.

Cada uno de los músculos y nervios se tensaron hasta el punto de que casi le dolieron. Se encogió con agonía para intentar estrechar a Drake más contra sí. No dejaba de gemir. Apenas se daba cuenta de cómo jadeaba, rogaba y suplicaba.

En ese momento, la boca de él encontró la suya y acalló sus gritos ruidosos a medida que ella se dejaba llevar en medio de la noche.

Todo a su alrededor explotó, estalló en una cacofonía de colores y sensaciones. Un inmenso placer se le propagó por el cuerpo, a través de las venas, que le bañó cada centímetro de la piel.

Evangeline no podía respirar, así que Drake lo hizo por ella. Inspiró su aire para inmediatamente ofrecerle el suyo. No podía existir nada en el mundo más íntimo y privado. Nunca había sentido tanto amor por ningún otro hombre. Simplemente, era imposible.

¿Qué habría sido de ella si no hubiera conocido a Drake? ¿Y lo vacía que estaría su vida sin él en ella? Cerró los ojos con fuerza, mientras sentía cómo unas cálidas lágrimas le resbalaban por las mejillas. Contuvo otro sollozo y se apretó aún más fuerte contra él.

Drake dejó caer el cuerpo sobre el de ella mientras jadeaba para recuperar el resuello. Hundió el rostro en el pelo y la estrechó tanto entre sus brazos que no había ni un solo centímetro de su piel que no estuviera cubierto por él.

—Nunca en la vida había experimentado tanta ternura

—alcanzó a decir—. Y ha sido gracias a ti. Eres lo más precioso que he poseído nunca, mi ángel. No me dejes, por favor, no me dejes nunca.

Evangeline se asombró al percibir la vulnerabilidad en sus palabras, impresionada de que él le hubiera permitido presenciarlo. O puede que él no supiera lo que estaba diciendo... aunque la vehemencia en sus palabras y en su petición hicieron que se estremeciera de pies a cabeza.

—No te dejaré —contestó con cariño—. Nunca, mi amor. Aquí estaré, siempre que me quieras a tu lado; tuya soy.

Él la abrazó con tanta fuerza que casi le impedía respirar.

—Te necesito, mi ángel. Te necesito tanto...

Había pronunciado las palabras con voz tan queda que Evangeline temió habérselas imaginado. La excitación le corrió por las venas a medida que una sensación de paz le invadía el corazón. Tal vez fuera cierto que, a veces, los cuentos de hadas se hacían realidad.

21

*E*vangeline estaba entre los brazos de Drake, tranquila y satisfecha; yacía sobre él con las piernas enredadas entre las sábanas y las mantas.

Intentó moverse, pero Drake la abrazó con fuerza y murmuró:

—Me gusta tal como estás, mi ángel.

Ella lo acariciaba, distraída, trazando con sus dedos los contornos musculados de su cuerpo y pasándolos por la ligera pelusa del pecho y la línea un poco más oscura y espesa que se arremolinaba en el centro antes de bajar en línea recta hasta el ombligo.

Este hombre era un dios, un magnífico ejemplar al que ningún otro hombre podría asemejarse jamás. Y era todo suyo.

Esbozó una sonrisa de satisfacción y se quedó allí, deleitándose en la intimidad de ese abrazo.

Y entonces le vinieron a la cabeza los recuerdos de las vacaciones y se acordó de lo escueta que había sido la respuesta de Drake cuando su madre le dijo lo orgullosos que debían de estar sus padres. Recordó también su cálido agradecimiento por haberle dado las mejores vacaciones de su vida. Él le había dicho que nadie le había preparado un festín así. De hecho, la primera vez que ella le había hecho algo, él le dijo algo increíble: que nadie nunca había cocinado para él.

Seguramente se refería a su etapa adulta. Porque su madre le habría hecho la comida cuando era niño, ¿no?

El temor le atenazaba el corazón porque de alguna manera presentía que la infancia de Drake no había sido feliz. En realidad, el vínculo que parecía unir a todos sus hombres como hermanos era el de tener un pasado sombrío. Ninguno había dicho nunca nada sobre su pasado, tampoco habían mencionado tener familias o hecho alguna referencia sobre sus infancias. Nada.

Ella se le apoyó en el pecho para poder mirarlo bien a los ojos y adoptó una expresión seria, buscando en su mirada alguna señal. ¿Debería dejarlo correr o aplazarlo para otro momento?

Como no percibió nada más que calidez y ternura, le dio un mordisquito en el labio inferior y entonces sacó el tema al que no dejaba de darle vueltas.

—¿Drake? ¿Podría preguntarte una cosa? —inquirió con indecisión.

Él entrecerró los ojos, pero no parecía enfadado, solo… preocupado.

—Por supuesto. ¿Qué pasa, mi ángel?

—Quería preguntarte sobre… bueno… sobre ti. Tu pasado —dijo nerviosa.

Él apretó los labios y su mirada se volvió más fría. Ella supuso que Drake ni siquiera se daba cuenta del cambio en sus facciones por lo mucho que se estaba esforzando por no enfadarse o irritarse ante su pregunta.

—¿Qué quieres saber? —preguntó con tono monótono.

Ella suspiró y se sentó a un lado para poder verlo mejor y juzgar sus reacciones.

—Nunca hablas de tu pasado, de tu infancia o de tus padres. Y te incomodó que mi madre mencionara a tus padres. Soy consciente de que quizá sea algo de lo que no quieras hablar, Drake. Si es así, lo dejaré estar. Pero creo que aún te atormenta de algún modo, que… te hace daño. Y haría lo que fuera para aliviar ese dolor —susurró.

—Nada bueno puede salir de revivir el pasado —dijo en un tono grave—. No es más que eso, el pasado. Pasó hace mucho tiempo y no nos afecta.

Ella sacudió la cabeza, reacia a creerlo.

—Te equivocas —dijo en voz baja. Lo abrazó con fuerza—. Aún te afecta. Y cualquier cosa que te afecte a ti, me afecta a mí. A nosotros.

Él suspiró y Evangeline notó la tensión bajo su piel. La sentía con solo tocarlo, pero al poco él se relajó, se sentó también en la cama y la atrajo hacia el pecho.

—Dime, ¿qué quieres saber? —preguntó, incómodo.

—Solo lo que quieras contarme —repuso con sinceridad—. No te pediré que me cuentes algo que no quieras.

Él volvió a suspirar y se quedó un momento en silencio.

—Mis padres nunca fueron candidatos a progenitores del año. Eran completamente opuestos a los tuyos —dijo, y ella se preguntó si él notaba aquel deje nostálgico de su voz. Le entraban ganas de no dejar de abrazarlo—. Eran estafadores y trapicheaban con droga. Lo que sea por dinero fácil, para no tener que trabajar. Lo último que querían era tener un hijo y, de hecho, mi madre quiso abortar, pero mi padre se dio cuenta de que podría ser una especie de vale de comida para ellos. Una fuente de ingresos, de subsidios. Un cheque del gobierno cada mes, vaya. Y lo único que tenían que hacer era tenerme y asegurarse de que no muriera. Mi felicidad y mi comodidad no estaban dentro de sus prioridades.

La aflicción se asomó a su expresión ausente, pero se apresuró a controlarse como si estuviera decidido a no dejar que ellos volvieran a ejercer ese poder sobre él.

—Ay, Drake —repuso ella y esbozó una mueca de tristeza.

Él sonrió y la besó en la sien.

—Eres demasiado bondadosa, mi ángel. Sobreviví.

—¿Pero a qué sobreviviste? —preguntó enfáticamente—. Nadie tendría que sobrevivir a su infancia.

—No, pero a muchos no les queda más remedio —contestó con suavidad.

—¿Cómo fue, Drake?

Él tragó saliva.

—Fue una infancia muy mala —reconoció—. Era un chiquillo que no entendía por qué mis padres me odiaban… o me toleraban sin más. Rezaba para que vinieran los de servicios sociales en una visita sorpresa y me sacaran de allí. Intenté escaparme más de una vez. Y en cada ocasión, mi padre me encontraba, me daba una paliza y me encerraba en un armario de casa durante varios días seguidos.

Ella dio un grito ahogado y lo miró con incredulidad, horrorizada. Se llevó una mano a la boca para reprimir un grito.

Drake se encogió de hombros.

—Tampoco era tan grave. Prefería estar en el armario que entre ellos y estorbando. Cuando andaban cortos de drogas o de comida, las cosas empeoraban. Les entraba el mono y lo pagaban conmigo, el origen de su infelicidad. Así pues, aprendí a fundirme en el entorno, a quedarme muy quieto y callado entre las sombras. Paradójicamente, tal vez le deba la vida a mi padre. Como digo, mi madre hubiera preferido abortar. Acabó desarrollando una adicción a los calmantes como resultado de la cesárea de emergencia que tuvieron que practicarle cuando me tuvo. Mi padre no dejaba de recordarle que, si se deshacían del «pequeño monstruo», como ella solía llamarme, tendría que buscarse un trabajo para costearse la adicción.

Evangeline estaba demasiado abrumada y no encontraba las palabras que reflejaran todo lo que estaba pensando en ese momento. Estaba horrorizada y paralizada al ver lo patética que era la humanidad. No era más que un crío, un niño que no había pedido nacer. Le temblaban las manos y las bajó para que él no se las viera; apretó los puños para que no se diera cuenta del temblor.

—Mira, no sirve de nada revivir mi infancia —dijo él con ternura, como si así la protegiera de la pesadilla que fue su pasado. Y solo por eso, ella quiso llorar. ¿Cuándo le había protegido alguien?

—¿Qué les pasó? ¿Cómo conseguiste escapar?

Él hizo una mueca.

—A mi padre le disparó un camello al que le debía un pastizal. Repito, nunca fue el padre o el marido del año, pero por lo menos quiso cuidarme. Eso cuando no me estaba dando una paliza —añadió escuetamente—. Y también intentaba cuidar de mi madre de la única manera que sabía: asegurándose de que no le faltara nunca la droga. Por culpa de eso, acabó acumulando unas deudas que no tenía forma de pagar, y vinieron a cobrárselo una noche que yo estaba encerrado en el armario. Seguramente ese armario me salvó la vida, porque si hubieran sabido que yo estaba allí, me hubieran matado o me hubieran secuestrado, aunque no supieran que a mis padres yo les importaba una mierda y no hubieran movido un dedo para recuperarme.

—¿Y tu madre? —susurró.

Se le revolvió el estómago, pero esperaba que la mujer hubiera tenido una muerte larga y dolorosa.

—Bueno, no tardaron en darse cuenta de que la mejor manera de hacerla sufrir era no matándola y acabar así con su patética vida. Sin su marido para protegerla, no tenía ayuda de ningún tipo, y tendría que sufrir un largo síndrome de abstinencia. Ellos se rieron en su cara y le dijeron que disfrutara del mono.

Drake le cogió una mano y entrelazó los dedos con los suyos.

—Dos días después se suicidó. Recuerdo estar sobre su tumba y jurar que mi vida nunca sería como la suya. Yo quería algo mejor. Tenía once años y era pequeño para mi edad por la malnutrición y las palizas, pero ya planificaba mi futuro. Uno no crece entre camellos y bandas sin espabilarse y aprender lo necesario para sobrevivir.

—¿Nadie te acogió cuando murió tu madre? —preguntó, estupefacta.

Él se encogió de hombros.

—Alguien lo habría hecho, supongo. Me hubieran metido en el sistema y hubiera pasado de un hogar de acogida a otro hasta que cumpliera los dieciocho, pero nunca quise eso. A los once años creía que, si mis padres no me podían querer, ¿quién iba a hacerlo?

Ella ya no pudo contener las lágrimas que empezaban a resbalarle por las mejillas. Se lo quedó mirando con los ojos borrosos y se le lanzó al cuello para atraerlo hacia ella, acercándolo a su corazón de latido irregular.

—Te quiero, Drake Donovan —susurró—. Siempre te querré. No quiero que vuelvas a estar solo y sin alguien que te quiera.

Él parecía asombrado, como si fuera lo último que esperara oír. No pretendía decírselo así. No ahora. Todavía no. Pero nunca habría momento mejor y no quería que pasara más tiempo sin que supiera que lo amaba y que haría lo que fuera por él. Ningún sacrificio era lo bastante grande.

—Mi ángel —susurró con un hilo de voz—. No… no sé qué decir. No tienes ni idea del regalo que acabas de hacerme. No me lo merezco —añadió, conmovido.

Ella le puso un dedo en los labios y lo miró con firmeza.

—No —le ordenó—. No me digas que no lo mereces. Y en cuanto a que no sabes qué decir, no hace falta que digas nada. Solo escúchame. Te quiero, Drake. De una forma incondicional y sin medida.

Él la sujetó con fuerza y hundió el rostro en su pelo. Le temblaba todo el cuerpo debido a la emoción, y ella se limitó a abrazarlo, a acariciarle la espalda y los hombros, mientras le susurraba su amor al oído.

22

*P*or una vez, Evangeline se moría de ganas de ir de compras. La decepcionó un poco que ni Maddox ni Silas estuvieran libres para llevarla. Se había acostumbrado a confiar en los dos hombres y a estar en su compañía. Se sentía más a gusto con ellos que con cualquiera de los hombres de Drake, pero todos eran simpáticos y agradables con ella en todo momento.

Sin embargo, y a pesar de saber que aquellos dos hombres estaban ocupados, estaba entusiasmada. Iba a comprar el regalo de Navidad de Drake. Cogió el dinero y las tarjetas de crédito que Silas le había dado hacía un montón de tiempo —o eso le parecía— y sonrió por no sentir ningún remordimiento al utilizar el dinero de Drake para comprarle el regalo.

Hoy iba a ser… divertido.

—Eh, Evangeline, ¿estás ahí? —preguntó Zander desde el vestíbulo.

Guardó el dinero y las tarjetas en el bolso y salió corriendo a saludarlo, con una cálida sonrisa en el rostro. Puso los ojos como platos cuando vio a los otros dos hombres de Drake que lo acompañaban. Thane y… mierda. No recordaba el nombre del otro tío y le pareció de mala educación no saber cómo dirigirse a él.

Lo recordaba, claro. Era más callado que los demás, pero muy dulce y considerado con ella. Le sonaba Hartley o algo así.

—Hola, cariño —dijo Zander al tiempo que la abrazaba y le daba un beso sonoro en la mejilla.

—Hola, Zander —repuso, afectuosa, y se volvió para saludar a los demás—: Hola, Thane. —Miró al tercer hombre y el nombre le vino a la cabeza por arte de magia—. Hatcher, ¿qué tal?

El otro hombre parecía sorprendido. Seguramente pensaba que no se acordaría de él, ya que no habían pasado mucho tiempo juntos. Sin embargo, quedó contento y le dedicó una gran sonrisa.

—Hola, Evangeline. ¿Preparada para ir de compras? —preguntó este ofreciéndole el brazo mientras se acercaban al ascensor.

—Preparadísima, y necesito vuestra ayuda.

Thane soltó una carcajada y eso hizo que ella lo mirara.

—¿Qué he dicho?

—Nada, cariño. Solo me hace gracia oír tu adorable acento sureño y la pronunciación de algunas palabras —respondió con una sonrisa.

Ella se quedó boquiabierta.

—¡Anda! Mira quien habla. ¿No debemos hacer frente común ya que somos dos sureños en la gran ciudad?

Hatcher y Zander se echaron a reír al unísono mientras Thane levantaba la mano en son de paz.

—De acuerdo, está bien. No lo decía a malas. Tengo que reconocer que siento añoranza cuando te oigo hablar —dijo en un hilo de voz, y ella creyó de verdad lo que le decía. La expresión de sus ojos la entristeció.

—La cena de Acción de Gracias que preparaste me recordó la de mi madre —siguió Thane—. Es la mejor comida que he probado desde que me fui de casa hace ya un porrón de años.

—Pues entonces tendré que invitarte a casa más a menudo —dijo ella con firmeza—. La comida sureña es imprescindible e inolvidable cuando se prueba. Estoy segura de que es un pecado no comerla.

Zander fulminó a Thane con la mirada y entonces sacudió la cabeza en dirección a Hatcher.

—No sé cómo se las apaña, pero el señorito este se las ingenia para que lo inviten a cenar, así por la cara.

Evangeline alzó la barbilla y pasó un brazo por debajo del de Thane.

—Pues haríais bien en hacer como este caballero sureño —dijo ella—. Ellos sí saben lo que es importante para el corazón de una mujer.

—Y una auténtica dama sureña sabe lo que es importante para el estómago de un hombre —dijo Thane con los ojos brillantes—. Por eso las mejores sureñas saben cocinar. Saben cómo cuidar a su hombre —añadió con melancolía.

Hatcher y Zander pusieron los ojos en blanco; Thane se dio cuenta y los miró con malicia.

—No, no pongáis esa cara. Cenaré con Evangeline y probaré su deliciosa comida, y vosotros dos os tendréis que conformar con tacos o cualquier otra mierda para llevar, como hacéis siempre.

—Y dime, Thane. ¿De dónde eres exactamente? —preguntó ella mientras él la ayudaba a entrar en el coche.

—De eme, i, serpiente, serpiente, i, serpiente, serpiente, i...

—Panzudo, panzudo, i —terminó ella casi sin respiración y la mirada divertida.

—Pero ¿qué clase de idioma estáis hablando ahora? —masculló Zander.

—Es de Misisipi —contestó Evangeline sin dejar de sonreír—. ¡Igual que yo!

—¿Y eso lo has sabido al oírlo farfullar sobre serpientes y panzudos?

Zander estaba desconcertado y los miraba como si hubieran perdido un tornillo. Thane y ella se echaron a reír.

—¿De qué parte del estado eres, Thane? —preguntó ella—. Yo soy del sur, de un pueblecito a unos cincuenta kilómetros de la costa.

—Ah, por la zona de Jackson —dijo Thane como quien no quiere la cosa.

A Evangeline le dio la impresión de que no quería hablar mucho de su pasado, como los demás hombres de Drake. Se comportaban como si no hubieran tenido pasado, como si esto fuera terreno vedado o simplemente algo desagradable. Tal vez las tres cosas a la vez.

—¿Qué os parece si vamos a comer algo antes de ir a comprar? —preguntó Hatcher, que le dedicó una sonrisa indulgente a Evangeline.

—Anda, ¿puedo escoger? —preguntó ella.

—Pues eso depende —dijo Zander.

—¿Un bistec Wagyu? —sugirió en tono meloso.

—Me apunto —anunció Thane.

—Ya te digo, ¡y yo! —dijo Hatcher inmediatamente.

—Somos tres contra uno —dijo Evangeline a Zander con suficiencia.

Él resopló.

—No voy a decir que no a un bistec Wagyu.

Así pues, media hora después Evangeline estaba sentada a una mesa en un rincón del restaurante donde Justice la había llevado por primera vez a probar aquel bistec tan delicioso.

—¿Soy muy mala persona si digo que podría comer esto cada día durante el resto de mi vida y morir feliz? —preguntó ella, una vez le tomaron nota.

—Para nada —contestó Zander—. Esta carne es cosa fina. ¿Por qué comer una mierda cuando puedes comer lo mejor?

Ella puso los ojos en blanco.

—No todos podemos permitirnos comer algo así una vez al año y aún menos cada día.

—No creo que deba preocuparte eso nunca más —dijo Thane—. Si con eso eres feliz, Drake es capaz de pagarle al chef para que venga a cocinarte este bistec cada día.

—Madre mía —dijo ella, alarmada—. Por favor, no se lo digáis ni de broma. Me moriría de vergüenza.

Zander meneó la cabeza y soltó una carcajada.

—Hay cosas peores que un hombre puede hacer por su mujer.

—Voy al servicio a refrescarme antes de que traigan la comida —anunció ella al tiempo que se levantaba de la silla.

Los hombres fruncieron el ceño y cuando Thane estaba a punto de acompañarla, Hatcher, que estaba en un extremo de la mesa, se levantó.

—Ya la acompaño yo —dijo él.

Ella se abstuvo de volver a poner los ojos en blanco. Pero para ser justos, Drake ya le había advertido que las cosas iban a cambiar a partir de entonces. No era su culpa que ella lo hubiera olvidado por un momento. El día parecía tan... normal. Era como si ninguno de ellos tuviera preocupaciones. Eran como un grupo de amigos que había salido a comer y luego de compras. En teoría, si tenía que hacer caso a Drake, Maddox y Silas, solo estaba en peligro cuando estaba sola.

Esta idea ya bastaba para disuadirla de ir sola al baño. Drake no le pedía mucho y era muy generoso con ella, así que no iba a montar una escena y portarse como una niña malcriada.

—Gracias, Hatcher —dijo, sonriéndole.

Hatcher la acompañó por el pasillo oscuro y le señaló el final.

—El servicio de señoras está justo al fondo. Me quedaré aquí y me aseguraré de que no pase nadie que yo sospeche que pueda ser una amenaza.

Ella se estremeció al reparar en ese tono tan serio que empleaba, pero no respondió ni le hizo la pregunta que ardía en deseos de hacerle: si realmente pensaba que el peligro acechaba en cualquier lado o si solo se debía a que Drake era increíblemente sobreprotector.

Ella se apresuró a entrar en el baño porque no quería demorarse demasiado. Su última incursión en un lavabo público había sido desastrosa cuando aquella morena alta la había destrozado con aquellas uñas hiperlargas. En sentido figurado, claro. Ella le había propinado algunos golpes, pero Evangeline también le había devuelto unos cuantos.

Dada la distancia de aquel acontecimiento, tanto en tiempo como en espacio, Evangeline se sentía orgullosa por no haber dejado que aquella mujer viera lo alterada que estaba. Le había hecho algunos comentarios hirientes que la molestaron bastante, a juzgar por cómo había palidecido y cómo se asomaba el destello de rabia a sus ojos.

Sin embargo, la mujer no supo cómo contestar a Evangeline cuando esta le dijo que Drake no compartía nada que considerara suyo y que ella sí iba de su brazo, cuando se sabía de sobra —según los hombres de Drake— que él nunca llevaba del brazo a una «puta» en público.

Hizo una mueca al pensar en esa palabra tan despectiva que usaban los hombres para describir a las mujeres. No era un término nada halagüeño, desde luego. Porque sabía que no ponían a todas las mujeres en el mismo saco que, si no, les daría una buena paliza por referirse a las mujeres de esa forma tan insultante.

Terminó el asunto, se lavó las manos y comprobó rápidamente cómo llevaba el maquillaje. Parpadeó al ver a la mujer que le devolvía la mirada en el espejo. Se detuvo en seco y se examinó con atención cuando vio que esa mujer era ella.

Había cambiado muchísimo desde el poco tiempo que conocía a Drake y había entrado en su mundo. Las ropas raídas y de segunda mano eran agua pasada, así como el pelo recogido en un moño o aún peor, con un coletero, y sus facciones simples y anodinas.

Ahora estaba… Abrió los ojos asombrada y se le cortó la respiración al darse cuenta de adónde iban sus pensamientos. Ahora estaba en un lugar en el que… encajaba. Aquí, en el mundo de Drake. Tenía el aspecto de alguien con el que él se codearía. ¿Cuándo había tenido lugar esta transformación, este cambio de pueblerina torpe e ingenua a chica cosmopolita y sofisticada? Era casi… bonita.

Se tocó la boca y se pasó un dedo por la lujosa sombra de ojos. No iba muy maquillada. Llevaba un maquillaje sutil y elegante. Le daba una cierta hermosura natural y no el aspecto de alguien que debía ponerse capas y capas de maquillaje para conseguir un aire fresco y desenfadado.

Se había puesto un brillo de labios translúcido, sutil, pero con el centelleo justo que gusta tanto a las chicas. ¿A qué mujer no le gustan las cosas brillantes, aunque no quiera admitirlo? A ella no le importaba reconocer sus predilecciones femeninas porque a Drake le encantaban. Le había dicho muchas veces que le gustaba que fuera tan femenina, que solo una mujer muy fuerte y segura de sí misma podía ser tan femenina y no preocuparse de si el resto del mundo la tomaba en serio o no.

Sonrió. A Drake le gustaba ese rasgo, pero precisamente gracias a él había experimentado aquella metamorfosis. Era él quien le había dado esa confianza en sí misma.

Cuando se percató de que, si no se apuraba, se le enfriaría la comida, terminó de secarse las manos y salió al pasillo oscuro. Casi en ese mismo instante, chocó contra otra persona y se disculpó. Sin embargo, esa persona no se apartó y entonces fue cuando vio que era un hombre, aunque el lavabo de los hombres estaba al principio del pasillo y no al final, como el de las mujeres. Le dio miedo y quiso pasar por su lado para poder llamar a Hatcher si era preciso.

Pero una vez más, él se movió y le cortó el paso al tiempo que se abría el abrigo y dejaba al descubierto una placa sujeta a la cinturilla de los pantalones. También vio el arma en su funda. El miedo le hizo tal nudo en la garganta que le costaba respirar.

—¿Qué quiere? —masculló ella.

—Señora Hawthorn —dijo el hombre en voz baja—. ¿Puedo robarle un momento? No tardaré mucho, lo prometo, pero se trata de un asunto muy importante. Un asunto policial.

23

—¿*Qué* quiere de mí? —consiguió preguntar Evangeline.

Él la miró con impaciencia como si supiera que se estaba haciendo la tonta. Pero no estaba fingiendo nada, ¿qué podría querer la policía de ella?

—Su pareja es Drake Donovan, ¿correcto?

Notó un escalofrío por toda la espalda, pero rápidamente se irguió y levantó la barbilla en señal de desafío.

—No creo que mi vida personal sea de su incumbencia ni constituya un asunto policial, la verdad.

—¿Sabe usted en qué está metido? —preguntó el agente con expresión sombría.

—Es empresario —le espetó—. Tiene varios negocios, de hecho. Uno de ellos es el club Impulse, tal vez ha oído hablar de él.

El hombre negó con la cabeza.

—Peca usted de ingenua y confiada, señora Hawthorn. Está relacionado con el crimen organizado, además de llevar un sindicato criminal. Y esos hombres que la acompañan a todos sitios son soldados de su organización. Está metido en asuntos turbios por toda la ciudad y acabará arrastrándola con él. Lo sabe, ¿verdad? Si le garantizara protección policial, ¿estaría dispuesta a ser informante y facilitarnos datos pertinentes sobre nuestra investigación?

Evangeline se quedó boquiabierta, horrorizada.

—¿Está loco? —explotó—. No, no pienso hacer de espía para la policía ni para nadie. Es un buen hombre. ¿Por qué no centra sus esfuerzos en acabar con los criminales de verdad que hay en esta ciudad? —añadió mordazmente.

Él volvió a sacudir la cabeza con aire apesadumbrado y entonces se sacó una tarjeta de visita del bolsillo.

—Mire, si cambia de parecer, si se ve en una situación peligrosa o si descubre algo que debamos saber, llámeme. Me aseguraré de que a usted no le pase nada.

Ella le arrebató la tarjeta de las manos, no porque tuviera intención de usarla, sino porque Drake debía saber quién estaba preguntando por él.

—Drake se las apaña muy bien para protegerme. Ahora, si me disculpa, se me enfría la comida.

Pasó por su lado y esta vez él la dejó marchar por el pasillo y salir al comedor. Miró alrededor para ver si localizaba a Hatcher. Estaba no muy lejos de allí hablando por teléfono, pero cuando la vio, se puso en guardia y se guardó el móvil en el bolsillo.

—¿Va todo bien? —preguntó bruscamente, fijándose en su reacción.

—Sí, estoy bien —repuso ella, escueta—. Vámonos antes de que se enfríe la carne.

Sin esperar a que él se pronunciara, fue directa a la mesa esforzándose por enmascarar la tensión y el agobio que sentía. Por suerte para ella, la comida aún no había llegado. Thane y Zander la miraban extrañados, pero antes de que pudieran preguntarle nada, llegó el camarero con una bandeja en la que llevaba todos los platos.

Casi mejor así porque necesitaba un momento para recomponerse y ver cómo proceder antes de que explotara e hiciera algo sin pensar de lo que pudiera arrepentirse. Pero cuanto más tiempo pasaba, más furiosa y preocupada se sentía. No podía irse de compras como si no hubiera pasado nada. Drake tenía que saber inmediatamente que la policía lo estaba investigando. Pero ¿por qué?

Pensó en aquella ocasión en la que le preguntó a qué se dedicaba exactamente y él le pidió de muy buenas maneras que lo dejara estar. Por él. Y así lo hizo. En aquel momento se alegraba enormemente de que no le hubiera contado nada porque así tenía la conciencia tranquila. De este modo no podía contar nada a la policía porque no lo sabía.

Cuando terminaron de comer, sopesó las opciones, pero esta vez no tuvo reparos en decepcionar a los hombres de Drake. Le puso ojitos de cordero a Zander. Era más hosco y neandertal que los demás, pero sabía que haría todo lo que le pidiera sin dudar. Sobre todo si presentía que necesitaba advertir al jefe.

—Lo siento, pero no me apetece mucho ir de compras ahora —dijo mientras apartaba el bistec a medio comer a un lado del plato—. Tengo el estómago revuelto y me empieza a doler la cabeza. Tal vez no sea nada, pero preferiría volver a casa y acostarme. ¿Podemos dejarlo para otro día de esta semana?

—¿Quieres que te vea un médico? —preguntó Thane.

Ella sonrió y no hizo ni caso a la mirada penetrante de Hatcher, que parecía examinarla con atención.

—No, claro que no. Solo quiero estirarme un rato y dormir un poco, tal vez.

—Vámonos, pues. Pide que venga el coche, Thane —dijo Zander después de sacar unos billetes y dejarlos sobre la mesa.

Thanc y Hatcher salieron primero; Zander rodeó a Evangeline con un brazo y la llevó hasta la entrada. A los pocos minutos, estaban en el coche con destino al apartamento de Drake.

Los hombres la observaron durante el trayecto a casa, pero ella no les hizo ni caso y centró la atención en lo que pasaba zumbando tras la ventanilla. Cuando llegaron al apartamento, tocó a Zander en el brazo.

—¿Me acompañarás hasta arriba? No hace falta que vengáis los demás. Me voy a acostar enseguida.

Zander arrugó el ceño como si eso fuera lo último que esperara que le pidiera.

—Por supuesto. Vosotros dos podéis ir tirando, que yo pediré un coche cuando termine —les indicó a Thane y Hatcher.

Ayudó a Evangeline a salir del coche y entró con ella en el edificio. Esta se volvió para cerciorarse de que el coche se iba; en cuanto los dos estuvieron dentro, miró a Zander con una expresión apremiante.

—Zander, necesito que me lleves donde esté Drake. Ya.

Él se quedó estupefacto.

—Pero ¿qué...? ¿Qué pasa, Evangeline? Y te juro que como me digas que nada, te estrangulo aquí mismo.

—No, no te diré que no pasa nada —repuso en voz baja—. Lo que te digo es que es muy importante que vea a Drake inmediatamente. Pero no puedes decirle que voy. Me da igual lo ocupado que esté, lo que esté haciendo o con quién haya quedado. Llévame directamente donde esté para que pueda hablar con él.

Él debió de reparar en la urgencia que transmitía su voz porque la preocupación se le reflejó en el rostro. Cogió el móvil y llamó a su conductor o al de Drake, seguramente. Sus órdenes fueron claras y precisas: que fuera a recogerlos al apartamento de Drake lo antes posible.

Drake colgó a Hatcher; tenía el semblante muy serio. Un policía había abordado a Evangeline en el restaurante donde sus hombres la habían llevado a comer. Habían hablado un rato antes de que ella volviera a la mesa.

Se le helaba la sangre al pensar que ella pudiera traicionarlo. ¿Tanto se había equivocado con ella?

Después de un buen rato andando de un lado a otro del despacho, contempló cómo Manhattan se recortaba en el horizonte tras la ventana, mientras todos sus pensamientos eran tristes y aciagos. ¿Debería montar una trampa con información falsa y ver qué pasaba? ¿Debería hablarle de pruebas y decirle que, si los policías venían a buscarlo, ella era la única persona que disponía de la información?

Sentía náuseas. Ella le había dicho que lo quería y él se había quedado sin palabras, se había sentido tan profundamente conmovido por esas dulces palabras y por el amor que le había visto en la mirada que no pudo hacer otra cosa que abrazarla, temeroso de que si la soltaba, aunque fuera un momento, todo lo que había pasado no habría sido más que un sueño. El sueño más maravilloso de su vida, pero un sueño al fin y al cabo.

Entonces soltó una retahíla de insultos que, de oírla alguien, le hubiera dado urticaria. Joder, ¿qué podía hacer sabiendo que Evangeline, su ángel, había hablado con un policía?

Ella le había estado haciendo preguntas aquella noche, aquella noche que se le antojaba tan lejana ahora, cuando ella quiso saber exactamente a qué se dedicaba y él le pidió que lo dejara estar, que no quería que eso la afectara, que la rozara siquiera. Él se quedó aliviado al ver que ella no seguía indagando, pero ¿era eso verdad? Tal vez él no hubiera hecho más que aumentar sus sospechas y por eso Evangeline había acudido a la policía.

Se dio la vuelta y tiró el móvil al otro extremo de la sala. Se rompió por el impacto y quedó irrecuperable, hecho añicos.

Debería estar cabreado. Ahora mismo tendría que estar planificando su venganza, pero solo pensaba en… dolor. Un dolor interminable y abrumador.

Cerró los ojos y se frotó la nuca; se sentía agotado. No podía castigarla o echarla a la calle. ¿Podía culparla por lo que pudiera pensar cuando él nunca le había demostrado confianza? Nunca le había contado nada de su vida que no incumpliera tal confianza. Conocía a las mujeres lo suficiente para saber que no muchas serían tan comprensivas como Evangeline parecía.

Sus pensamientos se volvieron más oscuros, porque no sabía qué hacer. Sin embargo, no podía estar con una mujer que quisiera venderlo a él y a sus hermanos a los putos polis.

Fue a coger el teléfono fijo que había sobre la mesa después de tomar nota mental de enviar a su asistente a comprarle otro móvil. Iba a descolgar para llamar a Evangeline cuando se abrió la puerta del despacho.

Levantó la cabeza rápidamente e iba a cantarle las cuarenta a quienquiera que osara molestarlo cuando había dejado claro que no quería interrupciones, cuando vio quién estaba en el umbral.

¿Evangeline?

Colgó el teléfono y salió de detrás de la mesa hasta donde ella aguardaba, pálida y visiblemente agitada.

—Evangeline, ¿qué te ocurre? —preguntó bruscamente.

Aunque estaba frente a una supuesta traidora, la preocupación que sentía por ella dejaba a un lado los demás pensamientos y sentimientos. Parecía asustada… aterrorizada, mejor dicho. Temblaba de pies a cabeza.

Ella nunca había estado en sus oficinas, solo en el despacho que tenía en el club. Aunque nunca le había prohibido el acceso, era una especie de acuerdo tácito que se mantuviera al margen de su trabajo.

¿Qué habría hecho que rompiera ese acuerdo ahora? Entonces entrecerró los ojos y frunció el ceño.

—¿Dónde narices están los hombres que tendrían que

estar protegiéndote? —preguntó en voz baja y con un deje peligroso.

—Za… Zander me ha acompañado —tartamudeó—. Lo siento, Drake. No quería molestarte, pero tenía que venir inmediatamente, así que le pedí a Zander que me trajera. No te enfades con él, por favor. Siento haber irrumpido así, pero tenía que hablar contigo.

Perplejo al verla tan asustada, la acompañó hasta el sofá que había delante de su mesa.

—No pasa nada, Evangeline —dijo para tranquilizarla—. Siéntate.

Le tomó las manos y le sorprendió lo frías que las tenía y cómo le temblaban. Se sentó a su lado y examinó sus facciones. Por dentro sentía tanta rabia como las ganas de protegerla en cuanto vio lo pálida y agitada que estaba. A pesar del enfado porque hubiera hablado con la policía, intentó no seguir pensando en eso, al menos por el momento.

—¿Alguien te ha hecho daño? ¿Te han amenazado o algo?

—No —susurró ella, prácticamente sollozando—, pero alguien quiere hacerte daño a ti.

Él se echó atrás, sorprendido, porque era lo último que esperaba que le dijera. Convencido de haberla oído mal, le puso las manos en los hombros y la miró fijamente a los ojos.

—¿A qué te refieres? Cuéntame todo lo que te ha pasado y, sobre todo, dime por qué crees que alguien quiere hacerme daño.

Ella inspiró hondo para calmarse y, al levantar la vista, él reparó en las lágrimas pegadas a sus pestañas.

—Zander, Thane y Hatcher me iban a llevar de compras hoy, pero antes paramos a comer. Mientras esperábamos a que nos sirvieran la comida, fui al baño y, al salir, un hombre me cortó el paso. Intenté pasar por su lado, pero no me lo permitió. Me enseñó… me enseñó su placa y, además, llevaba una pistola. Me llamó por mi nombre y me dijo que teníamos que hablar de unos asuntos policiales.

»No entendía nada. No sé, ¿de qué tiene que hablar conmigo la policía? —preguntó, perpleja.

Drake lo sabía bien y las piezas empezaban a encajar en su cabeza. Los muy cabronazos querían usar a una mujer inocente para atraparlo. No le sorprendía. Nada lo hacía ya a estas alturas.

—Cuando le dije esto mismo, él me dijo que eras mi pareja; lo afirmó, no lo preguntó. Y yo le dije que no entendía qué tenía que ver mi vida privada con asuntos policiales.

«Buena chica», pensó él.

—Entonces me dijo, porque tampoco fue realmente una pregunta, que si sabía en qué andabas metido. —Sacudió la cabeza con la mirada llena de rabia y ya sin lágrimas—. Le dije que tenías varios negocios, entre ellos el club. Me llamó ingenua y me dijo que acabarías hundiéndome, que me arrastrarías contigo. Y entonces…

Se le quebró la voz. Estaba temblando y se frotó los brazos como si estuviera muerta de frío.

—¿Y entonces qué? —tanteó él con suavidad.

—Me dio esto.

Metió la mano en el bolso y sacó una tarjeta de visita, que le tendió con una mirada de asco como si no soportara tocarla siquiera.

—Me preguntó si estaría dispuesta a facilitarle información sobre ti. Si te espiaría, vaya —añadió, horrorizada—. Le dije que no, nunca. Me dijo que se aseguraría de darme protección policial para que no pudieras hacerme daño.

En su voz se adivinaba un tono de desdén y de burla.

—Como si tú quisieras hacerme daño… —Echaba humo—. Le dije que tú te las apañabas estupendamente para protegerme. Y entonces le pedí que me dejara pasar y me dejara en paz. Sabía que tenía que venir a advertirte, así que después de comer, les dije que me encontraba mal y no estaba para compras. Le pedí a Zander que me acompañara al apartamento y en cuanto se fueron los demás, le dije si me podía traer.

Lo miró con inquietud por si se enfadaba con ella, la llamaba mentirosa o algo peor. Sin embargo, él se quedó allí callado, completamente atónito por lo que le acababa de contar. En el pecho sentía una calidez extraña. No sabía cómo interpretar esa declaración. Tenía que saber por qué lo había hecho. ¿Por qué lo había avisado?

De repente se sentía avergonzado por la rabia y el sentimiento de traición que habían precedido su llegada. Había dudado de ella y de su lealtad y resultaba que todo ese tiempo ella lo había pasado mal, preocupada por él.

—¿Y por qué me avisas, mi ángel? —preguntó con un susurro ahogado—. Sé que sospechas ya y no, no soy un buen hombre. ¿Por qué has querido avisarme en lugar de ayudarlos a acabar conmigo?

Supo que había cometido un error con ella cuando vio cómo reaccionaba a la pregunta. Le lanzó una mirada herida y se quedó boquiabierta; no dijo nada durante un buen rato, como si no pudiera creerse que le hiciera semejante pregunta. Ojalá no se lo hubiera preguntado.

—Nunca te traicionaría, Drake —dijo en un hilo de voz casi inaudible—. Nunca. Soy tuya, te pertenezco. Y eso significa que me tienes por completo: mi lealtad, mi confianza, mi amor.

Evangeline se puso de pie y se dio la vuelta. A él le entró un miedo atroz, como si sintiera el cosquilleo de cientos de arañas bajo la piel. En ese momento, pensó, prefería que fueran arañas de verdad y no miedo. ¿La perdería por no confiar en ella?

Entonces se giró con una mirada llena de rabia y seguridad.

—Estás muy equivocado, Drake. Sí eres un buen hombre, y me da igual lo que pienses tú o quien sea. Ellos no te conocen como yo. Eres un buen hombre.

Levantó una mano y movió los dedos en el aire.

—¿Puedes llegar a ser maleducado, exigente y hasta despiadado? Y tanto. Eres resuelto e incansable, pero no son rasgos negativos. Estos rasgos son los que te han convertido en el hombre que eres hoy y al que quiero. Aún me despierto cada mañana preguntándome si no ha sido todo un sueño, porque este hombre podría tener a cualquier mujer del mundo y me escogió a mí.

Las lágrimas le brillaban en los ojos de nuevo, y él ya no sabía cómo ponerse mientras ella le abría el corazón. Nunca se había sentido tan conmovido en la vida como ahora, con esta mujer tan dulce, generosa y cariñosa que lo defendía con fervor mientras él había llegado a unas conclusiones precipitadas sin preguntarle a ella primero.

—Y has sido muy paciente conmigo —siguió con la voz llena de emoción y embargada por las lágrimas que con tanto afán evitaba—. Siempre tienes tiempo para decirme lo que te complace y tú me complaces a mí diez veces más. Solo espero…

Ella se dio la vuelta en un esfuerzo consciente por recobrar la compostura antes de mirarlo a la cara.

—Solo espero que no te levantes un día, me mires y te digas: «¿En qué estaría pensando?».

Ella se le acercó y se arrodilló entre sus piernas, le cogió las manos y las apretó entre las suyas.

—Solo quiero pedirte una cosa, Drake —susurró—. Si eso sucediera, si alguna vez te hartaras de mí y ya no me desearas, solo te pido que no te arrepientas del tiempo que hemos pasado juntos, porque yo no lo haré. Yo atesoraré todos los recuerdos que tenga de ti y no me arrepentiré de nada, ni de un solo segundo. Solo te pido que hagas lo propio y me recuerdes con cariño.

Drake se sintió como si un camión le hubiera pasado por encima. Estaba impresionado por la mujer que se arrodillaba frente a él. Se le hizo un nudo en la garganta al pensar que debería ser él quien se arrodillara.

Él la atrajo hacia sí y la abrazó tan fuerte que ninguno de los dos pudo respirar bien. ¿Y qué más daba? Nunca se cansaría de ella ni de tenerla entre sus brazos.

—Joder —susurró—. No lo entiendes, ¿verdad? No va a haber ninguna otra mujer, mi ángel. No habrá ni una sola mañana en la que me despierte contigo acurrucada a mi lado, tan buena e inocente, y me pregunte eso. Cuando me levanto a tu lado solo pienso en que nunca te dejaré marchar.

Ella se quedó inmóvil, tanto que pensó que ya no respiraba. Él aflojó un poco y ella se separó, mirándolo con una expresión congelada. En sus ojos ardía una débil llama de esperanza que le llegó al alma. Era como si tuviera miedo de cuestionarlo o de confirmar lo que acababa de decirle.

Evangeline se lamió los labios y finalmente susurró:

—¿Nunca?

—Nunca —respondió él con firmeza.

Ella se sentó sobre los talones y hundió los hombros. Entonces se tapó la cara rápidamente, pero él le vio el rastro de las lágrimas en las mejillas.

—No llores, cielo —dijo mientras la volvía a abrazar—. No llores. Quiero que seas feliz. Siempre.

—Ay, Drake, es que me has hecho la persona más feliz del mundo entero —sollozó—. He pasado mucho miedo. Aún sigo asustada —añadió—. ¿Qué vas a hacer?

El miedo reemplazó los demás sentimientos que se le reflejaban en los ojos azules. Él se inclinó hacia delante y la besó en la frente.

—No te preocupes, ¿de acuerdo? No es nada nuevo, te lo aseguro. Los policías siempre meten las narices en mis asuntos y hablan con personas con las que trabajo o me relaciono. Nunca han podido acusarme de nada y no lo conseguirán.

Ella se mordió el labio inferior con fuerza y él le pasó el pulgar para aliviar el dolor.

—¿Estás seguro? —preguntó nerviosa—. Quizá deberías llamar a tu abogado. Dudo que sea legal que vayan por ahí molestando a conocidos para que te espíen.

Drake contuvo la sonrisa; era tan inocente.

—Por desgracia, preguntar a la gente es legal. Lo has hecho muy bien y estoy orgulloso de cómo has capeado la situación. Seguro que no ha sido fácil y siento que haya pasado. Puedes estar segura de que no volverá a ocurrir.

—Por mí me da igual —dijo con impaciencia—, lo que más me preocupa es que este policía parecía muy decidido a conseguir algo, lo que sea, en tu contra. Me da la sensación de que le importa poco que sea verdad o no.

Su tono mordaz lo hizo sonreír.

—¿Quién necesita un abogado si te tengo a ti para defenderme y protegerme? —preguntó divertido—. Solo te necesito a ti, mi ángel.

—Espero que sea verdad —dijo ella con expresión seria—, porque yo solo te necesito a ti, Drake.

24

Las semanas anteriores a Navidad fueron una época mágica para Evangeline. Aunque Drake siempre había sido tierno y cariñoso con ella, percibió en él un cambio notable respecto al principio. Se mostraba más efusivo con ella y no tenía reparos en demostrar en público su afecto.

Sus hombres se burlaban de él, pero este se lo tomaba con filosofía y se limitaba a decirles que cuando encontraran a una mujer como ella, que volvieran y se lo contaran. Ellos no tenían nada que añadir, de modo que no seguían vacilándolo.

Después la sorprendió con un viaje sorpresa para ver a sus padres antes de Navidad, aunque insistió en que volvieran a la ciudad para pasar la Nochebuena y el día de Navidad juntos en el piso.

Así pues, habían pasado tres días maravillosos con su familia, pero fue el regalo de Drake lo que la había dejado sin palabras tanto a ella como a sus padres.

El día antes de volver a Nueva York, Drake había llevado a Evangeline y a sus padres a una hermosa casa en el pueblo donde vivían y les dijo que era suya.

La habían renovado por completo para que fuera accesible con silla de ruedas. Habían derruido la cocina y la habían construido de nuevo, además de equiparla con encimeras y electrodomésticos de primera calidad. Su madre se echó a llorar de felicidad e incluso su padre se mostró abrumado y muy sensible.

Pero Drake no se había quedado ahí, no; había hecho algo mejor. La nueva casa no solo venía con una mujer de la limpieza que les iría a limpiar tres días a la semana, sino que regaló a la madre las llaves de una furgoneta nueva para que su padre no se viera tan confinado en casa.

Su madre abrazó a Drake unas cien veces y le dio las gracias unas cien más para agradecerle no solo la generosidad, sino también el hacer feliz a su pequeña. Y solo había que verle la cara a Evangeline para comprobar que irradiaba felicidad. Brillaba de pies a cabeza de la alegría de saberse profundamente enamorada.

Y para expresarle toda la gratitud que sentía por lo que había hecho por su familia, Evangeline le había hecho el amor salvajemente en el jet durante todo el trayecto de vuelta a la ciudad. Bromeando, él le había dicho cuando subieron al coche en el aeropuerto que lo había dejado exhausto y que no podría salir de la cama para celebrar la Navidad.

Ella le contestó muy seria que, si no podía salir de la cama, no tendría más remedio que unirse a él y como estaría aburrida, tendría que dar con alguna forma de entretenerse, a lo que Drake repuso que eso no era ninguna amenaza y que se le ocurrían formas mucho peores de pasar las vacaciones de invierno.

El día de Nochebuena amaneció frío y despejado, con una brisa seca y fresca, aunque no había ni una sola nube en el cielo y el sol brillaba con fuerza, algo que no le hizo mucha gracia a Evangeline. ¿Qué era una Navidad sin nieve?

Él se rio y le dijo que habían anunciado nieve por la tarde.

Evangeline se pasó la mañana en la cocina para preparar la cena de Nochebuena para Drake y sus hombres. Había comprado detalles para todos, que envolvió y dejó debajo del árbol junto al montón de regalos para Drake.

Sin embargo, este se había mostrado muy enigmático sobre lo que le había comprado e incluso no había dejado nada en el árbol con el nombre de ella. Evangeline hacía pucheros cada vez que miraba el árbol y él se reía.

Drake la encontró ocupada con las muchas sartenes que había en el fuego y la abrazó por la cintura para atraerla hacia su pecho. La besó en el cuello y le dio un mordisquito en el lóbulo de la oreja.

—Aquí estás —murmuró—. ¿Piensas pasarte el día aquí? Empiezo a sentirme desatendido.

—Ay, pobrecito —dijo sin sentirlo—. No te quejarás después cuando pruebes lo que estoy cocinando.

Él olisqueó.

—Huele muy bien. ¿Qué es? No parece muy tradicional. ¿Eso de ahí no son filetes de pescado con gambas?

Ella sonrió.

—Exacto. Estoy preparando comida sureña para Nochebuena. Mañana pasaré del pavo y el jamón y haré asado de costillar con varios acompañamientos. Y como entrante tendremos crema de bogavante.

Él gimió.

—A este paso voy a tener que contratar a un entrenador personal. Habré engordado unos diez kilos desde que te conocí y empezaste a darme de comer.

Ella arqueó una ceja y se giró para poder mirarlo.

—¿Y dónde están esos kilos que has aumentado? Porque yo no los veo por ningún lado.

Él fingió que le daba vueltas al asunto.

—Bueno, supongo que el hecho de que me des tanta caña en la cama compensa las calorías que consumo. Satisfacerte es una actividad extenuante.

—Siempre puedo frenar un poco mi apetito —repuso con dulzura—. No me gustaría que sufrieras sin necesidad.

—Ni se te ocurra —masculló—. Si muero, prefiero hacerlo feliz, saciado y sexualmente satisfecho gracias a la mujer más hermosa, sensual y deseable del planeta.

—Vaya —murmuró ella—. A lo mejor te has pasado un poco, ¿no?

Él le dio un cachete en el trasero que le aceleró el pulso.

—No, no exagero. Soy un hombre con criterio y me niego a conformarme con algo que no sea lo mejor, por eso te estaba esperando a ti.

Ella no supo qué decir, estaba al borde de las lágrimas y no quería echar la noche al traste sollozándole encima.

Él suspiró y fingió un gemido de exasperación.

—¿Cuándo podré piropearte sin que te me pongas a llorar? —la reprendió.

—Nunca. Ya puedes ir acostumbrándote.

—Parece que no me queda otra —repuso él.

Sonó el timbre y Drake hizo un ruido de decepción.

—Se acabó el chollo de estar solos.

—Anda, no seas grosero ni antisocial con nuestros invitados —lo riñó.

Él se echó a reír.

—Cielo, siempre soy grosero y antisocial. Si no lo fuera, me internarían. O creerían que me han secuestrado los extraterrestres.

Evangeline le propinó un codazo en el estómago al tiempo que él iba a abrir la puerta. Al cabo de unos segundos, los hombres de Drake entraron en el apartamento cargados de paquetes de colores que colocaron inmediatamente debajo del árbol.

Después, como era de esperar, invadieron la cocina con la misma pregunta: ¿qué hay de cena?

Evangeline había puesto la mesa y se había cerciorado de que hubiera sillas para todos. A las dos horas de la llegada de los hombres de Drake, los llamó a cenar y contempló encantada cómo se sentaban alrededor de la mesa. Drake se sentó a la cabeza, ella a su derecha y Silas a su izquierda. Los demás tomaron asiento a ambos lados y Maddox ocupó la silla del extremo, justo frente a Drake.

—Antes de hincar el diente, quiero dar las gracias a Evangeline por tomarse tantas molestias y prepararnos esta deliciosa cena —anunció Drake con un destello de orgullo en los ojos mientras la miraba con afecto.

—Brindemos —dijo Silas levantando su copa de vino—. Por Evangeline, una de las personas más dulces y generosas que he conocido nunca y que tiene el corazón más grande de todos.

—Por Evangeline —dijo Maddox alzando su copa a modo de saludo.

—Por ella —añadió Drake, inclinando la copa hacia ella—. Y ni se te ocurra llorar.

Ella se rio porque, si no, acabaría llorando. Alzó su copa y los miró a todos.

—Gracias a todos por venir y convertir esta fiesta en algo tan especial.

Hicieron bastante ruido al brindar los unos con los otros, pero luego tomaron un sorbo de vino y Evangeline empezó a pasar los platos por la mesa: los filetes de bagre marinado, las gambas fritas y a la plancha, el cangrejo de río estofado que acompañaba los filetes, y luego las verduras, tras las que llegó lo mejor: sus bollitos caseros.

El primero que mordió uno de los bollos recién hechos gimió.

—Ay, Dios —dijo Hartley con una expresión de felicidad suprema—. Es lo mejor que he probado en la vida.

Sorprendidos por su reacción, los demás se apresuraron a coger uno y la mesa entera se llenó de gemidos, suspiros y exclamaciones.

—Joder, Drake —se quejó Justice—. ¿Por qué tuviste que descubrirla tú antes? Hubiera sido su esclavo solo por estos bollos.

—Intentaré recordarlo —dijo Evangeline, traviesa—, porque ahora ya sé qué tengo que hacer cuando quiera un favor. Solo tengo que enseñarte un bollo.

—Cielo, a mí no hace falta que me lo enseñes —dijo Jax con ojitos de cordero degollado—. Con solo decir «bollo», me tendrás a tu entera disposición.

—Que os quede claro, cabrones —terció Drake—, dejad en paz a mi mujer. Mejor dicho, dejad en paz a mis bollos. Como no me queden, os daré una buena tunda.

Silas, que había permanecido en silencio mientras masticaba su bollo, miró a Drake y dijo con voz seria:

—Eso si logras terminar conmigo antes. Por estos bollos no me importaría ir a la cárcel por homicidio.

Evangeline se echó a reír al ver la expresión sorprendida de Drake. Entonces los demás rieron también por reparar en la cara seria y despreocupada de Silas.

—Sois la bomba —dijo ella meneando la cabeza.

Siguieron comiendo, disfrutando de la compañía. Hubo cháchara, burlas y hasta pequeñas peleas de broma durante toda la comida, y Evangeline pensó que eso debía de ser lo que se sentía al tener una familia numerosa.

A ella le encantaría tener una familia grande algún día, con tantos hijos como pudiera. No sabía qué opinaba Drake sobre eso, para empezar, ni sabía si quería hijos, pero esperaba de todo corazón que quisiera tenerlos. Sería un padre estupendo que daría la vida por sus hijos.

Drake le cogió la mano por debajo de la mesa y la apretó cariñosamente. Sonreía con dulzura y con algo que parecía... amor. La hizo sentir nostálgica. Sabía que se preocupaba por ella y que la quería, pero seguramente no lo reconocía ni él mismo, así que aún menos a ella. Sin embargo, podía esperar porque no pensaba marcharse. Esperaría la vida entera si hiciera falta. Merecía esperar por él y por su amor.

Cuando terminaron de comer, dejaron los platos en la mesa para que los de la limpieza los recogieran después y fueron al salón, donde hubo una pequeña refriega por ver quién sería Papá Noel.

Evangeline estaba maravillada al ver cómo discutían aquellos hombretones con aspecto de machotes por repartir los regalos de debajo del árbol. Fue Silas quien los mandó callar al final y anunció que sería él quien los repartiría. Ella creyó que a los demás les iba a dar un patatús al ver a Silas hacer algo voluntariamente. A Justice parecía que le iba a dar algo mirándolo como si le hubiera salido una segunda cabeza o algo así.

Silas se limitó a sonreír y le pidió a Evangeline que se sentara en el sofá para poder darle sus regalos.

—Espera, ¿qué dices? —preguntó, azorada—. No tengo nada que desenvolver. Tenéis que repartiros los regalos que os he hecho yo.

Silas dijo que no con la cabeza, igual que los demás. Maddox frunció el ceño.

—A ver, entonces ¿está bien que tú nos compres algo, pero no que nosotros te hagamos a ti un regalo? —preguntó Silas.

Ella se ruborizó.

—Bueno, es que tampoco teníais que saber que os había comprado nada... hasta hoy.

—Y no lo sabíamos —repuso Silas secamente—. Hemos venido a darte tus regalos.

—¿Y tenemos regalos, dices? —preguntó Zander, esperanzado.

Ella soltó una carcajada porque parecía un niño ilusionado en Navidad. De hecho, al mirarlos los veía a todos sonriendo y con caras de emoción por ver qué les había comprado. Ahora se alegraba de haber tirado la casa por la ventana y haberles comprado varias cosas.

—Espero que os gusten —murmuró con timidez.

—Nos encantará lo que sea que nos hayas comprado —dijo Maddox mirándolos a todos a modo de advertencia.

Silas empezó a repartir los presentes, y todos empezaron a desenvolverlos con entusiasmo; parecían adolescentes. Ella los contemplaba demasiado fascinada por sus sonrisas y reacciones varias ante sus regalos como para prestar atención a los suyos. Estaba convencida de que no olvidaría nunca estas Navidades. Miró a Drake para ver su reacción. Era su primera Navidad juntos y primero lo habían celebrado con la familia de ella, y ahora con la de él. Después ya lo celebrarían en privado, pero por ahora disfrutaba de todos esos recuerdos.

Drake sonrió y articuló un «gracias» en silencio. Ella le devolvió la sonrisa para decirle que no había de qué. Qué ingenuo. Era él quien había hecho mucho más por ella de lo que ella podría hacer nunca.

Todos fueron a darle un abrazo y un beso a Evangeline para agradecerle los regalos. Luego, claro está, la apremiaron para que abriera los suyos y Evangeline se apresuró a desenvolverlos para ver qué había en el interior.

Los hombres siguieron bromeando, pero lo hacían con afecto y cariño.

Al final de la velada, a Evangeline le dio pena que se fueran, aunque tenía ganas de ver qué le tenía reservado Drake. No había dicho mucho más aparte de que quería que se dieran los regalos en Nochebuena en lugar de esperar al día de Navidad por la mañana. Como no había visto ningún regalo suyo con su nombre, no tenía ni idea de qué le habría comprado.

Sin embargo, después de todo lo que había hecho por sus padres, él debería saber que ella ya no necesitaba nada más. Cualquier cosa que le hubiera podido pedir, ya se la había regalado. Si no hubiera tenido claro su amor por él, lo hubiera confirmado cuando Drake regaló a sus padres aquella casa renovada y accesible.

Después de despedir a todo el mundo, Evangeline se sentó en el sofá con las piernas recogidas mientras contemplaba las llamas en la chimenea eléctrica que Drake tenía en el salón. Al recordar la previsión meteorológica, se levantó y fue corriendo a la ventana, esperando ver la nevisca, pero lo que vio la hizo exclamar.

—¡Mira, Drake! ¡Está nevando! ¡Son unos copos enormes!

Drake, que había acompañado a sus compañeros al ascensor, la abrazó por la cintura y la atrajo hacia sí. Sonrió y la besó en la sien.

—Ya lo veo, mi ángel. Entonces, ¿completa esto tu Navidad?

Ella se volvió entre sus brazos y le rodeó el cuello con los suyos.

—Tú completas mi Navidad. Puedo vivir sin nieve, pero no sin ti.

Él la besó largo y tendido; su lengua acariciaba todos los recovecos de su boca.

—Ve a sentarte al sofá, que iré a por tus regalos.

La emoción la embargaba; estaba hecha un manojo de nervios al volver al sofá. Él le dedicó una sonrisa cómplice y desapareció por el dormitorio para volver al cabo de unos minutos con varios paquetes. Los dejó debajo del árbol y se fue a por más. Cuando fue al dormitorio por tercera vez, ella ya estaba boquiabierta.

—¡Drake! ¿Pero cuántos regalos me has comprado? —preguntó, estupefacta, al ver la montaña de regalos en el árbol.

Él sonrió al dejar la tercera remesa bajo el árbol y volvió a la habitación. Lo mataría. ¡No necesitaba tantas cosas! No obstante, al recordar lo poco que le gustaba que se resistiera a los regalos que le compraba, se calló para no fastidiarle la Navidad. Si le gustaba comprarle cosas, no lo privaría de ese placer.

Por fin, después del cuarto viaje, él volvió al sofá y le tendió una mano. Ella dejó que la ayudara a incorporarse y la acompañara hasta el árbol, junto al cual se sentaron. Esto iba a ser divertidísimo.

Se turnaron para abrir los regalos y ambos no dudaron en expresar lo que sentían con cada presente. Drake parecía contento por lo que le había comprado y ella no fue consciente hasta entonces de lo nerviosa que estaba por comprobar si realmente le encantaba todo lo que había escogido para él.

Ese ritual de abrir los regalos lo aturdía y entretenía a partes iguales. El alma se le caía a los pies al pensar que nadie le había regalado nada por Navidad, ni para su cumpleaños ni para nada. Si de ella dependía, le daría alegría y felicidad cada día.

Abrieron los últimos regalos, o eso creía ella. Cuando se incorporó para recoger los papeles de regalo que se habían acumulado a su alrededor, él le cogió la mano para que volviera a sentarse, solo que en esta ocasión se la sentó en el regazo con un brazo alrededor de la cintura.

—Tengo un regalo más para ti —dijo con voz ronca.

—Ay, Drake. No tendrías que haberte molestado. ¡Me has comprado ya medio centro comercial!

Él le dio un paquetito cuadrado, envuelto con esmero y adornado con un gran lazo de satén. Era tan bonito que le daba pena abrirlo.

—Venga —la instó—. Ábrelo.

Con manos temblorosas, deshizo el lazo y desgarró el papel. Cuando abrió el paquetito, encontró otra cajita dentro. La sacó y empezó a abrirla. Cuando vio el estuche dentro de la segunda cajita, se le cortó la respiración.

Intentó levantar la tapa para abrir el estuche, pero los dedos no le respondían. Al final, Drake la ayudó y vio que en su interior había un anillo con un solitario enorme. Lo miro rápidamente con los ojos llenos de preguntas. No quería precipitarse y acabar muerta de vergüenza, pero... Dios, ¡no podía respirar!

Él sacó el anillo del estuche y se lo puso en el anular de la mano izquierda. A ella se le empañaron los ojos de lágrimas e inspiró varias veces como si quisiera controlar todos los sentimientos que la abrumaban.

Entonces él le levantó la barbilla y la miró fijamente a los ojos.

—¿Quieres casarte conmigo, mi ángel? —preguntó solemnemente—. ¿Quieres ser mía, legalmente, para el resto de nuestros días?

—Ay, Drake —dijo con la voz entrecortada—. ¿Estás seguro? ¿En serio quieres casarte conmigo?

—Nunca he estado tan seguro de nada como de esto —juró—. Eres la única mujer que he deseado nunca... y a la que amaré siempre. Quiero que te cases conmigo, que tengas a mis hijos, que envejezcas a mi lado. Di que sí, mi ángel. No quiero esperar más. Quiero que seas mía de todas las formas posibles para que el mundo sepa que eres mía.

Ella lo abrazó por el cuello y lo estrechó con fuerza. Respiraba de forma tan acelerada que empezaba a estar aturdida.

—Sí. Ay, Dios. ¡Claro que sí! Te quiero tanto, Drake. Nunca querré a nadie como a ti. Lo único que quiero es ser tu esposa y tener hijos contigo. Una casa llena —dijo ilusionada—. ¿Cuántos quieres?

Él sonrió y la miró con un destello de satisfacción. Parecía… feliz.

—Te daré todos los hijos que quieras, mi ángel. Contigo como madre, no tendré que preocuparme nunca. Sé que no tendrán la misma infancia que yo. —Dudó y sus ojos se apagaron un instante, pero entonces volvió a mirarla con aire resuelto y cariñoso que la dejó sin palabras—. Antes de conocerte, decía que no me casaría en la vida, que no tendría hijos, porque el riesgo era demasiado grande. No quería que ningún hijo mío tuviera la misma clase de madre que tuve yo. Una madre que me hubiera abortado de no ser por las ventajas fiscales que recibiría si me tenía. Pero entonces te conocí y todo cambió. No sabía que existían mujeres como tú —dijo con una expresión asombrada y reverente—. Pero gracias a Dios por existir. Y gracias a Dios por haberte conocido.

—Ay, Drake —repitió por tercera vez aquella noche. Parecía que fueran las dos únicas palabras que era capaz de pronunciar—. Me has hecho inmensamente feliz. Eres la prueba de que los sueños pueden cumplirse. ¿Cómo no iba a amarte? ¿Cómo no podría casarme contigo? ¿Cómo no querría que un hombre como tú fuera el padre de mis hijos?

—¿Y si vamos a la cama y empezamos a practicar antes de tenerlos? —propuso con un destello travieso en la mirada—. Quería que nos diéramos los regalos esta noche porque quiero pasar el día de Navidad en la cama contigo y hacerte el amor sabiendo que, en cuanto pueda organizarlo, serás mía de todas las formas posibles ante los ojos de Dios y de los hombres.

—No creo que necesites practicar mucho —dijo ella con una sonrisa seductora—, pero me apunto al período de prueba. Ya sabes, para asegurarnos de que cuando queramos fabricar un bebé, lo hagamos bien.

25

—*E*nséñanos el anillo, ¿no? —pidió Maddox cuando entró en el apartamento con Silas—. Drake te ha tenido bien escondida desde que te pidió matrimonio en Navidad. Empezaba a preguntarme si volvería a verte cuando nos contó que vendrías al club a celebrar la Nochevieja con nosotros.

Evangeline se ruborizó, pero sonrió de oreja a oreja al extender la mano para que vieran el enorme diamante que le brillaba en el dedo. La piedra era tan grande y cara que vivía con miedo a perderla, así que no se quitaba nunca el anillo.

Maddox silbó, impresionado.

—Drake sí que sabe hacerlo bien cuando da el paso. Creía que no lo vería nunca, pero mira, aquí estás tú: la futura señora de Drake Donovan.

—Enhorabuena, preciosa —dijo Silas en su tono tranquilo y sereno habitual.

—Gracias a los dos —les dijo y los abrazó—. ¿Estáis listos? Tengo que reconocer que después de una semana aquí encerrada con Drake, tengo unas ganas locas de salir y ver gente.

Maddox rio.

—Pues su carruaje la espera, *milady*. ¿Y puedo decirte lo guapísima que vas hoy? Estoy tentado de pedirte que te cambies porque en cuanto te vea Drake, seguro que me pide que te traiga a casa a cambiarte.

Silas apretó los labios para que no se le escapara la risa, pero reconoció que Maddox tenía razón.

—¡Pero si este vestido me lo compró él! Tendrá que aguantarse —masculló.

—Y entiendo por qué lo compró —observó Silas—, pero creo que pensaba en él mismo cuando te lo compró… y no en los muchos otros hombres que saben reconocer a una mujer bonita en cuanto la ven.

—Anda, vámonos antes de que uno de los dos me obliguéis a cambiarme —dijo, exasperada.

Ya había anochecido cuando el coche que llevaba a Evangeline, Maddox y Silas llegó al club. Pasaron por la puerta principal, donde a pesar del frío y de la ligera nevisca, había una cola que daba la vuelta a la manzana y seguía en la calle siguiente.

—Madre mía, esto estará abarrotado hoy —exclamó ella.

—Es la noche más importante del año para el club —explicó Maddox—. Es una locura. Drake siempre contrata a más personal para Nochevieja.

Ella hizo una mueca.

—Me recuerda a la primera noche que vine.

Silas se le acercó y le apretó la mano.

—Va, no pienses en eso ahora. Hoy es tu noche para brillar y divertirte.

Ella le sonrió.

—Ah, no te preocupes. No me arrepiento de nada de lo que pasó esa noche, salvo que no fui yo la que le dio un puñetazo a Eddie en toda la cara. Eso hubiera sido lo único que la hubiera mejorado. Es la noche que conocí a Drake.

Maddox esbozó una sonrisa.

—Cierto. Y tengo que decir, cariño, que esa noche también está entre mis preferidas.

Aparcaron por detrás junto al elegante coche de Drake, y Silas la ayudó a salir antes de colocarla entre ambos para entrar en el edificio. De camino al despacho de Drake, los saludaron varios empleados. Sabiendo que este ya se habría percatado de su presencia, sonrió y sopló un beso en dirección a su oficina.

A su lado, Maddox se rio.

—Mira que te gusta provocar.

—*Moi?* —preguntó ella inocentemente.

—Eres una buena influencia para él —dijo Silas en un tono serio.

Ella arqueó las cejas, pero no dijo nada mientras subían en el ascensor. Cuando se abrieron las puertas, la embargó una sensación de *déjà vu*. Recordó la primera vez que había subido en ese ascensor, completamente avergonzada, y había conocido a ese Drake Donovan y su personalidad arrolladora.

Suspiró de felicidad. Habían cambiado muchísimas cosas desde entonces. ¿Quién hubiera dicho que la mujer que entró insegura en Impulse aquella noche acabaría siendo la futura esposa de Drake?

No habían dado ni tres pasos cuando Drake apareció a su lado con una expresión cómica al verle el vestido.

—Joder, no pretendía que llevaras el vestido aquí —dijo casi atragantándose.

Ella se volvió y levantó las manos.

—¿No te gusta?

—Sabes perfectamente que me gusta —masculló—. Lo que no me hace gracia es que todos mis hombres te vean así.

—Sufriremos en silencio —dijo Justice a su espalda, arrastrando las palabras.

—Sí, mejor —murmuró Drake.

La emoción burbujeaba en su interior como un refresco que se agita antes de abrir.

—Yo también te he echado de menos —dijo con un deje sensual.

Entonces se giró hacia los otros.

—¿Y dónde está el champán? No puede haber fiesta de Nochevieja que se precie sin champán.

—Permíteme —dijo Jax, que se le acercó con una copa alargada llena de champán burbujeante.

Drake la acompañó hasta su mesa, se sentó en su butaca y se la sentó a ella en el regazo. Evangeline se relajó y le dio un sorbito a aquella bebida tan deliciosa.

—Bueno, ¿quién va a bailar conmigo? —preguntó con picardía.

Drake le apretó la cintura.

—Yo seré el único con el que bailes.

—Anda, Drake —hizo un mohín—, ¿no dejarás que bailen conmigo el día que nos casemos?

Su mirada se suavizó un poco, aunque había fuego en sus ojos.

—Tendrán un minuto exactamente en el banquete.

—Vaya, qué espléndido eres, Drake —dijo Zander—. Te llevas a la mujer más guapa y dulce de la ciudad y nos das solo un minuto para bailar con ella. Qué bonito.

—Cierra la boca o te quedas sin su comida también —dijo Drake arrugando la frente.

—Ya me callo, ya me callo —dijo él levantando las manos en señal de rendición.

Durante las horas siguientes, en el despacho reinaba un aire festivo y todos iban rellenando la copa a Evangeline hasta que se empezó a encontrar algo mareada. Ella reía y bromeaba por cualquier estupidez, pero a nadie le importaba. Drake no dejaba de sonreír e incluso le dijo que era muy graciosa borracha.

—¡No estoy borracha! —dijo azorada.

—Yo no estaría tan seguro —comentó Maddox, riendo—. Creo que ahora mismo llevas un buen pedo.

Ella entrecerró los ojos, pero lo malo fue que, al hacerlo, Maddox se multiplicaba por tres. Prefirió no contárselo y optó por no hacerle ni caso.

—Empieza la cuenta atrás —anunció Hartley—. Faltan treinta segundos para medianoche.

Evangeline cogió a Drake de la mano y le dedicó una de sus sonrisas encantadoras.

—Este va a ser el mejor año de todos —susurró.

A él le brillaban los ojos y le cogió el mentón para atraerla hacia sí y besarla.

Detrás de ellos, los hombres empezaron a contar.

—Ocho, siete, seis, cinco…

Llegaron al uno y la pista de baile de la planta inferior estalló en el mismo instante en el que las puertas del despacho se abrían de sopetón y entraban hombres con rifles de asalto gritándoles que se echaran al suelo.

Drake se levantó de la butaca como si tuviera un resorte y empujó a Evangeline a su espalda justo antes de que le apuntaran en la cabeza con dos pistolas.

—¡Al suelo! —vociferó uno de los hombres—. ¡Policía! Traemos una orden para registrar el local.

—Pero ¿qué narices…? —soltó Drake.

Evangeline tuvo que taparse la boca con la mano para no

chillar. En ese momento, dos hombres fueron a por Drake, que no había acatado la orden de echarse al suelo, y ella se les abalanzó, llena de rabia.

—¡Ni os acerquéis a él! —gritó—. ¿Qué le estáis haciendo? ¡No podéis irrumpir en su propiedad privada a punta de pistola y maltratarlo así!

Acabaron reduciendo a Silas y Maddox, no sin dificultad. Y cuando uno de los agentes se acercó a Evangeline, Drake estalló y otro agente, el que parecía ser el cabecilla, hizo callar a todo el mundo.

—Dejadla —gritó—. Está con nosotros. Es legal. Dejadla y ocupaos de los demás.

El agente le soltó el brazo, y eso la hizo trastabillar un poco; su cabeza embotada por el alcohol trataba de entender lo que el policía acababa de decir. Mierda, parecía que... Joder, había insinuado que... No. No permitiría que sucediera. No dejaría que Drake pensara que había tenido algo que ver con esto.

Horrorizada, vio como los esposaban a todos y los hacían tumbar bocabajo en el suelo mientras ella permanecía allí de pie. Ningún otro agente le dijo nada. ¿Qué creían que estaban haciendo? ¿Acaso se estaban vengando porque se había negado a ayudarlos a atrapar a Drake? ¿Por eso la implicaban? ¿Por qué? ¿Para qué querían joderla de esa manera? ¿Tanto odiaban a Drake que estaban dispuestos a quitarle todo aquello que le importara?

No, seguro que Drake no los creería. No lo haría porque confiaba en ella. Sin embargo, lo miró suplicante y descubrió que su mirada ardía de rabia y por la traición. La observaba como si la traspasara, como si no fuera nada. Como si fuera la peor persona del mundo.

Cegada por la rabia, se lanzó hacia el agente que tenía más cerca.

—¡Deténganse! —gritó—. ¡Váyanse de aquí! Voy a llamar a su abogado ahora mismo y les juro que los vamos a demandar. ¡A todos y cada uno de ustedes!

—Apártese —dijo secamente un policía—. Tenemos una orden de registro para entrar en el despacho de Drake Donovan en Impulse y confiscar todo lo que pueda ayudarnos en nuestra investigación.

—¡Y una mierda! —chilló—. ¡Conseguiré que le quiten la puta placa!

Estaba tan furiosa que gritaba palabras que, si la oyera su madre, seguro que se pasaría un año entero lavándole la boca con jabón. Pero le daba igual. Era una cuestión de supervivencia. Mierda, Drake la odiaba. Todo el mundo podría vérselo en esa mirada gélida que le lanzaba.

Los agentes pasaron una hora interminable rebuscando y registrando el despacho mientras ella sollozaba, desconsolada. Nunca se había sentido tan impotente, contemplando cómo su vida entera se iba a pique.

Frustrados por la dificultad de hallar lo que andaban buscando, el jefe detuvo el registro. Le quitaron las esposas a Drake y a sus hombres y les dijeron que no salieran de la ciudad en los próximos días y que se pondrían en contacto para interrogarlos cuando hubieran analizado todas las pruebas contra él.

Eso era lo más descabellado que ella había oído nunca. No era abogada, pero así no era como la policía llevaba a cabo una investigación. No irrumpían con una orden de registro para no encontrar nada y decirle a un sospechoso, Drake, qué intenciones llevaban. ¿Lo tomaban por idiota? A menos… a menos que fuera un plan para que Drake hiciera alguna estupidez, como que le entrara el pánico y cometiera un error que los llevara directamente a lo que sea que estuvieran buscando.

Si ese era el mejor plan que habían encontrado para acabar con él, eran unos putos incompetentes. Él nunca se tragaría algo así. Era un plan de aficionados. ¿Y se suponía que debía sentirse a salvo con esta gente protegiendo la ciudad en que vivía?

A medida que los agentes salían por la puerta y dejaban el caos a sus espaldas, Evangeline corrió al otro extremo del salón para abrazar a Drake, horrorizada por el trato al que lo habían sometido.

Estaba hecha un mar de lágrimas cuando lo miró a los ojos y vio su mirada fría.

—Madre mía, Drake. ¿Qué querían?

—No sé, dímelo tú —le espetó.

La apartó de malas maneras, lo que casi la hizo caer por los tacones que llevaba. Hubiera caído de no ser por Silas, que la sujetó a tiempo. La ayudó a recobrar el equilibrio y la miró con inquietud.

—¿Estás bien, Evangeline? —preguntó, con un tono preocupado.

Las atenciones de Silas solo consiguieron cabrear más a Drake.

—Fuera —dijo este—. Sacadla de aquí. Como vuelva a verte por aquí, te juro que te echo a patadas y pido una orden de alejamiento para que no te me puedas acercar a menos de cien metros.

—¡Drake! —sollozó ella, cada vez más desconcertada. Empezaba a notar como el frío le corría por las venas y se filtraba en el corazón—. Drake, por favor. No me hagas esto. Tienes que escucharme. Sé que estás enfadado ahora, pero date cuenta de que esto ha sido una trampa. ¿No lo ves?

—¿Una trampa? Sí, supongo que ha sido eso exactamente —dijo con amargura—. Has desempeñado tu papel de puta madre. Tengo que felicitarte. ¿Te ha hecho sentir especial haber llegado más lejos que cualquier otra mujer?

—Ya basta, Drake, joder —espetó Maddox.

Drake se volvió hacia él.

—No te metas en esto. Ni los demás. —Entonces se dirigió a Evangeline con tanto odio en la mirada que ella se dio cuenta de que él nunca podría amarla; era inútil—. El precio de la traición es todo —dijo con una frialdad pasmosa—. Quiero que te largues de aquí y no te acerques a mi casa, al club ni a ninguno de mis negocios. No quieras saber lo que les pasa a los que desobedecen mis órdenes.

Hablaba en un hilo de voz con un deje muy peligroso, pero a ella no le importaba suplicar ni pasar vergüenza. Si lo perdía, lo perdería todo igualmente. ¿Y qué más daba si ya no le quedaba nada?

Se arrodilló frente a él con una mirada suplicante que le pedía que la escuchara. Que la creyera.

—Drake, por favor, tienes que escucharme. Nunca te he traicionado —dijo apesadumbrada—. Ni una sola vez. Siempre he tenido fe en ti, siempre te he creído y nunca te he cuestionado. Ahora te pido que hagas lo mismo por mí. Te ruego que me creas, que creas en mí hasta que pueda demostrarte que no he tenido nada que ver con esto.

Drake hizo una mueca. Silas y Maddox la miraban a ella con compasión, y a él con mucha rabia.

—Te lo estoy pidiendo de rodillas, aunque me prometí a mí misma que nunca volvería a sentir la humillación que sentí la noche que me degradaste en tu casa. Pero ahora mismo ya no tengo orgullo, no tengo nada si no confías en mí. Por favor, di que me crees. Solo por esta vez, Drake, y te juro que nunca volverás a dudar de mí.

Durante un momento creyó que por fin le había abierto los ojos. No se atrevía a mirar a los demás. Acababan de soportar una hora esposados y ultrajados y si, como Drake, ellos también la culpaban, no hallaría refugio en sus miradas.

Hasta entonces solo había visto las reacciones de Silas y de Maddox y por lo menos parecían dispuestos a darle el beneficio de la duda.

—Escúchala, Drake. No seas tonto —dijo Silas—. Mírala, joder. La tienes aquí arrodillada rogándote. ¿Esto es lo que quieres de la mujer con la que te vas a casar?

Sus palabras lo hicieron estallar. Su mirada se volvió aún más despiadada y gélida hasta el punto de que ella ya no reconocía al hombre que tenía delante y que la observaba como si fuera basura.

—No —espetó Drake—. Tienes razón. No es para nada lo que quiero de la mujer con la que me vaya a casar. Espero que mi esposa tenga lealtad absoluta a mí y a mis hombres. Y no que me seduzca con mentiras para dar chivatazos a la bofia.

Evangeline se quedó blanca como el papel. Las fuerzas la abandonaron y se sentó porque las rodillas ya no lograban mantenerla. Siguió escuchando mientras Drake, que parecía a kilómetros de allí, daba órdenes a alguien —¿quién era?— para que la echara del despacho, que se deshiciera de ella y la llevara donde fuera, pero que se la quitara ya de delante.

—Sacadla, Hatcher, Jax —dijo con dureza—, porque parece que a Silas y a Maddox les cuesta acatar mis órdenes.

—Como la toquéis, estáis muertos —anunció Silas con una voz que parecía de ultratumba—. Apartaos de ella. Ahora —ladró.

Y entonces, como si no acabara de amenazar a dos de sus propios hermanos, la ayudó a incorporarse y soltó otro improperio cuando vio las dificultades que tenía para mantener el equilibrio.

La asió como pudo poniéndole un brazo por encima de los hombros y la acompañó hasta el ascensor. Con unos sollozos que la hacían temblar entera, andaba cabizbaja y con los hombros hundidos en señal de derrota.

Silas se dio la vuelta y lanzó a Drake una mirada fría y dura.

—Mira lo que has hecho, Drake. Fíjate bien en lo que acabas de destruir. Desearía que te fuera todo bien, pero tú mismo has acabado con todas las oportunidades de conseguirlo.

Maddox fue hacia el ascensor y puso las manos para que no se cerraran las puertas.

—Asegúrate de que esté a salvo —pidió a Silas en voz baja—. Me quedaré aquí hasta que averigüe qué mierda está pasando y quién nos ha traicionado. Esto me huele muy mal.

Evangeline levantó la cabeza y miró a Maddox, que se encogió de dolor al mirarla a los ojos.

—Ya habéis oído a Drake —dijo en un tono neutro—. Os he traicionado a vosotros y a él.

—Eso es una puta patraña y los dos lo sabemos —explotó Maddox.

—Pero él no —repuso ella, hecha un mar de lágrimas y con la voz quebrada por el peso de la pena—. Y no lo sabrá nunca ya.

—Mírame, Evangeline —dijo él en un tono que nunca había empleado con ella. Tenía un deje duro, dominante y autoritario. No pudo hacer otra cosa que obedecer—. Al final sabrá que no has sido tú, pero me temo que ahora es demasiado tarde. No te ha creído cuando tenía que creerte. Cuando le lleve las pruebas irrefutables que demuestren tu inocencia, sabrá que ha cometido el mayor error de su vida. Y entonces tendrá que vivir con las consecuencias.

—Cuídalo, Maddox. Hazlo por mí, por favor. Alguien va a por él para hacerle daño y destruirle la vida… y la vuestra. No dejes que se salgan con la suya. Le han contado una mentira sobre mí, lo que demuestra que no son de fiar. No usarán la ley para ir tras él; lo harán a su manera, así que mantenlo a salvo.

—Qué cabronazo —dijo Silas, furioso—. No lo aguanto ni un segundo más. Vámonos antes de que entre allí y acabe con él yo mismo y la pasma tenga una cosa menos de la que preocuparse. Ese capullo la ha humillado de la peor forma posible y no son maneras de tratar a una mujer, y aún menos a una a quien le has pedido matrimonio. ¿Y encima aquí está ella rogándonos que lo cuidemos y lo mantengamos a salvo? Me entran ganas de cargármelo con mis propias manos.

—Es tu hermano, Silas. Dejad que me vaya, por favor. Vosotros hacéis falta aquí...

Volvió a echarse a llorar. Maddox le acarició el pelo y, por un breve instante, ella creyó verle los ojos vidriosos. Pero no, eran solo sus propias lágrimas.

—Cuídate, Evangeline, hasta que volvamos a vernos, porque nos veremos. Tienes mi número, así que si necesitas algo, lo que sea, espero que me llames. Si me entero de que no me has llamado en un momento de necesidad, me voy a cabrear muchísimo. ¿Entendido?

Ella asintió, pero embargada por la tristeza no era consciente de mucho más salvo del dolor y la desesperación que sentía en el fondo del alma.

—Cuídala, Silas —pidió Maddox.

—Ya lo sabes. Y ten cuidado —dijo Silas con un tono cada vez más tajante y enfadado—. Hasta que sepamos quién ha filtrado la información, vigila tus espaldas.

—Y tú... y ella —repuso Maddox con énfasis—. Es un objetivo vulnerable, al menos hasta que se sepa que Drake ha roto con ella, y sería mejor que empezáramos a correr la voz, si eso puede protegerla.

Evangeline se encogió de dolor y se quedó inmóvil. ¿Cuánto más podría estar allí aguantando el tipo mientras se desmoronaba su vida? Y ahora Silas y Maddox, aunque tenían la mejor de las intenciones, se paraban a hablar despreocupadamente sobre filtrar las noticias de su separación como si fuera el parte meteorológico.

Maddox la miró como disculpándose y se acercó a besarla en la mejilla.

—Va, nos veremos pronto, cielo. Vendré a verte en cuanto pueda.

Ella no respondió, con lo que ni confirmó ni negó lo que acababa de decirle. Maddox daba por supuesto que ella tenía dónde ir, que le sería tan fácil como ir a un hotel o encontrar de inmediato otro piso para alquilar. Pero ninguna de las dos cosas era fácil si no se tenía dinero, ni trabajo ni perspectivas de tener nada de eso.

Se abrieron las puertas del ascensor y se dio cuenta de que ni siquiera se había fijado en cuándo se habían cerrado ni en el breve trayecto hasta la planta baja. El club estaba vacío, seguramente por la redada de la policía. El suelo estaba lleno de confeti, copas, matasuegras, gorritos de fiesta, entre otros adornos y basura. Era como si hubiera estallado una bomba. De hecho, era así como se sentía: destrozada.

Silas hablaba por teléfono con alguien y le daba instrucciones, pero ella no lo estaba escuchando: el abismo que se abría en su corazón era cada vez más grande y estaba a punto de tragársela. Ahora ansiaba ese velo de negrura, quería que la envolviera por completo y la llevara a algún lugar donde no pudiera pensar, sentir ni ver a Drake acusarla delante de sus hombres. Un coche se detuvo frente a ellos; las luces la iluminaban, pero ella tenía la vista fija en algún punto distante como resultado del impacto y el entumecimiento general que poco a poco la había invadido.

Por suerte, no tardaría en envolverla por completo y entonces podría dejarse llevar un tiempo. Le daba igual pasar frío y no tener adónde ir ni cómo pagarlo. Esas cosas solo importaban a la gente que tenía… esperanza. Un futuro o expectativas de tenerlo, como ella con Drake. Al menos durante unos meses magníficos había sabido qué era rozar el cielo. Durante ese tiempo anheló un futuro con todo lo que había soñado siempre. Tendría que haber sabido que en algún momento se lo arrebatarían, pero no quería creer más que en la promesa de Drake, la promesa que había roto no solo una vez sino dos y de la forma más cruel posible.

—Evangeline —dijo Silas con tacto, arrancándola de ese abismo mental que amenazaba con engullirla en cualquier momento.

Empezó a enfocar la mirada en él y pestañeó al verlo tan preocupado... y tan enfadado a la vez.

—Le he pedido a mi chófer que nos recoja. ¿Dónde quieres ir?

Sollozó de tal forma que parecía el gemido de un animal. Las lágrimas le resbalaban desbocadas por las mejillas. Quería echarse a reír, pero sabía que si empezaba ya no habría forma de parar. Se pondría histérica y ya no podría recobrar la compostura.

Silas le acarició la mejilla con una mirada llena de tristeza y lástima. Eso era lo peor. Esos dos hombres que no creían que los hubiera traicionado, los que no estaban cabreados con ella y no la odiaban, la compadecían y Evangeline no sabía qué era peor.

—Escúchame, cielo. Drake está muy equivocado. Ni los demás hombres de Drake ni yo creemos que nos hayas traicionado. Y cuando haya tenido tiempo de calmarse y reflexionar, él también se dará cuenta.

—Es demasiado tarde —dijo ella, rota de dolor. Se sentía derrotada y su voz desesperada apenas denotaba vida—. Ha dejado muy claro que ni le preocupo una mierda ni tiene ningún tipo de sentimiento hacia mí. Soy un objeto, su juguetito para entretenerse cuando se aburre. No me cree aunque acudí a él y le conté que el policía me había abordado en el restaurante ni incluso después de decirle que nunca lo traicionaría.

Cerró los ojos un momento porque el dolor de cabeza que había empezado al irrumpir la policía en el despacho de Drake era ahora como un incendio incontrolable. Se llevó una mano a la frente y gimió con los ojos aún cerrados mientras seguía soltando todo lo que querría gritar a Drake.

—No puedo vivir con un hombre que no confía en mí y que me tiene tan poco respeto. Alguien que me pone en evidencia y que me humilla delante de sus colegas y me hace rogar, pero se niega a escuchar lo que le digo. Antes muerta que con él. Me ha machacado y soy imbécil por habérselo permitido. Soy imbécil por quererlo y creer que mi amor bastaba para que él pudiera amarme algún día.

»No tiene corazón ni capacidad de amar. Su desconsideración y el hecho de que ni siquiera se haya molestado en escu-

charme o en permitir que me defienda demuestran sin lugar a
dudas que no me quiere ni me querrá nunca.

Miró fijamente a Silas por primera vez; la rabia la había sacado de esa sensación de aturdimiento. Él apretaba la mandíbula mientras la escuchaba con atención.

—Cualquier mujer puede desempeñar el papel que yo tenía
en su vida —añadió con amargura—, porque ninguna conse-
guirá lo que realmente importa: su corazón, su amor, su confianza. Tal vez muchas se conformen con su riqueza y su influencia, pero yo no —susurró—. Nunca.

El dolor que sentía en la cabeza le estaba poniendo mal
cuerpo. Y Silas seguía allí observando cómo desnudaba su corazón roto y esperando que le dijera adónde quería ir. Al infierno. Total, ya estaba allí.

—Odio su dinero y su influencia. Detesto que siempre se
haya creído un monstruo y reconozco que antes de hoy, ni me
lo creía ni hubiera permitido que nadie lo creyera. Pero lo que
acaba de hacer… —Inspiró hondo para tranquilizarse un poco,
pero seguía llorando—. Lo que ha hecho no solo demuestra
que no tiene fe ni confianza ni amor hacia mí, sino que yo me
equivocaba. Que no puedo confiar en él y que no debí regalarle
nunca lo único que podía darle: mi corazón, mi amor, mi confianza y mi lealtad. Le di todo lo que no le he dado nunca a otro
hombre. Y para él no ha significado nada.

Empezó a sollozar con fuerza y se tapó la cara con ambas
manos. Por el dolor le empezaban a entrar náuseas y tuvo una
arcada, pero logró no vomitar todo el champán.

—Evangeline, ¿quieres ir a algún sitio en concreto esta noche? ¿A casa de tus amigas, por ejemplo?

—No, por Dios —dijo, horrorizada—. ¿Para que sepan que
tenían razón y he sido gilipollas? ¿Otra vez? —Notó un temblor en el ojo y se puso una mano en la frente mientras conte-
nía otra arcada—. No tengo adónde ir, Silas —añadió desesperada—. Ya deberías saberlo, dependía de Drake para todo. He
aprendido la lección: no volveré a confiar en ningún hombre
en la vida.

El dolor y el pesar se le asomaban a los ojos. Él la vio con-
traer el rostro cuando los faros del coche que se acercaba la ce-
garon. Se fijó en que algo le pasaba.

—Evangeline, ¿qué te pasa? ¿Te llevo al hospital? ¿Te encuentras mal?

¿Encontrarse mal? Quería echarse a reír. Se sentía fatal. No volvería a pensar en esta noche sin que se le revolviera el estómago. No la olvidaría en los próximos días... ni décadas.

—Dolor de cabeza —masculló—. Tengo ganas de vomitar. No te preocupes, Silas. Y gracias por llevarme. Ya decidiré adónde ir, pero si no te importa, que siga conduciendo hasta que averigüe qué hacer y adónde ir.

Tal vez, si el chófer accedía, podía quedarse allí toda la noche recorriendo y dejándose llevar por la ciudad.

Silas soltó una maldición; tenía una mirada asesina y costaba mirarlo sin reaccionar con miedo. Siempre se había mostrado amable y compasivo con ella, pero esta noche Evangeline vio lo que nunca había visto en Drake: a un monstruo.

—Te llevaré a mi casa. No te preocupes. Si no estás cómoda durmiendo en mi piso, puedes quedarte en alguno de los dos que hay a cada lado del mío. Están vacíos por privacidad.

Ella arrugó la frente y volvió a notar un pinchazo en la cabeza.

—¿Todo el edificio es tuyo?

Él asintió.

—Sí, y toda la planta superior es para mí. En un futuro, la transformaré y me haré un apartamento entero, pero no he tenido tiempo de hacerlo de momento. Alquilo los pisos de las plantas inferiores. Puedes quedarte en mi piso o en los dos de al lado, lo que te sea más cómodo. —Ella agachó la cabeza, avergonzada—. Evangeline, por favor, no te sientas avergonzada conmigo —dijo con un deje enfadado y apretando los dientes.

—¿Y cómo quieres que me sienta? Dime. Ya no tengo nada, ni siquiera orgullo. Se lo di también y me ha echado sin contemplaciones, ahora solo puedo ir a casa de un hombre que trabaja para él porque me tiene lástima. Soy patética y doy pena, pero no significa que me guste o lo acepte. Si soy así de inútil es porque él me ha hecho así —susurró.

Silas estaba echo un basilisco. Era un hombre de más de metro ochenta, fuerte, dominante... y muy cabreado.

—Te juro que voy a machacarlo por lo que ha hecho —dijo con la mandíbula en tensión.

—No valgo la pena, Silas. Olvídalo —repuso ella, cansada.

—¡Y una mierda! Vales muchísimo más de lo que has recibido. Mereces mucho más de lo que te han dado. Y si te crees que me voy a quedar de brazos cruzados, estás muy equivocada. Ni de coña. ¿Entendido?

Su voz era atronadora y cualquiera que no lo conociera se moriría de miedo. Sin embargo, sabía que no estaba enfadado con ella y por eso le entraban ganas de llorar otra vez.

—Te llevo a mi casa, no hay más que hablar —dijo acompañándola al coche que les estaba esperando—. Hoy duermes conmigo y mañana te daré las llaves de uno de los pisos de al lado. Están amueblados. Llamaré a Maddox para que pase por casa de Drake y te coja algo de ropa.

Ella se puso pálida.

—¡No! Ya lo has oído, Silas. Y aunque no me hubiera dicho lo caro que sale traicionarlo, nunca me llevaría nada que hubiera pagado él.

—Pues entonces te compraré algo por la mañana —manifestó en un tono que no admitía réplica.

—Solo si me dejas que te lo pague en cuanto pueda. Y ya que estamos, no te pases, que sea algo barato: unos tejanos, camisetas y tal vez un abrigo, nada más —aclaró con un hilo de voz.

—Compraré lo que me parezca y ya hablaremos sobre lo de devolverme el dinero en otro momento —le hizo saber mientras cerraba la puerta. Cuando se fue y subió por el otro lado, la miró fijamente—. Ahora no, que estás borracha, te acaban de romper el corazón y no dejas de llorar.

Y sin más, le pidió al chófer que los llevara a su apartamento y el coche se alejó, aquel tempestuoso primer día del año, por las calles desiertas de la ciudad de Nueva York.

Menuda forma de celebrar la llegada del nuevo año.

26

Cuando Evangeline se despertó seguía doliéndole la cabeza y veía tan borroso que casi no alcanzaba a distinguir lo que la rodeaba. Tenía la boca seca y un picor en la garganta que le producía dolor al tragar.

Había insistido en quedarse en el sofá que Silas tenía en el salón de su casa y se negó a que este le cediera su cama o, lo que era lo mismo, su privacidad y su espacio personal, porque sabía que era muy celoso de eso. Había visto cómo él apretaba la mandíbula, como si fuera a ponerse terco, pero ella le dijo que no con firmeza y al final, como Silas vio que estaba a punto de perder el control, accedió, aunque no le hacía ninguna gracia.

Lo oía en la cocina y olía que estaba preparando el café, pero ese olor le revolvió el estómago al instante y notó que le sudaba la frente. De repente se notaba la piel húmeda y pegajosa.

El dolor no se iba e incluso al pestañear era como si le clavaran un trozo de cristal en el cráneo. Sin hacer ruido, Silas se inclinó sobre ella con el rostro preocupado.

—Evangeline, ¿te encuentras bien?

Ella no intentó mentirle siquiera. Negó con la cabeza y se arrepintió inmediatamente de haber hecho aquel leve movimiento. Se tapó la boca con la mano al notar una náusea y Silas la cogió en brazos y la llevó deprisa al baño, frente al retrete.

—Respira hondo —dijo en voz baja—. ¿Aún te duele la cabeza?

Ella asintió más despacio esta vez.

—Es horrible, Silas —susurró.

—Te daré algo en cuanto vea que no lo vas a vomitar —dijo serio—. Y entonces te tumbarás en el sofá y descansarás. El medicamento te va a dejar fuera de combate.

—¿Qué es? —preguntó temerosa.

—Nada que pueda hacerte daño —la tranquilizó—. Son analgésicos. Me dan jaquecas de vez en cuando y tengo que tomármelos para aliviar el dolor. Confía en mí, ya verás como en una media hora estarás mejor. Y entonces, si te apetece, te llevo al piso de al lado.

Iba a agachar la cabeza de nuevo, pero después de la advertencia de Silas de la noche anterior, no quería volver a verlo enfadado por algo que ella no podía evitar.

—Gracias —susurró—. No me quedaré mucho tiempo. Solo un par de días para decidir qué hacer.

Él frunció el ceño, como ya se imaginaba.

—Te quedarás todo el tiempo que necesites, ¿me oyes?

—Sí —dijo ella, cansada—. Lo que sea. Ahora mismo no me veo con ánimo para discutir contigo.

La expresión de él se suavizó.

—Y yo no quiero discutir contigo, cielo. ¿Se te han pasado las náuseas? ¿Crees que puedes tumbarte en el sofá? Iré a buscar los analgésicos y algo de comer.

Ella se dejó acompañar al salón y se sentó en el sofá mientras él iba a buscarle el medicamento. Regresó al momento con un vaso de leche y una pastilla.

Después de tomársela, él le cogió el vaso.

—Va, túmbate. Te prepararé algo de comer. No te preocupes, no será muy pesado. Sé que aún estás indispuesta.

—Gracias —susurró sin abrir los ojos.

—De nada, mujer.

Ella se adormiló hasta que Silas entró en el salón con dos platos. Se sentó en el sofá que había junto al de ella y la ayudó a sentarse antes de darle uno de los platos.

—¿Estás mejor?

—Algo flotante.

—¿Flotante? ¿Pero eso existe?

—Es como me siento. Es como si el mundo que me rodea flotara a mi alrededor.

Él se rio.

—Vale, ya te entiendo. Diría que el analgésico empieza a hacer efecto. Prueba a comer un poco. Si después de desayunar te encuentras mejor, te llevaré al otro piso antes de ir a trabajar.

Ella se puso tensa y cerró los ojos al oír lo del trabajo. Drake. Él estaría allí, claro. Era un día cualquiera y seguramente él no se había pasado la noche en vela como ella, hecha polvo por la ruptura.

—Dale las gracias a Maddox cuando lo veas —dijo ella—. Por todo. Os estoy muy agradecida a los dos por ser mis amigos. Los amigos nunca sobran y al parecer yo tengo menos que nadie.

—Es preferible la calidad a la cantidad —dijo Silas.

—Bien dicho.

Ella miró el desayuno que había dejado a medias y notó que volvía a llorar y las lágrimas empezaban a caer en el plato.

—Ay, cielo —dijo él con el rostro contraído—. Tienes que dejar de llorar o no se te pasará el dolor de cabeza.

—Ya… ya lo sé. No quiero llorar, pero no puedo evitarlo. Ay, Silas, ¿qué voy a hacer? —preguntó, desconsolada—. ¿Qué voy a hacer?

Él la abrazó y ella hundió la cara en su cuello mientras sollozaba y temblaba. Y allí permaneció un rato, o lo que ella percibió como una eternidad, llorando sin parar. Cuando los sollozos remitieron, se quedó entre sus brazos como sin fuerzas. Estaba tan triste que creía que se iba a morir.

—No vas a morir por eso, cielo —dijo Silas suavemente, y entonces se dio cuenta de que lo había dicho en voz alta—. Quizá ahora te lo parezca, el tiempo todo lo cura.

—Sí, a mí también me gustaba esa frase.

—¿Y ya no?

Ella sacudió la cabeza.

—No, esto no lo curará, Silas. Uno no puede recuperarse de algo así. Nada volverá a ser igual.

—Drake acabará dándose cuenta de su error —remarcó Silas. Parecía muy enfadado porque Drake pensara algo tan horrible de ella.

—Bueno, como ya dijiste, aunque eso ocurriera, será demasiado tarde. No me creyó cuando debió hacerlo. No confió en mí. Si no cree en mí, ¿cómo puedo estar con él? No quiero que otros tengan que convencerlo de mi inocencia, porque ya debería saberlo. Debería saberlo. Nunca le he dado motivos para dudar de mí. He sido sincera y abierta con él y aun así no ha confiado en mí como yo he confiado en él.

Sacudió la cabeza con aire afligido y cerró los ojos, preguntándose cómo se había equivocado tanto con el hombre al que había amado y al que todavía amaba aunque deseaba todo lo contrario. Sin embargo, el amor no se puede activar o desactivar como el interruptor de la luz. Debería odiarlo, detestarlo con toda su alma. Pero no, aún tenía sentimientos, aún le dolía.

—Lo entiendo. Es un lío y me parte el alma verte así. No mereces lo que te está pasando.

Se hizo el silencio hasta que finalmente el medicamento acabó de funcionar y empezaron a pesarle los párpados. Cuando Silas vio lo quieta que estaba, la tumbó y apoyó la cabeza en uno de los cojines del sofá.

—Descansa un poco —susurró—. Te llevaré al otro piso cuando despiertes.

Drake estaba frente a la ventana que daba a la calle de entrada al Impulse, absorto en la mañana gris y apagada de invierno. El tiempo encajaba a la perfección con cómo se sentía. Era como si estuviera hecho expresamente. La desolación se extendía como una mancha en su alma después del engaño y la traición de Evangeline y no lo dejaba en paz. Se sentía como si el sol no volviera a aparecer en su vida y se viera condenado a una existencia de fría monotonía.

—¿Por qué lo has hecho, mi ángel? —susurró con los ojos cerrados al sentir el dolor de nuevo—. Te lo he dado todo, pero no te ha bastado. ¿Por qué?

Siempre llegaba al mismo punto, a lo que ya sabía, como ya había contado a Evangeline, pensando que era distinta. Si sus propios padres no lo habían querido, ¿cómo esperaba que lo quisiera otra persona?

La respuesta era que no debía esperarlo de nadie. Y nunca más volvería a cometer el error de intentar que alguien lo quisiera.

Oyó un ruido en la puerta y se dio la vuelta con una expresión sombría en la cara, una advertencia para que quienquiera que entrara supiera que no era bienvenido. Pero vio que eran sus hombres y se fijó en sus expresiones de preocupación, rabia, furia... Todos lo juzgaban. Eso lo cabreó y ensombreció aún más, algo que no creía posible.

—¿Qué narices queréis? —espetó él con frialdad.

Ninguno trató de enmascarar el enfado en sus rostros mientras le sostenían la mirada.

—¿Crees de verdad que Evangeline nos ha delatado a los putos polis? —preguntó Jax—. Mírame a los ojos y dime que te crees esa gilipollez.

—Tú estabas aquí y viste lo mismo que yo. Lo que no sabes es que un policía la abordó cuando salió a cenar con Zander, Thane y Hatcher. Y sí, tengo pruebas de esa conversación, porque ella misma me la contó. Después de que me hubiera llamado Hatcher, claro.

—Pero ella no sabía que Hatcher te había llamado —le soltó Thane, visiblemente cabreado porque su almuerzo con Evangeline sirviera de prueba contra ella.

—Eso lo dices tú —repuso Drake con sorna.

—Mira, tú solo acabas de joder el regalo más preciado que un hombre puede recibir, y no volverás a encontrarlo. —La voz de Zander retumbó en la sala—. ¿Y sabes qué? No lo lamento. Mereces morir viejo, solo y amargado; un tío que cree que nadie le es leal. Joder. Creía que nunca vería a un hermano tratar a una mujer así, sobre todo a una tan especial como Evangeline.

—Has perdido todo mi respeto —le espetó Hartley—. Nunca te creí capaz de tratar de esta forma a una mujer inocente, ingenua, hermosa y leal, una mujer que representa todo lo bueno de este mundo de mierda, y lo único bueno de tu mundo en concreto. Me das asco.

—Corta el rollo —bramó Drake—. Os tiene cogidos por las pelotas y ni os dais cuenta. Salid de mi puto despacho y no volváis hasta que hayáis decidido a quién vais a ser leales, si a vuestro hermano o a la mujer que no solo me ha vendido a mí, sino también a todos vosotros.

—La has destrozado —dijo Maddox en voz baja. Era la primera vez que hablaba desde que había entrado en la sala. Se había quedado atrás, en un segundo plano, aunque la hostilidad y la rabia que destilaba eran muy tangibles y se podían cortar con un cuchillo—. La tenías arrodillada rogándote, joder, y la machacaste. La dejaste sin dignidad ni orgullo, y a ella ni le importó porque solo quería que la escucharas, que le dieras una oportunidad, que depositaras en ella la misma confianza que ella tenía puesta en ti.

Lo incomodaba ver las miradas amenazantes y cabreadas de sus hombres. Unas miradas que lo juzgaban y lo declaraban culpable. A él, ¡que no había sido quien los había delatado a la policía! Pero allí estaban, enfadados con él porque Evangeline se había arrodillado a pedirle una oportunidad.

Joder. Lo veía todo borroso. Su mundo entero se había venido abajo en cuanto vio que su ángel lo había traicionado. ¿Qué le había dicho? No lo sabía y no le importaba. Solo sabía que tenía que apartarse de ella antes de que él mismo quedara en ridículo, más aún de lo que lo había avergonzado Evangeline.

Le vino el recuerdo de ella arrodillada y alargando los brazos para tocarlo mientras él se echaba hacia atrás; la angustia en su rostro, las lágrimas que le caían sin cesar...

«Por favor» era lo único que le oía decir en su recuerdo. El ruido ensordecedor de su cabeza y el dolor en su corazón eran abrumadores. De los demás podía esperarse algo así, pero no de su ángel. Lo cabreaba haber permitido que alguien penetrara las barreras de su corazón y de su alma que con tanto esmero había construido. Lo había destrozado.

—Esta vez te equivocas —dijo Justice rotundamente, con rabia y el cuerpo en tensión como si le costara no abalanzársele y darle una paliza—. Mira, nunca he cuestionado tus órdenes. No he dudado de ti ni una sola vez. He seguido tus directrices sin rechistar, pero acabas de echar al traste tu vida, por no hablar del pecado imperdonable que has cometido con una mujer que te quiere mucho más que a su propio orgullo. Has destrozado a una buena mujer cuyo único pecado era quererte y aceptarte sin ponerte condiciones ni hacerte preguntas. Alguien que te aceptó tal cual, sin más. ¿De quién más puedes decir algo así? ¿Quién te ha querido incondicionalmente?

¿Quién ha aceptado lo bueno y lo malo, y nunca te ha dejado, siempre te ha defendido? ¿Quién más se ha negado a que el miedo que podía infundirle tu mundo la hiciera dejarte? Hubiera estado a tu lado y te hubiera querido para siempre, pero tuviste que mandar a la mierda lo más bonito que te ha pasado nunca. Y todo porque eres un capullo insensible que no dejaste que se defendiera siquiera. No le preguntaste ni una sola vez si había sido ella quien te había delatado. Lo diste por sentado y la juzgaste, la condenaste y la declaraste culpable... y ni siquiera le diste la oportunidad de explicarse.

Su mirada era iracunda y apretaba los puños con fuerza. Los demás parecían estar completamente de acuerdo con cada palabra que salía de la boca de Justice.

—Y la echaste a la puta calle sin nada. Sin el trabajo o el sitio para vivir que la obligaste a dejar. Se ha matado a trabajar abnegadamente para ayudar a su familia y no se ha quejado ni una sola vez. ¿Cómo crees que se las va a apañar ahora que la has convertido en alguien completamente dependiente de ti? Has roto todas las promesas, la base de nuestro modo de vivir, cagándote en su sumisión y dejándola con el culo al aire.

Justice volvió a fulminarlo con la mirada y luego sacudió la cabeza y se lamió los labios como si quisiera deshacerse del mal sabor de boca.

—¿Sabes qué? Que te den por culo, a ti y a todo esto por darle la patada después de quitarle tanto que nunca volverá a estar completa. Me largo de aquí. No te soporto ni un segundo más.

Y con eso, Justice se dio la vuelta y salió del despacho sin mirar atrás.

Simbólicamente, los demás también se giraron e, igual que Justice, salieron por la puerta.

Drake se dejó caer en la butaca y hundió el rostro en las manos. ¿Se había vuelto loco todo el mundo? ¿Estaban defendiendo a la mujer que había intentado joderlos a todos? ¿Estaban dispuestos a ir a la cárcel solo porque fuera buena cocinera y los tratara bien?

Pero la duda y una corazonada le hicieron sentir un escalofrío por la espalda. Era la primera vez que ponía en duda sus instintos, que nunca le habían fallado antes.

Pero... ¿y si...? ¿Y si tenían razón y había cometido un error terrible e imperdonable?

Sin embargo, si se equivocaban, perderían todo lo que habían trabajado tanto por conseguir.

«¿Y Evangeline?».

Esa pregunta le rondaba por la cabeza sin parar. ¿No lo había perdido todo ya? Él también, ¿no? Miró a su alrededor, el imperio que había construido de la nada. ¿Importaba algo si ya no tenía a Evangeline para compartirlo... y para compartir la vida?

No, estaría mucho mejor sin mentiras, engaños, traiciones...

Pero esa voz seguía allí susurrándole sin parar y haciéndolo dudar.

¿Y si no había mentido, engañado ni traicionado?

¿Y si...? ¿Y si era inocente y él había cometido el mayor error de su vida?

27

*E*vangeline entró corriendo en el apartamento que Silas le dejaba usar y dejó la bolsita de plástico en la encimera de la cocina diminuta. Durante un rato no le haría ni caso; aún era incapaz de enfrentarse a las posibles consecuencias de lo que el paquetito le revelaría.

Silas le había comprado verduras cuando salió a cogerle algo de ropa, pero solo pensar en comida le revolvía el estómago. Así pues, descartar aquella posibilidad no era lo mejor, aunque eso era lo que había hecho ella durante los últimos dos días. Tenía que saberlo… necesitaba saberlo. Era mejor cerciorarse de una vez por todas y saber a qué se enfrentaba.

Con los dedos helados y el miedo atenazándole el corazón, cogió la bolsa como si estuviera infectada o fuera a morderla, y se fue al baño. Sacó la prueba de embarazo de la cajita y leyó deprisa las instrucciones. Parecía bastante fácil: orinar en el palito y luego esperar unos minutos hasta obtener el resultado.

Después de seguir las instrucciones religiosamente, se lavó las manos, dejó la prueba en el mármol y se quedó mirando su reflejo en el espejo. No parecía embarazada, pero a estas alturas a nadie se le debía de notar, ¿no? De hecho, no sabía de cuánto estaba, si es que estaba encinta. No podía estar de más de tres meses porque no había estado mucho más con Drake.

Sin embargo, nunca había tenido reglas regulares, así que nunca sabía cuándo le iba a bajar. De ser ese el caso, ¿por qué estaba ahora como una boba haciéndose una prueba de embarazo si a lo mejor le bajaba la semana siguiente? ¿Le hacía ilusión, a lo mejor? ¿Era eso? Después de la pérdida de Drake, ¿se aferraba a un clavo ardiendo para conservar parte de él? ¿Un bebé? ¿Su hijo?

Lo último que necesitaba ahora era estar embarazada, pero a la vez, la esperanza que sentía dentro era tan intensa, tan desesperada estaba, que pensaba que, si no estaba embarazada, no solo lloraría la pérdida de Drake, sino la de un niño que no existía. Menuda forma de fustigarse.

Cerró los ojos y cogió la prueba mientras inspiraba profundamente por la nariz para tranquilizarse. Al final, se armó de valor y abrió los ojos para ver los resultados.

Tardó un poco en secarse las lágrimas y dejar de ver borroso, pero entonces lo vio: ante ella apareció una cruz rosa.

Le fallaron las piernas y se tambaleó; estuvo a punto de caer al suelo. El corazón le estalló de júbilo, aunque al mismo tiempo la embargaba el pesar.

Se sentó en el suelo, porque ya no confiaba en que le aguantaran las piernas, y se llevó las rodillas al pecho. Se abrazó a las piernas con todas sus fuerzas y empezó a balancearse adelante y hacia atrás. Las lágrimas, una mezcla de dolor y alegría, le resbalaban por las mejillas… y sonrió.

Un bebé. El hijo o hija de Drake.

Una pequeña parte de él que viviría gracias a ella. Su legado.

Cuando esos pensamientos alegres y tranquilizadores se habían adueñado de su mente, llegó la realidad y le dio un buen mazazo. Ya no tenía motivos para seguir en la ciudad. Lo único bueno que había hecho Drake había sido ingresar una buena suma de dinero en la cuenta corriente de sus padres y comprarles una casa y un coche nuevos, de modo que pudieran vivir con comodidad sin deudas ni hipotecas el resto de sus vidas.

Eso significaba que ya no tenía que preocuparse de trabajar para mantener a sus padres. Podría ir a la universidad, como siempre había querido, y recibir una buena educación, licenciarse y poder mantener a su bebé ella solita.

Podía volver a casa y disfrutar del apoyo de las dos personas que más la querían del mundo. Ellos la ayudarían y, en cuanto naciera el bebé, Evangeline podría matricularse en la universidad y contar con ellos para que lo cuidaran mientras ella estuviera en clase.

Nunca se avergonzarían de ella, sobre todo cuando supieran la verdad, aunque no les contaría nunca qué había propiciado la ruptura con Drake. Si se lo dijera, habría preguntas inevitables que llevarían a conclusiones erróneas. Independientemente de lo que hubiera hecho él, que no la hubiera amado o creído, no quería que sus padres lo creyeran un criminal. De hecho, ni ella misma sabía en qué estaba metido, así que no estaba segura de si era algo ilegal o no. Y ahora ya no importaba porque ella ya no estaba en su vida.

La vergüenza y la culpabilidad la embargaron, aunque ella se resistía a sentirse así. No ocultaría el niño a Drake de ningún modo, pero ahora él le daba miedo. Su riqueza y su influencia la asustaban. Al saber cómo había sido su infancia, era consciente de que él no querría estar en la vida de su hijo. Si eso era lo que quería, iría a verlo mañana mismo para avisarle al menos de su paternidad inminente. No obstante, él la odiaba tanto que temía que fuera a quitarle el bebé y por eso no le contaría el secreto.

Ahora mismo tenía que tomar otras decisiones más inmediatas. Cerró los ojos y apoyó la frente en las rodillas, disfrutando de un momento a solas con su bebé, susurrándole la promesa de que siempre estaría a salvo, de lo mucho que lo amaba ya.

Siguió balanceándose sin fijarse en el tiempo. Cuando se dio cuenta de la situación en la que estaba, le entraron ganas de fustigarse porque, de nuevo, la estaba manteniendo un hombre. La única diferencia era que no tenía una relación con Silas y eso, de algún modo, era peor porque se estaba aprovechando de su generosidad sin ofrecerle nada a cambio.

Cogió el móvil, que había dejado junto al lavamanos, abrió una ventana del navegador y buscó la aerolínea que sabía que volaba a la ciudad más cercana a su pueblo.

El billete no era barato precisamente por la poca antelación, pero no podía hacer nada al respecto. Usó una de las tarjetas de crédito que Drake le había dado. Lo menos que podía hacer era ayudarla a marcharse a casa, ¿no? Serían los quinientos dólares mejor invertidos porque se libraría de ella para siempre.

Miró la hora y calculó el tiempo que necesitaba para llegar al aeropuerto —de nuevo necesitaría pagar el taxi con la tarjeta—, facturar y embarcar, y se percató de que si reservaba el vuelo y salía en la próxima media hora, podría irse en uno de los vuelos directos de la noche.

Buscó la tarjeta en el bolso y tecleó los números para terminar la transacción. Recibió el correo de confirmación junto con el número de vuelo y la hora de llegada, y llamó a su madre.

No le serviría de nada ocultar la historia a su madre, porque algo se olería cuando le contara que llegaría aquella misma noche. Lo que no había previsto es que se pondría a llorar en cuanto oyera su voz, de modo que se pasó veinte minutos explicándole la situación. Cuando colgó, solo tenía diez minutos para salir. Se echó a reír: ni que tuviera tantas cosas para llevar. Cogería los tejanos y las camisetas que Silas le había comprado y le cabría todo en el equipaje de mano.

Después de tirar la prueba de embarazo en el cubo de basura junto al retrete, metió toda la ropa que pudo en una mochila de gimnasio que encontró en el armario. Entonces escribió una nota a Silas y a Maddox para agradecerles lo bien que se habían portado con ella, por su amistad y su cariño. Les contó que lo mejor era seguir con su vida y dejar Nueva York y terminó diciéndoles que ellos dos serían el mejor recuerdo que se llevaba de la ciudad.

Era algo triste pensar que después de todo el tiempo que había vivido aquí, solo se quedaba con la amistad de Silas y Maddox.

Suspiró, se fue derecha a la puerta y luego se volvió para asegurarse de no dejarse nada. Casi se echó a reír. Sí se dejaba algo: su corazón hecho trizas por el suelo.

Eso era lo único que dejaba atrás. Su corazón. Siempre estaría donde estuviera Drake Donovan y no podía negarlo.

28

Durante tres días, Drake prácticamente no había salido de su despacho del club e incluso se había quedado allí a dormir, aunque tampoco es que durmiera mucho. Se pasaba las noches en vela horas después de que el club hubiera cerrado, de madrugada, pensando… soñando… con un ángel. Su ángel.

Todo el mundo lo evitaba por varios motivos. Los empleados huían de él como de la peste porque mordía a cualquiera que se atreviera a entrar en su guarida. Y eso parecía, sí, porque las luces eran muy tenues y la funda del sofá estaba arrugada de tanto dar vueltas para intentar conciliar el sueño por la noche.

No le apetecía irse a casa y aún menos dormir en la cama que había compartido con Evangeline. La idea de estar sin ella, en aquel lugar que tan dulcemente había llamado hogar y que había convertido en tal, lo repugnaba.

Y aunque se decía que ella no merecía el respeto que le estaba dando —o al recuerdo que tenía de ella, por lo menos—, no podía hacer nada más que lo que ya hacía: vivir, respirar, existir. Minuto tras minuto, hora tras hora, día tras día.

Era una vida miserable que no desearía ni a su peor enemigo y, a pesar de todo, no dejaba de oír aquella vocecilla que se burlaba de él y que le recordaba que había sido cosa suya. Que él había echado a Evangeline. Podría haberla escuchado. Podría haberle dado la oportunidad de explicarse. Pero no había hecho nada de eso y ahora tenía que pagarlo.

Se abrió la puerta y se dio la vuelta para empezar a cagarse en todo, cuando se dio cuenta de que era Silas, a quien no había visto y de quien no había sabido nada desde que se llevó a Evangeline del club aquella noche… siguiendo sus órdenes.

Drake se moría de ganas por preguntarle qué es lo que sabía de ella, dónde creía que había ido y si se encontraba bien.

Silas apretaba los dientes, señal inequívoca de que estaba cabreado, y lo miraba con ojos tan fríos que le pareció notar un escalofrío en la piel.

—Silas —dijo él en tono cortante.

Este lo miró con repugnancia.

—Veo que sigues aquí encerrado y aferrado a la historia de mierda que has querido creer.

—Mira, no empecemos —le advirtió—. No estoy para gilipolleces ni peleas, así que mejor no empieces algo que no puedas terminar.

—Te lo dejo pasar porque sé que en cuanto se sepa la verdad, tendrás que arrastrarte y pedir perdón a todo el mundo, pero se me está agotando la paciencia. No me provoques, Drake, porque te juro que podría matarte por lo que le hiciste a Evangeline en fin de año.

Drake hizo una mueca y enseñó los dientes como un depredador furioso.

—Muy seguro estás tú de que no fue ella quien nos delató. Me pregunto por qué. Al final todos tendréis que reconocer lo que yo ya he reconocido, que me vendió una mujer hermosa de ojos azules y aspecto inocente y angelical.

Silas negó con la cabeza.

—Me pones enfermo. Estás hablando sin saber, así que mejor cállate la boca. Ya te digo yo que acabarás arrepintiéndote de tus actos y tus palabras. Si tuvieras algo dentro de esa cabeza, te arrodillarías y le pedirías perdón antes de que salga la verdad, porque entonces a ella ya no le va a importar una mierda. No creíste en ella cuando debiste hacerlo.

Drake sintió un escalofrío. Silas hablaba con convicción y eso que era uno de los cabrones más recelosos que había conocido nunca. Y si fuera él solo quien defendiera a Evangeline, podrían darle por culo, pero ¿también todos los demás?

Se sentía abatido y muy indeciso, algo que no estaba acostumbrado a sentir. Él solía ser decidido y tajante con todo, no cuestionaba sus actos, y, sin embargo, todo esto le daba mala espina. Se sentó en la butaca, con una pena atroz que lo consumía por todo lo que había tenido y perdido hacía solo tres días, aunque ahora le parecían una eternidad.

Aunque Evangeline lo hubiera traicionado, ¿podía culparla? Los policías le habrían llenado la cabeza con un montón de mierda y seguro que no se habían ahorrado detalles al describir sus pecados. Mientras, él no había abierto la boca ni le había contado nada, ni siquiera había confiado en ella; solo le había pedido que lo pasara todo por alto y mirara hacia otro lado. A saber qué crímenes horribles se había imaginado, alentada por el secretismo de él y su manía de evitar el tema siempre que salía a colación.

Como era justa y defensora de lo correcto, seguramente su conciencia no había permitido que Drake saliera indemne de sus actos. ¿Y no era su bondad y su dulzura lo que le gustaba más de ella? Ahora la estaba castigando por esas mismas cualidades.

Silas explotó.

—Joder, Drake. Estás hecho una mierda. Ella está hecha una mierda. ¿Por qué estás haciendo esto? ¿Es por orgullo? Porque si es así, es una soberana gilipollez. Evangeline no pensó en su orgullo cuando se arrodilló frente a ti y te pidió que la creyeras.

Cada palabra era como un dardo envenenado lanzado con precisión. Abrió la boca para hacerle esa pregunta que tenía en los labios, preparándose para la humillación que vendría.

—¿De verdad crees que no tuvo nada que ver? —preguntó Drake con tono de duda por primera vez.

Antes de que Silas pudiera responder, las puertas se abrieron de sopetón y sus hombres entraron en tropel con expresiones enfurecidas. De repente, la rabia se instaló con fuerza en el despacho que cargó el ambiente de electricidad.

—¡Ahora no, joder! —bramó Drake, soltando esa rabia acumulada junto con su sensación de impotencia—. Salid de mi despacho y no volváis a menos que os llame.

Ahora no. No cuando necesitaba respuestas de Silas y su lógica sin las trabas de la emoción. Miró a Silas para que lo apoyara y lo respaldara, pero su ejecutor no estaba por la labor.

Empujaron a un hombre, ¿Hatcher?, en medio de la sala, y este trastabilló y cayó de rodillas. Tenía un ojo morado, la boca abierta, ensangrentada, y parecía que le habían roto la nariz.

—Aquí tienes al traidor —dijo Maddox con frialdad, con voz llena de rabia—. Y no es Evangeline. Nunca ha sido ella, como ya sabíamos todos —dijo señalando a los demás con el pulgar—.

Nunca dudamos de ella ni un segundo. ¿Por qué no puedes decir lo mismo tú, el hombre en quien ella sí confiaba y amaba sin reservas a pesar de tus pecados y con quien iba a casarse?

Drake entrecerró los ojos y empezó a oír un pitido en los oídos. El corazón le latía con tanta fuerza que le pareció que empezaba a marearse.

—¿Os importaría decirme qué narices pasa aquí? ¿Por qué está Hatcher arrodillado en mi despacho y acusado de traición?

Justice miró a Drake, asqueado, la misma mirada que tenían Thane, Maddox, Hartley, Zander, Jax y Silas.

—Pones en duda que sea culpable uno de tus hombres, alguien a quien tienes en nómina, pero no te importó hacer de juez y jurado y condenar a la mujer que te quiere, negándote a escuchar sus explicaciones. ¿Qué mierda te pasa, tío?

—¡Dejad de marear la perdiz y decidme que está pasando aquí! —explotó él.

—Hatcher era el chivato —dijo Thane fríamente—. Estaba con nosotros el día que llevamos a Evangeline a comer, ¿te acuerdas? Y fue él quien te llamó y te contó que Evangeline estaba hablando en secreto con la pasma. Una coincidencia muy interesante, ¿no te parece? Él lo orquestó todo y tendió la trampa a Evangeline, y cuando ella casi le escupe al poli en la cara, tuvieron que ir a por el plan B.

Drake se notaba el estómago revuelto y la frente empapada de sudor. Tuvo que secarse las palmas de las manos en los pantalones varias veces. Dios, ¿qué narices había hecho?

—El plan B —dijo Zander— era que Hatcher siguiera pasando información a la pasma mientras planificaban la redada para acusar a Evangeline y que pudiera seguir chivándoles sin que nadie sospechara de él. Dime, Drake. Capullos o no, limpios o no, ¿cuántos polis crees que hubieran delatado a su informador en una puta redada? ¿Y dejarla en manos de una gente que seguramente la mataría por la traición? Joder, tío, piensa un poco. El asunto olía muy mal y tú fuiste el único que no se dio cuenta.

Drake se puso de pie y miró a Hatcher, que seguía arrodillado frente a su escritorio.

—¿Le tendiste una trampa a Evangeline, pedazo de cabrón?

Hatcher seguía callado y mirando hacia otro lugar, algún

punto distante, con la mandíbula apretada y facciones duras.

Drake se quedó pálido al pensar en otra persona que también estuvo de rodillas frente a él hacía cuatro noches: Evangeline. Y recordó sus sollozos, sus súplicas para que la escuchara y que le diera una oportunidad. La recordó implorándole que la creyera porque ella siempre lo había creído y quería que, por favor, él hiciera lo mismo.

Dios, le había fallado a la primera oportunidad que se presentaba después de que ella lo hubiera perdonado por las cosas horribles que le había hecho aquella noche en su apartamento.

Le temblaron las piernas del pesar, del arrepentimiento y del dolor que lo consumían. Se dejó caer en la butaca y hundió la cara en las manos.

—¿Qué he hecho? ¿Qué mierdas he hecho? —se preguntaba con voz ahogada y dolorosa, presa de la emoción. Le dolía la garganta y tenía el corazón destrozado.

Solo veía a Evangeline de rodillas en la misma sala, rogándole y suplicándole sin cesar.

«Escúchame, por favor».

—No me perdonará nunca y es justo lo que merezco —dijo con la voz apenada, sintiéndose culpable.

—¿Qué quieres que hagamos con este hijo de puta? —preguntó Maddox en voz baja.

Drake miró fijamente al traidor. Aún peor que traicionar a sus propios hermanos, los hombres con los que trabajaba y a los que había jurado lealtad, el cabronazo había traicionado a su mujer. A Evangeline, que era la inocencia en persona, la única inocente de todos. Y Hatcher la había usado sin compasión por codicia y ambición. A Drake le importaba una mierda ahora qué motivos tenía.

—Deshazte de él —ordenó a Silas—. Asegúrate de que se entera bien de lo que les pasa a los traidores.

Por primera vez, Hatcher adoptó una expresión de miedo. No lo culpaba, Silas tenía pinta de cabronazo aterrador. Además, Evangeline se había ganado su corazón, de modo que no tendría ningún reparo en hacer entender el mensaje a Hatcher… y a cualquiera que se atreviera a traicionar a un hermano.

—Sacadlo de aquí —ordenó Drake, haciéndole una señal a Maddox para que se ocupara—. Antes tengo que hablar con Silas.

—Y Evangeline, ¿qué? —preguntó Justice con los brazos cruzados en el pecho—. Te lo juro, Drake, como vuelvas a joderla, voy a intervenir. Tú la dejaste sin nada, pero yo la trataré con el respeto que merece y nunca tendrá que preocuparse de nada el resto de su vida.

Drake suspiró, cansado.

—Lo sé bien, Justice. Créeme que lo entiendo. He metido la pata hasta el fondo. Lo estaba empezando a entender cuando habéis entrado con el capullo de Hatcher. Cinco minutos más y ya no me habríais encontrado porque habría salido a buscarla. Sé que he sido gilipollas y sé que vosotros habéis creído en ella todo este tiempo. Lo siento muchísimo y es algo que pagaré mientras viva.

—Ahórratelo, tío —dijo Maddox secamente—. No es con nosotros con quien debes disculparte. No somos Evangeline; ella es a quien debes suplicar de rodillas para que te perdone.

Drake tragó saliva.

—Si tengo que hacerlo para recuperarla, me pasaré la vida arrodillado.

—Pagaría para verlo —dijo Zander—. Venga, Maddox. Vamos a sacar la basura mientras el jefe habla con Silas, aunque pagaría también por ver esa charla íntima. Quién se hubiera imaginado a Silas haciendo de consejero matrimonial…

Si las miradas matasen, Zander hubiera muerto en el acto tras la mirada fulminante de Silas. Se decía que algunos hombres se habían meado encima al tenerlo delante.

—Será mejor que os larguéis antes de que cambie de opinión sobre quién será el destinatario del mensaje —soltó Silas con un tono frío, ideal para congelarle las pelotas a cualquiera. A juzgar por la expresión incómoda en los rostros de sus hombres, Drake sabía que su mirada era más que elocuente.

Cuando se fueron todos, Drake se volvió hacia Silas, desesperado y con la mirada tan vacía como su corazón.

—Tengo que encontrarla, Silas. Tú y yo sabemos que no me merezco una tercera oportunidad, no después de joderla por segunda vez, pero tengo que intentarlo. No puedo dejarlo así ni dejar que se marche, aunque fuera yo quien la echara.

La bilis le subía por la garganta y volvió a bajarle hasta el estómago, como si le quemara los órganos vitales y llegara hasta su alma ennegrecida.

—No puedo vivir sin ella —añadió con desaliento—. Estos últimos tres días han sido un horror. Esta mañana me he dicho que me daba igual si me había traicionado o no, que haría cualquier cosa para recuperarla y le prometería lo que fuera con tal de conseguirlo. Incluso enderezar mi vida.

Silas parecía estar librando una batalla en su interior. A Drake, que estaba allí mirándolo, incapaz de respirar por el dolor que lo atenazaba, le pareció una eternidad.

Al final, este lo miró con una expresión imposible de malinterpretar. Era su mirada más hosca, la que dejaba claro que iba en serio y que te partiría las piernas si no le obedecías.

—Como vuelvas a joderla, Drake, no seréis ni tú ni Justice quienes intervengáis para ocuparse de ella. ¿Me oyes? Estaré a su lado para echarle una mano en todo lo que necesite y le daré hasta la luna. No debería decirte una mierda y, por descontado, ni siquiera debería ayudarte. De no ser porque Evangeline está rota de dolor igual que tú, dejaría que te pudrieras en esta miseria que tú solito te has buscado.

Sus palabras se le clavaron como flechas e hizo una mueca al oírlas.

—Está en un piso junto al mío —dijo Silas—. El de la derecha. No vuelvas a fastidiarlo, Drake. Es la última advertencia.

—Te lo agradezco. Te agradezco que ayudes a Evangeline y que la cuides después de que la destrozara. Necesita a personas como tú en su vida… que la salve de personas como yo —añadió en tono sombrío.

—Toma, es una copia de la llave —dijo al tiempo que la lanzaba sobre la mesa—. Y espero ser el padrino, eso si aún quiere casarse contigo.

—Cuenta con ello —repuso Drake en voz baja—. Seguro que ella estará de acuerdo.

Silas esbozó una leve sonrisa mientras se dirigía hacia el ascensor.

—Pórtate bien con ella.

—Lo haré —murmuró Drake cerrando los ojos.

«Dios, dame una última oportunidad para hacerla feliz y te juro que no volveré a decepcionarla»

29

Drake entró en el piso de Silas, donde reinaba el silencio, con la camisa empapada de sudor a pesar de las temperaturas gélidas del exterior. No había mucho en la vida que le diera miedo de verdad. No temía nada, ni siquiera la muerte; la muerte era el medio para un fin. El final de un trayecto largo y hermoso... o bien un atajo por un paisaje desconocido si se tomaba el camino equivocado. Sin embargo, la posibilidad de perder a Evangeline lo aterraba.

Le temblaban las manos cuando salió del ascensor en la planta superior y cada paso que daba hacia la puerta que había casi al final del pasillo le parecía kilométrico. Pensó en llamar a la puerta —sería un capullo si no llamara—, pero si anunciaba su llegada tranquilamente, lo más seguro era que ella no le abriera.

¿Era menos capullo si llamaba primero y luego, si no respondía, usara la llave que Silas le había dado? No recordaba si los apartamentos tenían pestillo. Seguramente sí porque Silas no era un casero gilipollas que no cuidaba de sus inquilinos. Claro que también estaba empezando a renovar toda esa planta, así que no era seguro que hubiera pestillos en las puertas.

En cualquier caso, llamaría primero para no entrar por sorpresa y que le diera un ataque a la pobre. Y después de eso, bueno, paso a paso.

Se detuvo frente a la puerta, apoyó la palma en la superficie de madera y la frente después.

—Evangeline, habla conmigo por favor —susurró—. Sé la mujer generosa y encantadora que siempre has sido y concédeme la oportunidad que yo me negué a darte. No me la merezco, pero te lo ruego igual que tú me lo rogaste a mí.

Se calló porque se estaba torturando con cada palabra. Se irguió y llamó a la puerta con determinación, tras lo cual esperó conteniendo la respiración; cada segundo que pasaba era una eternidad.

Se le cayó el alma a los pies cuando volvió a llamar y no obtuvo respuesta. ¿Estaría durmiendo? Silas le había dicho que estaba triste, desconsolada. De camino, este lo había llamado para decirle que había tenido que darle una pastilla por el intenso dolor de cabeza que tenía. Un pecado más que debía añadir a su lista.

Preocupado por su salud, dudó un segundo antes de sacar la llave e introducirla en la cerradura. Suspiró de alivio al comprobar que no había echado el pestillo. Entró y la llamó en voz baja.

—¿Evangeline? Cielo, soy yo, Drake. ¿Estás por aquí?

Silencio. Solo silencio. Se adentró un poco más y se fijó en lo inmaculado que estaba el piso; Silas procuraba tenerlos siempre así. No había nada que indicara que ella hubiera estado allí. Volvió a sentirse culpable. Si parecía que no hubiera estado allí, era porque él la había despojado de todo, ropa y cualquier otra posesión. Le había dado la patada y la había dejado con una mano delante y otra detrás.

Registró el pequeño apartamento, cada vez más preocupado al ver que no había nada. Era como si nunca hubiera puesto el pie en ese piso. Qué raro.

En la cocina vio por fin un papel pegado a la nevera. Lo cogió rápidamente y leyó aquella nota escrita con buena letra que iba dirigida a Silas y a Maddox.

> Muchas gracias por todo, a los dos. He decidido marcharme de la ciudad. Quedarme aquí sería demasiado doloroso porque no dejaría de recordar cosas. Definitivamente sois mis mejores recuerdos de Nueva York.
>
> Un fuerte abrazo,
> Evangeline

Drake arrugó la nota y siguió registrando el apartamento, aunque no sabía qué buscaba exactamente. Tal vez alguna pista de dónde podría haber ido. En el lavabo encontró la primera señal de que alguien había estado allí hacía poco. Era un pañuelo de papel arrugado que parecía empapado, aunque estaba seco. ¿Habría estado llorando aquí y habría usado ese pañuelo para secarse las lágrimas?

Cerró los ojos e inspiró hondo para no llorar. Se sobresaltó cuando le sonó el móvil y vio quién llamaba. Se le aceleró el pulso al ver que la llamada entrante era de la madre de Evangeline.

—Brenda, ¿qué tal? —preguntó como si tal cosa, como si su mundo entero no acabara de desplomarse.

Oyó un sollozo débil al otro lado de la línea.

—Drake, ¿está Evangeline contigo?

Él se quedó petrificado; se le heló la sangre.

—No —respondió despacio—. No está conmigo. Esperaba que vosotros pudierais decirme dónde encontrarla.

—¡Iba a venir a casa! —dijo la mujer, llorando—. Me ha llamado esta mañana para decirme que iba a coger un vuelo esta tarde y que tenía que haber llegado hace media hora, pero no estaba entre el pasaje. No ha cogido el avión. ¿Qué le ha pasado a mi hija?

—Pienso averiguarlo, Brenda. Juro que la encontraré. ¿Puedes contarme algo que me sea útil?

—Me lo prometiste —le soltó ella, muy enfadada—. Me juraste que la protegerías y la cuidarías, pero cuando me ha llamado, deberías haber oído lo alterada que estaba. ¡Le has roto el corazón! Me ha dicho que habíais roto y que volvía a casa. Tenía la esperanza de que no hubiera cogido el avión porque, tal vez, os hubierais reconciliado.

—Brenda, escúchame —dijo él en tono muy serio—. Le hice algo terrible a tu hija. No confié en ella como debía y por culpa de eso discutimos y, sí, rompimos. Pero acabo de venir a disculparme y a pedirle que me perdone. No hizo nada mal salvo confiar en mí ciegamente cuando yo no lo hice.

Se le hizo un nudo en la garganta y le costaba tanto hablar que lo sorprendía que ella lo entendiera. Ni él mismo sabía qué decía.

—¿La quieres? Le preguntó en tono acusador—. Porque si no es así, deja que se marche. Por muy dolida que esté ahora, será peor si la cosa sigue adelante, si os casáis y tú no la amas.

—La amo con todo mi ser, con todo lo que soy y lo que seré, con todo lo que tengo. Todo es suyo: mi corazón, mi alma, mi vida. Si me perdona, me pasaré el resto de la vida demostrándoselo.

Hubo un largo silencio y cuando Brenda volvió a hablar, lo hizo con un tono más aplacado que al principio.

—Encuentra a mi hija, Drake. Y cuando lo hagas, quiero hablar con ella. Estoy muerta de preocupación, igual que su padre. Por favor, encuéntrala y avísanos cuando esté a salvo.

—Cuenta con ello —le prometió, luego colgó y se guardó el móvil en el bolsillo—. Dios, ¿dónde estás, mi ángel? —dijo angustiado.

Volvió a coger el móvil y se dio la vuelta junto al lavamanos para llamar a Silas y preguntarle si sabía dónde estaba cuando vio algo peculiar en el cubo de la basura.

Se quedó helado y apenas podía respirar. Empezó a temblar mientras miraba aquello, incapaz de moverse por el miedo.

Venciendo la parálisis, echó mano al cubo y cogió la prueba de embarazo al tiempo que examinaba el resultado. Las piernas le fallaron casi simultáneamente. No se veía muy bien, pero sí, allí había una cruz rosa.

¿Evangeline estaba embarazada?

El temor lo asaltó de tal modo que se tambaleó y tuvo que agarrarse al lavamanos. Se había portado como un cabrón con ella y le había dicho cosas horribles. Había hecho algo indecible. Y ahora ella estaba sola, desesperada y sin dinero ni un lugar donde vivir. Una madre soltera en esa situación no tenía muchas opciones. ¿No se le ocurriría…?

Negó con la cabeza, enfadado por hacer esa presuposición cuando le había demostrado una y otra vez lo leal y digna de confianza que era. No se le pasaría por la cabeza abortar. Había visto el horror en la mirada cuando le contó que su madre había querido abortar y lo habría hecho de no ser por las ayudas económicas que recibiría.

Sin embargo, había desaparecido cuando según su madre ya debería de haber aterrizado y estar en casa de sus padres.

Tenía que llamar a la tropa y sin perder un segundo. Tenía que movilizar a todo el mundo, barajar todas las opciones y pedir todos los favores que le debían. Y tenía que dejar claro que como le pasara algo a Evangeline, destrozaría a quienquiera que le hubiera hecho daño o permitido que le ocurriera lo que fuera por no intervenir. También ofrecería una recompensa generosa a quien la devolviera sana y salva.

Cogió el móvil y empezó a hacer llamadas mientras salía de aquel apartamento para entrar en el de Silas, ya que también tenía la llave. A lo mejor ella estaba allí. Silas le había dicho que había pasado la primera noche en su piso.

Entró, frustrado por no haber dado con Silas por teléfono. Llamó a Evangeline y miró en una habitación tras otra, pero nada.

Lo más lógico sería quedarse allí, seguramente el último lugar en el que Evangeline había estado antes de salir hacia el aeropuerto. Pediría a todos sus hombres que acudieran al piso de Silas. Escribió un mensaje a todos para que se reunieran allí, junto con unas últimas palabras que le partían el alma: «Y daos prisa. Puede que no le quede mucho tiempo».

30

—*E*vangeline ha desaparecido —anunció Drake cuando todos sus hombres hubieron llegado al apartamento.

Se oyó un coro estridente de imprecaciones y de preguntas para saber qué había ocurrido exactamente. Drake alzó la mano y los mandó callar, con una mirada solemne y resuelta.

—Por lo que sabemos, este es el último sitio en el que ella tuvo contacto con alguien. Llamó a su madre desde el piso contiguo al de Silas esta mañana para decirle que cogería un vuelo que aterrizaría a las seis de la tarde. Nunca llegó a embarcar —añadió con seriedad.

Se oyó otra salva de insultos y Silas y Maddox intercambiaron miradas de enfado e impotencia.

—No tendría que haberla dejado sola —dijo Silas dolorosamente.

Drake le hizo un gesto con la mano para quitarle importancia.

—Tenéis que saber otra cosa. —Levantó la prueba de embarazo y vio la sorpresa en los rostros de sus hombres—. Está embarazada. De mí —añadió, aunque no hacía falta—. Seguramente se ha hecho la prueba esta mañana, antes de llamar a su madre. Eso debe de ser lo que la ha llevado a tomar la decisión de marcharse.

—¿Y entonces qué narices le ha pasado? —quiso saber Maddox apretando los puños—. Si ha llamado a su madre para decirle que cogía un avión, estaba claro que se disponía a cogerlo. Dudo que quisiera preocupar a sus padres sin necesidad.

—Ya lo sé —repuso Drake en voz baja—. Lo que significa que hay un buen motivo por el que no llegara a tiempo para coger ese vuelo.

El miedo y la incertidumbre se reflejaban en las expresiones de todos ellos mientras se miraban los unos a los otros.

—Miraré en las cintas de seguridad de esta mañana, que es cuando la vi por última vez —propuso Silas—. Es improbable, pero si algo le ha pasado aquí, deberíamos verlo en las cámaras. Si no...

Drake no quiso plantearse ninguna alternativa. Sin un buen punto de partida, no había forma de saber dónde podía estar. Él tenía muchos enemigos y cualquiera hubiera podido explotar su punto más débil. Nadie sabía aún que Evangeline y él habían roto o que ya no significaba nada para él. O que pareciera que ya no significaba nada, vaya, porque lo era todo...

—Hazlo —le ordenó Drake—. No tenemos mucho tiempo. Cada minuto que pasamos sin encontrarla... —No acabó la frase; no quería pensar en las otras posibilidades.

—Matarla no beneficia a nadie —dijo Justice, con un deje de incertidumbre en la voz como si quisiera convencerse—. Nadie con dos dedos de frente la mataría. Si la han raptado, la usarán para extorsionarte, Drake. Para sacarte dinero, condicionarte o buscar protección.

Pero había algo que a todos les parecía más seguro, algo que Drake sabía que tenían muy presente. El dinero era la única posibilidad porque él nunca protegería o formaría ninguna alianza con nadie que asustara a Evangeline o le pusiera las manos encima. Secuestrarla sería una misión suicida.

Silas estaba frente al ordenador en el salón, tecleando varios comandos. Al cabo de un rato, llamó a Drake. Le señaló la pantalla, que estaba dividida en seis.

—Mira, aquí es cuando me fui esta mañana y Evangeline seguía en el piso. Si vemos algo, podemos aumentar la imagen de la cámara que la haya captado y seguir su actividad por el bloque. Tengo cámaras alrededor de todo el edificio y en ambos sentidos de la calle.

En la pantalla, Drake observó cómo Silas se subía al coche y luego transcurría una hora sin ningún tipo de movimiento. No había señal de Evangeline.

—Ahí está —dijo Silas, aumentando la imagen de la cámara que había fuera del piso, en el pasillo.

Llevaba una bolsa de gimnasio y el pelo recogido en una coleta. Estaba pálida y tenía una expresión de agobio y temor. Volvieron a captar su imagen cuando salía del ascensor y abandonaba el edificio con paso decidido; allí la grabó también la cámara de la calle.

A la misma entrada del bloque, dudó y miró en ambas direcciones. Entonces se fue hacia la derecha, hacia la esquina. ¿Habría llamado a un taxi? Si Silas pudiera obtener alguna información del vehículo que la había recogido, podrían localizar al taxista y averiguar a dónde la había llevado.

Silas soltó un improperio y Drake se fijó en la grabación.

Había llegado casi al final de la calle cuando un sedán oscuro se detuvo a su lado de golpe, como si llevara una gran velocidad. Evangeline retrocedió, cautelosa, y sorteó el vehículo cuando un hombre salió deprisa del asiento trasero y fue a por ella.

Ella opuso resistencia y Drake se quedó helado cuando vio que el hombre le asestaba un golpe en la cabeza con la culata de su pistola. Ella se quedó inmóvil, él la cargó en la parte trasera del coche y salió pitando.

En total habrían pasado unos segundos, pero los fotogramas pasaban a cámara lenta en la cabeza de Drake. Cada segundo de forcejeo de Evangeline y del hombre que la golpeaba antes de secuestrarla era como un minuto entero.

—Maldito cabrón —dijo Maddox, ciego de rabia—. Venga, Silas. Usa tu truco mágico. Quiero a ese cabronazo y lo quiero ya.

Drake se acercó a su oreja y le dijo con la voz helada:

—No me importa lo que cueste, a quién haya que sobornar o lo que tengas que piratear. Averigua quién narices se la ha llevado. Hace ya horas y sigue en sus manos.

—Dame cinco minutos —dijo este sin apartar la vista del monitor, tecleando rápidamente al tiempo que aumentaba la imagen del coche.

Drake entrecerró los ojos; tenía el estómago revuelto. El miedo le retorcía las entrañas sin cesar. Empezaba a sentir la frialdad del depredador en su interior, las ganas de matar necesitaban liberarse para derramar la sangre del hijo de puta que había hecho daño a Evangeline. Y al niño.

Joder, esperaba que su niño estuviera bien, que ambos lo estuvieran. Y entonces hizo algo que nunca pensó que podría hacer.

Se puso a rezar.

«Si solo puedes salvar a uno, que sea a Evangeline. Los quiero a los dos, pero siempre podemos tener otro hijo. Sin embargo, Evangeline solo hay una».

—Ya lo tengo —dijo Silas, furioso—. ¡Será cabronazo ese puto cobarde asqueroso! ¡Es Charlie McDuff!

Los demás empezaron a soltar todo tipo de tacos.

—¿McDuff? —preguntó Drake, incrédulo—. ¿Ese quiero y no puedo tan mariconazo? —Entrecerró los ojos—. ¿Crees que su padre ha tenido algo que ver con esto? Me resulta difícil de creer que haya tenido los huevos de hacer esto solo. O es muy gilipollas o está desesperado.

Silas sacudió la cabeza.

—Ni de coña, tío. Su padre tiene dos dedos de frente, no como él. Lo echó del negocio familiar hace mucho tiempo. Es demasiado inestable y tiene la mecha muy corta. Además, le falta un hervor. Me acaban de dar el chivatazo de que lo ha hecho para demostrar a su padre y al resto del mundo que es un hombre hecho y derecho. Está desesperado. Seguramente querrá dinero y un puesto en tu organización. Cuando Brian da la patada, la da de verdad, y en este caso le dijo que se buscara un curro porque no pensaba mantener a un manta como él. Y lo peor es que su madre no intervino como suele hacer. Es un niño de mamá. Normalmente, cuando su padre se cabreaba por alguna de sus meteduras de pata, mamá intervenía y calmaba los ánimos y convencía a papá para que le diera otra oportunidad. Se rumorea que hasta ella se cabreó con su última cagada y pasó de él, igual que el padre. Así pues, creo que lo hace porque está desesperado. Y porque es gilipollas, claro, pero lo hace por desesperación.

—Joder —murmuró Drake.

Tardó un rato en reordenar sus pensamientos, aunque el terror seguía atenazándolo. Los hombres desesperados hacen cosas desesperadas y son muy impredecibles. Miró a Silas y a sus hombres.

—Ponedme con su padre. Tiene que saber que tendré piedad solo si no ha tenido nada que ver con la última cagada de su hijo. Si me ayuda a localizar a ese capullo, seré más indulgente todavía. Lo único que importa es recuperar a Evangeline, pero como esté en el ajo o no coopere, la familia entera tendrá la culpa del secuestro de Evangeline.

Silas asintió.

—Como sabes, Charlie trabajó para los Luconi durante un tiempo —intervino Maddox—. Hará cosa de un año. Fue otro intento de demostrar lo macho que es y que tiene los cojones para hacer lo que sea.

—¿Dónde quieres llegar con eso? —preguntó Drake con impaciencia.

—Pasó una buena temporada con ellos, a eso me refiero —repuso él, tan impaciente como Drake—. Los Luconi conocen bastante bien sus hábitos, o deberían. Hace tiempo que quieren tu apoyo para acabar con los Vanucci. Seguramente harán cualquier cosa que les pidas para asegurarse tu respaldo. Haz un trato con ellos: que colaboren o no les vas a dar una mierda. Si te ayudan a encontrarla, tendrán tu apoyo. Si no, están solos en esto.

Drake se quedó mirando a su hombre un buen rato, dándole vueltas a lo que decía Maddox. Si los Luconi podían ayudarlo a encontrar a Evangeline, valía la pena intentarlo. Aunque fuera apoyándolos para acabar con los Vanucci cuando tenía planeado enfrentar a las dos organizaciones entre ellas y luego ver cómo ambas se desmoronaban y caían.

Pero esto era de un riesgo enorme. Aumentaba la amenaza no solo para él y Evangeline, sino también para todos y cada uno de sus hombres. Se convertirían en el objetivo de los Vanucci y de cualquiera que estuviera con ellos.

—¿Entiendes lo que estás diciendo? —preguntó a Maddox—. ¿Lo entendéis todos?

—Sí —dijo Zander—. ¿Y tú? ¿Estás dispuesto a correr ese riesgo?

—¿Cómo no voy a hacerlo si con eso recupero a Evangeline? —preguntó con voz ronca.

—Pues entonces ya tienes respuesta —dijo Jax.

Uno a uno, todos los hombres dijeron que estaban de acuerdo y aceptaban el riesgo que estaban a punto de correr.

Drake miró a Maddox.

—Organízalo tú. Tengo que hablar con McDuff. Que sepan que no hay trato hasta que no entreguen a Evangeline. Con vida.

31

—¿*E*stamos seguros que podemos confiar en los Luconi? —preguntó Drake muy serio cuando sus hombres y él se hubieron detenido frente a una de las carnicerías que tenían los McDuff.

Les iba como anillo al dedo tener varias carnicerías familiares como negocio, ya que eran unos carniceros tanto literal como metafóricamente.

Maddox se encogió de hombros. Silas y él habían insistido en tomar posiciones junto a Drake, más que nada para vigilarlo y que no perdiera la cabeza y no tanto porque este necesitara su ayuda en realidad. Los demás iban de dos en dos y, sorprendentemente, el mayor de los Luconi, y líder electo de la familia, había enviado a varios hombres para que ayudaran a Drake a acabar con Charlie McDuff.

—Tienen muchas ganas de ver caer a Charlie —explicó Maddox mientras esperaban la luz verde—. Y es el momento perfecto. Ningún momento es bueno para secuestrar a Evangeline, pero ya me entendéis. —Hizo una mueca y frunció el ceño con la mirada llena de rabia antes de proseguir—. Resulta que los Vanucci dieron un golpe a los Luconi hace una semana y ahora los Luconi quieren sangre. Y evidentemente están en su derecho.

Drake y Silas se volvieron hacia él, horrorizados.

Maddox suspiró.

—Bueno, ha sido horrible y, después de enterarme, no lamento respaldar a los Luconi para derrocar a los Vanucci para siempre. Los Luconi no son unos *boy scouts*, está claro, pero nunca han hecho algo así. Según su código, dejan siempre al margen a las mujeres y a los niños. El mundo no echará de menos a los Vanucci. Son escoria.

—Cuéntamelo —rugió Drake.

—Jacques Vanucci fue a por la nieta mayor de Luconi. Solo tenía veinticinco años y era joven, inocente y muy guapa. Los Luconi no son todos unos capullos; protegen a sus mujeres, que desconocen sus prácticas empresariales. Las mujeres de esa familia son valoradas y protegidas completamente por todos los varones.

Joder. Maddox hablaba de la nieta de Luconi en pasado. A Drake no le hacía ninguna gracia el tema.

Maddox suspiro y siguió.

—La cosa no fue muy agradable. Estuvo cortejándola durante meses y lo montó todo como si eso fuera Romeo y Julieta en versión moderna. Dos jóvenes cuyo amor es imposible porque son de familias rivales. Le contó todo tipo de patrañas: que estaba enamorado de ella, que quería casarse con ella y que huirían de las familias para poder vivir felices y comer perdices. Él tiene dinero, de modo que le contó que nunca le faltaría de nada ni a ella ni a los hijos que tuvieran.

»Ella se resistió al principio. Quería terminar la carrera y graduarse, pero el cabronazo insistió una y otra vez hasta que ella accedió y dejó una nota a sus padres en la que les contaba todo ese cuento chino antes de quedar con él. —Negó con la cabeza—. Y os podéis hacer una idea del resto. La violó y dejó que la violaran sus hombres también. Encima lo grabó todo y, al final, la mató y envió el vídeo a Luconi con un mensaje que decía que ningún Luconi estaba a salvo, fuera hombre, mujer o niño. Luconi le ha declarado la guerra y quiere que seas su aliado. Al principio le sorprendió que quisieras recuperar a Evangeline, porque se había creído esa escenita que montaste y pensaba que ella no te importaba nada. Sin embargo, cuando le dije que estaba embarazada, se cabreó muchísimo. Todo el mundo sabe que las mujeres embarazadas son su debilidad. Odia a Charlie McDuff, dice que es una mala hierba, una manzana podrida, al que le va demasiado la violencia y odia a las mujeres. Y dado el sentimiento de Luconi hacia sus mujeres, me imagino por qué lo de trabajar con ellos no duró. El viejo me dijo que ya lo tenían en el punto de mira y, encima, el tío intentó acorralar a una nieta de dieciséis años. Me sorprende que no esté criando malvas ya, la verdad. Si no lo han hecho, imagino que es porque no querían arriesgarse a iniciar una guerra con los McDuff dado el enfrentamiento inminente con los Vanucci, si es que Charlie sobrevivía. Pero me comentan que no se le vio el pelo durante meses después de la paliza que le dieron por acercarse a su nieta.

Drake hizo una mueca de asco.

—Joder —susurró—. Y Evangeline está justo en medio de esta mierda. Una inocente entre facciones opuestas, y encima en manos de McDuff ahora mismo.

Le dio un puñetazo al salpicadero del coche; de repente se sentía completamente indefenso.

—¿Y a qué esperamos? —dijo con rabia—. Cada minuto que pasamos aquí sentados es otro minuto de tortura para ella.

—Tienes que pensar con frialdad —murmuró Silas—. Sabes que hay que hacerlo bien, tío. Un solo error y Evangeline lo pagará con su vida. McDuff está muy tarado y es muy inestable. Si sospecha que las cosas no van a ir como tiene previsto, la matará, y ahora mismo no tiene nada que perder.

A Drake le sonó el teléfono y se puso tenso. Esperaban la llamada de Charlie, hacía tiempo que esperaban que les dijera sus condiciones. Pero el tiempo pasaba, no tenían noticias de él y Drake se moría poco a poco. ¿Por qué lo hacía esperar? ¿Acaso se lo estaba tomando con calma, abusando de ella antes de llamarlo con sus peticiones?

No reconocía el número y, en esos casos, solía dejar que saltara el contestador y luego decidía si devolvía la llamada o no. Pero esta vez respondió al segundo tono un escueto «Donovan».

—Drake Donovan —dijo Charlie McDuff con chulería—. Creo que tengo algo que te pertenece.

—Sí, algo mío —contestó Drake en voz baja y un deje peligroso.

Charlie debió de darse cuenta de eso porque ya no sonaba tan engreído ni tan seguro de sí mismo. Algo en su voz dejaba entrever que estaba nervioso e inestable, y eso preocupaba a Drake. Lo aterrorizaba. Sabía que tenía que andarse con mucho ojo para no darle ningún motivo para hacer daño o matar a Evangeline.

—Si quieres volver a verla con vida, haz exactamente lo

que te pida. Tienes dos horas para completar la transacción y ni un minuto más.

—¿Qué quieres? —le espetó.

—Veinte millones no son nada para un hombre con tus medios —dijo Charlie, algo más sereno al mencionar la cantidad—. Estoy siendo muy generoso. Sé que podrías pagar más y no te darías ni cuenta, pero soy razonable. Te enviaré un mensaje con las instrucciones para la transferencia y los números de cuenta. Como he dicho, si la pasta no está en mi cuenta y verificada dentro de las próximas dos horas, tu mujercita morirá. Pero no antes de probarla un poquito. Es muy guapa, aunque no me esperaba menos de ti, Donovan.

—Dejemos clara una cosa, Charlie —dijo Drake sin esforzarse por ocultar el asco que le tenía a ese puto gusano—. Conoces mi reputación; sabes que no me ando con chiquitas. Sabes que cuando prometo algo, prefiero morir a incumplirlo. Así que quiero que sepas que si la tocas, si le haces daño, si la asustas, si veo que tiene un moretón o un arañazo cuando vuelva, eres hombre muerto. Puedes estar seguro.

Hubo una larga pausa al otro lado de la línea.

—Tú asegúrate de transferir el dinero y no tendrás que preocuparte de cómo esté tu mujer.

Y colgó. Al cabo de unos segundos, un pitido informó a Drake de que tenía un mensaje: era el número de cuenta.

Quería la cabeza de McDuff. Ese capullo iba a morir, aunque Drake hubiera hablado como si McDuff pudiera salir airoso si Evangeline volvía sana y salva. Firmó su sentencia de muerte en cuanto tocó un pelo a algo que pertenecía a Drake.

—Ahora tenemos dos horas, pero no me fio nada de ese tío —dijo Drake apretando los dientes—. Me niego a dejarla en sus manos un minuto más. No sabe que estamos aquí. Cree que estoy dando vueltas por la ciudad, muy lejos de Brooklyn o su puta carnicería. No pienso esperar un segundo más. Con o sin vosotros, pienso entrar.

—¿Y dejar que mate a Evangeline? —Silas lo fulminó con la mirada. Su ejecutor era presa de la rabia y estaba tan tenso como una serpiente a punto de atacar.

—Estamos casi listos —dijo Maddox, colocando la mano en uno de los auriculares para oír mejor—. Vámonos. Tenemos que encontrar la mejor forma de entrar por este lado. Los demás están ocupando sus posiciones ahora. Jax se ha ocupado del reconocimiento para saber a qué nos enfrentamos.

—¿Sabe dónde está Evangeline? —preguntó Drake—. ¿La ha visto? ¿Está bien?

—McDuff la tiene atada a una silla en la sala refrigerada de la parte posterior donde tiene colgados los terneros. Dice que parecía estar bien, solo muy asustada y congelada, claro. El capullo la tiene en la puta nevera y no deja de repetirle que la ha llevado allí porque con las picadoras de carne, nadie encontrará su cadáver. Dice que la cortará en pedacitos y la dará como comida a los buitres.

—Ese tío morirá —dijo Drake en un hilo de voz.

—Ya te digo —convino Maddox.

Los hombres salieron del coche. Drake se alegraba de que fuera de noche y pudieran esconderse en las sombras que proyectaba el edificio. Si su informe del edificio era correcto, había allí una ventana que se abría desde el interior de una sala adjunta al refrigerador donde almacenaban la carne y tenían retenida a Evangeline.

Silas dio un paso atrás y subió por la pared hasta aferrarse al alféizar, tras lo cual se impulsó y consiguió sujetarse al marco. Manipuló la ventana un rato hasta que consiguió subirla con un crujido.

Se quedó inmóvil, igual que Maddox y Drake, y esperó un tiempo para cerciorarse de que no lo hubieran oído. Al ver que no aparecía nadie, todos suspiraron aliviados. Por el micrófono, Maddox indicó a los demás que iban a entrar y les ordenó que hicieran lo mismo.

La idea era rodear la sala refrigerada y planificar la mejor forma de ataque para que Evangeline no sufriera ningún daño ni estuviera en medio del fuego cruzado.

Silas entró en el edificio, aguardó hasta que se cercioró de que no habían detectado su presencia y entonces se asomó por la ventana e hizo señas para que Drake y Maddox subieran también.

—Sube —dijo Maddox a Drake mientras ponía las manos para que le sirvieran de apoyo.

Drake colocó el pie en las manos de Maddox y a la de tres saltó. Gracias al empujón de Maddox pudo llegar al alféizar y agarrarse. Entró y luego, con su ayuda y la de Silas, subieron a Maddox cogiéndolo por los brazos. En cuestión de segundos, este entró también y cerró la ventana a sus espaldas.

Ahora que estaban en el mismo edificio donde estaba retenida Evangeline, Drake tuvo que contenerse para no irrumpir en la sala de al lado y acabar con todos esos cabronazos. Estaba muy tenso. En ese momento, se veía capaz de enfrentarse a treinta hombres y destrozarlos con sus propias manos.

Salieron al pasillo, atentos a cualquier movimiento, cualquier cosa que delatara su presencia. Drake confiaba en todos sus hombres, les confiaba hasta su vida, pero el riesgo nunca había sido tan alto. No luchaban solo por la seguridad y la vida de Drake, sino por todo el mundo que había construido.

Evangeline.

Al fondo del pasillo que Silas recorría con sigilo, se oyó un ruido apagado y alguien cayó al suelo sin ningún disparo de por medio. Silas hizo un gesto a Maddox, y Maddox arrastró al hombre hacia la sala a la que habían accedido por la ventana.

—Vamos —dijo Maddox con tono serio—. Justice me ha dicho que las cosas se están caldeando en el refrigerador. McDuff se está cabreando.

A Drake le dio un vuelco el corazón.

Se dieron la vuelta y echaron a correr. Había cuatro posibles entradas a la sala refrigerada, y después de abatir a los guardas que las custodiaban, Drake y sus hombres se agacharon junto a las puertas, observando a los hombres armados hasta los dientes que había en su interior.

Drake maldijo para sus adentros al ver que todas las armas apuntaban a Evangeline. McDuff estaba delante de ella, provocándola. Ella no lo miraba. Estaba pálida, demasiado. Tenía el pelo enmarañado y vio el reguero de sangre a un lado de la cabeza de un color rojo escandaloso en comparación con su rubio natural.

Tenía la cabeza agachada y el pelo le caía por las mejillas. Apoyaba la barbilla en el pecho. Se le partió el alma al ver la marca de las lágrimas en su rostro pálido.

—Ahora tengo a Drake cogido por las pelotas —se jactaba McDuff—. El muy imbécil se ha creído que lo dejaría por veinte millones.

Vio que Evangeline levantaba la cabeza por primera vez, aunque tenía la mirada perdida y empañada por las lágrimas al mirar a McDuff.

—Tú sí que eres imbécil —dijo sin perder la calma. Le hablaba como si fuera gilipollas. Y a Drake se le cayó el alma a los pies cuando dijo lo siguiente—: No le importo una mierda. No va a mover un dedo para rescatarme y no te dará lo que quieres. No va a ceder al chantaje. ¿Cuándo lo ha hecho? Eres más idiota de lo que pensaba si crees que se va a doblegar por una de sus putas a la que ya ha dado la patada y de la que no quiere saber nada. ¿O a lo mejor es que no te llegó la circular? —añadió con sarcasmo mientras le lanzaba una mirada desafiante, como si lo retara a hacer lo peor porque lo malo ya se lo habían hecho.

A Drake le entraron ganas de llorar por la desolación que oía, que sentía, en su voz y en sus actos.

McDuff la miró inseguro y enfadado también. Le soltó un manotazo en toda la cara con tanta fuerza que le echó la cabeza hacia atrás. El pelo le cubrió el rostro, pero Drake reparó en la sangre que empezaba a salirle de la nariz y la boca, y se inclinó hacia delante.

Silas y Maddox se abalanzaron sobre él y lo inmovilizaron en el suelo.

—¡Para! —le susurró Silas al oído—. Los demás también queremos matar a ese cabronazo por tocarla, pero tenemos que hacerlo bien y ceñirnos al plan o este hijo de puta la matará en el acto. No pierdas la cabeza, tío. Piensa, joder, ¡piensa!

Drake se los quitó de encima poco a poco, pero estaba que echaba humo. Era un infierno tener que esperar a que los demás rodearan la sala para cortar todas las vías de escape y garantizar la seguridad de Evangeline. Como ese cabrón le hiciera daño, lo mataría. Ya le había hecho daño tanto física como psíquicamente. La había hecho sangrar no una vez, sino dos. Y a saber qué le había hecho antes de que llegaran sus hombres. No, tenía que dejar de torturarse con todo lo que su ángel había tenido que sufrir o se volvería loco.

Maddox alzó una mano, escuchó con atención por el auricular y entonces se volvió para mirar a Drake con los ojos centelleantes y el cuerpo tenso de la rabia.

—Adelante.

32

*E*vangeline estaba encorvada en la silla incómoda a la que estaba atada de pies y manos. Le ardía y le dolía mucho la cara por el golpe que le acababa de propinar aquel hombre, pero la cabeza era lo que más le dolía. Cuando forcejeó y pataleó en plena calle para evitar que la metiera en el coche, este le había dado un golpetazo en la cabeza que la había dejado inconsciente.

Iba a morir. La pena la consumía porque no solo moriría ella. Su precioso bebé moriría con ella. Drake no vendría a rescatarla, no daría ni cien dólares por su liberación, aún menos veinte millones o lo que fuera que le pidiera ese capullo.

Como sabía que iba a morir, no tenía ganas de prolongar su dolor y su agonía mucho más. Al principio pensó en hacer lo que fuera para seguir con vida, para luchar por su hijo, aunque fuera. Sin embargo, se dio cuenta de lo poco que le quedaba cuando ese hombre la llevó allí, a un sitio que olía a sangre y a muerte, y le dijo con engreimiento que la cortaría en pedacitos para que nadie pudiera encontrar su cadáver y mucho menos identificarlo, si Drake no hacía la primera transferencia.

—Me echó a la calle, ¿o no lo sabías? —se burló, articulando las palabras con dificultad por lo hinchados que tenía los labios—. Cree que lo he traicionado a él y a sus hombres dándole información a la policía. Así que ya me dirás qué crees que Drake haría en una situación así. ¿Crees de verdad que va a pagar veinte millones de dólares para salvarme la vida? Seguramente cuando esté muerta recibas una tarjeta para agradecértelo.

—¡Cállate! —bramó él, que se volvió para darle otro guantazo.

Pero algo le inmovilizó la mano y entonces en la sala estalló una violencia brutal. Disparos. Gritos de dolor. Insultos. Cerró los ojos y rezó para que la muerte llegara de forma rápida y piadosa. «Ay, Drake, te quería muchísimo. No te traicionaría nunca, ¿Por qué no me creíste? Nunca sabrás que tenías un hijo».

El pesar era abrumador y sofocante; las lágrimas le quemaban los ojos hinchados. Los cerró y agachó la cabeza, derrotada, mientras el mundo enloquecía a su alrededor.

Se encogió cuando notó que alguien tocaba las cuerdas. Oyó la voz de un hombre en el oído.

—No te resistas, Evangeline. Quiero que colabores y hagas exactamente lo que te digo, ¿de acuerdo?

La adrenalina le corría por las venas. Abrió los ojos y para su asombro vio a los hombres de Drake. Por todas partes. Observó azorada cómo luchaban con una expresión asesina en el rostro. Aún se sorprendió más al ver a… Drake. Se abrió paso entre dos hombres armados, que no supusieron ningún obstáculo para él y su rabia.

¿Qué estaba haciendo allí y por qué? Seguro que había perdido lo poco que le quedaba ya de cordura, a lo que se había aferrado todo el día. O tal vez había muerto y aquello era una especie de fantasía. Pero no sintió dolor cuando se dejó liberar por Silas, que cortaba con destreza las cuerdas que la inmovilizaban.

—¡Sácala de aquí! —gritó Drake sin mirarla—. Asegúrate de que esté a salvo y que la vea un médico. De este cabronazo me ocupo yo.

Sus palabras le hicieron sentir un escalofrío por la espalda mientras veía cómo Drake acorralaba al hombre que la había secuestrado. Entonces Silas la cogió en brazos y cerró los ojos para no pensar en que Drake podría morir, y ella perdió la noción de la realidad; se retiró a un lugar donde ya no sentía dolor ni pesar. Nada. Se sumió en el olvido y se entregó al vacío que la envolvía con su cálido abrazo.

Silas cogió deprisa a Evangeline, flanqueado por Maddox y Justice, que la miraron preocupados.

—Quedaos con Drake —ordenó Silas—. Cubridle y protegedle, aseguraos de que no le pase nada.

—Voy contigo —repuso Maddox, terco—. Con la ayuda de los hombres de Luconi, hemos acabado con todas las amenazas. El único que queda es McDuff y aunque está bien vigilado, Drake ha dejado muy claro que es suyo.

Silas llevó a Evangeline al coche que los estaba esperando y se sentó en los asientos traseros; ella seguía con los ojos cerrados, pero no sabía si era para protegerse o porque estaba inconsciente.

La examinó con atención por si tenía alguna herida, pero solo vio la sangre seca a un lado de la cabeza, la marca de una mano en el rostro y la sangre de la nariz y la boca, donde ese cabronazo la había golpeado. Estaba tan cabreado que estuvo a punto de hacer caso omiso a las órdenes de Drake y acabar él mismo con McDuff.

Tendría que hacerlo él, Silas, y no Drake. Al fin y al cabo era él quien se encargaba del trabajo sucio. Era su ejecutor y su única obligación era proteger a Drake y cerciorarse de que nada arriesgara los intereses comerciales de este, cuyo imperio compartía con sus hermanos. Él era el responsable de librarse de las amenazas; ese era su cometido. Y esto era, más que nunca, un asunto personal, cuando antes siempre era frío e impersonal, un trabajo más. Nada más y nada menos. Era un mal necesario para proteger el imperio de Drake y a los hombres a los que llamaba hermanos.

Pero Evangeline lo necesitaba más en ese momento. Y si fuera su mujer, él también querría ser quien se cargara al tipo que la había aterrorizado, amenazado y puesto las manos encima.

—Llévanos a la clínica de Drake —le pidió al chófer.

Drake miraba al cabrón que tenía agarrado en alto por el cuello de la camisa. McDuff tenía la cara hinchada y ensangrentada y en los ojos se reflejaba el miedo de saberse a punto de morir. No merecía una muerte rápida y misericordiosa. Lo que merecía era sufrir siendo consciente de lo que le aguardaba. Pero Drake no tenía ni el tiempo ni las ganas. Su prioridad era vengar a Evangeline y luego acudir a su lado lo antes posible.

Había estado tan abrumado por la rabia y las ganas de que el torturador lo pagara con su sangre, que había olvidado todo lo demás, pero ahora se arrepentía porque debería haber sido él quien sacara a Evangeline de allí. Tendría que haberla tranquilizado y acompañarla él mismo y no uno de sus hombres. ¿Creería ella que era una muestra de rechazo más por su parte? ¿Una prueba más de que no le importaba?

—Por favor —dijo McDuff arrastrando las palabras—. Haré lo que sea, pero no me mates.

—¿Eso te ha pedido mi mujer? ¿Te ha rogado que no la mataras a ella ni a mi hijo?

El horror se asomó a los ojos de McDuff y el muy cobarde empezó a sollozar. Aumentó el hedor punzante del amoníaco, y Drake y sus hombres lo miraron totalmente asqueados. Se estaba meando encima.

—¡No sabía que estaba embarazada! —gritó este—. Te lo juro. ¡No lo sabía! No le he hecho daño.

—¿No? —preguntó Drake con un tono mortal—. ¿No le has golpeado en la cabeza con la culata de la pistola cuando la has abordado en la calle? He visto cómo la golpeabas en la cara.

McDuff lloraba y balbuceaba sin parar y, aunque a Drake le hubiera encantado prolongar la agonía del muchacho, ahora mismo solo quería ir a ver a Evangeline para asegurarse de que ella y su hijo estuvieran bien.

Un movimiento rápido de las manos y todo terminó. McDuff se quedó colgando sin vida y Drake lo dejó caer al suelo. Acto seguido, se dio la vuelta y dio instrucciones a sus hombres.

Miró a Justice y arqueó las cejas a modo de pregunta.

—Silas y Maddox la han llevado a la clínica. Ve con ella, Drake, que los demás nos quedaremos para registrar el resto del espacio y limpiar la escena.

Cuando salió del edificio, vio que Zander lo estaba esperando para llevarlo en coche, pero Drake levantó las manos para que le lanzara las llaves.

—Tú quédate aquí y ayuda a Justice a supervisar las tareas de limpieza. Ya conduzco yo.

Zander ladeó la cabeza y se lo quedó mirando un buen rato.

—¿Seguro que estás bien para conducir? Hoy has tenido que ver mucha mierda.

—No tanto como ella —le espetó—. Dame las malditas llaves.

Zander se las tendió sin mediar palabra, pero cuando Drake estaba a punto de subir al coche, lo dejó de piedra con una pregunta:

—¿Estás contento? Nadie te lo ha preguntado, pero ¿estás contento por lo del bebé? —preguntó con un deje de advertencia subyacente.

En el fondo insinuaba que, como no se alegrara por el embarazo de Evangeline, serían varios los que se interesarían por cuidar de ambos, de ella y del niño. Por encima de su cadáver.

—Soy más feliz de lo que imaginas —respondió él con tono tranquilo—, pero mi prioridad ahora es Evangeline. Quiero asegurarme de que no está herida y espero que me perdone lo imperdonable.

Zander hizo una mueca y asintió.

—Es una buena mujer, Drake. La mejor.

—Ya lo sé —repuso el en voz baja.

Cuando Drake llegó a la clínica, encontró a Maddox y a Silas caminando de un lado a otro fuera de la sala de reconocimiento. Cuando lo vieron, los dos se detuvieron y esperaron a que se les acercara.

—¿Cómo está? —les preguntó con el pulso acelerado por el miedo y la preocupación.

Silas se encogió de hombros.

—Aún no lo sabemos. Ha estado inconsciente durante todo el trayecto. Ha abierto los ojos cuando ha entrado el doctor, pero ha sido como... no sé. Era como si no estuviera aquí del todo. No era consciente de nada ni de nadie. No nos ha reconocido, o al menos no lo parecía. No ha dicho ni una palabra desde que la hemos sacado de la carnicería.

—Joder —dijo Drake, y le dio un puñetazo a la pared—. ¿Sabéis si el niño está bien?

—No, lo siento —terció Maddox en voz baja—. Se lo hemos comentado al doctor y nos ha dicho que tomarían muestras de sangre y le mirarían los niveles de gonadotrofina para confirmar que esté embarazada, ya que de momento solo tenemos una prueba de embarazo, de plástico.

Drake se quedó petrificado. No se le había pasado por la cabeza que no estuviera embarazada. Fue ver la prueba y pensar en el niño como en un ser humano de verdad. No podía soportar la idea de perder al bebé o a Evangeline. Si lo perdía, ella no se lo perdonaría nunca. Tampoco creía que lo perdonara independientemente de que hubiera un niño de por medio y ¿quién era él para culparla?

—¿Cuánto tiempo lleva consciente? Tengo que verla.

—Creo que puedes entrar —explicó Silas—. Nosotros nos hemos quedado aquí para darle más privacidad.

Sin tiempo que perder, Drake abrió la puerta y se detuvo en seco al ver a Evangeline tan pálida. Estaba tumbada en una camilla tapada con una fina sábana. Llevaba puesta una bata de hospital y tenía los ojos cerrados.

Enseguida vio al doctor, que estaba junto a ella examinando los resultados del laboratorio. Levantó la vista al reparar en él.

—¿Cómo está? —preguntó nervioso.

—Estará bien —lo tranquilizó el médico—. Está algo magullada y pasará un par de días con dolor de cabeza, pero por lo demás parece que está bien.

—¿Y el bebé? —añadió temeroso.

El médico sonrió.

—Todo está bien según los resultados de los análisis. Los niveles de gonadotrofina están dentro de lo normal para una mujer embarazada de ocho semanas. No se ha despertado, de modo que no le he podido preguntar cuándo tuvo su último período, pero imagino que no está de mucho más.

Parte de esa tensión que lo atenazaba se suavizó y se sintió aliviado al saber que tanto ella como el bebé iban a estar bien.

—¿Puedo llevármela pronto a casa?

El doctor frunció el ceño.

—Me preocupa este estado alterado de la consciencia tan prolongado, pero dadas las circunstancias tampoco me sorprende. Ha sufrido una experiencia traumática y a veces la mente actúa de determinada forma para protegernos. No me opongo a que la suba a casa, ya que simplemente la llevará a la última planta de este edificio, pero me gustaría subir a verla una vez al día por lo menos y que me llame en caso de dudas o preguntas sobre su estado. Si las cosas cambian, quiero que me lo indique al momento. Patty le dará un listado de cosas que debe vigilar y si mostrara algún síntoma de los que aparecen en esa lista, tiene que bajármela inmediatamente o bien llevarla al hospital más cercano.

—Gracias —dijo Drake con total sinceridad—. Le proporcionaré los mejores cuidados y me aseguraré de que descanse bien hasta que esté recuperada por completo.

El médico sonrió.

—Estoy seguro. Y, Drake, muchas felicidades. Sé que será un buen padre.

Cuando se volvió para mirar a Evangeline, vio que tenía los ojos abiertos y miraba fijamente al techo. Corrió junto a ella y entrelazó los dedos con los suyos.

—¿Cielo? Estoy aquí, mi ángel. Ya estás a salvo. Los dos estáis bien. Nada podrá hacerte daño ahora. El médico dice que puedes volver a casa conmigo. ¿Te gustaría?

Ella no hizo caso. Parecía que no hubiera oído nada. No parpadeaba y tenía la mirada tan distante que a Drake le entró miedo.

Miró al doctor sin saber qué hacer, pero este hizo una mueca y volvió a comprobar sus signos vitales.

Dios, ¿esto lo había provocado él? ¿Era culpa suya? Era como un ente vacío, como si estuviera tan frágil que cualquier cosa pudiera romperla. Aunque quizá ya estaba rota y ahora mismo él se hallaba ante sus pedazos.

La abrazó y cerró los ojos al tiempo que le besaba el pelo.

—Vuelve conmigo, mi ángel —le imploró—. Ven a casa. Ahora estás a salvo. No me dejes. Te quiero. Siento no habértelo dicho antes, pero tenía miedo, mucho miedo. Ahora ya no, porque tú me infundes valentía. Me vuelves fuerte. Me das la fuerza para enfrentarme a lo peor sabiendo que contigo puedo superar cualquier cosa. Siempre que estés a mi lado, cielo; siempre que estemos juntos.

—Quiero irme a casa —dijo Evangeline en un hilo de voz—. A casa con mis padres.

Drake se quedó inmóvil, debatiéndose entre la alegría de que estuviera consciente y el temor por lo que acababa de decir. Con un nudo de miedo en la garganta, se apartó con cuidado para poder cerciorarse de que estaba consciente del todo. Tenía la mirada apagada y le faltaba esa chispa tan suya. Tenía el rostro tan inexpresivo como si estuviera dando las noticias por la poca emoción que demostraba. No había rabia, pasión, ni rubor en sus mejillas.

—Cielo, por favor —le pidió con la voz ronca—, dame la oportunidad de explicártelo. Tengo que pedirte perdón por muchas cosas y enmendar tantas otras. Ven a casa conmigo, por favor. Deja que cuide de ti y te explique, que me disculpe. Sé que no merezco tu dulzura, tu luz, tu amor, pero te lo pido de rodillas, cielo. Dame una última oportunidad y te juro que esta vez no te arrepentirás.

Los nervios y el miedo —sobre todo miedo— se le asomaron a los ojos, con lo que la mirada distante pasó a ser fiel reflejo del pánico. Ella forcejeó un poco para apartarlo y él al final se retiró para dejar algo de distancia entre los dos.

—Quiero irme a casa —repitió ella sin variar ni el tono ni la inflexión. Era una voz sin vida, como sus ojos, su lenguaje corporal o su expresión.

Ella buscó la mirada cómplice del médico en busca de ayuda. Uno tendría que ser de piedra para no reaccionar ante la desesperación de Evangeline. Pero el doctor permaneció en silencio y siguió examinándola con el ceño fruncido.

Drake cerró los ojos para intentar, en vano, deshacerse de ese nudo en la garganta que amenazaba con cortarle la respiración. Las lágrimas le escocían y tuvo que pestañear varias veces para no llorar. Si se venía abajo, si perdía la compostura, se desmoronaría y acabaría hecho añicos.

—Mi ángel —susurró—. Ven a casa conmigo. A nuestra casa. Dame esta oportunidad solamente y no volveré a pedirte nada más. Por favor, déjame que te lo compense. No puedo vivir sin ti... no quiero vivir sin ti. Sin ti...

Se le quebró la voz y calló para no dar voz a la realidad, a lo que era o, mejor dicho, a lo que no era sin ella. No imaginaba su vida, su existencia, sin Evangeline. ¿Qué había hecho sin ella? ¿Cómo era su vida antes de que ella entrara y le diera un vuelco a su mundo? Lo adoraba todo de ella. Le encantaba el caos que traía a su vida tan ordenada. Amarla era muy fácil; era imposible no quererla. Influía positivamente en todas las personas con las que se cruzaba, que caían rendidos a sus encantos con solo una de sus sonrisas inocentes y algunas palabras dulces. Ojalá se hubiera dado cuenta antes del amor que sentía por ella. Ojalá hubiera confiado en ella de la misma forma.

No es que no supiera que la quería, pero había estado demasiado ciego para reconocer la verdad: que se había quedado prendado de aquel ángel de ojos azules y melena dorada en cuanto entró en el club. La primera vez que la besó, había sellado su destino. Un gesto simbólico: desde entonces era suya.

Y a partir de entonces no había hecho más que meter la pata.

—Sin ti no estoy completo —dijo dolorosamente.

—Quiero irme a casa. Mi madre me espera —dijo desesperada, moviéndose por primera vez, con un destello de pánico en los ojos.

Agarró con fuerza la sábana que le cubría las piernas; su nerviosismo era notable. Él notaba su angustia, veía cómo le temblaba todo el cuerpo. Las ojeras y los moretones del rostro la hacían parecer muy asustada, vulnerable y… derrotada.

Eso lo enfurecía. ¿Su ángel… derrotada? Era una tigresa, pero parecía un gatito indefenso, así hecha un ovillo en la cama y rehuyéndole como si él fuera el responsable de lo que le había pasado.

¿Y acaso no lo era?

Le entraron ganas de vomitar. Quería dar un puñetazo a la pared. Quería llorar por todo lo que había hecho… y todo lo que se le estaba yendo de las manos.

El doctor le lanzó una mirada de advertencia mientras señalaba a Evangeline y luego negó con la cabeza. El mensaje estaba claro: «Déjala. Está frágil. No la presiones. Dale tiempo para curarse».

—En cuanto llegue, que la vea un médico lo antes posible. Les enviaré el informe preliminar —dijo el doctor en voz baja.

Estaba claro que el médico opinaba que obligar a Evangeline podía ser la gota que colmara el vaso. Que podía acabar de romperla y perder el control al que se aferraba como si fuera un salvavidas. No hacía falta que lo dijera en voz alta, Drake se lo veía en la cara.

Estaba abrumado por el pánico de tal forma que empezó a sudar y a temblar. ¿Que la dejara? Eso era como pedirle que se cortara la yugular, pero no merecía menos. Él la había empujado a esto. Él la había ahuyentado. Evangeline no huía de él: él le había dado la patada sin contemplaciones y sin arrepentirse… al menos entonces. Ahora se arrepentía de muchísimas cosas, justo cuando era demasiado tarde. Le habían hecho uno de los mejores regalos —ciertamente era el mejor que le habían regalado a él—, y lo había rechazado de la forma más cruel. La había rechazado a ella y a todo lo que ella le había dado libremente sin pedirle nada a cambio.

Salvo… lo único que no había estado dispuesto a darle: su confianza. Su absoluta confianza en ella. Era un monstruo, igual que su madre y su padre. Resultaba que no había superado su pasado. Se había convertido en él.

Evangeline miró alrededor, ofuscada, con lágrimas en los ojos y una mirada de indefensión que le sentó como una patada en el estómago.

Él le pasó una mano por la melena despeinada y no pudo resistirse a besarla en la coronilla. Era como una bendición; un gesto de pesar, de arrepentimiento y de amor. Tanto amor… y ahora era demasiado tarde. No le había dado lo que más necesitaba: su confianza, su fe, su amor. Al menos podía darle esto último.

—Te llevaré a tu casa, mi ángel. No te preocupes, que me encargo de todo. Solo descansa y procura mejorar y olvidar todo esto.

«Dios, pero que no me olvide a mí también».

No, era mejor no pensarlo. No imaginaba una vida sin que ella proyectara luz en las sombras que habitaban las profundidades de su alma. De alguna manera —todavía no sabía cómo— ella tenía que volver con él. No pensaba contemplar otra opción porque, de hacerlo, se desmoronaría.

Ella se relajó un poco, aunque aún tenía una mirada recelosa, como si no creyera que le estuviera diciendo la verdad. Claro que ¿quién podría culparla después de haber sido un cabronazo despiadado?

Sintiéndose cada vez más desquiciado, la abrazó con ternura y la atrajo hacia su corazón, que también era el de ella. Evangeline era su dueña. Él le hundió el rostro en el pelo y empezó a llorar en silencio, mojando los mechones al tiempo que las lágrimas le resbalaban por la cara: escondía su desolación en su melena sedosa.

«Mi ángel, mi preciosidad, mi amor. Dejarte marchar es lo más duro que he tenido que hacer y que haré nunca. Dondequiera que vayas, te llevarás mi corazón, mi alma y todo yo. Siempre estaré contigo. Soñaré contigo cada noche, cada momento del día, y rezaré para que un día vuelvas donde te corresponde: conmigo. Hasta entonces no podré estar completo. Tú eres mi mitad, la mejor parte de mí. Lo único bueno que he tocado, amado y atesorado en mi corazón. Sin ti estoy perdido».

¿Podría vivir alguien con medio corazón y un alma rota y embrutecida por toda una vida de pecados? Ella merecía mucho más de lo que él le había dado. Merecía a un hombre mucho mejor y, a pesar de todo, ella lo había escogido y él la había traicionado cruelmente. Miró desconsolado a Evangeline, que yacía entre sus brazos. Y no, no era verdad. No se necesitaba corazón para vivir, porque el suyo llevaba fuera de su cuerpo desde que Evangeline había entrado en su mundo y se lo había robado. Y nunca lo recuperaría; nunca volvería a sentirse vivo hasta que, o a menos que, ella volviera con él.

Su corazón había vivido dentro de ella, formaba parte de ella, durante los últimos años y ya no lo quería de vuelta. No a menos que la incluyera a ella.

33

*E*vangeline contemplaba con la mirada algo perdida cómo aterrizaba el avión en el pequeño aeropuerto local a media hora de su pueblo. Al otro lado del pasillo estaban Maddox y Silas, que permanecían sentados sin decir nada.

En ese silencio habían estado sumidos desde que despegaron en Nueva York, pero ella no quería mirarlos. No hubo contacto visual con ellos en todo el viaje, se lo pasó fingiendo que estaba dormida o mirando por la ventana. Sin embargo, los veía por el rabillo del ojo y sabía que no estaban contentos precisamente. Estaban cabreados, mejor dicho.

Eso tendría que haberla enfadado a ella; al fin y al cabo, ¿qué motivo tenían para estar así? Aunque, a decir verdad, más que el enfado pesaba la preocupación. Se lo veía en los ojos y en la tensión de la mandíbula.

La miraban por turnos para examinarla como si le hicieran un reconocimiento médico y eso la incomodaba. Pero, gracias a su fuerza de voluntad, había permanecido estoica, como si no reparara en sus miradas.

Sabía que estaban furiosos con Drake, y tendría que haberla ablandado que ellos hubieran creído tanto en ella, pero solo sentía tristeza. Sus hombres tenían fe ciega en ella y no habían dudado ni un segundo, mientras que Drake, al que amaba, el que creía que la quería también y con quien pensaba pasar el resto de su vida y tener hijos, la había acusado al momento y no había tenido reparos en darle la patada. Sus ojos, fríos e impenetrables, la habían traspasado como si no la vieran, como si ni siquiera la oyera. No, la había hecho desaparecer sin pensárselo dos veces. Sin dudar.

Se miró el abdomen liso que cobijaba a su hijo, el de los

dos, y cerró los ojos. Aún no se le notaba nada, pero al menos parte de su sueño seguía intacto. Tendría un hijo suyo, solo uno, y ya no tendría ninguna otra parte de él. No tendría su amor. De todos modos, tampoco lo había tenido nunca, solo la idea ingenua de que él la amaba, pero era demasiado macho y reservado para decírselo. Ella creía que él le había demostrado amor con gestos que realmente importaban, así que como lo amaba, no dio importancia a las palabras. Solo le importaba que la quisiera, eso le bastaba. Pero solo había sido una fantasía y era culpa de ella haberse sumido en ese mundo de ensueño, sin hacer caso a la realidad y no darse cuenta de la verdad hasta que ya no pudo protegerse de la destrucción.

Suspiró aliviada cuando el avión llegó a la terminal donde sus padres la estarían esperando para llevarla a casa. Deseaba mantener la compostura, al menos hasta despedir a Silas y Maddox y que estos se subieran al siguiente vuelo a Nueva York. Solo entonces se dejaría llevar y lloraría en brazos de su madre. No quería humillarse más de lo que ya había hecho y venirse abajo delante de los hombres de Drake. Su orgullo ya había sufrido daños irreparables al arrodillarse frente a Drake, al rogarle que la creyera, que la escuchara, delante de los demás. Le había suplicado y sus súplicas habían caído en saco roto. Había sido como hablar con una estatua, porque así se había quedado, de piedra, en cuanto aquel capullo le dijo que ella era la informante.

Las lágrimas quemaban como el ácido y ella apretó los dientes; se negaba a desmoronarse allí mismo, delante de Silas y Maddox.

—Evangeline —dijo Maddox, serio.

Ella volvió la cabeza y lo miró brevemente antes de centrarse en algún punto más allá de su hombro derecho.

—Ya hemos llegado. Tus padres te esperan fuera.

Cuando fue a levantarse, Silas la sujetó por el codo y la ayudó a incorporarse. Maddox y él la ayudaron a bajar las escaleras que habían dispuesto junto a la puerta del avión.

Sus padres estaban tan solo a unos metros, pero Maddox les hizo un gesto para que les dieran un momento a los tres, a Evangeline, Silas y él. Su padre asintió en la silla de ruedas, con los labios apretados mientras veía como salía su hija.

Evangeline sabía que tenía muy mal aspecto, pero ¿por qué mentir ocultando las señales de su aflicción? Echaría a perder el maquillaje y el peinado en cuanto abrazara a su madre y empezara a llorar.

Maddox le cogió una mano y se la sujetó ligeramente entre las suyas. Suspiró de una forma que parecía triste.

—Evangeline, mírame —le pidió con ternura.

Ella cerró los ojos y notó las lágrimas en los rabillos. Dios, no podía hacerlo.

—Va, mírame, por favor. ¿No puedes mirarme? ¿Tan enfadada estás con nosotros también?

Esas palabras sonaban a tristeza y arrepentimiento. Evangeline abrió los ojos de repente y buscó los de él.

—¡No! —exclamó tajante.

Ella miró a Silas para ver si también pensaba que estaba enfadada con él. Su expresión era indescifrable salvo... por sus ojos. Tenía una mirada de dolor, sensible. La sorprendió porque sus facciones solían ser muy difíciles de leer.

—Es muy difícil —dijo ella entrecortadamente mientras apretaba la mano de Maddox.

—Lo sé —murmuró Maddox—. Ven y dame un abrazo. Tus padres se mueren de ganas de saludarte y tu madre quiere empezar a cuidarte ya mismo.

Se lanzó a los brazos de Maddox y a pesar de su promesa de no llorar, las lágrimas empezaron a resbalarle por las mejillas mientras se cobijaba en su fuerte abrazo.

—Silas y tú sois los mejores amigos que he tenido nunca —susurró—. No olvidaré vuestra generosidad y vuestro apoyo; lo significa todo para mí.

Maddox la besó en la cabeza y se apartó. Entonces le acarició la mejilla y le puso un mechón detrás de la oreja.

—Eres una mujer increíble, Evangeline. Me alegro mucho de haberte conocido.

Ella esbozó una sonrisa y él la hizo girar para que mirara a Silas.

—Hay otra persona que quiere despedirse de ti —murmuró.

Evangeline dio un paso indeciso, luego otro. Silas abrió los brazos y ella corrió hacia él, que la abrazó y zarandeó con fuerza.

—Te echaré mucho de menos —dijo ella.

—Y yo a ti, muñeca —respondió Silas con voz temblorosa—. Cuídate mucho… y al pequeño. —Entonces se apartó un poco y le levantó la barbilla con los dedos para que lo mirara a los ojos—. Si alguna vez necesitas algo, si quieres hablar o solo escuchar una voz amiga, tienes mi número. ¿Entendido?

Ella asintió, hecha un mar de lágrimas. Bajó la vista y al ver el brillo del anillo de diamantes que Drake le había regalado, se le nublaron los ojos aún más.

Su anillo de compromiso; su último vínculo material con Drake. Lo había olvidado por completo. Lo deslizó por el dedo poco a poco y se lo quitó. Ya no lo necesitaba. Tenía al bebé y ese era el único recuerdo de Drake que necesitaba.

Le tendió el anillo a Silas y le dijo con un hilo de voz:

—Devuélveselo a Drake, por favor.

—¿Le digo algo? —preguntó con ternura.

Ella negó con la cabeza.

—No tengo nada más que decirle —repuso con tristeza.

—Cuídate, pequeña. Y recuerda que puedes llamarnos a Maddox y a mí cuando quieras.

Ella trató de sonreír, pero era difícil cuando estaba hecha pedazos por dentro.

—Cuidaos vosotros dos también —les dijo—. Y cuidad de Drake.

Nombrarlo le dolió. Fue como un golpe físico que la hizo tambalear. Maddox la cogió del brazo y luego la atrajo hacia sí.

—Vamos, cielo, que tus padres te están esperando.

A pesar de la promesa que se había hecho de no venirse abajo hasta que ellos se hubieran ido, cuando estuviera ya en brazos de su madre, lloró en cuanto esta se le acercó.

34

*E*vangeline examinó la cocina de su madre horrorizada. Parecía que hubiera pasado un tornado. Había ollas y sartenes desperdigadas por doquier, junto con cuencos, paquetes abiertos, cajas y bolsas vacías. Una de las encimeras estaba cubierta de harina y habría que frotar la vitrocerámica. De hecho, hasta tenía ganas de limpiar. Atacar las capas y capas de comida y grasa seca era una buena manera de soltar toda esa frustración que sentía.

Su padre le había dicho bromeando que estaba cocinando lo suficiente para tener comida en caso de un apocalipsis zombi. Y, bueno, no se equivocaba. Había cocinado, almacenado y congelado suficiente comida para pasar la primavera y principios del verano.

Con un suspiro, se dijo que ya era suficiente. No podía cocinar mucho más con lo que quedaba de la compra de hacía unos días. Se sentó en uno de los taburetes de la isla para descansar un poco y automáticamente se acarició la barriga, aún lisa.

Como ya esperaba, el sentimiento de amor y de alegría al pensar en el bebé iba siempre acompañado de una pena y agonía tan fuertes que, si no hubiera estado sentada, la hubiera obligado a hacerlo.

Había pasado un mes. ¡Un mes! Y, sin embargo, le parecía que hubiera sido ayer. No dormía bien y a pesar de que llevaba cuatro semanas cocinando como una loca, no tenía el estómago para probar esos platos siquiera.

Y cada día la atormentaba su consciencia. Tenía que contarle a Drake que estaba embarazada. Todo había pasado como una exhalación. Estaba convencida de que iba a morir y, al instante siguiente, Drake y sus hombres irrumpieron como ángeles vengadores y luego… Bueno, después todo era borroso. Recordaba ver a un médico. Recordaba a Drake hablando con ella mirándola con… ¿con qué exactamente? Trató de recordar, pero no lo tenía nada claro.

Él le había hablado con seriedad y vehemencia, pero incluso al mirarlo le dolía el corazón y lo único que pudo decir, las únicas palabras que había conseguido articular, era que quería irse a casa, donde pudiera estar a salvo y escapar del dolor.

Qué boba. Como si pudiera escapar del dolor de perder a Drake alguna vez. Sin embargo, tenía que decirle que iba a ser padre. Independientemente de lo que pensara de ella, que no la amara, merecía saberlo y no era tan vengativa para ocultárselo. Lo que hiciera él al saberlo era cosa suya, pero se lo contaría.

¿Le importaría? ¿Creería que era suyo? Tenía tan poca confianza en ella que tampoco era descabellado pensar que dudara de haber engendrado al niño. Para eso existían las pruebas de paternidad, claro, pero no lo obligaría a aceptar al bebé. Si no quería saber nada de ellos, no iba a endosarle un niño a la fuerza. No permitiría que su hijo creciera igual que él, en un hogar sin amor.

Tal vez podría decírselo después de la primera visita al médico. Se le aceleró el pulso al pensar en ir a ver al obstetra que había encontrado su madre. ¿Y si había imaginado que estaba embarazada? ¿Y si tenía tantas ganas de estar embarazada que había bloqueado un posible resultado negativo? Pero no. Al llegar a casa, su médico de familia la había examinado rápidamente y había confirmado su embarazo, pero le aconsejó que acudiera a ginecología y le habían dado hora para mañana.

Después ya tomaría las decisiones pertinentes sobre su futuro en lugar de deambular por una especie de limbo como ahora. Hizo una mueca porque toda esta situación no era justa para sus padres.

Su madre la observaba con preocupación. Siempre la tenía cerca y se turnaba con su padre para vigilarla pero sin presionar. No insistían y, lo más importante, su madre no le hablaba con condescendencia. No le daba golpecitos cariñosos en la cabeza diciéndole que todo iría bien y que el tiempo lo curaría todo, ni le soltaba todos esos clichés trillados sobre cómo sanar un corazón roto.

Con total sinceridad, le decía que entendía que estuviera herida y hecha polvo. Amaba a Drake y eso no se iría en una hora, un día, una semana y ni siquiera en un mes. Le dijo que sería un proceso lento y que lo mejor era vivir el día a día, nunca pensar en mucho más allá ni presionarse para «superar» la pérdida de alguien a quien amaba con todo su corazón y toda su alma.

Adoraba a su madre y su sabiduría infinita. Era esa sabiduría que solo tiene una madre gracias a los años de experiencia, perfeccionada al cuidar y proteger a una hija a la que había llevado dentro durante nueve meses y luego alimentado muchos años más. Y daba igual que Evangeline fuera adulta ahora; todo el mundo necesita a una madre.

Ella le había dicho que necesitaba tiempo para llorar la pérdida. Que de alguna manera era como cuando se moría un ser querido, solo que peor porque la persona seguía viva en algún lugar, alguien a quien podía ver pero no tocar. Era una forma de hablar, porque no había nada más allá de la muerte y esa persona se perdía para siempre. En una situación como la de Evangeline, por muy dolida y herida que estuviera y por mucho que no quisiera volver con él, seguía amándolo y echándolo de menos. Y sabía que en su fuero interno ardía la llama de la esperanza de que las cosas se solucionaran y pudieran volver a estar juntos. Así que cada día lo pasaba sumida en su infierno particular.

A Evangeline la maravillaba lo bien que la conocía su madre, lo intuitiva que era, porque la había calado a la perfección. Sí, aún albergaba esa esperanza ingenua y ridícula de que, gracias a un milagro, Drake y ella vivieran felices y comieran perdices, y su hijo o hija tuviera a su padre al lado. Y cada día que se despertaba sola en una cama vacía y echando de menos a Drake, hundía el rostro en la almohada y empezaba a llorar.

Enfadada por lo mucho que pensaba en Drake, a pesar de sus esfuerzos por olvidarlo y distraerse con esas jornadas maratonianas de cocina —como si eso la hiciera sentir mejor—, se levantó, tiró el paño con el que se había limpiado las manos y empezó a limpiar no sin antes meterlo todo como pudo en el congelador.

Limpió, rascó, frotó y luego fregó hasta que quedó todo impoluto. Cuando hubo terminado, se apoyó en el palo de la fregona y se apartó un mechón rebelde de los ojos mientras observaba la cocina. Sus padres, como siempre, la evitaban cuando le daban esos arrebatos culinarios porque sabían que era su manera de enfrentarse al dolor.

Ojalá funcionara.

—¿Se puede entrar? —preguntó su madre desde la puerta.

Ella se giró y esbozó una sonrisa que no tuvo que fingir.

—Madre mía, sí que has estado ocupada —repuso ella sacudiendo la cabeza al entrar.

Evangeline volcó en la pila el agua de fregar y dejó la fregona en el porche para que se secara. Al volver, se fue derecha a su madre y le dio un abrazo de oso. Su madre la abrazó también, pero cuando se apartó le vio una mirada extraña.

—Evangeline, ¿qué te pasa, vida mía?

Ella sonrió aunque tenía ya los ojos vidriosos.

—Nada. Solo quiero que sepas lo mucho que os quiero y lo agradecida que os estoy a los dos. No sé qué habría hecho sin vosotros.

Su madre se ablandó y su rostro reflejó amor y ternura.

—Ay, cariño. Yo también te quiero. No me gusta verte tan herida. No hay nada más frustrante como madre que ver a tu hija pasándolo mal y no poder hacer nada para arreglarlo.

—Sí lo arreglas, mamá. Lo arreglas estando conmigo. Papá y tú os habéis portado fenomenal. —Suspiró y miró alrededor, a la cocina ahora inmaculada—. Supongo que debería devolverte la cocina.

Ella se echó a reír.

—Pues no sé. Me gusta saber que no tendré que cocinar durante los próximos seis meses.

Evangelina sonrió con tristeza.

—Es mejor que las otras formas más clásicas de curar un corazón herido, como hincharse a chocolate y ver películas tristes.

Su madre puso los ojos en blanco.

—Te he dejado hacer la tuya en la cocina porque eso no hace daño a nadie. Pero como te dé por tener malos hábitos, seré la primera en darte unos azotes. Ningún hombre merece semejante nivel de autodestrucción. Además, ahora tienes que pensar en tu niño —añadió al tiempo que le cogía la mano y se la apretaba con afecto.

El dolor le cortó la respiración un momento al pensar en su bebé. Un niñito igual que Drake. Una niña con pelo rubio y ojos oscuros como los de su padre. O con pelo y ojos oscuros; sería tan guapa...

—Hablando del cual —dijo su madre como si no hubiera reparado en su silencio repentino, porque a su madre no se le escapaba nada—, ¿te acuerdas de que tienes cita con el médico mañana a la una?

Como si pudiera olvidarlo... No había dejado de pensar en ello en toda la semana. Y asintió.

—¿Me acompañarás? —preguntó con cierto nerviosismo, aunque intentó que pareciera una pregunta casual.

Ella la abrazó con fuerza.

—No me lo perdería por nada, cariño. Claro que te acompañaré. Ahí llevas a mi nieto y tengo muchas ganas de saber cuándo cumples para poder hacer planes. Y ya he empezado a coserle cosas. Colores neutros de momento, claro, hasta que sepamos qué es.

Evangeline sonrió y de repente la invadió la alegría, el primer buen sentimiento que tenía en mucho tiempo. Quería atesorar ese momento y no perder nunca esa sensación.

—¡Qué ganas tengo de saber el sexo! No sé si prefiero a un niño o a una niña. Sinceramente, ¡me da igual! —exclamó—. Me muero de ganas de conocerla y tenerla entre mis brazos.

Su madre sonrió con una mirada pícara.

—Acabas de hablar en femenino. ¿Puede ser que en el fondo quieras que sea una niña?

Ella rio.

—No. La verdad es que me da igual. Voy alternando con el masculino y el femenino porque no quiero darle preferencia a ningún sexo, así que voy cambiando.

—¡Brenda! Pero ¿dónde os habéis metido las dos? —preguntó su padre desde el salón.

Su madre se llevó una mano a la boca.

—Ay, se me ha ido el santo al cielo. Tu padre me envía a secuestrarte. Acaba de empezar una película y quiere que la veamos juntos.

Evangeline cogió a su madre por el brazo y le dio un apretón cariñoso.

—Pues entonces vayamos con papá y hagámosle compañía un rato

35

*E*vangeline permaneció callada durante todo el trayecto del médico a casa. Aunque estaba exultante de felicidad cuando el ginecólogo pidió una ecografía vaginal para determinar la fecha del parto, y había visto ¡y oído! los latidos del bebé, cuando ella y su madre salieron de la clínica, una tristeza súbita la embargó.

Qué distintas serían las cosas si Drake y ella siguieran juntos. A punto de casarse y de tener un bebé. Él la habría acompañado y hubieran compartido el júbilo de ver a su bebé por primera vez. Pero en lugar de eso era madre soltera, una de muchas mujeres que pasan el embarazo sin el apoyo de una pareja.

Evangeline miraba por la ventana mientras se acercaban a casa, pestañeando para contener las lágrimas. Era hora de dejar de llorar y recobrar la compostura, de enfrentarse a la realidad. Drake, estar con Drake, era una fantasía. Era un sueño imposible porque él nunca podría confiar y creer en ella y, a su vez, Evangeline nunca podría estar con un hombre que tuviera tan poca fe en ella. Se debía a sí misma y al bebé mucho más que eso.

Se acarició el vientre, aún sorprendida por las imágenes de la ecografía. Era un momento de alegría, y se negaba a que Drake Donovan se lo arrebatara. Un niño era motivo de felicidad, fuera como fuera la situación, y ella no quería ni por un momento que hubiera ninguna duda de que quería al bebé con toda su alma.

Su madre accedió al camino de entrada y la miró con nerviosismo. Ella le devolvió la mirada, preguntándose por qué estaba tan rara, pero al momento esa expresión tan rara desapareció. Dudó de si se lo había imaginado cuando la vio con una gran sonrisa en los labios.

—¡Venga, vamos a enseñar a tu padre las ecografías!

A Evangeline le dio un vuelco el corazón y se llevó las imágenes al pecho; se notaba una oleada inmensa de amor en el interior. Sonrió a su madre y ambas salieron del coche para acercarse a la puerta principal.

Su madre entró primero y, para su sorpresa, se fue derecha al dormitorio. La dejó plantada en el vestíbulo sin mediar palabra. Sacudió la cabeza, confundida por la actitud de su madre, y fue al salón para contarle a su padre lo que le había dicho el médico.

Pero cuando entró se detuvo en seco y posó la mirada en el hombre que estaba de pie en un extremo, con las manos en los bolsillos, mirando por la ventana que daba al jardín trasero. Este se volvió y, cuando sus miradas se cruzaron, se le hizo un nudo en la garganta .

Drake.

¿Qué estaba haciendo ahí? Inspiró hondo al ver la vulnerabilidad desgarrada que se le reflejaba en los ojos, esos ojos inexpresivos que no solían delatar sus pensamientos. Parecía… atormentado. Era una expresión de profunda tristeza y parecía que no hubiera dormido o comido durante varias semanas. Parecía estar tan mal como ella.

«Pero ¿qué hace aquí?».

Trató de abrir la boca para preguntárselo, pero se vio incapaz de hablar, con lo que se lo quedó mirando estupefacta y con el corazón en un puño.

—Quería llegar a tiempo para acompañarte al médico —explicó él con voz ronca—, pero el vuelo se retrasó por las heladas. Lo siento. He venido lo antes que he podido.

—¿Lo sabías? —preguntó asombrada.

Sus ojos oscuros denotaban confusión.

—Mi ángel, lo sé desde el mismo día que tú —repuso él—. ¿No te acuerdas del día que te rescatamos del secuestrador y lo preocupados que estábamos por si le había pasado algo al bebé?

Ella negó con la cabeza.

—No recuerdo gran cosa de ese día —susurró ella. Levantó la vista y lo miró con el corazón en vilo—. ¿Por eso estás aquí? ¿Por el bebé?

Él maldijo en voz baja y cruzó el salón para abrazarla, pero dudó al llegar a donde estaba ella, casi como si temiera que lo rechazara.

—Estoy preocupado por el bebé, sí, pero lo estoy aún más por ti. He venido porque no puedo vivir sin ti y porque tengo muchas cosas que decirte.

Sin darle tiempo a responder a esa declaración, se arrodilló poco a poco delante de ella, le cogió las manos y la miró suplicante.

—Te suplico que escuches lo que tengo que decirte. Escúchame, por favor.

Evangeline se quedó pasmada al verlo tan ojeroso y desmejorado, y la vulnerabilidad que se le reflejaba en los ojos. Estaba adoptando una postura de sumisión y humildad. Las lágrimas la ahogaban; el dolor que tanto le estaba costando superar amenazaba con salir a la superficie.

—Tú te negaste a escucharme —repuso ella con voz ronca—. Te lo pedí de rodillas y no quisiste escucharme. Te negaste a darme una oportunidad, ¿por qué debería dártela yo? Te lo di todo, Drake. Todo. No me guardé nada. Te di mi sumisión, mi amor, mi lealtad, y te lo pasaste todo por el forro. Era como si estuvieras esperando a que metiera la pata. Querías que te fallara y cuando parecía que lo había hecho, te faltó tiempo para darme la patada. ¿Tienes idea de cómo me sentí?

Jadeaba porque le costaba respirar; las lágrimas que quería ocultarle habían empezado a resbalarle por las mejillas. Se las secó rápidamente con la mano y apartó la vista, porque no soportaba ver su mirada suplicante ni un segundo más.

—Tienes razón —contestó él en un tono apagado y derrotado que no le había oído nunca.

Ella volvió a mirarlo, azorada por esa confesión. No se creía que hubiera reconocido que ella tenía razón y él se había equivocado. Él le apretó la mano como si tuviera miedo de que ella se apartara y no volviera más. Ya la había perdido y no porque la hubiera soltado, sino porque la echó de su vida sin contemplaciones y de la forma más cruel posible.

—¿Por qué fuiste a buscarme, Drake? —preguntó sin hacer caso a lo que acababa de decirle—. ¿Por qué te molestaste en rescatarme de ese hombre tan horrible? Pensaba que te alegrabas de haberte deshecho de mí.

El rostro de Drake adquirió un tono cetrino por la pena y el arrepentimiento. Era tanto pesar el que demostraba que le resultaba incómodo mirarlo, pero cuando habló volvió a reconocer su error.

—Sé que no me merezco nada de ti, mi ángel. Ni tu tiempo, ni una mirada y aún menos tu amor, pero te lo suplico como me lo suplicaste tú: escúchame. Si después no quieres volver a verme, me iré, pero pienso mantenerte a ti y al niño. Siempre.

Ella tragó saliva, pero no respondió ni le dijo que no. No dijo nada. Siguió mirándolo y sintiendo un dolor que le perforaba el alma.

—Tienes razón en eso de que esperaba que me fallaras —dijo haciendo una mueca por reconocer algo así—. Te dije hace tiempo que, si mis padres no me quisieron, no podía esperar que lo hiciera nadie. Quizá pensaras que era una gilipollez, pero es verdad. Nadie me ha querido, pero entonces…

Se le quebró la voz y tragó saliva. Ella se quedó de piedra al verle los ojos vidriosos.

—Entonces te conocí y me demostraste con hechos que me amabas, cada día, en cada gesto y cada mirada. Me enseñaste cómo es amar. Y yo te enseñé a ti cómo no es —añadió apenado—. No podía creer que me quisieras. Y no por mi dinero o mi influencia. Me amabas a mí como tal y tú querías lo mismo a cambio, y no las cosas que pudiera comprarte o la vida que pudiera darte. Si aceptaste todo eso fue porque sabías que significaba mucho para mí.

Él dijo eso último con una leve sonrisa.

—Me dabas mucho miedo, mi ángel. No tenía respuestas, no sabía qué hacer contigo. Y resulta que todo era más fácil, que solo querías mi amor… y eso fue lo único que no pude darte.

Ella inspiró hondo y notó una punzada en el pecho.

—Pensaba que no podía darte amor, pero me equivocaba. Te quise desde el principio, pero no lo sabía. No lo supe ver. ¿Cómo iba a reconocerlo si nunca he visto ni sentido amor en la vida? Solo sabía que cuando estaba contigo, se iluminaba mi mundo entero y era feliz. Solo era feliz cuando estaba contigo y quería hacer todo lo que estuviera en mi mano para que tú también lo fueras. Te… quería.

Ella lo miró con tristeza y negó con la cabeza antes de dejarle terminar la frase. Él le apretó las manos de nuevo para que lo dejara continuar.

—Estaba tan convencido de que nadie podría quererme que no me di cuenta hasta que fue demasiado tarde. Cuando pensé que me habías traicionado me quedé hundido. Estaba tan destrozado y hecho polvo que exploté y dije e hice cosas despreciables. Te dije unas cosas horribles. Reaccioné como un animal herido y únicamente quería estar solo para meditar y lamentar que había perdido lo más bonito de mi vida. —Hizo una pausa, inspiró hondo y luego siguió—: Y con el paso de los días, empecé a pensar si realmente importaba que me hubieras traicionado. ¿Era un crimen tan imperdonable teniendo en cuenta que yo te lo había ocultado todo? Esperaba que tuvieras fe ciega en mí, pero yo no te contaba nada de esa parte de mi vida. ¿Qué ibas a pensar? Seguro que lo peor. Y como eres de esta manera, tan buena e inocente, no hubieras podido vivir con esa clase de hombre, así que ¿por qué no hacer lo correcto y tenderme una trampa?

—Pero, Drake, ¡que yo no fui!

Él volvió a darle un apretón en las manos.

—Ya lo sé, cielo, ya lo sé. Pero me refiero a que te echaba tanto de menos, te quería tanto, que estaba dispuesto a perdonarte, aunque lo hubieras hecho. Y entonces… entonces me vino todo a la cabeza, todos los recuerdos. Y empecé a hacerme preguntas y a dudar. Me resultaba difícil creer que pudieras hacer algo tan contrario a tu forma de ser, cariñosa y leal. Estaba hecho una mierda y lo ponía todo en duda ya. Cuando descubrimos al auténtico traidor, ya había tomado la decisión de ir a buscarte, a pedirte perdón y hacer lo que fuera por recuperarte. —Cerró los ojos y se echó a llorar—. Me di cuenta de que te amaba. Te amaba con todo mi ser, con todo lo que tengo, todo lo que llevo dentro y todo lo que seré. Sea como sea, es por ti. El día que desapareciste le dije a tu madre por teléfono que te amaba y que haría lo que estuviera en mi mano para encontrarte sana y salva. Que nunca volvería a dejarte marchar.

Evangeline lo miraba; estaba demasiado confundida para encontrarle sentido.

—Llegaste a la clínica inconsciente —siguió explicándole— y apenas sabías dónde estabas. Entonces te lo supliqué y te dije que te quería a ti y a nuestro bebé, que quería llevarte a casa y pasar el resto de la vida compensándote por mis errores. Pero solo me dijiste que querías volver a casa de tus padres. Estabas frágil y a punto de desfallecer, y hubiera hecho lo que fuera por hacerte feliz, de modo que te dejé marchar.

Se atragantó con estas últimas palabras y apartó la vista, no sin que antes ella reparara en la agonía y la desesperación en sus facciones. Era dolor y era desolación. Lo mismo que ella había sentido durante ese último mes se le asomaba ahora a los ojos.

—Pero seguí en contacto con tus padres a diario para tener información sobre ti, por nimia que fuera. Cualquier detalle, por insignificante que pareciera, era un mundo para mí. No podía estar un día más separado de ti. Estoy hecho polvo sin ti y creo que tú también lo estás sin mí; solo estamos completos juntos. Sé que tengo mucho por lo que compensarte y pienso pasarme la vida poniéndome al día y reparando todo lo malo que he hecho. Pero, por favor, dame la oportunidad de hacerte feliz. Sé que puedo conseguirlo, Evangeline. Dame una oportunidad, la que yo te negué.

A Evangeline le temblaban las piernas y se vio a punto de caer. Aún aferrada a las manos de Drake, se arrodilló también como pudo delante de él. Él puso los ojos como platos, asustado, y la cogió en brazos para llevarla hasta el sofá y sentarla con sumo cuidado. Luego se sentó a su lado de tal manera que pudiera verle la cara.

Ella se sentía algo mareada y débil; el corazón le latía tan deprisa que todo lo que la rodeaba estaba borroso. Solo veía el bello rostro de Drake con todos los sentimientos que ella también sentía reflejadas en él. ¿Podía creerlo? ¿Podía confiar en él?

—Solo dime una cosa, mi ángel —imploró.

Esperó un momento y entonces le acarició la mejilla con un pulgar que quedó mojado. Ella se sorprendió al ver que estaba llorando de nuevo porque ni siquiera se había dado cuenta.

—¿Todavía me quieres o he acabado con cualquier posibilidad de que me ames de nuevo? —preguntó apenado.

Ella agachó la cabeza y las lágrimas cayeron sobre las manos que tenía en el regazo. Cuando se prolongó el silencio entre ambos, Drake insistió algo más desesperado y desesperanzado.

—¿Cielo?

Ella alzó la vista y vio el tormento que se dibujaba en cada arruga y cada surco de su rostro. De repente parecía que tuviera más de treinta y seis años, muchos más.

—Tengo miedo —reconoció ella con voz ronca—. Tengo miedo de quererte, Drake. Ejerces mucho poder sobre mí. Tienes el poder de hacerme la mujer más feliz del planeta, pero también el de destruirme… y eso me aterra.

—Amor —dijo con tono afligido—, tú ejerces el mismo poder sobre mí. Nunca he sido tan infeliz en toda mi vida como en este último mes y, antes de que lo digas, sé que es culpa mía. Soy consciente de ello, pero he aprendido algo importante de ti. Me has enseñado que no pasa nada por ser vulnerable. Que está bien amar y ser amado. Que ser amado es lo más bonito del mundo. Y yo no puedo vivir sin tu amor, ¡ni quiero! Y te juro que nunca te faltará el mío.

—¿Me quieres de verdad? —preguntó vacilante como si tuviera miedo a creérselo. Temerosa después de tanto dolor.

—Me rompe el corazón saber que te he hecho esto y que dudes de algo tan bonito… que dudes de lo importante que eres para mí. ¿Quererte? Te adoro y te quiero más de lo que he querido a nadie nunca. Tú eres la única persona a quien he amado. Confío en mis hermanos y tengo un vínculo inquebrantable con ellos. Daría la vida por ellos, pero tú, mi ángel, tú eres mi vida. Mi mundo entero. La razón por la que me levanto todas las mañanas. Mi razón de vivir.

Le puso una mano en el vientre y lo acarició con el pulgar.

—Tú y nuestro bebé —dijo con voz ronca—, volved a casa conmigo, por favor. Dejad que os quiera, que os cuide y os proteja a ambos. Y si no quieres vivir en la ciudad, me mudaré aquí. Me da igual dónde, siempre y cuando estés conmigo.

Ella movió la cabeza y abrió mucho los ojos, incrédula.

—¿Vivirías aquí, cerca de mis padres?

Su expresión era muy seria, igual que su mirada. Asintió.

Evangeline se notó la boca seca y se lamió los labios. Estaba temblando; empezaba a asimilarlo todo. No podía estar pasando, tenía que ser un sueño o el resultado de una fantasía, la que más ansiaba. Cerró los ojos.

«Esto no es real».

—Abre los ojos, mi ángel. Mírame. Date cuenta del amor que siento por ti. Te aseguro que es real. Yo soy real.

Se percató entonces de que no lo había pensado, lo había susurrado.

—Solo dime qué quieres y será tuyo. Yo soy tuyo.

Ella levantó una mano temblorosa y acarició la barba incipiente de su mandíbula. ¿Tan fácil era? ¿La amaba de verdad y podían tener la vida que ella tanto deseaba? ¿La vida en la que tanto pensaba y por la que lloraba hasta dormirse cada noche? ¿La vida que creía perdida para siempre?

—Di que sí —susurró él—. Bésame y di que sí.

Ella se lo quedó mirando un buen rato, examinando sus ojos. Solo vio verdad y sinceridad en ellos. Ni secretos, ni engaños, ni mentiras. Se armó de valor, se lo echó a la espalda y por fin pudo decirlo.

—Sí —respondió tan bajito que al principio pensó que él no lo habría oído.

Pero la chispa que prendió en sus ojos le decía que sí. Y entonces ella se inclinó y lo besó en los labios con suavidad, con tanta ligereza como el aleteo de una mariposa.

Él gimió y entonces enmarcó su rostro con ambas manos, con tanta ternura como si fuera una caricia, y la besó del mismo modo.

Ella notó sus lágrimas saladas y se dio cuenta de que venían de los dos. Drake apoyó la frente en la suya y cerró los ojos.

—Te quiero, mi ángel. Ayer, hoy y siempre.

—Yo también te quiero —dijo a pesar del nudo que tenía en la garganta.

Drake introdujo la mano en el bolsillo y sacó el anillo que le había dado Silas. Con manos temblorosas, se lo deslizó en el dedo y suspiró aliviado al vérselo puesto de nuevo.

—Lo llevo en el bolsillo desde que Silas me lo devolvió —reconoció—. Me quedé destrozado cuando me lo dio y no he dejado de soñar y rezar para que llegara el día de volver a ponértelo. Júrame que no te lo volverás a quitar.

Por primera vez, ella sonrió, aún estupefacta. Él le acarició las mejillas, la mandíbula y le rozó los labios con el pulgar.

—No me lo quitaré —prometió.

—Ejem. —Alguien carraspeó desde el umbral.

Los dos se giraron y vieron a la madre de Evangeline y a su padre en la silla de ruedas delante de ella, ambos con los ojos vidriosos.

—¿Significa eso que tenemos una boda que planificar? —preguntó el padre de Evangeline bruscamente.

—Eso es, aunque pienso casarme con ella lo antes posible para que no cambie de opinión —dijo Drake en un tono que sugería que no bromeaba.

Brenda Hawthorn sonrió.

—Creo que de eso podemos encargarnos. Felicidades, cariño —le dijo a Evangeline—. Me alegro muchísimo de que hayáis arreglado las cosas. A tu padre y a mí nos mataba verte tan triste. —Entonces miró seriamente a Drake—: Hazla feliz, muchacho. Dios te ha dado otra oportunidad para enmendar las cosas. Aprovéchala.

Drake miró a Evangeline y a su madre con los ojos llorosos y atrajo a su futura mujer hacia él para abrazarla como si no pensara soltarla nunca más.

—Soy plenamente consciente de que soy el hombre más afortunado del mundo y que no me la merezco, pero puedes estar segura de que ahora que la he recuperado no la volveré a dejar marchar y me pasaré el resto de la vida haciendo lo que sea para hacerla feliz. Os doy mi palabra.

Entonces sonrió a Evangeline y ella se quedó sorprendida al ver su mirada de felicidad y de alivio. La reticencia y la cautela de su mirada habían desaparecido por fin, junto con las sombras. Parecía… feliz. Igual de feliz que ella al comprobar la verdad y la sinceridad de sus actos y sus palabras.

—Y ademáááás… —dijo arrastrando la palabra mientras volvía a mirar a los padres de ella significativamente—, os daremos todos los nietos que podamos.

Epílogo

*L*a antigua iglesia encalada del pueblo de Evangeline parecía recién salida de un cuento de hadas para la ocasión. Drake no había reparado en gastos para regalarle la boda de sus sueños. Por dentro, las paredes estaban cubiertas de cientos de arreglos florales, algunos de los cuales habían llegado de varias partes del país. Había mil lucecitas blancas parpadeantes —un homenaje a su amor por la Navidad, aunque esta ya hubiera pasado— entrelazadas con las plantas y colocadas de forma estratégica para que las flores lucieran aún mejor.

Paradójicamente, no fue ella quien supervisó o planificó la decoración, los arreglos florales o los demás detalles de la ceremonia. Drake le había dicho con firmeza que su madre y él se ocuparían de todo, que lo único que quería era que descansara y cuidara bien de ella y del bebé.

Para su asombro, los hombres de Drake, todos ellos, participaron activamente en los preparativos. Silas había supervisado los arreglos florales él mismo. Este ejecutor era una caja de sorpresas y quedaba demostrado que tenía buen ojo para el arte y la decoración. Al fin y al cabo, había sido él quien la llevó a que la peinaran y maquillaran, y quien dio instrucciones a la maquilladora sobre qué estilo quería para ella.

Para la boda no fue distinto. Hizo venir a la misma estilista de Nueva York a la zona rural de Misisipi para que le arreglara el pelo y se encargara del maquillaje para el gran día.

Evangeline se miraba al espejo mientras aguardaba en un pequeño cuarto improvisado a la entrada de la iglesia, un cubículo añadido al otro extremo de la sacristía. No obstante, no se había vestido allí, ni la habían peinado y maquillado en la iglesia. La estilista se había pasado unas dos horas en casa de sus padres maquillándola y después de cerciorarse de haber alcanzado, según palabras textuales, la perfección absoluta, la llevaron en coche a la iglesia acompañada de Silas y Maddox. Una vez allí, la hicieron pasar a aquel cuartito para que descansara —dicho literalmente por Silas— y hacer los retoques que fueran necesarios antes de que empezara la ceremonia.

Cuando llegó la hora, se oyó un golpecito en la puerta, y las mariposítas empezaron a revolotear en su barriga. Su madre le apretó cariñosamente las manos con los ojos vidriosos.

—Debe de ser Silas, cariño. Tu padre te espera en la entrada. ¿Estás preparada?

Ella tragó saliva, pero sentía tanta alegría y emoción en el pecho que esbozó una sonrisa tan radiante que podría hacer sombra al sol. Asintió y, a pesar de la sequedad que se notaba en la boca y el estremecimiento que le recorría el cuerpo, se levantó de la forma más grácil que pudo con la ayuda de su madre.

—Evangeline —dijo Silas con una mirada de admiración al abrir la puerta—, estás guapísima.

Ella pestañeó para contener las lágrimas y él la reprendió suavemente mientras le secaba una lágrima con el pulgar.

—Nada de llorar el día de tu boda. La estilista se ha pasado dos horas arreglándote. Y Drake pedirá nuestras cabezas como tenga que decirle que ha habido un retraso porque han tenido que volver a maquillarte.

Evangeline se echó a reír y sin pensárselo dos veces abrazó a Silas con fuerza.

—Eres mi mejor amigo —susurró contra su pecho.

Silas le devolvió el abrazo y la besó en la frente. Entonces le dio la vuelta y la llevó hasta la entrada, donde su padre la esperaba sentado en la silla de ruedas.

Drake miró el reloj y frunció el ceño, impaciente. No dejaba de dar golpecitos en el suelo con el pie derecho, aunque por suerte los amortiguaba el pasillo enmoquetado de la iglesia.

La iglesia. Hizo una mueca al pensar en lo blasfemo que era todo aquello. ¿Él y sus hombres en una iglesia? Por suerte el edificio no estalló en cuanto entraron por la puerta ni les partió un rayo.

Ver a sus hombres en una iglesia era todo un poema. Todos ataviados con sus trajes caros. Incluso Zander y Jax, a los que les importaba un pimiento lo que la gente pensara de ellos, se habían vestido formalmente para la ocasión. Ninguno quiso arriesgarse a herir los sentimientos de Evangeline, y no porque los hubieran amenazado Drake o Silas, sino porque los mataría ser la causa de su malestar o descontento.

No había muchos invitados. De hecho, los únicos que habían ido, además de los hombres de Drake, eran los padres de ella, un par de familiares que vivían en el pueblo y dos mujeres amigas de Brenda a las que Evangeline llamaba «tía». Aunque Drake había descubierto que en los pueblecitos sureños a los amigos íntimos se los consideraba familiares y se los trataba como tales. Evangeline había hecho lo mismo al conocer a Drake y a sus hombres: los consideraba familia, su familia. Y pobre del que se atreviera a hacerles daño.

No habían separado a la gente según viniera por parte del novio o la novia. Sus hombres eran los únicos que venían por parte del novio, así que se colocaron a ambos lados del arco decorado minuciosamente, en señal de apoyo a él y a Evangeline. A ella la representaban igual, algo de lo que Drake se hubiera cerciorado si sus hombres no hubieran decidido hacerlo *motu proprio*.

Maddox dio un paso al frente y se puso detrás de Drake, donde estaría Silas cuando terminara de ayudar a la novia y a su padre a recorrer el pasillo.

—¿Qué? No tendrás dudas, ¿no? —murmuró Maddox.

—¡Y una mierda!

Drake hizo una mueca por el improperio que acababa de soltar y miró arrepentido al párroco, que al parecer no se lo había tomado mal y sonreía ligeramente.

Maddox soltó una carcajada.

—Ya me lo imaginaba.

Drake arrugó la frente. ¿Y por qué lo preguntaba, entonces? Pero no se dignó a responder a la bromita de su hombre. Volvió a mirar la hora. ¿Por qué tardaba tanto? Evangeline estaba lista antes de llegar a la iglesia. De eso hacía media hora ya.

Empezó a sudar y se le hizo un nudo en la garganta del miedo. ¿Y si era ella la que tenía dudas? Se dio la vuelta, decidido a ir a buscarla y arrastrarla por el pasillo —qué decoro, ceremonias ni qué narices—, cuando la música empezó a sonar y se abrió la puerta del fondo, por la que apareció la madre de Evangeline acompañada de Silas.

Espera. Silas iba a ir detrás del padre de ella para empujar la silla de ruedas y para que Evangeline pudiera caminar cogida del brazo de su padre. Si estaba acompañando a Brenda, ¿quién se aseguraría de que Evangeline y su padre recorrieran el pasillo sin problemas?

Lo haría él mismo si hiciera falta. Además, no quería arriesgarse a darle demasiado tiempo y que ella tuviera la ocasión de replantearse la boda. La sola idea de haber llegado hasta ese punto y que no se casara… No soportaba pensarlo.

Silas sentó a Brenda y la besó ligeramente en la mejilla. Brenda le sonrió y los dos intercambiaron unas palabras, algo que no le hizo mucha gracia a Drake. Si había que contar algo de Evangeline, tenían que decírselo a él y no a Silas ni a ninguno de sus hombres.

Entonces Silas se dio la vuelta, miró a Drake y tras una débil sonrisa volvió a recorrer el pasillo y desapareció tras las puertas de entrada. A los treinta segundos, la música cambió. No era la marcha nupcial sino el *Himno a la alegría*, una composición que a Evangeline le encantaba y que dijo que representaba mejor su unión. Drake estuvo de acuerdo.

Las puertas dobles se abrieron y entonces la vio.

Se le cortó la respiración y se tambaleó un poco, con lo que tuvo que recolocarse para no quedar en ridículo allí mismo. Pero nunca había visto tanta hermosura como ahora que contemplaba a su ángel enfundada en un elegante vestido blanco. Brillaba de la cabeza a los pies adornada con sus joyas. Los mechones rubios le caían en cascada por la espalda. No llevaba el pelo recogido ni había velo que le tapara el rostro, lo que le encantaba.

Ella esbozaba una sonrisa radiante que iluminaba la iglesia entera. Era como si el techo hubiera desaparecido y los rayos de sol los iluminara a todos directamente. Sus vibrantes ojos azules brillaban con tanto amor y felicidad que tuvo que tragar saliva para deshacerse el nudo de la garganta que amenazaba con dejarlo sin aire.

Ella empezó a caminar del brazo de su padre, detrás del cual iba Silas empujando la silla para que Evangeline pudiera marcar el ritmo. El rostro de su padre resplandecía y tenía el pecho henchido de orgullo y la cabeza bien alta. En los ojos leyó una clara advertencia a Drake: «Te doy lo mejor de mi vida. Hazla feliz o te haré sufrir».

Bueno, su padre no tenía de qué preocuparse en ese aspecto, porque si Evangeline no era feliz, él mismo sufría. Y punto. La felicidad de ella era la suya también. Su tristeza también sería tristeza para él. Y Dios mediante, ninguno de los dos volvería a sufrir un día de tristeza y pesar. Siempre y cuando él tuviera a Evangeline, no volvería a ese vacío estéril que había sido su vida entera antes de conocerla.

Cuanto más se acercaban a donde los aguardaba Drake, más intensas eran las ganas de cogerla en brazos y llevarla rápidamente ante el párroco para que la hiciera suya. Legalmente, se entiende, porque ella ya era suya y nada, ni ninguna ley, podría cambiarlo.

El matrimonio, o el acto oficial de casarse, nunca había significado nada para él. Hasta ahora. Para él, un trozo de papel y las palabras de un hombre de Dios no significaban nada ni para nadie que considerara suyo. Pero sorprendentemente, al llegar el momento, fue él mismo quien insistió.

Evangeline le había dicho que si no quería casarse, si le incomodaba, no hacía falta que lo hicieran. Le bastaba con que él la quisiera.

No, a la mierda. Estuvo a punto de explotar cuando se lo dijo. Su primera reacción fue decirle que se iban a casar y que sí era importante, de hecho lo era todo para él. La segunda fue empezar a sudar y le preguntó si dudaba y no quería casarse.

Trató de no pensar en aquel momento y se centró en lo que tenía delante. Dios, era tan hermosa… y suya. Era completamente suya.

Silas detuvo la silla de ruedas y Evangeline se dio la vuelta, absorta en su padre por un instante. El hombre tenía los ojos vidriosos y Drake vio el futuro de repente. Se vio en casa de Grant Hawthorn entregando a su hija y la de Evangeline en matrimonio. Era una sensación tan conmovedora como aterradora.

¿Entregar a su hija en matrimonio? Y una leche. Su hija no se casaría nunca, ni tendría novios, si dependía de él. Le bastaba con que sus ejecutores fueran los únicos hombres en la vida de su hija —o de sus hijas si se daba el caso— y solo para protegerla, claro. Se estremeció al pensar en hijas, en plural. Más de una. E igual de rápido le vinieron a la cabeza una media docena de niñas, réplicas en miniatura de Evangeline. Notó cómo palidecía y le temblaban las piernas. ¿Seis angelitos? Estaría perdido... y sería inmensamente feliz también.

Evangeline besó a su padre y le apretó la mano antes de mirar hacia Drake. Los hombres se miraron de una forma muy significativa y elocuente, como si hubieran hecho un trato. Él entendía perfectamente la postura de su padre.

Silas empujó la silla hasta el extremo del primer banco para dejar a su padre junto a su esposa, Brenda. Entonces cogió a Evangeline de la mano, la llevó hasta Drake y se la entregó.

—Cuídala bien —dijo Silas muy serio.

—Siempre —prometió él.

Entonces Silas se retiró y solo quedaron ellos dos, Drake y Evangeline. La pequeña mano de ella en la suya. Los demás desaparecieron. Solo estaba ella para él y no le importaba nada más. La devoró con la mirada, aliviado de que este día hubiera llegado por fin y sin importar que solo hubieran pasado dos semanas desde que ella lo perdonara y lo hubiera aceptado de nuevo. Esas dos semanas, y las cuatro anteriores, le habían parecido una eternidad.

Ahora la única eternidad que contemplaba era la que pensaba pasar con su esposa.

—Drake —susurró ella, tirándole de la mano suavemente.

Él frunció el ceño. Eso no era parte de la ceremonia. Ella le sonrió y él volvió a quedarse sin aliento.

—El párroco está esperando —le susurró de nuevo.

Mierda. Se había quedado tan absorto mirándola, asimilando que era suya y agradeciéndoselo a Dios que se había embobado en lugar de proceder con la ceremonia. Bueno, ¿quién podía culparlo? Se casaba con la mujer más dulce y hermosa —tanto por fuera como por dentro— del mundo. Si eso no era motivo para quedársela mirando embobado, ¿qué lo sería?

—Pues eso no puede ser —murmuró apretándole un poquito más la mano, que luego besó, a sabiendas de que eso no formaba parte de la ceremonia prevista—. Te quiero, mi ángel. Te quiero muchísimo. Gracias por quererme.

Su cálida sonrisa le llegó al alma. No parecía molesta por romper con la tradición y la etiqueta, ni que el párroco estuviera esperando con la mirada algo exasperada.

—Yo también te quiero, Drake. Y ahora, ¿no crees que hemos esperado bastante? Es hora de casarnos.

Y tanto. Cuanto más lo alargaran, más tardaría en llegar la luna de miel y tenerla en la suite haciéndole el amor hasta quedarse sin aliento.

Como si viera el derrotero que tomaban sus pensamientos, ella sonrió con una mirada pícara. Dios, ahora ya no recordaba los detalles de la ceremonia y eso que habían ensayado la tarde anterior. ¡Como si necesitara que le dijeran cómo hacer suya a la mujer a la que amaba! Solo podía ver a Evangeline, su esposa, en sus brazos, su cama, envuelta en él mientras le hacía el amor de todas las formas humanamente posibles. Y después de quedar los dos agotados, seguiría pensando en hacerle el amor e introducirse en su cálido cuerpo. Si fuera por él, se pasaría la vida con su sexo muy dentro de ella. Se le ocurrían peores formas de pasar el resto de su vida.

Nunca había creído en el cielo y el infierno, pero tras conocerla supo perfectamente cómo eran ambos. Estar con ella era estar en el cielo, en un paraíso terrenal. Pero sin ella… era el peor de los infiernos. Y si tras su último día en la tierra lo esperaba el cielo, con Evangeline, de repente, esa idea no le importaba en absoluto.

El cielo era de donde venían los ángeles y Evangeline era el más dulce de todos. No era un hombre merecedor del cielo ni había hecho nada para ganarse la redención, pero en brazos de Evangeline era lo más cerca que se podía estar de alcanzar tanta bondad.

Evangeline volvió a tirarlo del brazo y él despertó de esas ensoñaciones, pestañeando y aún confundido. Ella lo miraba divertida como si se riera de un chiste a su costa.

—Creo que esta es la parte en la que me besas —susurró.

¿Besarla? ¿Ya habían llegado a la mejor parte de todas? Sí, lo de besarla podía hacerlo sin problemas. Tenía pensado hacerlo mucho más. Junto con la parte de declararlos marido y mujer, lo de besar a la novia era lo mejor de la ceremonia.

Con una veneración infinita, le acarició el rostro con la mano, tocándole las mejillas sonrosadas y rozándole los labios hasta que la cogió de la barbilla y se inclinó para alcanzar su boca. Se estremeció cuando reparó en su suspiro de felicidad.

Por muy a menudo que la besara —y no había hecho mucho más desde que la recuperara—, era como la primera vez. Nunca se hartaría de su tacto, su calidez y su amor.

La besó un buen rato, hasta que notó que ella se apoyaba en él, entregada por completo a su beso y a sus ganas de no despegarse de ella. A su alrededor, y en lo que les parecía una distancia abismal, se oyeron las risas, los vítores y hasta alguna broma, pero no le importó. No cuando tenía a lo que más amaba entre sus brazos.

Si no se equivocaba y había prestado atención al ensayo del día antes, besar a la novia iba después de declararlos marido y mujer, lo que significaba que ya estaba besando a su esposa. Su ángel. La madre de su hijo y de los muchos que había prometido darle en el futuro.

—Mía —murmuró antes de volver a besarla en la boca, sin importarle quién presenciara esa declaración apasionada.

—Tuya —repuso ella—. Siempre y para siempre, Drake. Siempre te querré y seré tuya.

Él cerró los ojos y empezó a notar el escozor delator de las lágrimas. Dios, amaba muchísimo a esta mujer, más de lo que podría querer a ninguna otra persona. Y él que pensaba que nadie podría amarlo. Sin embargo, esta mujer en sus brazos, la mujer con la que acababa de casarse, lo amaba incondicionalmente. Nunca había dudado de él y le había perdonado lo imperdonable no una vez, sino dos veces.

En aquel instante dejó de reprimir las emociones que le inundaban el alma y hundió el rostro en su hermoso pelo. Inspiró hondo, aspirando su aroma para que acabara siendo una parte permanente de él.

—Yo también te quiero, mi ángel —dijo con voz ronca—. Siempre te querré. Nunca habrá otra mujer para mí.

Ella se retiró y lo miró preocupada al tiempo que le acariciaba la mejilla.

—Drake, cariño, ¿qué te pasa?

Parecía hasta asustada mientras estudiaba sus facciones y reparaba en sus lágrimas. Antes hubiera matado a quienquiera que percibiera debilidad en él. Pero con Evangeline, no; sabía que siempre estaría a salvo con ella.

—Nada de nada —dijo sonriéndole—. Si no me equivoco, la ceremonia ha terminado y ya eres mi esposa, señora Donovan.

Estaba encantado de oír su apellido asociado a ella, pero a juzgar por la alegría que iluminó la mirada de Evangeline, no era el único embargado por esa gran emoción.

—Lo que significa —dijo él mientras le cogía una mano para salir a toda prisa de allí con ella, su ahora esposa— que es hora de llevar a mi esposa de luna de miel.

Toda la iglesia estalló en risas y a Drake lo maravilló lo increíble y despreocupado que era ese sonido. Apenas habían dado tres pasos cuando se dejó llevar por la alegría de saberla más suya que nunca. La cogió en brazos para recorrer el pasillo central y no se detuvo en la puerta, no, no se paró a hablar con los allí presentes ni esperó a que salieran sus hombres. La llevó directamente al coche que los esperaba y le hizo el amor a la señora Evangeline Donovan de camino al aeropuerto.

Dominada

SE ACABÓ DE IMPRIMIR

UN OTOÑO DEL 2016

EN LOS TALLERES GRÁFICOS DE EGEDSA

ROÍS DE CORELLA 12-16, NAVE 1

SABADELL (BARCELONA)